JN300980

William Trevor
THE VIRGIN'S GIFT

# 聖母の贈り物

ウィリアム・トレヴァー
栩木伸明［訳］

国書刊行会

# 聖母の贈り物　目次

装幀　中島かほる

カバー作品　青山悟

“Maria”（2006）35.7×29.4 cm

ポリエステルに刺繍（コットン、ポリエステル糸）

© Satoru Aoyama　Courtesy of Mizuma Art Gallery

撮影　宮島径

# 聖母の贈り物

# トリッジ

# Torridge

トリッジがどんな大人になるかなんてことは、たぶん誰も想像しなかった。それを言うなら、ウィルトシャーやメイス＝ハミルトンやアロウスミスがどんな大人になるかだって、わざわざ想像したやつはいなかっただろう。十三歳のトリッジはそのおかゆ（ポリッジ）っぽい名前にぴったりのプディング顔で、目は小さく、頭の毛はネズミみたいに短く刈り上げていた。グレーの標準シャツの胸元にきちょうめんにしめた、寄宿寮指定ネクタイの結び目は、形も大きさも模範的なえび茶の三角形。黒靴はいつもぴかぴかだった。

　トリッジがある意味独特だった理由は、あきらかに普通じゃないのに、傍から見ていていらいらするくらい、本人だけがそのことに気づいてなかったからだ。ゲームはなんでも苦手だったし、授業を聞いているときも飲み込みが悪かった。しかめっ面とうすら笑いを混ぜたみたいな表情で、小首を片方に傾げて、教室に座っていたものだ。たまにとんちんかんな質問をして、みんなのブーイングを浴びた。そんなときの彼は、顔一面にニマーッとした微笑みがひろがったかと思うと、あわてるでも照れるでもなく、ブーイングをもらってうれしいです、とでも言いたげなふぜいで教室をぐるりと見回すのだった。うけ狙いじゃないと信じるのはちょっと難しいくらい天真爛漫なやつだったが、だんだんに、それは天然なんだと、誰もが認めるようになった。いじめイェーッと呼ばれていた教師は、トリッジの天然ぼけを物笑いにする冷酷きわまりない技をつかった。トリッジに目をやるたびにためいきをつき、おーい、ポリッジ君よお、と、さも本名みたいに呼びかけるのである。

同い年なのに、ウィルトシャー、メイス＝ハミルトン、アロウスミスの三人組は、トリッジとはまるで異なるタイプだった。三人とも髪はブロンドでやせ形、それぞれにはっきりした顔立ちをしていた。トリッジと同じ制服をだらしなく着て、寄宿寮指定ネクタイの結び目も乱雑、すりへった靴のひもは、ずたずたに切れたのをつなぎあわせて使っているしまつだった。三人にはそれぞれ得意なゲームがあり、ものの道理を飲み込むのも人一倍はやかった。見所のある少年たちだ、と大人たちは一度ならず言った。

三人組の友情が深まったのは、ある意味トリッジがああいうやつだったおかげだと言ってもいい。三人がトリッジの存在に気づいたのは一学期の最初の夜だったが、トリッジはそのときから普通じゃなかった。消灯後の暗闇の中で誰かが必死に泣くまいとしている気配をよそに、ホームシックのホの字も見せずに甲高い声でしゃべり続けているやつがいた。父親はボタンの商売をやっていて、自分もいずれは同じ商売をやりたいというのが、話のなかみだった。翌朝、その声の主が明らかになった。赤と青の縞々のパジャマを着た少年が洗面所でもしゃべり続けていたからだ。「君んちの父さんは何してるんだい、トリッジ」と朝食のときにアロウスミスが尋ねたのが、そもそもの発端だった。「パパはボタンのビジネスをしてるんだ」とトリッジは晴れやかに答えた。「トリッジ商会って知ってるでしょ」だが、その名前には誰も聞き覚えがなかった。

ほかの新入生とは違って、トリッジは誰とも特に親しくはならなかった。はじめのうち、ホームシック仲間というだけでつるんでいた何人かのグループに混ざっていたが、じきにそのグループが消滅してしまうと、トリッジはひとりぼっちで行動するようになり、ひとりでいかにも満足げだった。彼は一年生の寄宿寮の親切な寮監の部屋を、ひんぱんに訪ねるようになった。じじいのフロスティと呼ばれていた白髪頭のその寮監は、ほかの教師たちの横暴にたいして生徒たちがぶちまける不平不満を親身になって聞き、おしまいにはいつも、世間ってもんはきびしいとこなんだ、という結論へもっていくのだった。「先生、いじめイェーツがトリッジにむかってどんなこと言ってるか、いっぺん聞いてみてくださいよ。そしたら、トリッジには感情ってもんがないことがわかりますから」とトリッジのいる前でウィルトシャーがよく言ったものだ。すると決まってじじいのフロスティは、いじめイェーツはこわい先生だからなあ、と答え、「トリッジ君、気にするな」といつものやさしい声で言うのだった。トリッジはそのことばに微笑みを返し、いじめイェーツの言うことなんかぜんぜん気にしてませんという気持ちを伝えた。「トリッジ君は本当の幸せってものを知ってる」これは熱血ウォレスというあだ名をつけられた新任教師がある日、なにげなく言ったひとことだったが、これを言った瞬間、地理の授業中だった教室がどっと沸いた。そして、このセリフは、「パパはボタンのビジネスをしてるんだ」「トリッジ商会って知ってるでしょ」とともども、後々までくりかえされる笑いのネタになった。とりわけ、「トリッジ君の本当の幸せ」はウィルトシャーとメイス＝ハミルトンとアロウスミスのとっておきの持ちネタになった。三人組はそのジョークにくわえて、トリッジというやつを知るってこと自体めったにできない経験だよ、とか、お人好しでお幸せなあいつのキャラはほとんど別世界だからね、などと語った。トリッジはいつかガッコーから表彰されるぜ、とまでウィルトシャーは言い、ジョークのネタはとことんまで使いたおされた。

学校には、上級生が下級生に——もちろん男どうしだ——「キョーミをもつ」風習があった。その「キョーミ」の表現のしかたは、ダイニングホールの彼方からちらちら見たり微笑みかけたりするのから、人目につかないどこそこで何日の何時に待つと手紙を書くにいたるまで、さまざまだった。そして、そのようにしてはじまった友愛関係のなりゆきもまた、さまざまだった。雲の上の存在である五年生からうれしいような困ったような注目を受けた新入生にしてみれば、決して悪い気はしないし、しばらくの間ホームシックを忘れさせてくれる効果もあったのだ。チャペルの裏で密会したら、その次は、ハリエニシダが茂る斜面に張り巡らされた有刺鉄線の向こう側へ乗り越えていくことになる。上級生は細心かつ物知りだった。よく踏み固められた小道がハリエニシダの茂みを縫うように通じていて、人目につかずにタバコが吸える秘密の場所があちこちにあった。丘が起伏するあたりまで足を伸ばすと、石を積んだ上に波形鉄板の屋根をかぶせた手作りの隠れ家が何ヵ所か潜んでいた。こうした場所も喫煙と空想的な恋愛の舞台になった。

新入生は上級生たちの「キョーミ」がどんなものかわかると、じきに慣れてしまう。おだてられて舞い上がっていた気持ちが落ち着いてくると、学校生活におけるそっち方面のことにはいちいち驚いたりしなくなる。環境への適応が起こるのだ。アンドリューズとバトラー、ウェッブとメイス＝ハミルトン、ディロンとプラット、トッティルと金魚のスチュワート、グッドとウィルトシャー、大きい方のセインズベリーとアロウスミス、ブルイットとホワイトといった連中の関係がよく知られていたが、こうした名前の組み合わせはなんだかミュージックホールに出る芸人たちのリストみたいで、もつれあった少年たちの心臓がソフトシューのすり足でダンスを踊っているようだった。もちろん不貞なやつもいた。〈天晴れ〉アンソニー・スウェインは上級生を次々に手玉に取ったために、移り気で男娼っぽいお飾り（ビージュー）として名をはせ、恋慕と軽蔑を一身に集めた。

　トリッジのプディング顔は、お飾り（ビージュー）的な素質の欠如を絵に描いたようだったから、こいつがダイニングホールに顔を見せたとたん目配せがとんでくるというようなことにはならなかった。だがこの、すぐに人目をひかないところは、新入生としては一種運命的というか幸先のよいしるしであって、あるべき資質の欠如とはみなされなかった。というのも不思議なことに、容姿に恵まれていない少年に限って、五年生や六年生の性的欲望の対象になることが多かったからである。新入生にとってみれば、どうしてそんなやつがもてるのかは謎だったが、その謎は自分たちが五年生か六年生になるまで解けなかった。性的欲望というものは、顔立ちが整っているかどうかよりもずっと奥にあるなにかと関係があるのだ。

　それが真実であるという明らかな証拠は、トリッジをお飾り（ビージュー）と後ろ盾（プロテクター）の世界にめざめさせた事件を紹介すれば十分だろう。トリッジは、この学校の性的風習にそれまで手を染めたことがなかったひとりの五年生から、手紙を受け取った。そいつは大柄で髪が黒く、メガネの上の額が出っ張っていて、名前はフィッシャーといった。

「ねえ、これってどういう意味かなあ？」トリッジは枕の下のパジャマに押し込んであった紙切れを見つけて、こうつぶやいた。「散歩したいひとがいるみたいなんだけど」

　そして、手紙の内容を一気に読み上げた。「もしきみが散歩したかったらチャペルの裏の変電所小屋の脇で落ち合おう。火曜午後四時半に。R・A・J・フィッシャー」

「なんてこった、マジかよ！」アームストロングが言った。

「おまえにスーハイ者ができたってことだぞ、ポリッジ」メイス＝ハミルトンが言った。

「スーハイ者って？」

「そいつがおまえをお飾り（ビージュー）にしたいってことだよ」とウィルトシャーが説明した。

「お飾り（ビージュー）って何？」

「ホモだち（タルト）ってことさ、ポリッジ」

「ホモだち（タルト）って？」

「友達ってことだよ。そいつはおまえの後ろ盾（プロテクター）になりたいって言ってんだよ」

「後ろ盾（プロテクター）って何のことかな？」

「そいつはおまえのことが好きなんだよ、ポリッジ」

「でも僕はこのひとのこと知りもしないのになあ」

「おでこが出っ張ってるやつがいるだろ、あいつだよ。はっきり言ってうすばかだけどな」

「うすばかって？」

「あいつのかあちゃんがあいつを頭っから落っことしちまったんだよ。おまえのかあちゃんとおんなじってわけ。わかるか、ポリッジ」

「僕のママはそんなことしなかったよ」

みんながトリッジのベッドの周囲に集まってきて、問題の手紙が手から手へと回覧された。「おまえのとうちゃん何やってるんだっけ？」ウィルトシャーがだしぬけに尋ねると、トリッジはいつもの習慣で、ボタンのビジネスだよ、と答えた。

「おまえ、このフィッシャーに返事を書かなきゃなんないぞ」とメイス＝ハミルトンが言った。

「フィッシャーさま、僕はあなたを愛しています、ってな」とウィルトシャーが駄目押しした。

「でも、僕は……」

「知らなくたってかまやしない。とにかく返事を書いてそいつのパジャマに入れてこなくちゃなんないんだ」

トリッジは何も答えずに、問題の手紙を上着の胸のポケットに入れると、ゆっくり服を脱ぎはじめた。ほかの少年たちは自分のベッドへ戻っていったが、しばらくの間わいわいおもしろがっていた。翌朝、洗面所でトリッジがぽつりとつぶやいた。

「そのフィッシャーってひと、きっといいやつだとおもうんだ」

「おまえ、そいつの夢でも見たんだろう？　当たりだな、ポリッジ」とメイス＝ハミルトンが問いつめた。「そいつ、なんか悪さしたんじゃないか？　どうだ、当たりだろ」

「散歩に行くぐらいどうってことないよ」

「そうだよ、ぜんぜんどうってことないさ、ポリッジ」

じつを言うと、この事件の発端がそもそも間違いだった。フィッシャーはあせっていたのか、気が動転していたのかさだかではないが、違う枕の下に手紙を入れてしまったのだ。彼が気を引きたいとおもった相手は、その頃まだ大きい方のセインズベリーとつきあっていたアロウスミスだったのである。

火曜日がきてトリッジが変電所小屋に姿をあらわしたとき、この間違いがいきなり彼に降りかかった。トリッジはフィッシャーの手紙に返事を出す必要はないと思ってはいたが、ダイニングホールの彼方にいる相手の方へ向けて一、二度微笑みを投げてみた。ところが、相手は何も返してこなかったので驚いた。さらに、いざ変電所小屋の脇で出会ったときにも相手が無反応だったので、もっと驚いた。フィッシャーはトリッジの顔を見たとたん、口笛を吹くふりをしながらくるりと背を向けたのだ。

「ハロー、フィッシャー」とトリッジは言った。

「なにやってんだおまえ、帰れ。オレはひとを待ってるんだ」

「僕がトリッジだよ、フィッシャー」

「おまえが誰だって関係ねーよ」

「でも、あの手紙くれたのセンパイでしょ」トリッジはまだ微笑んでいた。「ほら、あの散歩しようって、ね、フィッシャー」

「散歩だって？ なんの散歩だよ？」

「センパイが僕の枕の下に手紙を入れたんでしょ？ フィッシャー」

「ありえねえ！」とフィッシャーがつぶやいた。

この対面の一部始終をアロウスミス、メイス＝ハミルトン、ウィルトシャーの三人組が盗み見ていた。チャペルの控え壁（バットレス）のかげに早々としゃがんで待ちかまえていたのである。聞き覚えのあるヤジが沸き起こったとたん、トリッジもいつものようにそのヤジにあわせて大笑いをはじめた。フィッシャーは真っ白な顔になって立ち去った。

「おかわいそうなポリッジ坊や」とさも同情するかのようにつぶやいたのはアロウスミスだった。

息が荒く、顔が歪んでいたのは吹き出したいのをこらえていたからだ。メイス＝ハミルトンとウィルトシャーは控え壁にもたれて高笑いしていた。

「なんてこったい、へっちゃらだい」とトリッジはつぶやいて、大笑いを顔に貼りつけたまま去っていった。

フィッシャーの手紙事件はこれでお終いとなってもよかったはずなのだが、じつはまだ続きがあった。フィッシャーはもう一度手紙を書き、こんどは間違いなく相手の手に渡るよう注意深く事を運んだ。ところが、アロウスミスはまだまだ大きい方のセインズベリーとがっちり結ばれていたので、R・A・J・フィッシャーの出る幕はなかった。

フィッシャーの失策の詳細を告げられたとき、トリッジは、きっとそんなことだろうと思ってた、と言った。だが、ウィルトシャー、メイス＝ハミルトン、アロウスミスの三人組は、新たな悲しみがトリッジを打ちのめしたのだと言い張った。ウィルトシャーは、すごくわくわくすることがせっかく起こりかけてたのに、咲きかけた友情の花びらがむしられちまったみたいなもんだ、と言った。アロウスミスが言うには、トリッジはピカソが描いた悲しみの道化師（アルルカン）そっくりだった。いずれにしても、この経験はトリッジの感受性を養う肥やしになるだろうということで、話は丸くおさまった。そしてみんなが揃って考えたのは、学校付き司祭（チャプレン）の神さま（ゴッド）ハーヴェイの影響で信心にめざめた少年たちの集団にトリッジが最近加入したのも、この経験がきっかけだろうということだった。神さま（ゴッド）ハーヴェイは苦行者みたいな人物で、大丈夫かと思うくらいやせこけていて、骨張った顔はミルクみたいに白く、修道服にはお香の匂いがしみついていた。彼は自室で読書会を主催しており、会の後にはいつもコーヒーとビスケットが出たが、本人は決してそれらに手をつけなかった。少年たちは集会のしめくくりにしばしば聖歌を歌ったので、「神さま(ゴッド)ハーヴェイの胸紅雀(リネッツ)」と呼ばれていた。よき羊たちの群れに迎えられて、トリッジは幸せをとりもどしたのだった。

それにひきかえ、R・A・J・フィッシャーは憂鬱の淵にいっそう深くはまりこんだ。アロウスミスは大きい方のセインズベリーを、なかば小馬鹿にしつつ操(みさお)を捧げたまま、フィッシャーの訴えるようなまなざしを横柄にしりぞけ、手紙にはいっさい返事をせず、のらりくらりと逃げを打ち続けた。フィッシャーは内向する痛みをつのらせていった。届くたびにアロウスミスがへらへらしながらみんなに見せた手紙には切ない思いがあふれており、時を追うにつれて生殺しにされた絶望の色が濃くなっていった。休暇明けの新学期、フィッシャーはどういうわけか学校へ戻らなかった。

その新学期に、後々語りぐさになる全校集会が開かれた。集会が開かれる前から、なにかやばそうな予感をみんなが感じ取っていた。うわさでは、今日限りダイニングホールで微笑や目配せをとばすのは禁止、ようするにお飾り(ビージュー)と後ろ盾(プロテクター)の関係は、たとえそれが〈天晴れ〉アンソニー・スウェインお得意の不貞行為であっても、ぜんぶ御法度になるらしかった。全校生徒が見守るなか、ガウンを着た教師たちが集会堂へ入ってきて高い演壇に勢揃いすると、満場をいかめしい沈黙が支配した。これから規則をやぶったやつらの公開ムチ打ちがはじまるんだ、というささやき声が走った。ボクシングの先生いるだろ、特務曹長先生……あの先生が、この学校で以前公開ムチ打ちがあったって話してたことがあるんだ……今日は校長先生に頼まれて、あの先生がムチ打ちするらしいぜ……。だが、公開ムチ打ちはおこなわれなかった。でっぷりとした赤ら顔の、いかにももったいぶった校長が演壇に姿をあらわしたが、特務曹長の姿はなかった。そのときの校長先生のしゃべりっぷりを後からさんざん真似したもんさ、とたくさんの連中が語りぐさにしている。それくらい、その日の校長はこの学校の伝統について長々と演説した。わたくしは、十四年間、本校の、校長職を、つとめてきたことを誇りとしておるのでありまして、と演説をはじめた校長は、品位について語り、わたくしは落胆したのであります、本校の名誉は汚されたのでありますから、あのごとき行為は厳に終止せられねばならぬのでありますと言った。「諸君の前に今日立ったわたくしは、じつに面目を失っておるのであります」とつけくわえた彼は一呼吸おいてから、「即刻これをすべて終止せらるべし」と命令を下した。そして、いつものしぐさでガウンをぐいっと引っ張って退場したのだった。

その全校集会が、なぜわざわざ夏学期の初日を選んで開かれたのかは、生徒の誰にも理解できなかった。だが、教師たちはなにかを知っていて、その隠し事がばれないようあれこれ必死に骨を折っているらしい。こういう場合にはたいてい、じじいのフロスティが内情を漏らしてくれるのだが、その彼でさえ今回は怖いくらい口をつぐんだままだった。

結局、校長が落胆と面目の失墜を演説してもなにも変わりはしなかった。いざ学期がはじまってみるとお飾り（ビージュー）と後ろ盾（プロテクター）の風習はいままでどおりで、目配せはおろか、丘の隠れ家での密会もタバコもロマンスもなくならなかった。Ｒ・Ａ・Ｊ・フィッシャーの件もたいして話題になることもなくじきに忘れ去られたが、彼が間違ってトリッジの枕の下に手紙を入れた話だけは、変電所小屋脇での出会いと咲きそこなった友情の花の場面ともども、伝説として語り継がれるようになった。学期が次々に新しくなってもその伝説は語り続けられたので、毎年入ってくる新入生たちはＲ・Ａ・Ｊ・フィッシャーってどんなやつだったんだろうと想像しながら、トリッジを興味津々なまなざしで見つめるようになった。ウィルトシャーとグッド、メイス＝ハミルトンとウェッブ、アロウスミスと大きい方のセインズベリーの関係は、三人の上級生たちが卒業するまで続いた。その後、ウィルトシャー、メイス＝ハミルトン、アロウスミスはそれぞれ新しい後ろ盾（プロテクター）を見つけ、それぞれの関係はやはり似たようなかたちで終わった。やがて、三人組が上級生になると、こんどはお飾り（ビージュー）ではなく、それぞれが誰かの後ろ盾（プロテクター）になった。

　トリッジはあいかわらず宗教系の路線を変えなかった。神さま（ゴッド）ハーヴェイのビスケットと精神高揚の会にせっせを顔を出すのはもちろん、誰から頼まれるでもなくチャペルの信徒席をから拭きし、真鍮金具を磨き、祈禱書をセロテープで補修して存在感を発揮した。ウィルトシャー、メイス＝ハミルトン、アロウスミスの三人組は、トリッジは処女懐胎によって生まれたとか、彼には霊的な舌がかりの賜物があたえられているが本人がそれを使いたがらないとか、彼には腎臓が三つあるなど、トリッジをめぐるウソ話をこしらえては言いふらし続けた。しまいにそうしたウソ話のなかから、トリッジと神さま（ゴッド）ハーヴェイとの間に性的関係があるという説が生まれて、まことしやかに流布するようになった。ウィルトシャーは、チャペルのかび臭い雰囲気と神さま（ゴッド）ハーヴェイのやせてくすんだ風貌について前口上を述べた後で、「愛と聖霊」と高らかに宣言してみせたものだ。すると、細くてひからびた指に加えて、神さま（ゴッド）ハーヴェイの修道服がたてるシュルシュルという衣擦れの音までが、意味ありげなものになった。気高い手つきで指がトリッジにふれるだろ、するとその気高さが途方もない情熱になって爆発するわけだよ……こんな話がすべてジョークとして通用した。トリッジの人柄ゆえである。聞いているやつらは爆笑したが、決して悪意のある笑いではなかった。トリッジを憎んでいる人間はひとりもいなかったからだ。トリッジはおもしろいやつ、と誰もが認めていて、こいつの失墜を願うやつなど誰ひとりいなかった。そもそも昇っていないトリッジに失墜などありえなかったのだ。

ウィルトシャー、メイス゠ハミルトン、アロウスミスの親しいつきあいは、学校を卒業し、それぞれが結婚して、子どもが生まれてからも変わらなかった。彼らのところには毎年一度、彼ら自身の出世の記事や、もっと成功した同窓生の記事などを載せた同窓会雑誌が送られてきた。ＯＢのためのカクテルパーティー、毎年六月に母校で催されるＯＢデー、ＯＢ参加によるクリケット試合――こういった催しには三人とも時々参加した。三人は時に応じて、それぞれ寄付をした。また、ときには募金のお願いとともに校舎改築プランなるものが送られてくることもあった。

年回りがいわゆる中年に近づいてくると、三人組が会う機会は少なくなった。アロウスミスはシェルの重役に就任して海外のさまざまな国に長期間駐在するようになり、二年に一度のペースで家族とともにイングランドへ里帰りするのが習慣になった。そして、アロウスミスの里帰りが、三人組再会の格好のチャンスとなった。三人の妻たちもこうした機会におしゃべりし、年を重ねるにつれて子どもたちどうしもおたがい顔見知りになった。しばしば大昔の学校時代のことが話題になり、いじめイェーツやじじいのフロスティや特務曹長やでっぷりした校長の名前が出たが、なかでもトリッジは別格だった。じっさい、三人組それぞれの家庭で、トリッジは神話的存在になっていた。彼らが新入生だったときに語りはじめられたジョークは、まるでそれ自体が先へ進む力を持ってでもいるかのように、いまだに現役だった。トリッジの純真さ、からかわれてもへっちゃらな「本当の幸せ」、そして、人生の宗教的な側面にたいする彼の関心は、妻や子どもたちの心の中でずっと生き続けてきたのだ。えび茶の寄宿寮指定ネクタイをきちんとしめてぴかぴかの靴を履き、髪はネズミみたいに短く刈り上げて、プディングみたいな顔から小さなふたつの目がのぞいている少年の風貌は、動かしがたい厳密さをともなって家族みんなの心の中に根を下ろしていた。アロウスミスが一発笑いをとりたいと思えば、「パパはボタンのビジネスをしてるんだ、トリッジ商会って知ってるでしょ」と言いさえすればよかった。トリッジのものの食べ方、トリッジの走り方、トリッジがいじめイェーツにっこりと微笑みを返したときのこと、赤ん坊のときに頭から落とされたことがあるという噂、腎臓が三つあるという話。どのネタをやっても必ず大受けした。ウィルトシャーとメイス＝ハミルトンとアロウスミスはいずれ劣らぬ話し上手だった。

　だが、三人組は、R・A・J・フィッシャーが間違えてトリッジの枕の下に手紙を入れた話と、トリッジと神さま(ゴッド)ハーヴェイはできてるぞ、とみんなでげらげら笑いながら言いふらした話だけは、決して口にしなかった。話がそっちへいったが最後、お飾り(ビージュー)と後ろ盾(プロテクター)やら、丘の中腹の隠れ家を舞台にしたロマンスや喫煙の話やら、もつれあった愛のことやら、家族づきあいにははなはだふさわしくない世界がずるずる出てきかねなかったからである。そっち方面のことは、三人組と妻たちだけで話しているときにおのずと話題になることもあったけれど、そういう場合でも、洗いざらい思い出して語り尽くすなどということはなかった。妻たちはそういう話を聞きながら、夫たちの学校での上級生と下級生のそういった関係は、自分たちの女子校でもよくあった、上級生にたいする下級生のプラトニックなあこがれと同じようなものだろうと理解していた。それゆえ、その話題はいつも語り尽くされぬままだった

　一九七六年六月のある晩のこと、ウィルトシャーとメイス＝ハミルトンがピカデリー・プレイスの葡萄亭(ザ・ヴァイン)というバーで落ち合った。一九七四年の夏にアロウスミスが家族連れで里帰りした時以来

の再会だった。今晩はアロウスミス一家とも会うことになっている。リッチモンドのウッドランズ・ホテルで、一同で会食する予定なのだ。前回はカバムにあるウィルトシャーの家に三家族が集まって再会を祝い、その前はイーリングのメイス＝ハミルトンの家にみんなで集まった。アロウスミスは、これはかわりばんこの会なんだから三度に一度は費用はオレ持ちで、ウッドランズで食事会をやりたいんだ、と言い張った。そうすることは、じつは本人にとっても好都合だった。というのも、アロウスミス一家は、二年に一度の里帰り休暇の大部分をサマーセットにある妻の実家で過ごすのがつねだったが、この食事会を理由に一週間ウッドランズに滞在して、ロンドンで羽を伸ばすことができたからである。

ピカデリー・プレイスの葡萄亭で、ウィルトシャーとメイス＝ハミルトンは早いピッチで二杯目を空けていた。いつものように再会を喜びあい、アロウスミスとその家族にもしばらくぶりに会えるのでうきうきしていた。ふたりはこの歳になっても面影にどこか似通ったところがあった。ふたりとも禿げ上がり、贅肉が目立つようになり、示し合わせたようにチョークストライプの地味なブルーのスーツを着ていた。ウィルトシャーのスーツのほうがすこしだけパリッとしていた。

「遅れるぞ、そろそろ出なくちゃ」この前会ったとき以来のちょっとした儲け話を披露した後で、ウィルトシャーが言った。彼は輸出入業界で仕事をしていた。メイス＝ハミルトンのほうは勅許弁護士になっていた。

ふたりはグラスを飲み干した。腰掛けからするりと下りて店を出るふたりに、カウンターの向こうからバーマンが「チェーリオ」と声をかけて見送った。落ち着いた照明の店内にふさわしい声だった。「チェーリオ、ジェリー」とウィルトシャーが答えた。

ふたりはウィルトシャーの車でハマースミス方面へ向かい、橋を渡ってバーンズからリッチモンドへ入った。金曜の夜だったので道路は混んでいた。

「あいつ、ちょっと問題抱えてんだよな」とメイス＝ハミルトンが言った。

「アロウズか？」

「モンバサの男に一目惚れしちまったんだ、あいつの奥さん」

自転車とタクシーの間に車を割り込ませながら、ウィルトシャーがうなずいた。彼はすこしも驚かなかった。六年前のことになるが、彼自身、アロウスミスの奥さんに誘われて一晩浮気したことがある。ばかなことをしたもんだと、後になってからずいぶん後悔した。

ウッドランズ・ホテル。グレー・フランネルのスーツを着たアロウスミスは、すでに微醺をおびていた。ウィルトシャーやメイス＝ハミルトンと同じように彼にも贅肉がついてきていたが、頭髪はまだ健在だった。しかし、その色に昔の名残はなかった。じじいのフロスティが「アロウズのブロンドの屋根」と呼んだ髪はいまや銀白色だった。顔色は昔よりもいっそうピンクになり、黒縁の重たそうなメガネを掛けるようになったので、少年の頃とは雰囲気がだいぶ変わっていた。

ウッドランズのバーで、彼はウィスキーをひとりで飲んでいた。ときどき独り笑いしていたのは、今夜みんなを驚かす出し物を考えていたからだ。妻の実家で五週間も籠の鳥みたいに暮らした後だったから、解放感もひとしおだった。「きみも一杯やってくれよ」彼はぽっちゃりした唇に口紅をべったり塗りたくったバーメイドに声をかけた。そして、それではいただきます、と返事をした相手のほうへ、空になった自分のグラスを突き出した。

彼の妻と思春期の三人の子ども——息子がふたりに娘がひとり——が、ミセス・メイス＝ハミルトンと一緒にバーへ入ってきた。やってきたその一団を見つけると、アロウスミスがひょうきんな声で「ハーイ、ハーイ、ハーイ」と呼びかけた。妻とミセス・メイス＝ハミルトンは、あらまたこのひと酔ってるわ、と思った。一同が席についている間に、彼は注がれたばかりのウィスキーをひといきに飲み干した。そして、「まずこいつをもう一杯」とバーメイドに注文してから、みんなに何が飲みたいか聞いてまわった。

飲み物の注文が出揃ったころ、ミセス・ウィルトシャーと双子の娘たちが到着した。娘たちは十二歳である。アロウスミスは、ミセス・メイス＝ハミルトンにしたのと同じように、ミセス・ウィルトシャーにあいさつのキスをした。例のバーメイドは、これほどの大人数の注文を間違いなくとりしきるのはアロウスミスの手に余ると判断したようで、一同が陣取ったふたつのテーブルの脇までやってきて注文をとった。全員が注文し終わるとにぎやかなおしゃべりがはじまった。

三人の女たちは見た目も物腰もさまざまだった。ミセス・アロウスミスはナイフみたいにやせていて、灰白色の髪とお揃いの色のドレスをおしゃれに着こなしていた。彼女はチェーンスモーカーで、どうしてもタバコを止めることができなかった。ミセス・ウィルトシャーは小柄だった。引っ込み思案なので、人前に出るとつい縮こまってしまい、じっさいこぢんまりした鞠みたいにみえた。今晩はピンクの服を着ていたが、ピンク色がいささか褪せていた。ミセス・メイス＝ハミルトンは、のんきにしていたらぶくぶく太ってしまったタイプで、大きな体にベゴニアの柄がついたありあわせのドレスを着ていた。彼女が自分では気づかぬままミセス・ウィルトシャーを怖じ気づかせていた一方で、ミセス・アロウスミスはミセス・メイス＝ハミルトンのことを目障りに感じていた。

「ふう、なんてすてきな一杯だこと！」ミセス・アロウスミスがつぶやいた。ジントニックをすすろうとして一瞬伏し目になったまぶたに、青いシャドウが乗っていた。

「みなさんにお目にかかれてほんとにうれしいわ」満面をほころばせたミセス・メイス＝ハミルトンが一座をぐるりと見回し、グラスをかすかに挙げて言った。「みなさんほんとに大きくなられて！」彼女自身には子どもはいなかった。

「たしかにおっぱいはデカくなったぜ、なあ」とアロウスミスの長男が弟に小声で言った。ウィルトシャーの双子の娘のことである。この兄弟はどちらも父親の出た学校には行かなかった。弟はオックスフォードにある私立進学準備校の生徒で、兄のほうはチャーターハウス校に通っていた。ふたりとももう大きいのでシェリーを飲むことを許されており、今晩は飲めるだけ飲んでやるぞとひそかに意気込んでいた。彼らにとってこういう家族づきあいは退屈なだけだった。一番上の姉はちょうど大学へ進学するところだったが、一晩中誰とも口をきかず、微笑みもしない、とかたく心に決めていた。

アロウスミスはミセス・ウィルトシャーの双子の娘たちはごちそうを食べるのをとても楽しみにしていた。

アロウスミスはミセス・ウィルトシャーの隣りに座った。彼はしばらくの間黙っていたが、だしぬけに片手をミセス・ウィルトシャーの両膝の上に伸ばして、膝小僧をぎゅっと握りしめた。男子校的な友愛表現のつもりだった。アロウスミスは、会えてうれしいと言ったが、口先だけのあいさつで、話すときに相手のほうを見さえしなかった。おんなこどもとつきあうのは苦手だったのである。

一方、ミセス・ウィルトシャーは、自分の膝の上に男の手が置かれたのに嫌悪感を覚え、アロウスミスが手を引っ込めた瞬間ほっとした。それもつかの間、アロウスミスが突然「ハーイ、ハーイ、ハーイ」と大声を上げたので、びっくりして飛び上がった。ウィルトシャーとメイス＝ハミルトンが到着したのだった。

若い頃には三人の体格や風貌は目立つほど似通っていた。その名残は葡萄亭のカウンター席に並んで腰掛けたウィルトシャーとメイス＝ハミルトンにも感じられたが、今、三人組が勢揃いしたのを見比べてみると、まるで欠けていた鏡像をアロウスミスの存在が補うかのように、三人の風貌はそっくりだった。贅肉のつきかたもそっくりだったし、アロウスミスの顔色と同じピンクが、ほかのふたりの顔をも彩っていた。ふたりの禿頭と並べてみるとアロウスミスの白髪頭だけが場違いに見えた。ふだんはそんなふうに見えないのだが、この三人が並ぶと、アロウスミスはカツラをかぶっているみたいだった。ふたりが着ているピンストライプのスーツの脇にアロウスミスのグレー・フランネルのスーツが並ぶと、着てくる服を間違えているように見えた。「ハーイ、ハーイ、ハーイ」と声を張り上げて、アロウスミスは旧友たちの肩を叩いた。

さらに何ラウンドかの飲み物が注文され、飲み干された。アロウスミスの息子ふたりは顔を見合わせて酔った酔ったと確認しあい、ウィルトシャーの双子の娘たちの身体の発育状況について、ひそひそ声で話し合っていた。ミセス・ウィルトシャーは、チンザノ・ビアンコが血流に染みこんでいくにつれて、気分がほぐれてきた。ミセス・アロウスミスは身体の内側にいらいらを抱え込んでいた。いつものことだった。どこか別の場所で知らない男とふたりきりでいたいという欲望がたまっていたのだ。ミセス・メイス＝ハミルトンは大きな声で自分の家の庭のことをしゃべり続けた。

しばらくして一同はバーからダイニングルームへ移動した。「ダイニングテーブルのほうへもう一ラウンドたのむよ、大急ぎで」とアロウスミスが例の口紅のバーメイドに言った。

ウェイターの案内で一同は、照明を落とした広いダイニングルームの真ん中の長いテーブルに着座した。カーネーションの入った一輪挿しがいくつか置かれた卓上を、天井のシャンデリアが見下ろしていた。セロリスープがテーブルに届き、スモークサーモンとパテが来るのと前後してアロウスミスがさっきバーに注文した最終ラウンドのグラスが届き、ニュイ・サンジョルジュに引き続いてヴーヴレイとアンジュー・ロゼのボトルが何本も栓を抜かれ、サーロインステーキに、キング風チキンに、仔牛のスキャロップが一同の胃袋におさまった。アロウスミスの息子ふたりがウィルトシャーの双子の娘のブラウスのあたりをあからさまに見つめて、甲高い笑い声を上げた。じゃがいも、豆類、ほうれん草、にんじんの温野菜が食卓に並んだ。野菜の皿が来たのを手で払いのけるしぐさで断って、ミセス・アロウスミスはコースの合間にタバコを吸った。彼女がウィルトシャーを誘って浮気したのは六年前のこのディナーの後のことだった。ふたりとも相当酔っぱらっていたから、何をやっても平気な気持ちになっていたのだ。「もう最高にゴキゲン、すてきだわ!」おしゃべりのざわめきをつらぬくように、ミセス・メイス＝ハミルトンの声がとどろいた。

ホイップクリーム添えのトライフルやオレンジサプライズが出たころ、トリッジのことが話題になった。かつてディナーの最中にその名前が出たこともなくはなかったが、たいていはデザートの頃合いにトリッジの話になる。「あわれなやつ」とウィルトシャーがひとこと言うと、みんながどっと笑った。全員がわかる唯一の話題がこれだったからだ。ミセス・メイス＝ハミルトンの庭の話なんか誰も聞きたくなかった。アロウスミスの息子たちの話はふたりだけのこそこそ話だったし、ミセス・アロウスミスの秘められた欲望はもちろん語られることはなく、ミセス・ウィルトシャーの引っ込み思案も内緒の世界に閉じこもっていた。だが、トリッジだけは別だった。トリッジは一同の心の中に住みついた古い友達みたいになっていたから、みんなが彼にだけは興味があった。トリッジがいかに純真だったかを物語る新たな証拠を三人組の誰かが思い出して語りはじめると、ウィルトシャーの双子の娘たちは大喜びで耳を傾けていた。アロウスミスの長女にとってみれば、ミセス・メイス＝ハミルトンの質問攻めをくらうよりはこの話題のほうがましだった。ふたりの腕白坊主にとっても、別のことで盛り上がった馬鹿笑いがおおっぴらにできるので都合がよかった。ミセス・メイス＝ハミルトンは内心トリッジってちょっと危ないひとなんじゃないかしらと思い、ミセス・アロウスミスはまるで無関心だった。ミセス・ウィルトシャーだけがこのなりゆきを心配して、三人組は古い友達の思い出をずいぶん手荒に扱っているけれど大丈夫かしら、と思っていたが、もちろんそんなことはおくびにも出さなかった。今晩の思い出話はウィルトシャーの番だった。アロウスミスがトリッジをだまして、いじめイェーツが風呂桶で溺れ死んだと信じ込ませたときの話を披露した。するとアロウスミスの次男が口を開いて、うちの学校の生徒でもさ、だまされてそいつの姉ちゃんの犬が死んじまったって信じたやつがいたんだよ、と言った。「みんな」とアロウスミスがだしぬけに大声を出した。「あいつがこれからここへ来るんだ。トリッジだよ」

一同は大笑いした。誰もトリッジが本当にやってくるなんて思いやしなかった。ミセス・アロウスミスは、このひとは酔っぱらうといつもこうだから、と心の中でつぶやいた。

「どうかな、とちょっと思いはしたんだがね、でもホントだぜ。あいつはコーヒーを飲みにここへ顔出すって」とアロウスミスが言った。

「アロウズ、おめえ、とんでもねえ野郎だな」食卓を手の平でばしっと叩いて、ウィルトシャーが言った。

「パパはボタンのビジネスをしてるんだ」とアロウスミスは大声を上げた。「トリッジ商会って知ってるでしょ」

ウィルトシャーとメイス＝ハミルトンが記憶しているかぎりでは、トリッジの消息に関する記事が同窓会雑誌に載ったことは一度もなかった。死亡記事こそ載らなかったが、今どうしているのかはまったく不明だった。だが、あれこれするうちにひとから話を聞き出してしまうのはアロウスミスの得意技だ。この男の核心には、ジョークに新しい笑いを付け足したい一心で、ジョークのバッテリーに再充電したがる欲望があると言ってもいいくらいだった。アロウスミスは、中年になったトリッジを一目見れば、いままで語りまくってきた逸話のおもしろさにいっそう箔がつくと考えたのだ。

「だからさ、学校時代の旧友が再会するのに文句はねえだろ？　たくさん集まったほうが楽しさも倍増だし」とアロウスミスがまくしたてた。

ミセス・ウィルトシャーは、このひとは弱い者いじめをするひとだ、と思った。三人揃っていじめっ子なんだわ。

トリッジは九時半にあらわれた。ネズミの毛皮みたいだった髪型は昔と同じで、白髪にもならず禿げ上がってもいなかった。贅肉もついておらず、中年になってむしろシャープな体型になったようだった。今はひょろっとした印象さえ感じさせ、身のこなしにもそれがあらわれていた。生徒の頃には万事慎重で動作がのろかったのに、淡い色のリネンのスーツを粋に着こなしてウッドランズ・ホテルのダイニングルームを横切ってくる彼の足取りは、まるでタップダンサーみたいに敏捷だった。

誰もその男があいつだとは気がつかなかった。テーブルに歩み寄ってきたその男は、学生時代を一緒に過ごした三人の目にはまったくの別人に見えたし、妻や子どもたちの心に住みついていた人物像からもかけはなれていた。

「やあ、元気ですか、アロウズ君」とその男は微笑みながらアロウスミスに話しかけた。その微笑みもちっともトリッジらしくなかった。暖かみのないつくり笑いが男の顔の表面にふっと浮かんだと思ったら、一瞬で消えたのである。小さかったはずの両目は、顔がほっそりしたせいでもう小さくなく、ふっと浮かんで消えた微笑に似合う一種独特の眼光を放っていた。

「なんてこった、こいつぁポリッジじゃねえよ！」アロウスミスの口は呂律がまわらなかった。さらに、顔一面にどす黒い赤みが差して、額は汗でてらてら光っていた。

「よく見てくれよ、ポリッジだよ」とトリッジは穏やかに言った。そして、まずアロウスミスに手を差しのべ、ウィルトシャーとメイス＝ハミルトンとも握手をした。彼は三人の妻たちにも紹介され、さらに子どもたちにも紹介されて、順々に全員と握手した。湿った手だろうという一同の予想に反して、彼の手はひんやりと冷たく、皮膚はどちらかというと硬かった。

「トリッジさん、コーヒーの時間にちょうど間に合いましたね、よかった」とミセス・メイス＝ハミルトンが言った。

「ブランデーのほうがいいんじゃないか？」とアロウスミスが言った。「ブランデーにしろよ、なあ旧友」

「そうだね、アロウズ、じゃあお言葉に甘えようかな。シャルトルーズをひとつ」

ウェイターが椅子を持ってきて、ミセス・メイス＝ハミルトンとアロウスミスの息子たちの間に、トリッジの席が用意された。アロウスミスのやつ、とんでもない間違いをしでかしたぞ、とウィルトシャーはハラはらしはじめた。あいつ気でも違ったんじゃねえか？

メイス＝ハミルトンはテーブルの向かい側からトリッジを観察した。昔のままのトリッジなら、夜遅くにはお茶とビスケットのほうがいいんでアルコールは遠慮しとくよ、と言ったはずだ。目の前にいる男が、パパはボタンのビジネスをしてるんだ、などと言っていたとはまるで想像もできなかった。この男にはメイス＝ハミルトンを不安にさせる人当たりのよさが感じられた。自分自身が妻にいつも話してきたこと、そして他のふたりの妻や子どもたちが聞かされてきたことはみんな嘘だったのだろうか、だとしたら自分はずっと嘘に捕らわれて生きてきたのか、という思いが頭をよぎったが、もちろん嘘などであるはずはなかった。

子どもたちはトリッジをちらちら盗み見て、自分たちの頭の中にある少年の面影と一致させようとしたが無駄だった。ミセス・アロウスミスは、あたしたちが長年聞かされてきた話はぜんぶひっくるめてゴミだったってことね、と心の中でつぶやいた。ミセス・メイス＝ハミルトンはうろたえていた。ミセス・ウィルトシャーは喜んでいた。

「R・A・J・フィッシャーがその後どうなったかについては誰も知らないでしょ」とトリッジはいきなり言った。何の前置きもなしに、すでに話がはじまっていた。

「おい、まてよ、フィッシャーかよ」とメイス＝ハミルトンが言った。

「フィッシャーって誰？」アロウスミスの次男が尋ねた。

トリッジは少年のほうを振り向いて一瞬微笑んでみせ、「そいつはいなくなっちゃったんだよ。残念なできごとがあったんでね」と答えた。

「おまえはずいぶん変わったよな、ホント」とアロウスミスが言い、「ホント、変わったと思わねえか?」とウィルトシャーとメイス＝ハミルトンにも同意をもとめた。

「見違えちまったよな」とウィルトシャーが言った。

トリッジは、ははは、と笑った。「今は大胆になったんだよ。僕はおくてだったからね、たぶん」

「残念なできごとって、どういうふうに残念なことなの」アロウスミスの次男が尋ねた。「フィッシャーは退学させられたの?」

「いやいや、そうじゃないんだ」とメイス＝ハミルトンがあわてて言った。

「じつは、フィッシャー事件の発端は彼が手紙を書いたことにはじまるんだけどさ。みんな覚えてるよね? 彼がその手紙を僕のパジャマの中に入れたんだ。ところが、その手紙は僕あてじゃなかったんだよ」

トリッジはこう言うとまた微笑んだ。そして、ミセス・ウィルトシャーを会話に引き込もうとするかのように、ていねいな物腰で彼女のほうに向きを変えた。「僕は学生の頃は純真でしたからね。でも、純真や無垢なんてものはいつしか消え失せてしまうものです。しまいには僕も、わが行くべき方向を見いだしたというわけなんですよ」

「もちろんそうよね」とミセス・ウィルトシャーはつぶやいた。彼女は、トリッジが想像と違っていたからうれしかったのだが、それでも、この男を好きにはなれなかった。この男にはどこか不吉な感じというか、芸術作品みたいな冷酷さが感じられたからだ。この男自身が一個の芸術作品のように見えた。純真さを失ったと語りながら、まるで自分自身を作り直したのだと言っているようだった。

「僕はよくフィッシャーのことをあれこれ思いめぐらすんですよ」と彼は言った。

ウィルトシャーの双子の娘たちはくすくす笑った。「そのフィッシャーとかいうやつがどうしてそんなに気になるのかなあ」とアロウスミスの長男が、弟を肘で小突きながらつぶやいた。

「それで、近頃はどうなんだい?」ウィルトシャーが、同時に口を開いて何か言おうとしたメイス＝ハミルトンをさえぎって尋ねた。

「ボタンを製造しているよ」とトリッジが答えた。「父もボタン製造をしていたんだ。覚えていてくれてるかもしれないけど」

「おう、飲み物が来たぜ」とアロウスミスがぞんざいに言った。

ウェイターが目の前にシャルトルーズのグラスを置くと、トリッジはまた口を開いた。「母校とはその後ちゃんと連絡とっていないんです。かわいそうなフィッシャーのことだけはよく思い出してますけれどね。なにしろ、僕らの頃の校長ときたら間抜け野郎でしたから」と、彼はミセス・ウィルトシャーに向かって語りかけていた。

ウィルトシャーの双子の娘たちはまたくすくす笑い声を上げた。アロウスミスの長女はあくびをしたが、兄弟は揃ってくすくす笑った。フィッシャーという名前がまたもや出てきたのでおもしろがったのだ。

「コーヒーはいかが、トリッジさん」ウェイターが入れたてのコーヒーポットをテーブルに運んできたので、ミセス・メイス＝ハミルトンが言った。彼女がポットをカップの上に高く掲げると、彼は微笑み、うなずいてみせた。

「パールのボタンなんかつくってらっしゃるのかしら?」と彼女が尋ねた。

「いいえ、パールのはつくってないんです」

「袋入りのまずい豆菓子、よく食ったの覚えてるか?」とアロウスミスが尋ねた。

「プラスチックなんかはつかうんだろ、ボタンにさ? なあ、ポリッジ」とウィルトシャーが尋ねた。

「いや、うちじゃあプラスチックは使わないんだ。皮を使う。いろんな種類の皮。それから角を加工してる。そっち方面がうちの専門なんだ」

「まあ、なんておもしろいお仕事だこと!」とミセス・メイス＝ハミルトンが声を上げた。

「いえ、いいえ。ふつうなんです、ぜんぜん」こう言って一息ついてから、彼はこうつけくわえた。「フィッシャーは材木業界へ進んだって誰かわざわざ教えてくれたことがありましたが、もちろんそんな話はまるで真実じゃないんです」

「一年前にうちの学校でも退学になった生徒がいてね」大人たちがいっせいに失笑を漏らしたのを聞いたアロウスミスの次男がかばうように口をはさんだ。「原因はトランジスターラジオを盗んだからだったたんだ」

トリッジはその話に興味ありげにうなずいた。そして、アロウスミス家の兄弟に、学校はどこへ行ってるの、と尋ねた。兄のほうはチャーターハウス校と答え、弟のほうも自分が通っている私立進学準備校の名前を答えた。トリッジはなるほどとまたうなずいて、こんどは長女に尋ねた。わたしはこれから大学に進学するところです、と彼女は答えた。それから彼は、ウィルトシャーの双子の娘たちともひとしきり学校の話題で楽しそうに話した。子どもたちはあれこれ尋ねようとする彼の姿勢を愉快に思い、このおじさんはほんとにいろいろ知りたがってくれているんだ、と考えた。くすくす笑いはぴたりとやんだ。

「僕が想像したのはこういうこと。つまり、フィッシャーは僕を彼のお飾り(ビージュー)にしたいと思ったらしいんだな」子どもたちの学校の話題はもう終わったが、トリッジは依然として子どもたちを相手に語りかけていた。「ほら、うちの学校ってちょっと変わった悪ふざけだらけだったじゃないか、覚えてるよね?」とメイス＝ハミルトンに向かってつけくわえた。

「お飾り(ビージュー)って何?」メイス＝ハミルトンが答える前に双子のひとりが尋ねた。

「オトコ娼婦って言えばわかるかな」とトリッジは答えた。

アロウスミス家の兄弟はぽかんとしたようすでトリッジを見つめた。兄のほうは実際に口をあんぐりあけていた。ウィルトシャーの双子はまたくすくす笑いをはじめた。アロウスミスの長女は興味津々なのを隠すことができずに、顔をしかめてみせた。

「〈天晴れ〉アンソニー・スウェインだってオトコ娼婦みたいなもんだったんだよ」とトリッジは言った。

ミセス・アロウスミスは数分間自分ひとりの物思いにふけっていたが、ふとボタン製造をしている男がセックスの話をしているのに気がついた。いったい何がはじまったのかしら、と驚いた彼女は、テーブルの対角線の向こう側に目をやった。

「おいおいトリッジ」と顔をしかめ、頭を振りながらウィルトシャーが言った。そして、ほとんど気づかれないくらいの身振りで、女たちと子どもたちに合図を送った。

「アンドリューズとバトラー。ディロンとプラット。トッティルと金魚のスチュワート。きみのお父さんはね」とアロウスミスの長女に向かってトリッジが言った。「大きい方のセインズベリーっていうやつに長いこと熱を上げてたんだよ」

「おいおい、おまえ」アロウスミスは大声を上げ、いったん立ち上がりかけたが気を取り直して腰を下ろした。

「まったくもうこの三人組ときたら、男の子たちの心を悩ませたってことさ！」

「トリッジさん、そういうお話はやめてください」ミセス・ウィルトシャーが抗議したのを聞いてみんな驚いたが、いちばん驚いたのは抗議した本人だった。「子どもたちはまだ小さいんですから」

お終いのほうは消え入らんばかりの声だった。彼女は、自分の顔が恥じらいで真っ赤になっているのがわかった。それに、胃のあたりになにやらむかむかするものが渦巻いているのも感じた。トリッジは、彼女の勇気に敬意を表すかのように丁寧な口調で謝罪した。

「おまえはそろそろ帰ったほうがよさそうだな」とアロウスミスが言った。

「きみが神さま（ゴッド）ハーヴェイについて言ったことは当たりだったよ、アロウズ。修道服の中のあのひとは正真正銘のゲイだったからね。じじいのフロスティもおんなじだったよ。ほんとの話」

「なんですって！」ミセス・メイス＝ハミルトンは悲鳴を上げ、彼女の当惑は激怒に変わった。夫を見据えた彼女の目は、いますぐなんとかするよう無言で要求していた。ところが、その夫とふたりの仲間は、トリッジのセリフを聞いて金縛りにあったように動けなくなってしまった。寮、ダイニングホール、目配せと手紙、そしてチャペル裏での密会——学校時代の情景が三人組めがけていきなりとびかかってきたのだ。神さま（ゴッド）ハーヴェイ自身がそういう性行を持っており、突飛なジョークからはじまった噂に真実がふくまれていたとは、言ってみれば、母校に隠されていた偽善的な体質のぼろが出たのである。

　トリッジの話はまだ終わりではなかった。「じっさい、神さま（ゴッド）ハーヴェイに出会っていなかったら、僕は今の僕になっていなかったと思う。僕はいわゆる同性愛者（クィア）なんだ」と、子どもたちに向かって説明した。「つまり、男を相手に性交するってこと」

「トリッジ、たのむからやめてくれ！」アロウスミスが立ち上がって叫んだ。顔は完熟したイチゴの色になり、涙ぐんだ目は怒りでぴくぴくしていた。

「今日は招待してくれてありがとう。アロウズ。母校（アルマ・マーテル）は僕みたいな卒業生が出たことを、もっと誇りにすべきだと思うよ」

　ミセス・メイス＝ハミルトンとミセス・ウィルトシャーと、それから三人の男たちがいっせいに口を開いた。ミセス・アロウスミスだけは黙ったまま座っていた。彼女が考えていたのは、夫の酔い方は騒々しくて自分は静かに酔うほうだけれど、結局行き着く先はお揃いで、かなりの酔っぱらいだ、ということだった。夫はどうやら、自分と出会う前のうんと若い頃のほうが性欲は盛んだったみたいだけれど、それにしても近頃はさっぱりだ。ようするにオトコになった少年たちとやりたいほうだい楽しんでいたということだろう。じじいのフロスティなんて、ずっとチップス先生みたいなひとだと聞かされていたのに。大きい方のセインズベリーとか神さま（ゴッド）ハーヴェイなんて名前は初耳だった。

「じつに不愉快ですわ！」と叫ぶミセス・メイス＝ハミルトンの声がほかの声を圧倒した。警察を呼びましょう、というのが彼女の提案だった。こんなお話を聞かされるなんて言語道断、子どもたちはただちにダイニングルームから避難させましょう、と言いかけたが、トリッジのほうが帰り支度をしているのに気がついてこう叫んだ。「あなたほどおそろしいお方には会ったことがありません！」

テーブルの周囲には混乱が黒い霧のように巻き起こっていた。ミセス・ウィルトシャーは、夫とミセス・アロウスミスの浮気を思い出して、胃のあたりにまたもやむかむかするものが渦巻くのを感じた。「あのひとがあんまりオトコ日照りで苦しそうだったから」ばれたとわかった瞬間、夫はいささか乱暴にこう告白した。「オレが楽にしてやったんだよ」妻は泣き崩れ、夫はなんとかなぐさめようとした。じつは彼女は一度もその気にさせてもらったことがないのだが、そのことは夫には言わなかった。自分のほうが悪いんだ、といつも思っていたからだ。でも、今になってみると、それも怪しくなってきた。言わず語らずのうちに、本能が彼女にこの疑念を教えたのだった。ふと目を上げると、トリッジが同情するような微笑みをなげかけていた。だが、ドライな微笑みを浮かべたかんじんの目は笑っていなかった。

うなだれて、顔を両手で半分隠しながら、アロウスミスの次男が指の隙間から父親のようすを窺っていた。バスの隣りの席に座ってきたり、車に乗せてあげるなんて言ってくるひとがいても、気をつけなくちゃいけませんよ、といつも両親から言い聞かされてきたが、今夜やってきたこの男のひとがそのひとだったのだ。いままでジョークだったひとがナマで出てきたと思ったら、そういうひとだった。もう、ジョークじゃない。しかも、少年の父親もそういうひとだったのだ、ある時期は。少年の困惑はますます深くなった。

アロウスミスの長女も父親のことを考えていた。ラゴスに住んでいたとき、部屋のドアを開けたら、中に母親がいてアフリカ人の事務員に両手で抱きかかえられていたことがあった。あれ以来、父親をかわいそうだと思っている。母親と喧嘩して、母親にひどいことを言って、それから後で部屋で見たことをぜんぶ父親に言いつけた。そうしたら父親はくたびれたみたいにうなずいただけで、驚いたようすは見せなかった。母親は大泣きしていたのに。娘は父親を抱きしめてなぐさめた。母親のことはかわいそうとも思わなかったし、同情もしなかったし、あんなことをするなんて理解できなかった。ディナーテーブルを前に腰掛けた娘の脳裏に、記憶の光景がまざまざとよみがえった。今みたいなときにはこういうことを思い出すのがぴったりだと思ったが、どうぴったりなのかはよくわからなかった。彼女の両親の結婚生活は汚れていた。外見よりもっと汚れていた。テーブルの向こう側で、母親がこわい顔をしてタバコを吸っていた。目の焦点がよく合わないようだったが、一転こちらを向くと、うっとりしたような微笑みを投げてよこした。

アロウスミスの長男も、この場の混乱には気がついていた。トリッジがしゃべったようなことは彼の学校でも行なわれているから、さっきぶちまけられた真実の中味を抵抗なく信じることができた。そして、いままで思いもよらなかったことを想像している自分に気がついた。父親とその仲間たちが学校の制服を着てほかの男子生徒たちと恋愛していただなんて――彼はそのイメージにたいしてシニカルなポーズをとってもよかったのだが、そうすることができなかった。そのかわりになんだか息苦しくなってきて、ディナーの最初から今まで彼の顔にあった微笑みがついに消え失せた。

ウィルトシャーの双子の娘たちは、目の前の白いテーブルクロスを悲しそうに見つめていた。ところどころにワインやグレービーの染みがついていた。このふたりも、微笑みをたやさぬようにする気力をついに失って、小刻みに震えながらこみあげてくる涙をおさえるのに必死だった。

「そうだね、そろそろおいとましたほうがよさそうだ」とトリッジが言った。

たまりかねたミセス・メイス＝ハミルトンが、早くトリッジさんを帰らせなきゃだめじゃないの、せめて何か言って！と言わんばかりに夫をにらんだが、メイス＝ハミルトンは何も言わなかった。妻はいよいよ唇をなめまわして、夫の代わりに口を開きそうになったが、すんでのところで思いとどまった。

「フィッシャーが材木業界へ進んだなんて嘘だ」とトリッジが言った。「だって、あわれなフィッシャーは死んだんですから。ミセス・メイス＝ハミルトン、いいですか、うちの学校のばか校長があの集会を招集したのはそれが理由だったんですからね」

「あの集会って？」と彼女が尋ねた。彼女は、怒りを込めて冷徹な声を出したつもりだったが、弱々しい発声にしかならなかった。

「誰にも意味がわからない全校集会が開かれたことがあったんですよ。あわれなフィッシャーが父親の農場の納屋で首吊り自殺したからだったんです。僕はつきとめたんだ」ここまで言うと、トリッジはアロウスミスのほうへ向きを変えて、「じつは何年もたってから神（ゴッド）さまハーヴェイが話してくれたんだけどさ、かわいそうに、あいつ手紙を書いてたんだけど、宛名のひとには伝えないでくださいって遺族が頼んだから、もみ消されたっていうんだ。で、その宛先はアロウズだったんだよ」

アロウスミスはまだテーブルを前にして突っ立ったままだった。「手紙だって？」と彼は言った。

「オレ宛てにか？」

「最後の手紙だよ。あいつが自殺した理由は何だったんだろうねえ？　アロウズ」

トリッジはまずアロウスミスにニヤッと笑いかけ、その表情を顔に貼りつけたままテーブルをぐるっと見回した。

「ぜんぶ嘘っぱちだ」とウィルトシャーが言った。

「いいや、ぜんぶほんとのことなんだ」

トリッジは立ち去った。ディナーテーブルを沈黙が支配した。納屋の梁から吊り下がった少年の遺体と、力無くぶらさがった両足の下の麦わらの上に置かれた手紙。その死体は混沌としたテーブルの真上から吊り下がり、下の混乱に拍車を掛けた。ふたりのウェイターが壁際の食器台のところで所在なさげにたたずんでいた。ひとりはソース瓶を並べ替え、もうひとりはナプキンを三角に折りたたみながら時間をやり過ごしていた。アロウスミスはのろのろと腰を下ろした。トリッジのことばがいつまでもディナーテーブルの上にこだましていた。口を開こうとする者は誰もいなかった。いや、テーブルにとりついていたのはトリッジそのひとの幻だった。ドライな微笑みとタップダンサーの身のこなしで過去のイメージを見事に裏切りながら、誰よりも過去に忠誠を尽くしたやつがそこにいた。中年になった今、そいつは勝ち誇っているように見えた。

ミセス・アロウスミスが突然すすり泣きはじめた。ウィルトシャーの双子も泣き出したのを、母親が慰めた。アロウスミスの長女は席を立ってどこかへ歩き去った。ミセス・メイス＝ハミルトンは三人の男たちに向き直り、こんなことになってしまってあなたたち面目丸つぶれね、と言った。

# こわれた家庭

Broken Homes

「ご立派です。信じられませんよ、ホントに」と男は言った。

小柄で肉付きがいいところへ丸々とした顔が載っかって、ひげ剃り跡が青ざめた灰色をしている。髪も白髪交じりの灰色で、額にぱらりと垂れかかっている。それに、こざっぱりとはいえない身だしなみ。赤いメリヤスのタートルネックの上にはおった上着の胸ポケットからは、ボールペンと鉛筆がのぞいていた。すっと立ち上がると、黒いコーデュロイのズボンに蛇腹みたいなシワができていた。近頃はこういう男性が多いのよね、とミセス・モールビーは心の中でつぶやいた。

「わたしどもはかれらを助けてやりたいのでして」と男は言った。「それからもちろん、こちらのお宅にも手助けがしたいのです。スローガンは、相互理解を深めよう」こう言って男はきちんとそろった小さな歯列をニッとむきだして微笑み、「世代間どうしの、ってことです」とつけくわえた。

「なるほど。もちろん、それはたいへんご親切なことで」とミセス・モールビーは答えた。

男はうなずき、目の前のインスタントコーヒーをすすり、ピンクのウェハースビスケットの端をそっとかじった。それから、いてもたってもいられない衝動にうながされたかのように、コーヒーにビスケットを浸した。そして口を開いた。

「モールビーさんはおいくつでいらっしゃいますか？」

「八十七歳になりました」

「八十七歳ですか。じつに矍鑠（かくしゃく）としておられますねえ」

　男はさらに話を続けた。八十七歳になったときにゃ自分もそうありたいものですよ、いやせめて、それまで命ながらえたいものです、と語った後、「でもそりゃ望み薄だな」と声を上げて笑った。

「自分のことはわかってますから」

　ミセス・モールビーには、男が何を言いたいのかわからなかった。おしゃべりは一言一句かなり正確に聞き取っていたつもりだったが、男が自分の病気をほのめかすようなことを口にしたとは思えなかった。彼がコーヒーをすすり、おかゆみたいになったビスケットを処理している間、彼女は慎重に考え直してみた。男の発言が意味するところは、彼について知っていれば、この男が長生きするという予想には疑問を差しはさまざるを得ない、ということだ。だとすれば、男が自分自身についてもっと語ったのに、その中味を聞き逃したのだろうか。わたしはすこし耳が遠くなってきてるから。あるいはもし、この男がなにも語ってなかったのだとしたら、いったいどうして、なんでもかんでも宙ぶらりんにするようなものの言い方をするのだろうか。さて、どういう応対をするのがいちばんいいだろう。微笑んでみせるべきか、それとも心配そうな表情をつくってみせるべきかしら。

「で、考えたんですが、モールビーさん」と男は言った。「火曜日なら子どもたちを派遣できます。

どうでしょう、火曜の朝から作業をはじめるってことでは」

「それはそれは、ご親切にどうも」

「いい子どもたちですから」

男は立ち上がり、飼われている二羽のセキセイインコと、窓台で咲いているゼラニウムの花に目をとめた。お宅の居間はトーストみたいにほかほかですね、と彼は言った。外は凍えるほど寒い日だった。

「あの、ちょっと、念のためうかがうんですけれど」と意を決してミセス・モールビーは口を開いた。「どこか別のお宅の間違いではないのかしら?」

「間違い。間違いですと。お宅さんはモールビーさんに間違いないですよねえ」と、男の声が大きくなった。「あなたはモールビーさんでしょう、だって」

「はい、そうです。そうですけど、うちのキッチンは壁を塗りかえる必要ございませんから」

男はうなずいた。ゆっくりうなずいた彼の頭部が静止すると、白髪交じりの垂れ髪の奥から黒い両眼がじっと見つめていた。男はきわめてゆっくりと、彼女が恐れていたことを口にした。あなたはよくおわかりになってらっしゃらないのでは、と。

「モールビーさん、わたしはですね、地域共同体のことを考えてるんです。八百屋の上階(うえ)に二羽のセキセイインコと暮らしてらっしゃる、ひとり住まいのあなたのことを考えてるんだ。いいですか、モールビーさん、あなたはわたしのところの子どもたちの役に立ってくださるでしょう。子どもたちのほうはあなたのお役に立つわけですよ。料金はいっさいかかりません。モールビーさん、こんなふうにお考えになっちゃいかがです。つまり、これは地域共同体における関係改善をめざす試みなんですよ」こう言って一息ついた男を見て、彼女は、大昔見た歴史の本、ええっとあれは『ディーコン先生と歴史のお勉強』っていう本、あの本のなかに入っていた清教徒の円頂党員（ラウンドヘッド）を描いた挿絵のことを思い出した。その連想にふけっている間に男はなにかひとこと言い、「おわかりですね、モールビーさん」としめくくった。

「うちのキッチンはほんとにきれいなんです」

「それじゃ、いっしょにちょっと見てみませんか？」

彼女は先に立って案内した。男はシェルピンクに塗られたキッチンの四方の壁と白く塗られた塗装面に、ちらりと目をやった。これだけの作業となれば工賃はほとんど百ポンドだ、と彼はつぶやき、その後で、あたかも彼女がなにも聞いていなかったかのようにもう一度同じことばをくりかえした。彼女はそれを聞いてぞっとした。わたしはタイト総合制中等学校（コンプリヘンシブ）という名の学校からきた教師です、と男はくりかえした。男の口ぶりから、彼女がタイトのことを知らないだろうと思っていることがありありわかったが、ミセス・モールビーはその学校を知っていた。ガラスとコンクリートがぶざまに手足をのばしたような醜悪な建物で、そこの生徒たちは卑猥なことを大声でしゃべりながら、いつも舗道をぶらついていた。男は、生徒について語ったことをくりかえした。なかには、片親がいないか両親がいない子どもたちもおりましてね。火曜の朝にこちらのお宅へ派遣するつもりの子たちも、じつはそういう欠損家庭の子どもたちでして、本人たちにとっちゃ冗談じゃない話なんで。こういう境遇の子どもたちに関してはですね、わたしたち全員が特別な義務を負っていると思うんですよ。

ミセス・モールビーもふたたび、家庭がこわれてしまうのはほんとに残念なことです、とあいづちを打った。そして、わたしが考えていたのはね、塗り替える必要のないキッチンを塗り替えるといっても費用がばかにならないっていうことなんです、と言った後に、ペンキだって刷毛だって高いんですからねえ、とつけくわえた。

「お宅さんのためにぜんぶぱあっと塗り替えましょう」と、男は声を張り上げた。「では、モールビーさん、火曜の朝、いの一番に」

男は帰っていった。彼女は、男がついに自分の名前を名乗らなかったことに気がついた。とはいえ、もしかして記憶違いだといけないと思って、玄関のドアベルが鳴った瞬間までいったんさかのぼってから、もういっぺん男の来訪の一部始終を心のなかで反芻してみた。「わたしはタイト総合制中等学校（コンプリヘンシブ）からまいりました」というのが最初のあいさつだった。名前は名乗らなかった。たしかに、と彼女は確信した。

老いが身に染みているからこそ、ミセス・モールビーはそういった細かいことをいつもはっきりさせておくことにこだわっていた。八十七歳ともなると、ものごとをひとつひとつこなしていくにはかなりの努力が必要なんですから。ちゃんと聞き耳をたてて、精神をしっかり集中しておかなくちゃなりません。周囲の人間は、老人はぼけているものだと決めつけがちですからね、ちゃんとわかっているのよってアピールしなけりゃならないの。近頃ではそういうことを、「会話」じゃなくて「コミュニケーション」とかって言うんでしょう。

ミセス・モールビーは青地に濃い青の花柄がついたドレスを着ていた。若い頃は長身だったが、寄る年波で背がやや縮み、腰がほんのすこしだけ曲がっていた。髪は白く、薄くなって、顔には老人特有の染みが浮き出ていた。茶色の大きな両眼は、かつては素敵に魅力的だったのに、いまでは見る影もなくひっそりと、メガネの奥でくたびれている。夫のアーネストは、いま彼女が住んでいる建物の一階にある八百屋の主人だったが、五年前に他界した。ふたりの息子、デレクとロイははるか昔の同じ月――一九四二年の七月――に同じ砂漠で、退却作戦の最中に戦死していた。

その八百屋は、ロンドンの南西にあるフラム区のキャサリン通りという地味な町に、地味な店を構えていた。現在の店主はキングという名字のユダヤ人家族で、ミセス・モールビーによく気を配っていた。外出や帰宅のさいにはあいさつを欠かさず、丸一日姿が見えないようなときにはドアベルを鳴らして、モールビーさんお元気ですか、と確かめた。西のほうのイーリングに住んでいる姪がいて、年に二回ほどミセス・モールビーの様子を見にやってきた。イズリントンにもうひとりの姪が住んでいたが、関節炎を患っていたので思うように歩けなかった。週に一度、給食宅配サービスのミセス・グローヴとミセス・ホールバートが巡回してきた。ソーシャルワーカーのミス・ティングルもやってきた。それから、ブッシュ牧師も。あとはメーター類の検針をする男たちがまわってきた。

老いたとはいえ、一九二〇年の結婚以来ずっと同じ場所に住み続けてきたミセス・モールビーは幸せだった。彼女の人生における悲劇――息子たちの戦死――はもはや悪夢ではなかったし、夫に先立たれてから年数がたつにつれて、ひとりで生きていくことにも慣れてしまっていた。望みといえば、この環境で死ぬまで暮らしていきたいということだけで、死への恐怖はなかった。いつの日か自分は息子たちや夫と再会するだろうなどと信じたりもしなかった。すくなくとも、そんな情景を思い描いたりはしなかった。だがそのいっぽうで、息が止まった瞬間に自分の存在は完全になくなってしまうのだと割り切ることもできなかった。ミセス・モールビーは死についてあれこれ考えてみた後で、たぶん、死が訪れた後には、眠っているときと同じような夢を見ることになるんじゃないかしら、と思い至った。天国と地獄はそういう愉快な夢劇場にかかっている映画にすぎないのでしょう。あるいは、目覚めて解放されることが決してない悪夢という映画。ミセス・モールビーの見るところでは、罰やごほうびを分配しているのは愛に満ちた万能の神様ではなくて、結局最後まで生き残る人間の良心であった。神の観念は、ほぼ生涯にわたってミセス・モールビーの頭を悩ませてきたものだったが、こんなふうに考えて、教会とかイエス・キリストがらみの神秘的なうんぬんかんぬんを忘れ去ったとたん、すとんと腑に落ちた。とはいえ、ブッシュ牧師の感情を害してはいけないので、牧師様にお目に掛かるときには、こういう結論は心に秘めて語らずにおくことにした。

ミセス・モールビーがいま真剣に恐れているのは、自分が耄碌(もうろく)して、リッチモンドのサンセット・ホームに入所させられることである。このホームはいいところだと、ブッシュ牧師やミス・ティングルが話しているのを聞いたことがあるけれど、ほかの年寄りにぐるりと囲まれて、お歌を歌ったりトランプなんかやったりして暮らすのを考えただけで、ぞっとした。彼女は昔から、みんなで陽気に楽しみましょうみたいなのがとにかく大嫌いで、バス旅行さえかたくなに拒否して生きてきたのだ。大好きなのは八百屋の二階のこの家。階段を下りて通りに出て、キング夫妻に会釈して、お店をのぞき、セキセイインコの粒餌や鶏卵や焚きつけを買ってから、ボブ・スキップスの店へ行き、焼きたてのパンを買うのをこよなく好んだ。ちなみに、ミセス・モールビーは、当年六十二歳になるこのボブのことを、彼がおぎゃあと生まれたときから知っているのであった。

キャサリン通りで末永く暮らしたい一心で、彼女は節制を心がけた。あらゆる来客にたいして注意深く応対し、かれらの目に自分が耄碌したと判定する光があらわれないかどうか、たえず警戒をおこたらなかった。そういうわけで、話しかけられているときには一言一句聞き逃さぬよう耳を傾け、水も漏らさぬ覚悟で精神を集中した。また、いつも微笑みをたやさず、人当たりがよく何事にも協力的にみえるようつとめたのも、同じ理由からだった。いざその時がやってきたら、自分が耄碌しているか否かを判断する決め手になるのは他人様であるということを、彼女はじゅうぶん心得ていたのだ。

　タイト総合制中等学校(コンプリヘンシブ)の教師が帰った後、ミセス・モールビーの心にはしこりが残った。そもそもこの白髪交じりの男の来訪は、はじめから頭痛の種だった。なにしろ、自分の名を名乗らなかったのがまず奇妙だし、いったんくわえたタバコをふいにつかんで箱へもどしたときのしぐさも奇異だった。タバコの煙がわたしの気に障ると思ったのかしら。吸ってもよろしいですか、って聞かれたのかもしれないけれど、いやいや、ちがう。あのひとはタバコのタの字も口にしなかった。それに、わたしのことをどこで聞いてきたのかも言わなかった。だって、ブッシュ牧師の名前も、ミセス・グローヴやミセス・ホールバートやミス・ティングルの名前も出なかったのだから。もしかしたらあのひと、下の八百屋さんのお客さんだったのかもしれないけれど。いや、違うわね。そんなことおくびにも出さなかった。とにかくいちばんかんじんなのは、うちのキッチンは手入れする必要なんかまったくないっていうこと。こう彼女は考えて、なにか見逃したことがあったかもしれないと思いなおして、わざわざキッチンをのぞきに行った。それから、地域共同体における関係改善とやらについて男が語ったことを反芻した。ああいう男たちに逆らうのはむつかしい。言わなけりゃならないことをとにかく繰り返して、その後で、しゃべった中味が耄碌してるみたいに聞こえなかったかどうか見積もるほかないんだから。とはいえ、こわれた家庭の子どもたちを助けて、世の中の役に立つことをしたいっていうあのひとの志も汲んであげなくちゃ、とも考えた。

　火曜日の朝、「どーも」という一声とともに玄関に立ったのは、ブロンドの長髪の少年だった。あとふたりの少年たちも一緒だった。ひとりは黒いくせ毛で、頭じゅうに綿毛が生えているようにみえ、もうひとりはグリースを塗りたくったぐしゃぐしゃの赤毛を両肩まで垂らしていた。少女もひとり来た。やせっぽちで、くちばしみたいにとんがった顔をして、なにかクチャクチャ噛んでいた。四人で手分けして、ペンキ、刷毛、布きれ、青いプラスチックのバケツ、それにトランジスタ－ラジオを持ってきていた。「お宅のキッチンをやりにきました」とブロンドの少年は言った。「あ、えーと、ホイーラーさん」

「いえ、いいえ、わたしはモールビーですよ」

「そうだよ、ビロー。モールビーじゃねえか」と少女が言った。

「あいつはホイーラーって言ってたと思ったけどな」

「ホイーラーってのは塗装作業場のヤカンおやじの名前だろ」と綿毛頭の少年が言った。

「ビローのばーか」と少女が言った。

　ミセス・モールビーは、ご親切さま、ご苦労ね、と言いながら四人を招き入れた。そして、見てもらったらわかるけど、ほんとはうちのキッチンは塗り替えてもらう必要ないのよ、と話しながら少年たちをキッチンへ案内して、さらにこうつけくわえた。考えたんだけど、わたしひとりでは壁面をきれいにするのが大仕事だから、よかったらみなさんで壁を洗ってくれないかしら、と。

　少年たちは、なんでもお望みのことをやりますよ、オッケーです、と言った。そして、テーブルの上にペンキの缶を並べた。赤毛の少年はラジオをつけた。「オープンハウスへようーこそ」と上機嫌な声がしゃべりだし、お耳のお相手はピート・マレーでーすと自己紹介し、それじゃあアップミンスターの誰それさんのリクエストを掛けまーす、と言った。

「コーヒーでもいかが？」ミセス・モールビーは、トランジスターラジオの音に負けないように声を張り上げて尋ねてみた。

「ウレシーっす」とブロンドの少年が答えた。

四人はみな継ぎ当てのついたジーンズを履いていた。少女は、おねんねのときもイエス様と一緒（アイ・レイ・ダウン・ウィズ・ジーザス）、と書かれたＴシャツを着ていた。ほかの三人は思い思いの色のＴシャツを着ていた。ブロンドの少年はオレンジ、綿毛頭の少年はライトブルー、赤毛の少年は赤だった。ブロンドの少年の胸には、ホットジャムロールと書かれたバッジ、ほかのふたりの胸にはそれぞれジョーズ、ベイシティ・ローラーズと書かれたバッジがついていた。

かれらが音楽を聴いている間に、ミセス・モールビーはネスカフェをいれた。かれらは電気ストーブやテーブルの隅や壁によりかかって、タバコをふかしていた。ひとしきり無言だったのは音楽を聴いていたからだが、ついに赤毛の少年が口を開いて、「クソみたくつまんねえ」とつぶやいた。すると、ほかの全員も賛成した。それでもまだラジオはつけたままだった。「ピート・マレーってクソ」と少女が言った。

ミセス・モールビーは、砂糖とミルクをテーブルに出しておいたからよかったら入れてね、と身振りでしめしながら、四人にコーヒーのカップを手渡した。彼女は少女に微笑んでみせた。そして、この歳になるとキッチンの壁洗いは手に余るので、ともう一度念を押した。

「ビロー、おめえがやれや、壁洗い」と綿毛頭の少年が言った。

「んっ、おめえのカノジョ誰だって？」とビローが答えた。

ミセス・モールビーは、ラジオの音があまりにもうるさいので、さっさと作業を終わらせてほしいものだわ、と思いながら、キッチンの扉を閉めた。彼女はそれから十五分ばかりの間なんとなく物音に耳を澄ましていたが、思い切って買い物に出かけることにした。

ボブ・スキップスの店へ行き、タイト総合制中等学校（コンプリヘンシブ）から四人の生徒が家へやってきて、いまキッチンの壁を洗ってるところなのよ、と言った。同じことを魚屋でも言ったら、魚屋の主人は驚いていた。そこで、彼女ははたと気がついた。そうよ、ペンキ塗りなんかできるはずがない。だって、わたしはこのまえやってきたあの先生と色のことを相談しなかったんだもの。それにしても、あの先生が色のことを話題にしなかったのは奇妙ね。子どもたちが持ってきた缶の中には何色のペンキが入ってるのかしら、と自問した。なにしろこんなできごとははじめてだったので、彼女はすこしとまどっていたのである。

「どーも、ホイーラーさん」戻ってきた彼女を玄関で迎えたのは、ビローと呼ばれている少年だった。彼は、帽子・長套掛けの鏡に映した自分とにらめっこしながら、髪にクシを入れているところだった。音楽は階段の上のほうから聞こえていた。

階段に敷き詰めたカーペットに黄色っぽい染みが点々とついているのを見つけて、ミセス・モールビーの心はざわざわした。階段のてっぺんのカーペットにも似たような染みがあった。「あらまあ」彼女はキッチンの扉のところにたちすくんで悲鳴を上げた。「やめてちょうだい！」

黄色いエマルジョンペンキが、四方の壁のうちのひとつの面を中途半端に覆っていた。床に置かれた缶からは黄色い飛沫が飛び散って黒と白のビニールタイルを汚し、その上には足跡がめちゃくちゃについていた。綿毛頭の少年が食器の水切り台のうえに立って、同じペンキを天井に塗りたくっていた。キッチンにはほかに誰もいなかった。

彼はミセス・モールビーを見下ろして、「どーも、ホイーラーさん」と笑いながら言った。

「壁を洗ってくださいと頼んだだけなのに」と彼女は大声を上げた。

大声を出して、どっと疲れた。カーペットの上に染みを発見し、おとなしいシェルピンクの上に塗りたくられた不愉快極まる黄色のペンキを見てしまった動揺だけで、すでにじゅうぶんな打撃だった。ミセス・モールビーは、感情の激発で顔と首筋が熱くなっているのを感じた。ああ、横になりたい、と思った。

「えっ何？　ホイーラーさん」と、少年は天井にペンキを塗りたくりながらまた微笑んだ。ペンキは少年の身体ばかりでなく、水切り台やカップやソーサーや食器類にもボタボタ降りかかり、床にまでたくさん落ちていた。「ホイーラーさん、どうですこの色？」

トランジスターラジオはその間もずっと、旋律になっていないようなビンビンいう演奏と、へたくそな歌をがなりつづけた。少年はこのドンジャカ音をひびかせているラジオをペンキの刷毛でさししめして、「すげえっす」と言った。ミセス・モールビーは、キッチンをふらふらと横切って、ラジオを止めた。すると少年は、「おい、ちくしょう、奥さんよう」と怒りもあらわに抗議した。

「わたしは壁を洗ってくださいと頼んだのです。だいいち、そんな色なんか選んでないわ」

少年は、彼女がラジオを消したのをまだ腹に据えかねているようすで、不機嫌そうに刷毛を動かしていた。彼の綿毛頭とTシャツと顔はペンキだらけだった。刷毛を振り動かすたびにペンキが飛ぶので、窓ガラスも小さな食器戸棚も、電気ストーブも蛇口も流しも、みんなまだらになってしまった。

「なんで音楽消したんだよ?」と文句を言いながら、ビローと呼ばれている少年がキッチンへ入って来るなり、脇目もふらずラジオに向かった。

「キッチンを塗り替えてと頼んだおぼえはありません」とミセス・モールビーはもう一度言った。

「ちゃんと聞いてたでしょう?」

トランジスターラジオがさっきよりもっと大きな音量で、歌をがなりたてはじめた。食器の水切り台の上では、綿毛頭の少年が頭と身体をはげしく振りながら、刷毛を動かしはじめた。

「ペンキ塗りをやめさせなさい」とミセス・モールビーは精一杯のきつい声で叫んだ。

「ここじゃあ」と言いながら、ビローと呼ばれている少年は、彼女を階段のほうへ押し出すようにして、キッチンのドアを後ろ手に閉めた。「なにしゃべってもぜーんぜん聞こえねえもんな」

「キッチンの塗り替えなんか頼んでいません」

「そりゃどういうことです? ホイーラーさん」

「わたしの名前はホイーラーじゃありません。キッチンの塗り替えなんか頼んでないでしょ。はっきり言ったはずです」

「間違った家に来ちまったっていうんですか? オレらはただ言われたとおりに……」

「塗ったペンキを洗い落としてください」

「もしオレらが間違った家に来ちまったんだとしたら……」

「間違った家に来たわけじゃないわよ。塗ったペンキを洗い落とすように、あっちの男の子に言ってちょうだい」

「ガッコーからここへ来たやつがいたでしょう、ホイーラーさん？　太ったやつが」

「そう、そうね、来たわよ」

「指図出せるのはあいつだけなんだけど」

「いいから、あの子に言いなさい」

「そんなに言うならおっしゃる通りに……。ホイーラーさん」

「それから、床に飛び散ったペンキもちゃんと拭き取ること。カーペットのあちこちにペンキを踏みにじった足跡がついてますからね」

「わかりました。ホイーラーさん」

ミセス・モールビーはキッチンへ戻りたくなかったので、バスルームへ行って温水の蛇口をひねり、風呂掃除用のスポンジを湿らせた。そのスポンジで階段の段々にしきつめたカーペットをこすってみたら、じゅうぶん力をいれてごしごしやればペンキの染みが薄くなることがわかった。だが、ごしごしやっているうちに疲れてきた。一息ついてスポンジを投げ出すと、彼女はなにがなんだかわからなくなった。過去数時間に起こったことが、すべて夢のように感じられた。いつかテレビで見たドラマみたいだわ、とも思ったが、違うのは、こっちは現実であるということだった。バスルームの洗面台の下の棚にスポンジをしまって一休みしていたら、夢の中でよく経験するように、自分自身がたたずんでいるのが見えた。目の前の自分の身体は、例の教師が訪ねてきたときと同じブルーの服を着て背中を丸め、白い顔の両頬には赤みがさして、白髪はきちんとなでつけられていて、両手の指はかよわく見えた。夢の中では、次の瞬間どんなことが起こってもおかしくない。突然自分が四十歳ほど若返って、デレクもロイも生きていたって驚かないし、さらにもっと若返って、おめでたですな、とラムジー先生に言われたとしても不思議はなかった。テレビドラマだったら違う展開になる。彼女の家へやってきた子どもたちは、彼女を殺しにかかるかもしれない。だが、現実の世界で彼女が望むことといえば、キッチンの秩序が回復されること。カーペットをこすってペンキの染みがとれたように、壁のペンキもきれいに拭い去ってもらうこと。それから、誤解にもとづくこの状況いっさいが終わることであった。彼女は一瞬、だいじょうぶよ、と言いながら子どもたちのためにお茶を入れている自分自身の姿を見た。そしてその分身が、わたしくらいの年齢になるとなにが起きてもだいじょうぶなんだから、と言い添えているのが耳に聞こえてきさえした。

彼女はバスルームを出た。ラジオはまだしつこくがなりたてていた。その音から逃れられない居間に座るのはかなわないと考えた彼女は、上の階の寝室へ向かった。そこならひんやりとした静寂があるはずだった。

寝室のドアを開けると、「ちょっと」という声がとんできた。少女の声だ。

「おめえら、来るんじゃねえ」と、こんどは赤毛の少年が命令した。

ふたりはベッドの中にいた。着ていた服が床じゅうに脱ぎ散らかされてあった。ミセス・モールビーの二羽のセキセイインコが部屋のなかを飛びまわっていた。シーツと毛布から少年のむきだしの肩と後頭部がはみ出しているのが見えた。少年の下になった少女が顔を突き出して、ミセス・モールビーをじっと見つめた。「あいつらじゃねえよ」と少女は少年に耳打ちした。「ここんちのばーちゃん」

「やあどうも、奥さん」少年は首をひねって言った。キッチンからはやかましいラジオの音が響き続けていた。

「すいません」と少女が言った。

「インコがなんで飛んでるの？　なぜわたしの鳥を鳥かごから放したの？　こんなことをしでかしてもいい権利なんて、あなたたちにはありませんよ」

「あたしたちセックスがしたかったんだ」と少女は言った。

二羽のセキセイインコは化粧テーブルの鏡の上縁に並んで止まって、ビーズのような目でことのなりゆきを見物していた。

「ホント、すげえっす。セキセイインコ」と少年が言った。

ミセス・モールビーは脱ぎ散らかされた衣服の間をぬって近寄っていく。セキセイインコはじっとしたまま動かない。彼女がつかむとバタバタっと羽ばたきしたが、それ以上さからいはしなかった。彼女は二羽をかかえてドアのところまで戻った。

「まったくとんでもないことを」と彼女はベッドの中のふたりに言いかけたが、その声はすでに弱々しかった。叱り声は小刻みに震え、ささやき声へとやせ細り、彼女はふたたび、目の前で起きていることは現実であるはずがないと思った。そしてもう一度、二羽のセキセイインコをかかえて哀しくたたずんでいる自分自身の姿を見た。

彼女は居間へ行って泣いた。そして、セキセイインコを鳥かごに戻し、キャサリン通りを見渡す窓際のアームチェアに腰を下ろした。日光はさんさんと降りそそいでいたけれど、その暖かさを感じこそすれ、いつものような喜びにひたることはできなかった。彼女が涙を流したのは、自分のベッドに少年と少女が入り込んだことに、どうしても我慢がならなかったからだ。寝室の光景は彼女の胸に生々しく焼きつけられてしまった。床にころがった少年のブーツ。真っ黒で重たそうで、つや消しの革でできていた。少女の靴は緑色で、かかとと靴底が異様に大きかった。少女の下着は紫色で、少年のは汚れていた。彼女の寝室に、不愉快な汗の匂いが充満していた。

ミセス・モールルビーはじっと待った。頭がじんじん痛くなってきた。両目と頬をハンカチでぬぐって涙を乾かした。キャサリン通りをひとびとが自転車で通り過ぎていった。娘たちは磨き粉工場から、男たちはれんが工場から、昼食を食べにそれぞれ家へ帰っていくのだ。階下の八百屋から、買い物籠にネギやキャベツを入れた客が帰っていく。なかには紙袋をかかえた客もいる。頭痛はひどくなるばかりだったが、キャサリン通りのこんなひとびとを眺めていたら気分がすこしはましになった。心の波風はしだいにおさまり、彼女は自分自身をとりもどしていった。

「どーもすいませんでした」へんてこな靴をはいた少女が突然よたよたと現れて、こう言った。「奥さんが寝室まで上がってくるとは思わなかったもんで」

ミセス・モールルビーは少女に微笑もうとしたが、できなかったので、代わりにうなずいた。

「鳥を放したのは男の子たちです」と少女は言った。「ほんのじょーだんのつもりだったんで」

彼女はもう一度うなずいた。二羽のセキセイインコを鳥かごから放すことがなぜ「ほんの冗談」になりうるのか理解できなかったが、そのことは言わなかった。

「いま、みんなでペンキ塗りやってますんで」と少女は言った。「ホント、すいませんでした」

少女は出ていった。ミセス・モールルビーはキャサリン通りを行き交うひとびとを眺め続けた。みんなでペンキ塗りやってますんで、は言い間違いね。あの子が言いたかったのは、みんなでペンキ剝がしをやっていますということなはず。上の階から下りてきてすぐ、この部屋へあやまりにやってきたんだわ。ペンキ塗りをはじめてしまったのがそもそも間違いだったってことを、キッチンの男の子たちからまだ聞いてなかったからなのよ。ミセス・モールビーは、こうつぶやいた。あの子たちが帰ったら寝室の窓をぜんぶ開け放って、あの汗の匂いを消さなくちゃ。それから、きれいなシーツにとりかえなくちゃどうしようもない。

キッチンからは、ラジオの音にも負けない大声で話している声が聞こえてきた。大笑いとなにかが落ちるガシャンという音、それに続いてもっと大きな笑い声が起こった。それから、ラジオががなりたてる歌にあわせて、歌声が聞こえはじめた。

二十分ほど座ったまま様子をみた。それから下りていって、キッチンのドアをノックしてみた。でも、誰かがドアのすぐ向こう側で椅子に乗って作業しているといけないから、ドアを開けるつもりはなかった。ところが、ノックをしても答えがなかったので、ミセス・モールビーはきわめて慎重にドアを開けた。

黄色いペンキの面積は増大していた。窓の周囲の壁はすべて黄色くなり、流し台の正面の壁の大半も黄色くなっていた。天井の半分も黄色くなり、白かった木造部は、今や光沢のあるダークブルーと化していた。四人の子どもたち全員が刷毛を振るっていた。床にはペンキ缶のひとつがひっくりかえっていた。

彼女はその場所に突っ立って子どもたちを見つめたまま、涙を抑えることができなくて、もう一度泣いた。あたたかい涙が頬を伝っていって、その後冷たくなるのがわかった。一九四二年に二通の電報を受け取って最初に泣いた場所はこのキッチンだった。二通目の電報が来たときには、もう決して泣きやむことはないだろうと思った。そのことを思い出せば、キッチンが黄色ずくめになったくらいで泣くのはお笑いぐさだ。

　子どもたちは彼女がそこに立っているのに気づかず、歌を歌いながら刷毛をぺたぺた動かしていた。シェルピンクの塗装部分が木造部の白と接するところはきっちり直線になっていたのだが、今はその線もきたならしくなってしまった。赤毛の少年がダークブルーの光沢ペンキを塗っていた。

　ふと、目の前で起こっていることは現実ではないという感覚がまたもやミセス・モールビーをおそった。彼女は一週間前、ひとつの夢を見た。やたらに鮮明な夢だった。首相がテレビで演説を行ない、わが国はもはや自力で国を運営していくことができなくなったので、イングランドを侵略してくれるようドイツに勧誘していた。その夢がとくべつやっかいだったのは、朝めざめた後、夢に見た内容がテレビで見たように思われたからである。英国にとって最良の道は侵略を受けることであるという点で野党党首とわたくしは合意したのであります！　ゆうべ家の居間で、首相自身が演説しているのをこの耳でたしかに聞いた。だがあらためて考えた後、やっぱりそんなことあるはずがないと思い直した。そう思い直した後でさえ、買い物に出たとき、新聞の見出しにそのことが書いてないか確認せずにはいられなかった。

「どうです？」ビローと呼ばれている少年がキッチンの向こう側からにこにこ顔で呼びかけてきた。彼女の心の混乱にはまるで気づいていない。「キレイでしょう、ホイーラーさん」

　彼女はなにも答えなかった。そのまま階下へ下りて、玄関を抜けて、キャサリン通りへ出て、かつては夫の店だった八百屋を訪ねた。この八百屋は、昼日中に店を閉めることは決してない。絶対にありえない。しばらく待っていると店主のミスター・キングが口元を拭き拭き表へ出てきた。

「おやおや、どうも、モールビーさん」と彼は言った。

彼は、手入れのゆきとどいた黒いひげとユダヤ人らしい目をもった体格のいいひとだった。にこにこするのは彼の流儀ではないから、あまり笑わなかったけれど、決して気難しい人物ではなくて、性格はむしろその正反対だった。

「さて。おや、どうしました?」と彼は言った。

彼女は事情を打ち明けた。彼は話を聞きながらうなずき、何度も顔をしかめた。そして、ただでさえ表情豊かな目をまるくした。それから彼は妻を呼んだ。

三人が、開けっ放しになったままのミセス・モールビー宅の玄関ドアまでやってきたとき、彼女は、キング夫妻はわたしを疑ってると感じた。おばあさん、なにか取り違えちゃったんだね、黄色いペンキとがんがんうるさいラジオ、それに、ふたりの子たちがもぐりこんだベッドのうえをセキセイインコが飛んでいるだなんて。夫妻がそう考えているのが、ミセス・モールビーにはよくわかった。しかし、彼女は文句を言ったりはしなかった。彼女自身疑う気持ちは痛いほどわかっていたからである。家へ足を踏み入れると、ラジオの音が聞こえてきた。

階段まわりのカーペットにはペンキの染みがふえていた。黄色い足跡は居間へ入り、出てきた後、キッチンのほうへ戻っていた。

「この、若造の、フーリガンどもめ」ミスター・キングは少年たちをどなりつけて、トランジスターラジオのスイッチを切った。そして、ペンキ塗りを即刻やめるよう命令し、「おまえたち、自分がいったいなにやってんのかわかってるのか?」と烈火のごとく問いただした。

「オレらは、このおばあさんちのキッチンのペンキ塗りをしに来たっす」とミスター・キングの剣幕などへっちゃらなようすで、ビローと呼ばれている少年がこたえた。「オレらは言われたとおりのことをやっただけです。だんなさん」

「それじゃあ、床一面にペンキをぼたぼた垂らしたのは言われた通りってわけか？　窓ガラスからナイフからフォークまでぜんぶペンキまみれにしたのも指示通りなんだな？　お年寄りの寝室に入り込んでめちゃくちゃやって、おばあさんを死ぬほど怖がらせたのもぜんぶ言われたとおりやっただけだってのか、こら」

「だれもおばあさんを怖がらせてなんかいねえっすよ」

「まだすっとぼけるつもりだな、おまえ」

ミセス・モールビーは、この場はミスター・キングにまかせてがんばってもらうことにして、奥さんと一緒に店へ戻り、奥の小部屋に腰掛けて一休みした。三時になって、ミスター・キングが引きあげてきた。子どもたちは帰ったそうだ。ミスター・キングは学校へ電話をかけ、しばらく待たされた後で、このまえミセス・モールビーのところへやってきた教師と直接話した。ミスター・キングは店から電話をかけていたのだが、奥にいたミセス・モールビーの耳にも、これはじつに不名誉な事件です、と語る彼の声がよく聞こえた。「八十七歳の女性が悲惨のどん底へ突き落とされたんですから。賠償なしではすみませんよ、ホントの話」

さらにしばらく電話での談判が続いた後、ミスター・キングはようやく受話器を置いた。そして、奥の小部屋へ首をつっこんできて、これからすぐ例の先生にとんでこさせて被害の実地検分やらせますから、と言った。間もなく、「いらっしゃいませ、なにをさしあげましょう？」と、訪れた客に応対するミスター・キングの声が聞こえた。トマトをいくつかとカリフラワーひとつ、それにじゃがいもと料理用青りんご(ブラムリー)をいくつか買った客に、いやあ営業時間を二時間もとられちまったんですがね、と言いながら、ミスター・キングが事件の一部始終を語っているのが聞こえてきた。

ミセス・モールビーは、ミセス・キングが入れてくれた甘くてミルクたっぷりのお茶を飲んだ。そして、黄色のペンキとダークブルーの光沢ペンキのことは考えないようにした。寝室で見た光景も、あの匂いも、それから、最初の染みを拭き取った後のカーペット上に、新たに点々と出現した染みのことも、思い出さないようにがんばった。ペンキが乾いてしまう前に染みを拭き取ったほうがいいんじゃないかしら、とミスター・キングに言いたかったけれど、あれこれ親切に面倒をみてくれている彼にそんなことまで言ったら、またよけいな苦労をかけると思い直して、やめておいた。

「近頃の子どもたちときたら」とミセス・キングが言った。「ほんとにわけがわからないわ」

「あの連中はムチで打たれなけりゃわからんのさ」と奥の小部屋へ入ってきて、ミルクたっぷりのお茶が入ったマグに手を伸ばしながら、ミスター・キングが言った。「頼まれればムチ打ちの役を引き受けてやってもいいんだがな」

客が来た気配がしたので、ミスター・キングは急いで店へ出た。「へい、いらっしゃいませ」丁寧に客を迎える彼の声に答えたのは、例の教師の声だった。教師が名前を名乗ると、ミスター・キングの声はもう丁寧ではなくなった。あんなことされた日にゃ死んだっておかしくないんですぞ、なにしろ八十七歳のご老体なんですから、とミスター・キングは烈しい雷を落とした。

ミセス・モールビーが立ち上がろうとした肘のところへ、奥さんがすっと手を添えて、その体勢のままふたりは店へ出た。「三シリング半ペンスです、大きいのはひとつ四ペンスで」とミスター・キングはオレンジの値段を尋ねた女性の客に答えているところだった。

ミスター・キングはその客に小さいのを四つ渡し、代金を受け取った。そして、午後の新聞配達をはじめようとして自転車で通りかかった若者を、大声で呼び止めた。土曜日の朝ときどき店を手伝っている若者だった。ミスター・キングは彼に、ちょっと緊急事態なんで十分ほど店番頼めねえかな、と持ちかけ、いっぺん限りだよ、恩に着るぜ、夕刊の配達がちょいと遅くなったってどうってことないだろ、と説き伏せた。

「こう見てみると、子どもたちがこちらのお宅を磨き上げなかったとは言えませんよねえ、モールビーさん」と教師はキッチンに立って口を開き、白髪交じりの垂れ髪の奥からミセス・モールビーを上目遣いに見た。そして、壁面に指先でふれて、満足げにうなずいた。

ペンキ塗りは完成していた。黄色とてかてかのダークブルーの塗り分けで、二色が接する部分は不規則なぎざぎざの線になっていた。床についたペンキはぜんぶ拭き取ってあったが、黒と白のビニールタイルが全体的に薄汚れた色合いに変わり果ててしまっていた。窓ガラスその他の表面についたペンキも拭いてはあったものの、拭き取った跡がまだらに残っていた。食器棚にもペンキの拭き跡がべったりついていた。ナイフやスプーン、それに蛇口やカップや受け皿についたペンキはすべて、洗い落とすか拭き取るかしてあった。

「まあ、信じられないわ」とミセス・キングが歓声を上げて、夫のほうを振り向いた。これどうやって仕上げさせたの、と夫にたずねた。そして「この部屋ついさっきまでひどかったんですから」と、教師に言った。

「となると、問題はカーペットだね」とミスター・キングは言った。彼はキッチンから居間へ移動しながら、階段まわりと居間のカーペットに付着した黄色いペンキをいちいち指さしていった。

「こびりついた塗料が乾いちまってる。もう手遅れだね。こりゃあ弁償してもらわんと」と彼はつぶやいた。そして教師に向かって、「これじゃあ、一ポンドか二ポンド支払ってもらわにゃならんでしょう」と言い渡した。

奥さんはミセス・モールビーを肘でつついて、自分の夫ががんばってるのをアピールした。とにかく弁償金が支払われるんですから一件落着、ばあいによったら思った以上のお金がとれるかもしれないんですもの、よかったですよね、と言いたかったのである。同時にまた、モールビーさんご自身も最後にはきっとこれでよかったわってお思いになりますよ、とそれとなく説得しているのでもあった。

「弁償ですか?」教師はかがみこんで、居間のカーペットについたペンキをつめの先でひっかきながら、「お言葉ですが、弁償ってのは問題外ですよ」と言った。

「カーペットが台無しになったんですよ。モールビーさんは大なる迷惑をこうむったんだから」とミスター・キングはぴしゃりと応じた。

「彼女はキッチンの塗り替えを無料でしてもらったんですよ」と相手もするどく反撃した。

「おたくの学校の子どもたちはモールビーさんのペットを勝手に逃がしたんだ。それに、ベッドで悪さもした。こういうのを言語道断って言うんじゃないかね……」

「でも、その子どもたちは親のいない欠損家庭から通ってるんです。カーペットの染みはなんとかしますから、ねえ、モールビーさん」

「それじゃあキッチンはどうしてくださるの?」と彼女はささやき声で言った。そして、声が小さすぎて聞こえなかったかと思ってせきばらいをしてから、もう一度ささやいた。「キッチンは?」

「なにが不都合なんですか、モールビーさん」

「塗り替えなんかしてほしくなかった」

「いまごろになってなにをばかなことを」

教師は上着を脱ぐといらいらしたように椅子に掛け、居間から出て行った。ミセス・モールビーは、彼がキッチンの蛇口を開けて水を出している音を聞いた。

「結局、あの連中に最後まで塗り上げさせてよかったですね、モールビーさん」とミスター・キングは言った。「あのまま半分塗りかけでやめさせちまってたら、とんでもないことになるとこでした。連中が仕上げるまで、わたしが立ち番して見張ってたんですよ」

「いったん塗ってしまったらペンキは落とせないんだから、お手柄よ、レオ。あの悪ガキっ子たちにここまでやらせたんだもの」とミセス・キングが夫に言った。

「さて、そろそろ行かないとな」とミスター・キングが言った。

「なかなかすてきですよ。キッチンがとても明るくなったわ」と奥さんが言い添えた。

キング夫妻が帰った後も教師はひとりで、この家の掃除用ブラシでカーペットについた黄色のペンキをこすり続けた。そして、ミセス・モールビーが風呂場から持ってきたスポンジでこすり取ったペンキの痕跡を指さしながら、階段まわりのカーペットは結局染みになってしまいましたね、と言った。それから、でもキッチンはお気に召したでしょう、とつけくわえた。

ここは黙っていたほうがいい、と彼女は心得ていた。キング夫妻が来ていたときも、帰った今も、よけいなことは言わないにかぎる、とわかっていたのだ。彼女はキング夫妻に、キッチンにもとから塗ってあった色はわたしが自分で選んで塗っていただいたんですよ、ぐらいのことは告げてもよかったのだが、やめておいた。カーペットをごしごしこすっている教師の背中に、カーペットはもとどおりにはなりませんよ、と言ってやってもよかった。だが、面倒な人物だと思われたくなかったから黙っていた。子どもたちがキッチンで作業するのを同意しておいて後から大騒ぎしたのだから、キング夫妻も彼女のことを面倒な人物だと思ったかもしれなかった。もし、そう思われたとしたら、先生とキング夫妻が同じ側につくことになり、そうなればブッシュ牧師もそちらにつくだろうし、ミス・ティングルも、ミセス・グローヴさえ、そちら側につくだろう。そうして、こんどの騒動の原因をみんなでこう納得するだろう――子どもたちがキッチンにペンキを持ち込んだ以上、塗るのは当然のことなのに、そういう筋道が理解できなくなってしまったのね、だいぶお歳を召したってことよ、と。

「染みがついてるとは、もうだれにも言わせませんよ」教師は立ち上がり、カーペットに残ったぼんやり黄色っぽい痕跡を指さしながら言った。そして、上着をはおった。使い終わった掃除用ブラシと水の入ったボウルは居間の床の上に放置されていた。「終わりよければすべてよし」と彼は言った。「ご協力ありがとうございました。モールビーさん」

彼女は、なぜ今そんな思いが去来するのか理解できぬまま、デレクとロイ、ふたりの息子たちのことを考えていた。そして、地域共同体における関係改善について上機嫌でしゃべり続ける教師を見送るために、階段を下りていった。ああいう境遇の子どもたちの場合には、すこし大目に見てやりませんとね。歩み寄って、こっちから理解しようとしてやらなきゃいけません。しらんぷりはゆるされないんです、と彼は熱弁をふるっていた。

彼女は唐突に、デレクとロイのことをこの教師に語りたくなった。息子たちの話をしたい欲望がこみあげてくるなかで、彼女はかつていつもそうしたように、殺された直後の息子たちの死体のようすを思い描いた。砂漠に横たわるふたつの死体。砂漠の鳥たちが急降下しておそいかかる。四つの目はすでに食われてしまった。彼女は教師に説明したいと思った。息子たちは幸せだったんです。なに不自由ない家庭でしたから。このキャサリン通りで。戦争がやってきてなにもかもぶちこわしにしてしまうまではね。あれですべてが変わってしまったんです。なんのために続けていくのかっていうそもそもの目的がなくっちゃ、ものごとを続けていくのは容易じゃありません。この家のひとつひとつの部屋には、ふたりの息子が成長していったときのいろいろな思い出が染みついているんです。お料理するのもお掃除するのも張合いがなくなってしまって。息子たちに継がせるはずだったお店もよそのひとの手に渡ってしまいました。

でもね、時が経って、息子ふたりを失った大きな痛手も癒えました。ぽっかり空いた穴は恐ろしいけど、その穴とずっと一緒に暮らしてきたんです。キングさんがお店をやっているのは、息子がやってるのとはちがいます、でもね、キングさんちの家族はみんなわたしによくしてくれますよ。家族がこわされてから三十四年経って、歳も取りましたけどね、幸せでいられるのは時の流れってものが情け深いからです。彼女はなんとなくそれを話すのがふさわしいような気がしただけで、なぜそうしたいのかはわからなかった。しかし、やっぱりやめておいた。どうやってきりだしたらいいかわからなかったし、わざわざ骨折って話してみてもかえって耄碌したと思われてしまう危険があったからである。そのかわりに、彼女はできるかぎり精神を集中して、さようなら、と言った。わたしは自分自身の意思を子どもたちにはっきり伝えることができませんでした、それはちゃんとわかっています、ということだけを示すために、ごめんなさいね、と言った。子どもたちとわたしの対話はうまくいきませんでしたが、わたしはその失敗をきちんと認識しています、ということを教師にわかってもらいたかった。

　教師は、彼女のあいさつをよく聞きもせずに、あいまいにうなずいた。そして、この世の中を少しでもよくしていきたいんですよ、と言った。「こわれた家庭の犠牲になった、ああいう子どもたちのために。ねえ、モールビーさん」

# イエスタデイの恋人たち

# Lovers of Their Time

振り返ってみれば、あの頃のロンドンだったからこそ、あんなことが起こりえたのだろう。一九六〇年代じゃなかったらありえなかったことだ、と男はあらためて驚いた。そもそもの発端が一九六三年の一月一日に起こったできごとだったから、よけいにそう感じたのかも知れなかった。その日がイングランドで一般公休日（バンクホリデー）に指定されるより、はるか以前の時代である。「二シリング九ペンスいただきます」女はカウンター越しに微笑んで、歯磨きと爪ヤスリの入った紙袋を手渡しながら、そう言った。「コルゲートよ、忘れないでね」朝、フラットを出がけに、男は妻に念を押されていた。「この前の歯磨きはひどい味だったから」

男の名前はノーマン・ブリット。旅行代理店に勤務する彼の座席の正面には、その名前を記したプラスチックの小さな名札が掲げてある。トラベルワイドというのが代理店の社名である。女がはおっていたライトブルーの上っ張りの胸には、「マリー」と書いた名札がついていた。男の妻は、宝飾品工房の下請け仕事の、アクセサリーを組み立てる内職を自宅でやっていて、名前はヒルダという。

グリーンズ薬局とトラベルワイドは、パディントン駅とエッジウェア・ロードを結んだ真ん中あたりの、ヴィンセント通りに店を開いていた。ヒルダが一日中内職をしているフラットはパトニーにあった。マリーの住まいはレディングで、母親とその友人のミセス・ドルックと同居していた。年配の婦人はふたりとも未亡人だった。毎朝レディングを八時五分に出るパディントン行きの電車に乗って出勤し、六時三十分パディントン発の電車で帰るのが、マリーの日課だった。

一九六三年。ノーマンは四十歳、ヒルダも同い年。マリーは二十八歳だった。ノーマンは背が高く、やせ形で、デヴィッド・ニーヴンみたいな口ひげをたくわえていた。ヒルダもやせ形で、黒髪に白髪が交じり始めてきたところ。はっきりした目鼻立ちだが、顔色は青白かった。マリーはぽっちゃりした体型で、念入りな化粧を欠かさず、髪はブロンドに染めており、愛想がいい女だった。彼女がにっこりすると、ちょっと酔っぱらったようなしまりのない顔になり、細めた両眼がきらきら輝いてみえた。倦怠感と気前の良さをいっしょくたに発散させている女だった。彼女は友達のメイヴィスと一緒に、地元のレディング界隈へよくダンスに出かけたので、男友達には事欠かなかった。彼女たちはその連中のことを「みんな（フェラズ）」と呼んでいた。

グリーンズ薬局でときどき買い物をするうちにノーマンは、この女は誘いに乗りやすいタイプだという結論に達していた。彼はさらに想像をたくましくして、近所の太鼓手亭（ザ・ドラマーボーイ）で一緒に一杯やるチャンスさえつかめば、店を出た後、道端で抱き合う展開へもつれこませるのだって難しくないだろうと夢想していた。そして、ふたつのちっぽけなソーセージみたいで、もっと柔らかそうなサンゴ色の唇が、彼の口ひげに、それから彼の口へと、押しつけられてくるところを空想し、彼の手のなかでなま暖かく感じられる彼女の手の感触まで思い浮かべた。にもかかわらず、彼女の存在は依然として、ほんの少しだけ現実の外側にあった。彼女は欲望の対象としてそこにあり、太鼓手亭のめくるめく空気のなかで色香を輝かせ、空想のなかでタバコに火を点けてやる相手として、存在していたのであった。

「寒いですね」爪ヤスリと歯磨きが入った紙袋を受け取りながら、ノーマンが声をかけた。

「ほんとに」と答えてから、相手はすこしためらった。明らかになにかもうひとこと言いたげだった。「お客さんはトラベルワイドの方ですよね」とマリーはまた口を開いた。「わたし、友達と一緒に、今年はスペインへ行きたいんです」

「人気の旅行地ですね。コスタブラバですか？」

「そうなの」彼女は三ペンスのおつりを手渡した。「五月に行きたいんです」

「うん、五月のコスタブラバなら暑すぎないからいいですね。なにかお力になれることがあったら

……」

「予約だけなんですけど」

「それでしたら喜んでご予約させていただきますよ。いつでも店へ寄ってください。わたし、ブリットといいます。カウンターにおりますから」

「それじゃ、そうさせていただくかも、ブリットさん。四時ごろかしら、たぶんその頃にお店を抜け出せると思うので」

「今日、ですか？」

「早く旅程を決めてしまいたいの」

「そうでしょうね。では、お待ちしております」

ノーマンは職業柄、女性には「マダム」か「ミス」と呼びかけるのが習慣になっているので、マリーのことを「マダム」とも「ミス」とも呼ばずに会話をすすめるのは不自然な感じがした。「それでしたら喜んでご予約させていただきますよ」としゃべる自分自身の声を聞きながら、われながら仕事しゃべりで、淡泊な声のトーンも仕事用だな、と思った。そして、友達ってのはきっとマイカー持ちの洒落男に違いないと想像した。「ではまた後ほど」と言いかけて彼女を見たら、もうほかの客に向かって詰め替え用の口紅の説明をはじめていた。

四時になってもマリーはトラベルワイドにあらわれなかった。結局、五時半の閉店時刻になっても来なかった。ノーマンは自分のなかで失望感が期待感とないまぜになっているのに気がついて、退社時につらつらこんなことを考えた。もし彼女が今日四時にやってきていたら、ふたりだけの用件はもう過去のことになってしまってたところだ。お楽しみはいよいよこれからってことさ。でも、いざ彼女が店にやってきたとき、自分が接客中だったらどうしよう。すむまで待ってくれるだろうな、きっと。それに、チケットを取りに来てもらわなけりゃならないから、もう一回よけいに会うチャンスもあるってことだよな。

「あら、ごめんなさい」彼女の声だった。その声は、通りを歩いていくノーマンの背後から聞こえてきた。「どうしてもお店を抜けられなくて。ブリットさん」

振り返ったノーマンは、彼女ににっこり微笑んでみせた。唇を開くにつれて自分の口ひげが動くのがわかった。そうでしたか、と彼は言った。「それではご都合のよろしいときにご来店ください」

「たぶんあした。お昼時に、たぶん」

「あいにくですが、わたしは十二時から一時まで昼休みになってまして。そうだ、今、ちょっと一杯いかがです？　かるく飲みながらでしたらご相談もしやすいかと思いますが」

「でも、それじゃご迷惑だわ。そんなご厚意に甘えるわけにはいきません……」

「いえ、わたしのことはお気遣いなく。もし十分ほどお時間がおありでしたら」

「まあ、なんてご親切なの、ブリットさん。でも、それじゃあんまりご厚意に甘えすぎだわ」

「それでは新年に乾杯ってことにしましょう」

　彼は太鼓手亭の上等室（サルーン・バー）のドアを開けて中へ入った。社員一同でクリスマス会をするとか、送別会をするとかいう場合のほか、しつらえは高級だが値段も高い上等室（サルーン・バー）で飲むことはめったになかったから、今日は特別だった。このくらいの時間にはたいてい、ロン・ストックスとミスター・ブラックスタッフがたむろしているはずだ。ノーマンは、自分がグリーンズ薬局の若い女と一緒にここへ来ているところを、あの連中に見て欲しいな、と思った。「何をお飲みになりますか？」と彼はマリーに尋ねた。

「わたしのシビレ薬は、ジンのペパーミント割りなんです。けど、ここはとにかくわたしがお支払いをしますから、ね。いえいえ、いけません、あなたこそ何をお飲みになるのかしら……」

「まあ、ここはわたしの顔を立ててください。あのあたりに席を取りましょう」

　まだ夕方の早い時間だったので、店はすいていた。六時になるとすぐそこのダルトン・デューレ・アンド・ヒギンズ社の広告担当のお偉いさんたちや、フリン・アンド・ナイト事務所の建築家たちがぞくぞくやってくるのだが、いまはまだ、常連客でアル中の老婆ミセス・グレッガンと、ジミーというプードルを連れたバートという男が来ているだけだった。ロン・ストックスとブラックスタッフの姿が見えないのは残念だった。

「クリスマスイブの日のランチタイムに、このお店にいらしたでしょう」とマリーが言った。

「ええ、いました」そう答えて彼は一呼吸おき、ギネスの広告が印刷された厚紙のコースターの上に、ジンのペパーミント割りのグラスを置いた。「あの日、あなたのことも見ましたよ」

彼はダブルダイヤモンドをひと飲みした後、口ひげについた泡を丁寧にぬぐった。今ではもちろん、酒場を出た後、路上で彼女と抱擁するなんてことがとうていありえないのは悟っていた。あれはたんなる夢想にすぎなかったのだ。彼の母親がもし生きていたら、そりゃ希望的観測だよ、と言ったに違いない。とはいえ、今晩、いつもより二十五分かそこら遅く帰宅した彼がヒルダに向かって、じつはさっきまでコスタブラバへ行ってみたいっていうグリーンズ薬局の店員に旅のアドバイスをしてたんだ、などという打ち明け話をすることも決してないだろう。それは本人がいちばんよくわかっていた。それどころか、太鼓手亭に寄り道したことすら口には出すまい。そのかわりにノーマンが妻に語るのは、こういう話だ。いやあブラックスタッフのおかげで遅くなっちまったよ。この夏のドイツとルクセンブルクの旅っていうことで、ユーロツアーズがオファーしてきた新しいパッケージツアーをみんなでチェックしてたもんでね。ヒルダのほうでは、夫が自分より若い美人とパブで会っていようなどと思いつくはずもない。なにしろ、彼女は夫の精力減退をしばしば冗談の種にしていたくらいなのだ。

「五月の最後の二週間を考えてたんです」とマリーが言った。「その時期ならちょうどメイヴィスも休暇がとれるから」

「メイヴィス？」

「わたしの友達です。ブリットさん」

ヒルダは居間で英国産シェリー（ブイ・ピー・ワイン）を飲みながら、テレビの『Zカー警察（デカ）』を見ていた。食事はオーブンに入ってるわよ、と言われて、夫は「おう、ありがと」と答えた。

ノーマンが帰宅する時間に妻が家を空けていることもあった。彼女の行き先はファウラー夫妻とかいう名前の友達の家で、ブイ・ピーを飲みながらブリッジをやっているのだ。さもなければ、クラブへ行っていて留守ということもあった。このクラブというのはトランプとビリヤードができる遊技場で、バーが付設されている。ヒルダは人づきあいが好きだったが、家を空けるときには必ず前もってそのことを伝え、夫の食事をオーブンへ入れておくのがつねだった。彼女はしばしば、昼間の時間に内職仲間のヴァイオレット・パークスのところへ行って、一緒にアクセサリーづくりをした。そしてそのまま一緒に夕食を食べてくることも多かった。アクセサリーづくりは、プラスチック製のビーズをひもに通したり、プラスチックのパーツをはめ込み台に入れたりするのが主な作業である。ヒルダは手先の作業がはやいので、毎日勤めに出るよりたくさん稼げたし、だいいち交通費もかからないから割がよかった。彼女はヴァイオレット・パークスよりも、指先でする仕事が得意だった。

ノーマンが夕食の載ったトレイを持って居間へ来て、テレビの前に腰を下ろすと、ヒルダは「おつかれさま」と言った。「いつものだけどブイ・ピー飲む?」

口ではこう言いながら、彼女の目はテレビに映った人間を追い続けていた。テレビを買ったから、ふたりきりで過ごしていた頃よりもさっさと時間が過ぎるようになって好都合だが、彼女は本当はファウラー夫妻の家とかクラブにいるほうが好きなのだ。ノーマンはそれがわかっていた。

「いや、いらない。ありがと」と言って彼はワインを断り、肉詰めパイ（リソール）みたいなものを食べはじめた。丸くて茶色いその代物はアルミホイルの容器に二つおさまっていて、一緒にグレービーも入っていた。彼は、妻がベッドであまり多くを要求しないでくれればいいがと考えながら、ヒルダのほうをちらっと見た。ちらっと見るだけでわかるときがあるからだ。

「あら」一瞬の視線に気づいて、妻は答えた。「あなた、もしかしてやる気まんまん？」彼女はそう言って大笑いし、ウインクを投げてよこした。そういうきわどい発言が、やせてひからびたようにみえる顔から飛び出すのは、ちぐはぐな印象を与える。だが、彼女はいつもその種のセリフを口にするのだった。なぜそんなことばかり言うのかノーマンには理解できなかったが、彼がその気がないときにかぎって、あなたやる気まんまんでしょ、とか、熱くなってるの見ればわかるわ、とか言い出すのだ。ノーマンは、ヒルダは求めすぎだと感じていた。そしてしばしば、もっと淡泊な女性と一緒に暮らしたらどんなだろうかと思いをめぐらした。また、激しく求めてくる妻と格闘した後の倦怠感のなかで暗闇を見つめながら、ヒルダがベッドの上であんなに激しくなるのは、彼女が不妊症であることとなにか関係があるのじゃないか、あの野性味の根元には母性本能の欲求不満があるのじゃないか、と考えることもあった。彼女は結婚した後もしばらく、毎日オフィスに出て文書整理係をしていた。その頃はよく退社後に、夫婦揃って映画を見に行ったものだった。

　その夜ヒルダが寝静まった後、ノーマンは横になって彼女の深い寝息に耳を澄ませながら、グリーンズ薬局の女のことを考えていた。そして心の中で、今日一日を振り返った。パトニーのフラットを出ようとした自分自身の姿を目に浮かべ、爪ヤスリと歯磨きの銘柄のことを大声で注意した妻の声を聞き、地下鉄の中でデイリーテレグラフ紙を読んでいる自分を眺めた。彼はそうやって、マリーが釣り銭を手渡してくれる瞬間を舌なめずりするように待ちかまえつつ、今朝の一部始終をゆっくりおさらいした。その瞬間が過ぎた後は、彼女の微笑みをぼんやり見ながら、午前中にやってきた顧客たちの問い合わせや依頼事を思い出していった。「ニューキャッスルまでの往復券をふたり分予約してほしいんだけれど、週の真ん中だったら安いかしら?・」と、あるカップルが尋ねた。つぶれたような顔をした男が、自分と妹とその夫の三人で一週間オランダを旅したいのだが、と相談をもちかけた。ひとりの女がギリシアのことをあれこれ聞き、べつの女はナイル川クルーズについて質問し、三人目はシチリア島とその周辺の島の情報を知りたがった。それから彼は自分の座席の前のカウンターに「ただいまお取り扱いしておりません」の札を置き、店を出て、エッジウェア・ロードから路地を入ったところにあるベッツというサンドイッチ屋へ行った。ランチを食べながら、「爪ヤスリ一パックとコルゲート歯磨きの小さいやつをひとつ」とグリーンズ薬局で言ったセリフを反芻した。その後に例のちょっとした会話があって、それから、彼女の笑顔にぼんやり見守られた午後が過ぎていき、いよいよ太鼓手亭で彼のとなりに腰掛けた彼女の実在感を反芻する時がきた。ジンのペパーミント割りを口元へ持っていって、にっこり微笑む彼女のしぐさがはてしなくくりかえされた。やがて彼は眠りに落ち、彼女の夢を見た。ふたりでハイドパークを歩いていたら、彼女の靴が片方脱げる夢だった。「あなたは深みのあるひとだわ、わたしにはわかるの」と彼女が言った。そのセリフに引き続いてノーマンにのしかかってきたのはヒルダだった。いつもの早朝のむらむらに駆られての行動であった。

「あの男の行動がどういう意味なのか、わたしにはわからないのよ」マリーがメイヴィスに打ち明けていた。「なにか意味があるはずなんだけど」

「その男結婚してるの?」

「うん、たぶんね。ああいうタイプだから」

「それじゃあ、あんた気をつけなきゃね」

「シナトラみたいな目をしてて。あのブルー、わかるでしょ」

「マリーったら、だいじょぶなの?」

「わたし、年いってる男のほうが好きなのよ。口ひげも素敵で」

「そいつがあのインターナショナルとかいうところの男なわけね」

「うぶな感じなのよ。それでもう、肩はフケだらけなんだから!」

ふたりは一緒に電車を降りてホームで別れ、マリーは地下鉄のほうへ、メイヴィスはバス乗り場へ急ぎ足で向かった。レディングに住んで毎日パディントンへ通うのはじつに便利である。電車に乗っている時間はわずか三十分だから、おしゃべりしているうちに着いてしまう。だがふたりは、帰りは別々の電車に乗るのがふつうだった。メイヴィスのほうがほとんど毎日、一時間ほど残業しなければならなかったからだ。彼女の仕事はコンピューター・プログラマーだった。

「保険のこと、メイヴィスと話しあいました。入っておきたいと思います」とマリーは言った。午前十一時三十分、薬局に客がとぎれる時間帯をねらって、彼女はトラベルワイドへやってきた。昨日の夕方、旅行者保険についてすこし細かい話をしておいた。ノーマンはどの客にも保険加入をすすめることにしているのだが、よけいな出費になりそうだから友達と相談してから決めさせてください、と留保したマリーの言い分はじゅうぶん納得できるものだった。

「それではさっそく予約にとりかかってよろしいですか」と彼は言った。「ではまず保証金のほうを」

　マリーはメイヴィスが書いた小切手を預かってきていた。彼女はピンクの小切手をカウンターの相手側に差し出した。「トラベルワイド様宛と書いてあります」

「はい、確かに」彼は小切手をちらりと見て、受取証を書いた。そしてこうつけくわえた。

「あの後、もうひとつふたつパンフレットが見つかりましたので、ひととおりご説明申し上げたいのですがいかがでしょう。そうしておけば、お客様のほうからお友達に説明できるでしょうから」

「あら、ご親切にどうも、ブリットさん。でももう店へ戻らないと。午前中の営業時間真っ最中なので」

「では、ランチタイムにお時間は？」

　彼は口を衝いて出たセリフにわれながら驚いた。そして、今頃ジミー・ヤングの番組を聞きながら、オレンジ色や黄色のビーズの穴に器用に糸を通しているであろうヒルダのことを思った。

「ランチタイムですか？」

「ええ、パンフレットのお話ができたら、と」

　このひとわたしを欲しがっているみたい、と彼女は心の中でつぶやいた。ランチタイムにパンフレットのお話がしたいなんて言ってるけど、ようするに口説いてるんだ。そうね、悪い気はしないわ。メイヴィスにも言ったけど、わたしは年がいってる男が好きだし、口ひげが好き。あのひげ、なにか塗ってるみたいにすべすべして見えるわ。それに、ノーマンっていう名前も悪くない。

「わかりました、それじゃ」と彼女は言った。

こうなっては、ノーマンとしてもベッツでサンドイッチを食べましょうと提案するわけにはいかない。なにしろあそこでは、壁際の棚みたいなものに向かって立ったまま、紙皿に載ったサンドイッチにかぶりつかなければならないからだ。

「太鼓手亭へでも行きましょう」と彼は提案した。「わたしは十二時十五分に出られます」

「じゃあ、十二時半にお会いしましょう、ブリットさん」

「パンフレットを持参いたします」

彼はふたたびヒルダのことを思った。針金のような青白い手足と、すぐ鼻をフンと鳴らす癖。テレビを見ているとき、突然彼の膝の上に乗りたがること。年齢を重ねるにつれていろんなことの度合いがひどくなってきている。ますます貧相にやせてきたばかりか、以前から硬かった髪の脂っ気がすっかり失せ、白髪ばかりが目立つようになった。ヒルダがクラブやファウラー夫妻のところへ出かけて留守の晩は、彼は気がせいせいした。だが、ヒルダの名誉のためにつけくわえておけば、彼女なりに万事できるかぎりのことをしてはいたのだ。ただ、ノーマンの立場からすれば、一日仕事をして帰ってきた後に、誰かを膝の上に乗せたいと思う晩ばかりとは限らなかった。

「このまえと同じもの?」と、太鼓手亭で彼は尋ねた。

「ええ、お願いします、ブリットさん」ゆうべはおごってもらったから、今回は絶対わたしが飲み物の代金を支払わなくちゃ、というつもりで来たのだったが、あたふたしてついそのきっかけを逃してしまった。彼女は、しかたなく隣りの椅子の上にノーマンが置いていったパンフレットを取り上げて読むふりをしながら、バーへ向かう彼の後ろ姿を見つめていた。彼は振り向いてにっこり笑い、飲み物を持って戻ってきた。そして、こうやって飲みながらだとビジネスもうまく運ぶんですが、みたいなことを言った。見ると、彼もジンのペパーミント割りを飲んでいた。

「代金はわたしがお支払いするつもりで、そう言うつもりでしたのに。わたしったら……ごめんなさい、ブリットさん」

「ノーマンでいいです」彼はこう応対して、またもや臨機応変なものの言い方をすんなりこなせている自分自身に驚いた。この一杯を飲み干したら、挽肉のマッシュポテト包み（シェパーズ・パイ）か、彼女の好みによってはハムサラダにロールパンでもとって、もう一杯ジンのペパーミント割りを彼女に飲ませていい気持ちにさせてやろう、と彼はもくろんでいた。十八年前彼は同じ下心でヒルダに、彼女のお気に入りのブイ・ピーをおかわりさせたものだった。

　パンフレットの説明がひととおり終わると、マリーは、わたしレディングから通勤しているんです、と語りだした。地元の町や、母や、同居している母の友達のミセス・ドルックや、メイヴィスのことも語った。というか、ほとんどメイヴィスの話で、ボーイフレンドやフィアンセはおろか、男のことはまったく話題にのぼらなかった。

「ほんとのこと言うと、わたしお腹すいてないんです」と彼女は言った。じっさい、食べ物にはすこしも手をつけていなかった。彼女は、ノーマンとふたりでずっとジンを飲み続けていたいと思った。昼日中にそんなことを思ったのは生まれてはじめてだったが、ほろ酔い気分になってしまいたかった。自分の手をノーマンの腕にからませたかった。

「お目にかかれてうれしかったです」と彼が言った。

「幸運だわ」

「同感です。マリー」そう言って彼は、自分の人差し指をマリーの手の甲の骨の隙間にすっと這わせた。その動作がとてもかすかだったので、マリーは思わず身震いしそうになった。彼女は手を引っ込めなかった。そのままでいたら、ノーマンが彼女の手に自分の手をかぶせてきた。

それ以後ふたりは毎日一緒に、太鼓手亭でランチを食べるようになった。みんながふたりを目撃した。トラベルワイドのロン・ストックスとブラックスタッフが見た。それから、グリーンズ薬局の薬剤師のファインマンも見た。旅行社のほかの社員たちや薬局の店員たちも、ふたりがよく手をつないで近所の通りを歩いている姿を目撃した。ふたりはエッジウェア・ロードのショウウィンドウをよく覗き込んだ。とりわけ、真鍮製品がどっさりあるアンティークの店には目がなかった。夕刻になるとふたり一緒にパディントン駅まで歩き、駅にいくつかあるバーで一杯飲んだ後、他のひとびとがしているように、ホームで抱き合って別れた。

メイヴィスはふたりの関係にずっと不賛成だった。マリーの母親とミセス・ドルックはあいかわらず何も知らなかった。五月になってマリーとメイヴィスはコスタブラバで休暇を過ごしたが、ちっとも盛り上がらなかった。旅行の間ずっと、マリーがノーマンに会いたいと思い続けていたからである。メイヴィスがビーチで雑誌を読んでいるとき、マリーはよくひとりでめそめそしていたが、メイヴィスは気づかないふりをした。マリーの意気が上がらないのは、ようするに男心は女にはとうていわからないということの証明だったから、メイヴィスはむしょうに腹が立った。何ヵ月も前から楽しみにしてきた休暇をようやくとってみたら、旅行会社の事務員ひとりのせいで旅がだいなしになってしまったのだ。「ごめんね、ほんとに」マリーは笑顔をつくろうとしながら何度もくりかえした。だが、ロンドンへ戻ってきたとき、友情にはひびが入っていた。「ばかなことやって他人の笑いものになってるんだよ、あんたは」とメイヴィスはきびしく言い渡した。「あんたの恋の話を聞かされるのはもううんざり」これを最後にふたりは一緒の電車で通勤するのをやめた。

一方、恋は成就されぬままであった。ノーマンとマリーに許された一時間半の昼休みをどう使っても、おたがいの情欲を解放してやれる場所へたどりつくのは、無理な相談だった。トラベルワイドも、薬局も、太鼓手亭も、ふたりで歩く近所の通りも、すべて公共の場所だったからだ。さすがにマリーの母親とミセス・ドルックといえども、なにか困ったことが起きているのじゃないかしら、と気がつく頃合いだった。寝室でのおしごとをおあずけにされたままのヒルダだって、テレビの前でいつまでもぼんやりしてはいないだろう。軽はずみな行動に出ればいっぺんに事が露見するだろうことは、ふたりともよくわかっていた。そうなればただごとではすまなくなる。

「ねえ」マリーがノーマンにぴったり身体をあずけたままでささやいた。十月の夕暮れのパディントン駅は寒くて、霧がたちこめていた。霧は無数の微細な水滴になって、彼女の淡い色の髪の一筋ごとに宿っていた。その無数のしずくは、彼女に寄り添っているノーマンにしか見えなかった。明かりが点いた駅の構内を大勢のひとびとが行き交っていた。みんな疲れた顔をして、早く家に帰りたそうにみえた。

「わかってる」と答えながら、自分のことばと駅という場所のちぐはぐさが身に染みた。近頃彼はいつもそれを感じている。

「横になっても眠れなくてあなたのことを考えてるの」と彼女が言った。

「きみがわたしに命をあたえてくれたんだ」と彼はささやきかえした。

「あなたもわたしに命をくれたわ。そう、神さま、ほんとにそうなの」言い終える前に、マリーは電車のドアをバタンと開けて車内へ消えた。ノーマンの目に最後に映ったのは、大きな赤い、彼女のハンドバッグだった。次に会うまでの十八時間をやりすごさなければならない。

ノーマンは電車に背を向け、人混みの中を歩き出した。しかし、パトニーのフラットへ帰りたくないという気持ちが、肉体をさいなむ苦痛のように身体の内側でうずいた。「しっかりしてよ、まったく!」正面からぶつかりそうになった女性を避けようとして、思わず相手と同じ側に進んでしまい、相手に大声で怒鳴られた。女性がホームに落とした雑誌の束を拾い集めるのを手伝いながら、平謝りした。それでも相手はぷりぷりしていた。

女性から歩き去ろうとしたちょうどその時、ひとつの看板が彼の目に入った。「ホテル入口」という赤いネオンサインが、駅の中央の新聞雑誌売り場の向こうに見えたのである。長旅でくたびれた旅客たちが最短距離で安らぎを得られるよう設けられた、グレイトウエスタン・ロイヤルホテルの裏口であった。このホテルに部屋をとれさえすればいいんだが、と彼は考えた。せめて一夜だけでも、ひとりの男とその妻になることはできないものか? 赤いネオンが見下ろしているスイングドアを開けて、ひとびとが入っていった。新聞とスーツケースを携えた急ぎ足のひとびと。ノーマンもなんの気なしに、スイングドアを開けて中へ入った。

ふた続きの短い階段を上がって、もうひとつのドアを開けると彼は足を止めた。そこには、グレイトウエスタン・ロイヤルホテルの巨大なロビーが広がっていた。正面左には長いゆるやかな曲線を描いたカウンターがあり、右手のほうにはポーターのデスクが見えた。小さなテーブルとアームチェアがいたるところにあり、床には絨毯が敷き詰められていた。エレベーター、バー、レストランへと導く表示があり、大階段が見えた。左手のほうへゆるやかに上がっていくその階段のたたずまいはいかにも優雅で、絨毯敷きの床はここまで続いていた。

見渡せばひとびとが思い思いにくつろいでいた。グラスを目の前に置いたひとが数人おり、ほかのひとびとはティーポットと半分ほど残ったビスケットの皿を前にして座っていた。ノーマンは、自分とマリーがこのホールに腰掛けているようすを想像した。しばらく目の前のひとびとを眺めながらたたずんだ後、彼は上階に宿泊している客であるかのごとく大階段を上がっていった。きっとできる、まばゆいばかりのこの場所できっと一晩過ごせるはずだ、と彼はひとりでつぶやいていた。階段の途中の踊り場はテーブルとアームチェアが置かれて、ラウンジになっていた。ひとびとが静かな声で語り合っていた。ウェイターがテーブルに残された銀のティーポットを下げていった。片足をかばうようにして歩くその年輩のウェイターは、アジアかアフリカの出身らしかった。女性客の膝の上で一匹の狆(ちん)が眠っていた。

上階の雰囲気は階下とは異なっていた。長くて広い廊下があって、両側には客室のドアが並んでいる。さらにその先にも、同じような廊下がいくつか続いているようだった。客室係のメイドが目を伏せるようにして彼を追い越して行った。「従業員専用」と書かれたドアの奥から誰かの笑い声がかすかに聞こえた。ウェイターが、覆いを掛けた料理の皿とナプキンでくるんだワインボトルを載せたキャスター付きミニテーブルを押して行った。「バスルーム」という表示があったので、グレイトウエスタン・ロイヤルホテルのバスルームはいったいどんなものか見てやろうと思って、ちょっと覗いてみた。「これだ!」と彼は小声で叫んだ。その瞬間、ノーマンは、彼にとっての一九六〇年代をほかの年代と区別することになるアイデアのとりこになったのである。じっさい、その頃のことを思い出そうとするたび、二階のそのバスルームをはじめて見た瞬間味わった歓喜の身震いが彼を襲うのだ。彼はおそるおそる中へ足を踏み入れ、ドアに鍵を掛け、バスタブの隅に腰掛けてみた。宮殿のバスルームはかくやと思われるほど、内部は広々としており、バスタブも大きかった。四方の壁はグレーの繊細な筋が入った白大理石だった。真鍮製の特大の蛇口が二つ並んでいるのが目についた。これほど大きな蛇口を生まれてはじめて見たが、その蛇口は、やがて彼とマリーがこのバスルームへやってくることを先刻承知しているように見えた。そして、二つ並んだ蛇口は彼に向かって歓迎のウインクをして見せ、このバスルームは居心地がいいうえに、いまじゃあほとんどの客室内にプライベートバスが設置されてるから使用頻度も高くないのさ、と語りかけているかのように思われた。ゴム引きの雨コート（マッキントッシュ）を着たままバスタブの隅に座わった彼は、ヒルダが今の自分の姿を見たら何と言うだろうかとぼんやり考えた。

　ノーマンは、太鼓手亭でマリーに計画を打ち明けることにした。彼は、グレイトウエスタン・ロイヤルホテルの見事な内装のことや、あの夜家へ帰りたくなかったからホテルへさまよいこんだ話から、あせらずに話題をつないでいった。「それでじつは、しまいにバスルームまで見学してしまってね」

「トイレなんか見たわけ？　なんでわざわざ……」

「いや、トイレじゃない。二階のバスルームだよ。これがなんと大理石張りなのさ」

　彼女は、宿泊してもいないホテルのバスルームへ入り込むなんてずいぶんあきれたひとね、と言った。ノーマンはそれに答えて、

「マリー、いいかい、あのバスルームはぼくたちが行ける場所なんだよ」

「行けるってなによ?」

「空いてるときもある部屋だということ。いや、たぶんほとんどいつも空いてるんだよ。たった今使うことだってできる。その気になれば今すぐ行ける場所なんだ」

「でも今はわたしたちランチ中なのよ、ノーマン」

「そのとおり、そういうこと。あそこでランチを食べることもできるんだよ」

上等室のジュークボックスから、もの悲しい歌声が流されていた。「ぼくの手をとってくれ」歌っているのは、エルヴィス・プレスリーだ。「ぼくの人生もぜんぶ君のもの」ダルトン・デューレ・アンド・ヒギンズ社の広告担当のお偉いさんたちが、カナディアン・パシフィックの委託業務をとれそうな見通しについて大声で話し合っている。フリン・アンド・ナイト事務所の建築家連中は、地域限定の建築基準規則について不満を述べたてている真っ最中だったが、さほど騒がしくなかった。

「バスルームって言ったって、ノーマン、勝手にわたしたちがバスルームに入れるわけじゃないでしょ?」

「なんでだい。だいじょうぶだよ」

「そんなの無理よ。どう考えたって無理!」

「いや、だいじょうぶなんだよ」

「わたしはあなたと結婚したいの、ノーマン。ふたりで一緒になりたいのよ。ホテルのバスルームに入るなんて、そんなことしたくないわ」

「わかってる。わたしだってきみと結婚したいんだ。だが、そのためにはいろいろな問題を解決しなくちゃならない。マリー、きみだってそのことはわかってるはずだ、わたしたちが結婚するために……」

「もちろんわかってるわ」

ふたりはこの話題を、もう何度もくりかえし話し合ってきた。いつの日か、なんとかして結婚しよう。それはふたりの間で当然の了解になっていた。ふたりはヒルダについても話し合った。ノーマンはヒルダのようすを説明し、マリーの心の中に、パトニーのフラットでアクセサリーの組み立てをしているヒルダや、ファウラー夫妻の家やクラブへ出かけてブイ・ピーを飲んでいるヒルダを、ことばで描いてみせた。彼は妻のイメージを実物以上によく見せるようには描かなかったので、マリーはおそるおそる、そのひととはわたしあまり気が合いそうにない、と言った。それを聞いてノーマンは、そうだろうね、と答えた。彼がヒルダについて語らなかった唯一の部分は、彼がこっそり〈夜の空腹〉と名づけている妻の性欲のことだった。そのことを話題にしたら全体がぶちこわしになってしまいかねなかったので、黙っていたのである。

ヒルダがらみのことでふたりが解決しなくてはならない問題というのは、経済的なことであった。トラベルワイドへ勤めつづけるにせよ、他で働くにせよ、ノーマンにはそれほど多くの稼ぎは期待できなかった。ヒルダの性格からして、離婚話がもちあがればただちにできるだけ高額の離婚手当を請求するべく、手はずを整えるだろう。法律とあっては、ノーマンといえどもその支払い請求を逃れることはできない。ヒルダは、あたしの収入はアクセサリーの組み立てで稼げる小遣い銭だけで、それも、しもやけや関節炎がだんだんひどくなってきているので近頃は思うように作業ができないのです、とかなんとか思いつく限りのことを述べたてるに違いない。彼女は、自分を捨てたノーマンを憎むだろう。なじんだ伴侶を奪われる憎しみは大きいはずだ。不妊症であるゆえの自責の念が、夫の浮気への憎悪とからみあってこじれていくだろう。その結果、彼女はありもしない心の構図を描いて独り合点し、目には怨念の炎が灯ることになるだろう。

マリーは以前から、あなたの子どもが産みたい、と言っていた。彼女はすぐにでも子どもが欲しかったし、その気になればできるとわかっていた。彼もそのことはわかっていた。彼女を一目見れば、出産がこの女性の存在の重要な一部分であることは、誰の目にも明らかだった。だが、出産するということは、結婚後も続けたいと思っている仕事をあきらめなければならないことを意味する。そしてそれは同時に、三人の人間がノーマンひとりの安月給に頼って暮らすことを意味した。いや三人だけではなく、生まれてくる子どもも当然養わなければならなかった。

この難問はノーマンをあざ笑っているかのようで、答えは見つからないかも知れなかった。しかし、彼はこう信じた。マリーと自分が一緒にいればいるほどふたりが話し合う機会は増え、愛は深まるのだから、問題を解決できる妙案をふと思いつく確率も高くなるに違いない、と。とはいえ、彼がそう力説しているとき、マリーが耳を傾けているとは限らなかった。彼女は、ふたりで力を合わせて問題を解決しなければ、ということを理解してはいたものの、そんな問題など存在しないかのようにふるまうことが時々あった。ヒルダの存在を忘れたかったのである。マリーは、せめてノーマンと一緒にいる一、二時間の間だけでも、七月になったら、いやもう六月にも、自分たちは結婚すると思い込んでいたかった。そんな彼女の夢想を現実に引き戻すのは、いつもノーマンだった。「どうだい、グレイトウエスタン・ロイヤルへ行って一杯やってみようじゃないか」と彼はうながした。「今晩、電車に乗る前にさ。いつものビュッフェへ行く代わりに」

「でも、ホテルでしょ、ノーマン。ホテルっていうのは泊まっているお客さんたちのものじゃない……」

「飲みに行くだけなら、だれだって入れるんだよ」

その晩ホテルのバーで飲んだ後、ノーマンはマリーを、大階段の踊り場空間のラウンジへ案内した。ホテルの中はちょうどよい暖かさだったので、彼女は、アームチェアで一寝入りできたらいいのに、と言った。ノーマンはそれを聞いて大笑いしたが、バスルームまで足を伸ばしてみようと提案するのはひかえておいた。急いては事をし損じる。彼はマリーが、母親とミセス・ドルックとメイヴィスのもとへ帰っていく電車に乗るのを見送った。マリーは車内でグレイトウエスタン・ロイヤルホテルの華麗な世界をじっくり反芻するに違いない。ノーマンはそう確信していた。

十二月になった。霧がちの天気は去ったが、気温はいっそう低くなり、風は氷のように冷たくなった。ふたりは毎晩、マリーが電車に乗る前にホテルで一杯飲んだ。「例のバスルームをきみにぜひ見せたいんだが」ある晩ノーマンが言った。「見るだけだよ」バスルームのことを最初に口に出して以来、彼は決して急がなかった。じっさい、口にしたのはこれが二度目であった。マリーはくすくす笑って、まだそんなこと考えてたの、と言った。バスルームなんか見に行ってたら電車に乗り遅れるわ、と言う彼女にノーマンは、時間なら十分あるから大丈夫だよ、と答えた。「え、すごい！」ドアから中を覗き込んだマリーは突っ立ったまま小声で叫んだ。ノーマンは、客室係のメイドに見とがめられないか冷や冷やしながら、彼女の肩を抱くようにしてバスルームに入った。そして、ドアをロックして彼女にキスした。つきあい始めてもうすぐ一年、ふたりははじめて誰もいない場所で抱き合った。

一月一日の昼休みにもふたりはバスルームへ行った。ふたりの出会いから数えて一周年をこうして祝うのはふさわしいことだ、とノーマンは思った。この女は誘いに乗りやすいタイプだ、と感じた第一印象はとっくの昔に消え失せていた。男好きのする外見の奥に古風で折り目正しい人間がいる。それがマリーの真実の姿だった。湿り気のかけらもなく、性生活にはまるで興味がなさそうにみえるヒルダがやはり外見を裏切っているのと、奇妙に対照的だった。「わたしはじめてなの」とバスルームの中でマリーが打ち明けた。ノーマンはよけいに彼女のことがいとおしくなった。結婚するまでバージンでいたいと望むマリーの純朴さに、彼は心打たれた。だが、あなた以外の誰とも結婚できないわ、と彼女は何度も宣言していたので、もはや結婚初夜まで純潔を保つ必要はなかった。「ああ、神さま、愛してる」彼女はバスルームではじめて裸になってささやいた。「ああ、ノーマン、あなたでなくちゃだめ」

その日以後、これが習慣になった。ノーマンはホテルのバーをぶらりと出て、巨大なロビーを横切ってエレベーターで二階へ行く。その五分後、マリーが同じ経路であとを追う。ハンドバッグにはレディングの家から持参したタオルが入っていた。バスルームではふたりはいつもささやき声で話した。そして、セックスの後にはいつも一緒にバスタブにつかり、お湯の中で手を握りあいながら、将来についてあれこれ語り合った。ドアをノックして中の様子を確かめようとする者が来たことは一度もなかった。ふたりはいつも別々にわかれてバーへ戻ったのだが、戻る途中に見とがめられたこともなかった。彼女のハンドバッグの中で、ふたりの濡れた身体を拭いたタオルがコンパクトとハンカチを湿らせていただけだ。

月日が経つような速さで年月が過ぎていった。太鼓手亭のジュークボックスでエルヴィス・プレスリーは掛からなくなった。そのかわりに聞こえてきたのが、「なんであの子は行ってしまったの、ぼくには理由がわからない……」ザ・ビートルズだった。「彼女は何も言わないで……ぼくはイエスタデイを信じるのさ」たくさんのひとびとの人生にエリナー・リグビーが姿をあらわし、彼女がサージェント・ペッパーを連れてきた。前代未聞の、奇想天外なスパイ映画がロンドン中の映画館を満員にし、カーナビー通りはまるで愉快なゴミ箱みたいに騒音と色彩であふれかえった。グレイトウエスタン・ロイヤルホテルのバスルームを舞台にしたノーマン・ブリットとマリーの逢い引きも、この時代の野放図な色彩でいろどられていた。ふたりはバスルームでサンドイッチをほおばり、ワインを飲んだ。彼は、知識はあるが行ったことがない遠く離れた土地の話をささやいた。バハマ諸島、ブラジル、ペルー、イースター祭のセヴィリア、ギリシアの島々、ナイル川、シラズ、ペルセポリス、ロッキー山脈。ホテルのバーや太鼓手亭でジンのペパーミント割りを飲むくらいなら、貯金すべきだったかもしれない。また、ヒルダをめぐる問題を解決するために、もっと真剣に頭を絞るべきだったかもしれない。だが、そんなことをして自分を苦しめるよりも、いつの日かふたり肩を並べてヴェネツィアかトスカーナを歩いている自分たちの姿を夢想するほうが、すばらしいことに思われたのだ。この恋のすべては、ヒルダの旺盛な性欲に押し切られて行なう営みとはまるで違っていた。また、トラベルワイドの社員のために太鼓手亭で開かれた送別会でブラックスタッフが語った、お里が知れるような下品きわまる打ち明け話とも、まるで異なる世界のできごとだった。ブラックスタッフがそういう席で決まって披露したがるお得意のジョークは、自分は妻とのまぐわいを夜中に求めているんだが、妻のほうは朝方合体したがるんだよ、というものだ。朝の合体にはいかに困難がつきまとうか、いかに子どもたちに邪魔されやすいかを語った後、必ず、妙に詳しいところへ入り込んでいき、自分の妻の性的な好みについて事細かに述べたてた。彼がこういう猥談をするときにはたいてい、怒ったように突然はじまる高笑いの発作がともなっており、笑いながら肘で隣りのひとを押しのけるようなしぐさをしてみせた。じつは一度、彼の妻が太鼓手亭にあらわれたことがあったのだが、ノーマンは彼女の私生活についてあまりにくわしく知っている恥ずかしさのあまり、相手の顔を正視できなかった。彼女は恰幅のいい中年女性で、ごてごて飾り立てたメガネをかけていた。かくしてこの女性の外観も、見事に真の姿を裏切っていたのである。

ノーマンもマリーも、バスルームにいるときにはそうした屈託を一切忘れて過ごした。ふたりのつかのまの逗留を支配していたのはロマンスの力であって、彼らを肉体関係に駆り立てた衝動を神聖だと認めていたのは、真実の愛の存在であった。そのことをふたりは疑わなかった。愛はふたりの奇妙なふるまいをおおらかに許した。というのも、ホテルをあざむき、勇気を奮い起こしてそんなことを繰り返した動機を彼らの心の中にさぐるとしたら、愛のほかにはありえなかったからである。

ところがしばらくすると、顧客たちにチケットを売り、帰りの電車に乗るマリーを見送るノーマンの心に、ときどき憂鬱の影がよぎるようになった。そして時が経つにつれて、しだいにその憂鬱は強く、激しくなっていった。「きみと離れていると悲しくてやりきれないんだ。もうわたしには耐えられそうにない」あるとき彼はバスルームでマリーにそうささやいた。マリーはいつものようにレディングの自宅から持参したタオルで身体を拭きながら言った。「奥さんに言ってよ」その声にはいままでにはない鋭さがあった。「赤ちゃんのこと、あまり先延ばしにしたくないの」彼女はもう二十八歳ではなく、三十一歳になっていた。「だってずいぶん待ったんだもの」

ずいぶん待たせたことはノーマンも承知していた。そしてその日の午後、トラベルワイドへ戻って一切合切をもう一度考え直してみたが、やはりこれ以上踏み出せば経済的に破綻するという結論を出すほかなかった。自分にはどうがんばっても、今稼いでいるていどの給料しか稼げない。マリーの欲しがっている赤ん坊はノーマンも欲しかった。しかし、産めばその子が吸い取り紙のように金を食うだろうことも明らかだった。住まいは公営住宅をあてにしなければならなくなるだろう。考えれば考えるほどぐったり疲れ、頭痛がしてきた。とはいえ、正しいのはやはりマリーだった。いつまでもホテルのバスルームに通って、かりそめの恋の幻ばかり眺めて生きていくことはできない。ノーマンは、一時ではあったがかなり真剣に、ヒルダに死んでもらうことはできないかとさえ考えた。

だが結局、彼は妻に真実を打ち明けることにした。ある木曜の夜、彼女が『アベンジャーズ／秘密捜査員ノート』を見終えた後に、彼はただ淡々と、自分はマリーという名前の女性に出会い、恋に落ち、結婚したいと思っていると告げた。「それで、わたしたちは離婚できないかと考えたんだ」と彼は続けた。

ヒルダはテレビの音を絞って画面を見続けた。ノーマンは自分が彼女を捨てると言ったことで、妻の顔に憎しみがあらわれるだろうと思ったのだが、何の変化もなかった。彼女の目には怒りさえ浮かばなかった。そのかわりに彼女は首を横に振り、自分のグラスにお気に入りのブイ・ピーをつぎ足してから口を開いた。

「あなた、気でも違っちゃったみたいね、ノーマン」

「そう思ってくれてもいいさ」

「いったいどこでそのひとと出会ったの?」

「会社の近くだよ。ヴィンセント通りの店で働いているんだ」

「で、その彼女があなたのことをどう思ってるのか、おたずねしてもいいかしら?」

「彼女はわたしを愛しているんだよ、ヒルダ」

相手は大笑いした。そして、なにをばかなこと言ってるの、信じられるわけがないわ、と答えた。

「ヒルダ、わたしは嘘の話をでっちあげてるんじゃない。ほんとの話をしているんだ」

彼女はにやにやしながらグラスの中のブイ・ピーを一口飲んだ。そして、テレビの画面をしばらく眺めてからこう言った。

「それで、そのウキウキ状態はいつからなの? 差しつかえなければ……」

さすがに、もう何年も続いているんだ、とは言いたくなかったので、しばらく前からだ、と口を濁しておいた。

「ノーマンくん、キミはおつむがどうかしてるみたいだよ。どっかのお店の子がちょっと気に入ったからって言って、そんなにかっかしなくたっていいんじゃないの。キミは雄猫じゃないんだから。ねえ、もう大きいお兄ちゃんなんだからさあ。しっかりしてね」

「わたしはどうかしてなんかいない」

「あなたはセックスちっとも上手じゃないんだから」

「ヒルダ……」

「男ってのはお店に並んでるものを欲しがるものなの。お母さんにそう言われたことないの? あたしだって、いい男だなって思うこともあった。ブラインドを直しに来た男とか、ラグビーの歌が好きなうるさいちびの郵便配達人とかね」

「わたしはきみと離婚したいって言ってるんだ、ヒルダ」

彼女はまた大笑いして、ブイ・ピーをさらに飲んだ。「無理よ、ムリムリ」と言ってもう一度笑った。

「ヒルダ……」

「もういいかげんにして！」彼女は突然怒り出した。ノーマンの見るところでは、自分が持ちかけた話の中味が逆鱗に触れたのではなく、彼がいつまでもしゃべり続けていたから怒ったのであるらしい。ヒルダは夫があまりにも滑稽に思えたから、そう口に出したのだ。そして彼女は、ノーマン自身の頭にもあったことを全部ことばにしてみせた。すなわち、自分たちみたいな人間は決して離婚なんかできないということ。ガールフレンドがよっぽど裕福なら話は別だが、そうでなければ血みどろの泥仕合になるのがオチで、結局もうかるのは事務弁護士だけだということ。おさまりきらない怒りで声をふるわせながら、大きな声で、「あなたについた事務弁護士は有り金残らず巻き上げることになるの」と釘を刺した。「何年もかけて手数料を支払うことになるのよ！」

ノーマンもまだ黙らずに、「平気だよ」と言った。もちろん平気ではなかったが、「わたしはかまわないよ、ただひとつだけ……」と続けた。

「かまわないわけがないじゃないの。わかりきってるわ。ほんとにバカね」

「ヒルダ……」

「いいわね、その女のことは忘れなさい。日が暮れた後に公園かどっかへ連れてって手を切るのね。

離婚なんかしたって、あなたもあたしも勝ち目はないんだから」

ヒルダはテレビの音を大きくして、ブイ・ピーを一息に飲み干した。その後寝室で、彼女はふだん以上の興奮をみせてノーマンに迫った。「なんだかスイッチが入っちゃったみたい」と暗闇の中でささやいて、手足をノーマンにからみつかせてきた。「あの女の話のことよ」そして、行為が終わると口を開いた。「あたし、さっき言った郵便配達人としたの。神に誓って言うわ。キッチンでね。それからこんな話になったから言っちゃうけど、ファウラーのご主人もひとりでここへ来てるのよね」

ノーマンは彼女の隣りで黙って横になったまま、今聞いたことを信じるべきかどうか思案していた。最初は、彼がマリーのことを話したからヒルダも張り合おうとしたのだろうと思ったが、だんだんそうでもないような気がしてきた。「一回、四人プレイっていうのも試したことあるの。ファウラー夫妻とあたしともうひとり、クラブへよく来てた男と」と彼女はさらに続けた。

ヒルダは彼の顔を指で愛撫し始めた。彼はその撫で方が嫌いだったが、妻のほうは、そうやって顔を撫でれば彼が興奮すると信じているようであった。「あなたが好きなその女のこと、もっと話してよ」

彼はヒルダに、もう静かにしてくれ、それに顔を撫でるのをやめてくれ、と言った。妻がファウラーと郵便配達人とのことを告白したからというわけではないが、もうマリーと自分の関係がいつからはじまったのかしゃべってもかまわないように思われた。ノーマンは、例のあの年の一月一日に爪ヤスリとコルゲート歯磨きを買ったときからはじめて、コスタブラバ旅行の予約をしたのがきっかけでマリーと親しくなった経緯を、なかば楽しみながら、語った。

「でも、セックスはできなかったでしょ?」

「いや、したよ」

「一体どこで? 玄関ロとか公園とかじゃないでしょうね?」

「ホテルだよ」

「まさか!」

「いいかい、聞いてくれよ、ヒルダ……」

「わかったわ。お願いよ、聞かせて。ぜんぶわたしに聞かせて」

ノーマンはバスルームの話をした。ヒルダは彼を質問責めにして細部を説明させ、マリーがどんなようすだったかをこまかく話させた。ようやく話が一段落ついた頃には夜が白みかけていた。

「離婚のことは忘れるのね」朝食のテーブルでヒルダがなにげない調子で言った。「もう聞きたくないわ。わたしのためにあなたが破滅するのを見たくないから」

ノーマンはその日マリーと待ち合わせしていたので、会わないわけにはいかなかったのだが、気が進まなかった。マリーは、ノーマンが前の晩妻に話をするつもりだと聞いていたから、どうなったか知りたがっていたのである。

「で、どうだった?」太鼓手亭で会うなり彼女は尋ねた。

ノーマンは肩をすくめ、首を振った。

「話したよ」

「で、なんて言ったのよ、ノーマン? ヒルダはなんて言ったの?」

「離婚しようなんて気がふれたんじゃないかって言われたよ。それからヒルダは、わたしがきみに話したのと同じことを言った。離婚手当を支払えやしないだろうって」

ふたりは黙りこんだまま座っていた。やがて、マリーが口を開いた。

「じゃあ、離婚できないっていうこと？　でももう後戻りもできないんじゃないの？　どこかにフラットを借りましょうよ。子づくりはしばらく延期しましょう。とにかくあなたは家を出てよ。できるでしょう？」

「でも、すぐ見つかってしまうよ。支払いをしなけりゃならなくなるんだから」

「やってみましょうよ。わたしが勤めを続ければ、離婚手当ぐらいなんとかなるわ」

「そう簡単にはいかない。だめだよ、マリー」

「そんなこと言わないで。奥さんのいる家から出なきゃはじまらないわ」

ヒルダが驚いたことに、ノーマンは家を出ていった。ある晩、ヒルダがクラブへ出かけて留守にした間に彼は衣類をまとめて、マリーとふたりで見つけたキルバーンの二間続きのフラットへ引っ越したのだ。ヒルダには行き先を教えなかった。書き置きには、もう帰らないとだけ書いた。

ふたりはキルバーンで夫婦として暮らした。トイレとバスルームは十五人いるほかの住人と共有だった。しばらくして裁判所から呼び出しの手紙が届き、中を開けてみると、ノーマンは結婚状態にある女性にたいして卑劣な行為をおこなったと書いてあった。彼は、離婚によって生じる生活扶助料を定期的に支払うことに同意した。

キルバーンの二間しかないフラットは不潔で居心地が悪く、そこでの暮らしは、太鼓手亭やグレイトウエスタン・ロイヤルホテルへ一緒に出かけていた頃とは大違いだった。どこかもうすこしましなところに住みたかったが、安い家賃でよい物件を見つけるのは容易でなかった。ふたりの上に憂鬱のようなものが舞い降りてきた。せっかくふたりで暮らしはじめたのに、自分たちだけの小さな家と、子どもたちと、ふつうの満足からあいかわらず遠く離れたままだったからである。

「レディングへ行きましょう」とマリーが提案した。

「レディング？」

「ママと一緒に住めばいいわ」

「でも、きみのママはきみを勘当したも同然なんだろう？　ママが激怒した、って言ってたじゃないか」

「人間ってのは機嫌を直すこともあるわ」

彼女は正しかった。ある日曜の午後、ふたりはレディングに住むマリーの母親とその同居人のミセス・ドルックを訪ねて、お茶をごちそうになった。マリーの母親もミセス・ドルックもノーマンには決して話しかけなかった。そしてたまたま彼とマリーだけがキッチンに残されたとき、ノーマンは、あの男はマリーの父親でもおかしくないくらいの年齢じゃないか、虫酸（むしず）が走るよ、とミセス・ドルックが話しているのを聞いた。「まともな人間じゃないね」とマリーの母親が答えた。「あれは甲斐性なしだよ」

にもかかわらずマリーの母親は、娘がこの家に毎月入れていた現金が恋しくなったらしく、その日曜の夕刻にふたりがロンドンへ帰るまでの間に、ノーマンとマリーがここへ引っ越してくることに話が決まった。一ヵ月以内にここへ引っ越す。そうすればふたりの結婚にも道が開ける、という了解をとりつけた。だが、マリーの母親は抜け目なく釘を刺した。「いいかい、このひとはあくまでも下宿人だからね。この屋根の下ではひとりの下宿人ということ」ご近所の手前だってあるんだから、とミセス・ドルックがつけたした。

レディングの暮らしは、キルバーンの二間のフラット以上に惨憺たるものだった。やれトイレの使い方がだらしない、カーペット敷きの階段を上り下りする足音がうるさい、電気のスイッチにきたない指紋をつけるなどと言って、マリーの母親がノーマンに難癖をつけるのをやめなかったのだ。マリーはそれらの難癖にいちいち反発してノーマンをかばったので、母親と口論になった。そこへ、根っから口論好きのミセス・ドルックがしゃしゃり出て、しまいにはマリーの母親がすすり泣きをしはじめ、娘のほうも泣いて終わるということが度重なった。ノーマンは、ヒルダとの離婚の件で弁護士に会いに行ったとき、妻も郵便配達人とファウラー氏を相手に不貞をはたらいたと訴えた。

「ブリットさん、それでその証拠はあるんですか?」と弁護士が尋ねた。ありません、とノーマンが答えると、相手は口をすぼめた。

ノーマンは、事態がどんどん難しい方向へこじれていっていると思った。やはり自分の直感にしたがうべきだった。ヒルダに話を打ち明けるべきではなかったし、黙って家を出たのも間違いだった。そして、これらをめぐる状況を考えれば、すべてが最初からマリーにとって不利だった。既婚の男と未婚の娘の間にことが起これば、いつだって不利な役回りは決まっている。「そんなこと考えりゃわかるじゃないか」と、開いたドアのところをノーマンが通るたびに、マリーの母親が大声で聞こえるように言った。すると必ずミセス・ドルックが、「あの男は自分勝手な人間なんだよ」とつけたした。

もうどうにもならなくなった、とノーマンがぶちまけたとき、マリーはそんな弱気でどうするの、と言った。しかし、一年前くらいにはあったかもしれない元気が、もはやマリーにも残ってはいなかった。レディングへ来てからのストレスが彼女にもひどくこたえていたのである。わたしたちの負けだよ、とノーマンに言われて、マリーの目には涙があふれた。ノーマン自身もひとしきり泣いた。彼はトラベルワイドに転勤願いを出し、イーリング支店に配属されることになった。その支店はグレイトウエスタン・ロイヤルホテルから遠く離れたところにあった。

一年半後、マリーは醸造所で働く男と結婚した。ヒルダはノーマンがひとりになったという噂を聞いて、彼あてに、過去のことは水に流しましょうという手紙を書いた。イーリングの狭い一間の貸部屋でくすぶっていた彼は、ヒルダと話し合った末、もとのフラットへ戻ることに同意した。「悪く思わないでね」とヒルダは言った。「嘘いつわりは言わないわ。クラブで知りあった男と住んでいたの。ウールワースの店長をしてるひと」ノーマンは、悪く思ったりしない、と納得した。

ノーマン・ブリットの一九六〇年代は、過ぎ去った後にも、マリーとの素晴らしい恋の思い出をたなびかせていた。彼が告白したときヒルダに言われたひどいことばも、キルバーンの不潔な二間暮らしも、同じくらい悲惨だったレディングでの経験も、マリーとの思い出の輝きをすこしも曇らせはしなかった。グレイトウエスタン・ロイヤルホテルへ向かう足どり、べらぼうに高かったホテルのバーの飲み物、わざとらしく知らん顔をよそおって、ふたり別々に二階へ向かったこと、それらすべてがノーマンには、奇跡的に現実のできごととなった夢想の数々だった。二階のバスルームも完璧にその夢想の世界に属していた。ささやきと抱擁に支配されたそのバスルームでは、毎日の仕事で取り扱う遠い彼方のさまざまな地名が魔法の音を響かせたし、彼がその地名をささやきかけた娘は、映画に出てくるボンドガールの誰よりもセクシーだった。地下鉄に乗っているとき、彼はときどき目を閉じてみた。そうすると、彼の中にまだ残っている快楽の大波が押し寄せてきて、繊細な血管のような模様が入った大理石の壁と、巨大な真鍮の蛇口と、ふたりで入ってもじゅうぶんに大きかったバスタブの記憶がよみがえってきた。彼の耳にはときおり、遠い彼方で誰かがかき鳴らしているような音楽が聞こえた。ザ・ビートルズ。エリナー・リグビーをはじめ、あの時代に生きたたくさんのひとびとを祝福したのと同じように、バスルームでの恋を祝福する彼らの歌声が聞こえてきたのである。

# ミス・エルヴィラ・トレムレット、享年十八歳

The Raising of Elvira Tremlett

母さんはアイルランド製品よりもイギリス製品を好んだ。品質がいいから、というのがその理由だった。とくにイギリス製の靴下や肌着がお好みで、自分の言い分を決してゆずろうとしなかった。父さんの口癖は、アイルランドの自動車組み立て工場がやる仕事は大ざっぱだから、オースティンもヴォクスホールも、イギリスの工場から出荷される車のほうが二倍もちゃんとした自動車だ、というのだった。僕の父さんは町に一軒しかない自動車修理工場の持ち主だったので、その道にはなかなかうるさかったのだ。〝デヴリン・ブラザーズ〟——白ペンキが剝がれかけた横長の板に黒々と文字が書かれたその看板は、工場外壁の赤い波板鉄板をバックにして、ちょっと左へ傾いて掛かっていた。

イギリス製品をひいきにする以外は、父さんも母さんも生まれ故郷のアイルランドびいきで、南部マンスターがなにしろ一番、ずっと暮らしてきたこの町にまさるものはない、と熱烈に信じていた。母さんは、女子修道院付属の女学校を出ると同時に食肉工場に就職し、缶詰にラベルを貼る機

械を操作する係になった。父さんとその弟のジャックは男子修道会（クリスチャン・ブラザーズ）系の男子校を終えた後、当然のこととして家業を継いだ。その時分、波形鉄板に掛かっていた看板の文字は〝ローリー・サイクル〟だった。おじいさんがはじめた事業が自転車店だったからだ。父さんが、「ちょいと商売を方向転換することにした」と家族に告げたのが一九三三年のある日のことで、僕はそのとき五歳だった。それから六ヵ月かそこらたつと、錆びたブリキ板の自転車広告の看板は取り外され、一面赤ペンキ塗りの波形鉄板にグレーの島みたいな形がぽつんと残った。母さんが道の真ん中に立って、あかぎれのできた手をエプロンで拭いながら満足げに「あら、なかなかいいじゃない」とつぶやいたとき、真新しい看板が波形鉄板の上に燦然と輝いていたはずだが、僕の記憶にはその印象が欠けている。僕が覚えているのは、文字の背景の白ペンキが剝がれかけていたことと、左側のリベットがとれたために看板が左へ傾いていたことだけだ。「こんどあそこを塗るからな、そうすりゃ完璧だ」とジャック叔父さんが言ったのを覚えている。「あそこ」というのは、新しい看板からはみ出したサー・ウォルター・ローリーの頭と肩の面影を残すグレーの島のことだが、それが塗りつぶされることはついになかった。

　僕たちは修理工場の隣りの家に住んでいた。コンクリート造りの湿っぽく見える二階家で、窓枠と玄関扉が緑色に塗ってあった。中へ入ると、家中の床に茶色のリノリウムが敷き詰めてあって、ぴかぴかに磨かれていたけれど、模様はほとんどすり切れていた。床のあちらこちらに敷かれてアクセントになっていたのは、母さんがコーク市のロチェス・ストアで買ってきた敷物である。玄関には、真っ赤なイエスの聖心に捧げられた献灯が夜も昼も灯っていた。僕たちは二階へ上がる階段の途中でキリストの聖画に祝福を与えられ、階段を上がりきると、けばけばしい衣をつけた聖母マリアのはにかんだようなまなざしに迎えられるのだった。カーペットで覆いつくした狭い階段の両側の羽目板は、オーク張りに似せようとして木目まがいにペンキが塗られていた。ダイニングルームには四角いテーブルと、座の部分を人造革（レキシン）で張った椅子が六脚あり、マントルピースの上にはクロムメッキを施した鏡が置かれていたが、この部屋が使われることは決してなかった。カビ臭さがこもった居間には教皇様の絵が掛かっていた。

　ようするに食堂兼居間（キッチン）が、家族全員の生活の場所だった。父さんとジャック叔父さんはここで新聞を読んだ。家にひとつしかない古い電池式のラジオが窓辺に鎮座していたのも、この部屋だった。飼っていた二匹の名無しの猫がよくうずくまっていたのは、隣りの食器洗い場に通じている扉の脇で、一匹はその洗い場でいっぺんだけネズミをつかまえたことがあった。テリアのトムは、母さんが料理用ストーブに向かっているときには足元あたりをうろついて、おこぼれをねらっていたものだ。食堂兼居間（キッチン）の真ん中には磨き上げられた大テーブルがあって、周囲に木製の椅子が並んでいて、二つある窓の中間の壁には、大型箱時計の上半分みたいな形のばかでかい時計が掛かっていた。食器戸棚には鍵やらワイヤーやらリボンやらがごたごたぶらさがっていて、戸棚の中には、接着剤で修理するつもりのまま放置された置物のかけらや、父さんと叔父さんが暇なときチェックしようとして持ち込んだ自動車エンジンのすりへった部品や、立ち釘に刺した請求書の束や、手紙やクリスマスカードがごっそり突っ込んであったから、がらくたの奥に追いやられたかんじんの陶器類は一度も使われなかった。食堂兼居間（キッチン）は日中でもなんだか薄暗かった。この部屋は半地下だったので、外からの光は二つの横長窓の上半分からしか射し込んでこない。コンクリートの床はカーディナル・ワックスがかけられて赤っぽくなっていた。毎年春にワックスがけをするのが習慣だった。壁た。
と天井は白かったが、すすけていた。

この食堂兼居間（キッチン）で僕たちは宿題をした。僕には姉さんがふたりと兄さんがふたりいた。僕が末っ子で、ブライアン兄さんがいちばん年上だった。ブライアン兄さんとリーアム兄さんは、父さんと叔父さんがそうだったように、男子修道会（クリスチャン・ブラザーズ）系の男子校を卒業したら家業を継ぐことが決まっていた。エッフィー姉さんは計算が得意だったので、女学校の修道女先生たちから一度か二度、会計事務の方面に進んだらいいと言われたことがあった。修道女先生たちによれば、エッフィー姉さんにもってこいの商業学校がコーク市にあるのだそうで、ボルジャー薬局の帳簿付けをまかされているミス・カランもその学校を出たのだという。キティー姉さんのことは、誰もが口を揃えてかわいいと言う。父さんはキティー姉さんを膝に載せて、おまえはいずれ誰かさんのハートをとりこにするぞ、いや、十二人の男のハートをとりこにするかもしれんな、いやいや、もっとかもしれんぞ、と言ったものだった。姉さんは、小さい頃は何を言われているのかわからなかったが、やがてものがわかるようになると顔を真っ赤にしていた。父さんはキティー姉さんにたいしてはいつもそんなふうだった。姉さんがずいぶん大きくなってからも、父さんは姉さんをぐいっと膝にひっぱりあげて、きまり悪い思いをさせたものだ。でもそれは決してわざとじゃなかった。父さんはキティー姉さんがいちばんのお気に入りだったのだ。その一方で、父さんは兄さんたちにはけっこう厳しかった。兄さんたちが悪だくみをしているのではないかといつも疑っていて、毎晩、今日はちゃんと学校へ行ったのかと尋ねた。父さんは、兄さんたちが学校をさぼり、翌日自分たちで「悪くなったソーセージを食べてお腹を壊したため昨日は欠席いたしました」などと手紙を書いて、修道士先生たちをだますつもりではないかと疑っていたのだ。というのも、父さん自身とジャック叔父さんがしばしばその手を使って学校をさぼり、食肉工場裏の野原で一日中のらくら遊んだ覚えがあったからである。

エッフィー姉さんにたいする父さんの態度は、彼女が不器量なのでその影響を受けていた。「おお、エッフィー、かわいそうに」というのが父さんの口癖だったが、それを言うたび、母さんは父さんをたしなめた。修理工場がこのまま順調にいけば、自分とジャック叔父さんの手には負えないくらい事務仕事が増えるだろうと考えて、父さんは自分自身を励ましていた。エッフィー姉さんを商業科へ進ませようとしたのはそれが理由だ。父さんは、エッフィー姉さんとブライアン兄さんとリーアム兄さんが将来この家に住んで家業をきりもりしていくのを思い描いていた。ふたりの兄さんのうちどちらかは結婚して家を出るかもしれない。そうしたら、残ったほうとエッフィーがこの家に住めばいい。父さんはこんなふうに考えて、エッフィー姉さんの不器量さを納得しようとしていたのだ。「キティーはレイシーの家のせがれのところへ落ち着くつもりがあるのかね?」と、父さんが母さんに話しているのを小耳にはさんだことがある。レイシーの家のせがれというのは、うちと同じようにこの町で自営業をしている家のひとり息子だ。ジョージ・レイシー・アンド・サンズ高級生地商会というその店の息子は、当時わずか八歳くらいだった。どっちみちキティーなら心配はいらない。結婚したい相手と結婚できるさ。どうころんだって金持ちと結婚するに決まってる。父さんは心からそう信じていた。

次に僕自身はどうだったかというと、父さんが描く家族の未来像の中に、僕の居場所はなかった。学校の成績は悪かったし、修理工場でできる役回りもなかった。兄さんや姉さんたちと一緒に食堂兼居間(キッチン)のテーブルに向かって代数やアイルランド語の文法の勉強をしてみたり、「西風に寄せる歌」の暗唱をやってみたり、字が上手になるようにペン習字手本をなぞってみたりもしたのだが、どれもまるでだめだった。「のろまです」というのがカヘイ修道士先生の評価だった。「あの子は死にかけたカタツムリみたいにのろまです」

僕の家族をざっと紹介すればこんなところだ。父さんは太っていて、潤滑油の染みや泥汚れがついたグレーの胸当てつき作業ズボンをいつも着ていた。手の爪の縁はいつも真っ黒だったので、父さんの爪は喪に服しているんだ、と僕は思っていた。ジャック叔父さんも似たような作業ズボンを着ていたが、やせていて、父さんよりずっと小柄だった。フェレットみたいな小男で、会話のときにうつむいて話すのが癖だった。叔父さんもいつも泥と油まみれで、手の爪には週末でも黒い喪章がついていた。父さんと叔父さんは修理工場の匂いを食堂兼居間（キッチン）につれてきた。油の匂いに叔父さんのパイプタバコと父さんの紙巻きタバコの煙臭さが混じった匂いだった。

母さんは頬が赤くて肉付きがよかった。髪はつやつやと黒く、腕も脚も太かった。わが家の支配権を握っていたのは母さんで、ときどき堪忍袋の緒が切れた。兄さんたちが騒がしいときや、姉さんたちや僕が手に負えなくなったとき、母さんは不機嫌になった。土曜の夕方になると父さんは行きつけのマックリンズというパブへ出かけ、出かけたが最後なかなか帰ってこないことがよくあった。ようやく帰宅すると寝室でなにやかやと大声で叫び散らすので、母さんはカンシャク玉を破裂させて、酔っぱらいは始末が悪いねえとか、ベッドへ入る前に服を脱いでよ、とか小言を言った。ジャック叔父さんは絶対禁酒団体（パイオニア・アソシエーション）の会員だったから、お酒には手を出さなかった。叔父さんは、カイバード神父の司祭館と聖母被昇天教会まわりの雑用や、電灯の修理などを引き受けて、大いに重宝されていた。叔父さんは年に二度、土曜の晩泊まりがけでコーク市に出かけた。ドッグレース見物が表向きの理由だったが、この外泊にはなにか後ろ暗い目的もあったらしく、叔父さんが帰宅するといつも家中がしいんと静まりかえり、父さんがむっつり黙りこんで叔父さんを非難するのだった。

僕の最初の記憶は、うちの自動車修理工場で父さんとジャック叔父さんが働いているところ。溶接器具から火花が飛び散り、オイルがこびりついたエンジンが分解されていくところ。それから、自動車を下部修理用くぼみ（ピット）の上に停めて、父さんか叔父さんのどちらかが下にもぐり、ワイヤー製保護網で囲った電球を引き寄せて、その明かりをたよりに作業しているところ。ピットにもぐっていないときには、父さんはお客さんとおしゃべりをはじめることもあった。ボンネットにもたれてひっきりなしにタバコをふかしながら父さんが語っていたのは、ハーリングの試合や政府のごまかしについてだった。自分の子どもたちの話もした。ブライアンとリーアムはこの仕事に向いていて、エッフィーは商業科へ進もうとしていて、キティーは美しい。「で、この子はどうなんだい?」と、お客さんが僕のほうを覗き込むようにして尋ねることがあった。そんなとき、父さんはいつも同じように答えた。こいつは神さまが面倒見てくださるだろうよ、と。

大きくなるにつれて、自分は父さんと母さんにとって不安の種なのだということに、だんだん気がついてきた。学校の成績が悪いからだ。一度、寝室から漏れてくる話し声を耳にしたことがあった。父さんと母さんはまちがいなく、僕の心に障害があると考えていたのだ。父さんは、あいつは神さまが面倒見てくださるだろうよ、と二度言った。母さんは、あたしもそのことを神さまにお祈りしてるのよ、と答えた。そう言うのを聞いた後で僕は、僕たちに教えてくれたのと同じように、母さん自身がベッドの脇にひざまずいて、お祈りしている姿を思い浮かべた。そして、階段のてっぺんのリノリウムの床に裸足でたたずみながら、母さんの身体から立ち昇った祈りがこの家から空へ向かってするすると伸びて、神さまのところまで届くのだと信じた。僕はそのとき、食堂兼居間(キッチン)へ下りていって水を飲もうと思っていたのだけれど、下りるのはやめにして兄さんたちと一緒に使っている寝室へ戻った。そしてベッドに横になり、マロウ・ロード沿いに建っている茶色いレンガ造りの大きな屋敷のことを考えはじめた。かつてその屋敷にはこの土地の一族が住んでいたのだが、いまでは町の精神病院として使われていた。

僕たちが住んでいた町は小さくて、とりたてて特徴もない。町の一部分は丘の上にあって、貧しいちっぽけな家がひしめいているその界隈には店が三、四軒あったけれど、ウィンドウをとくに飾っているわけでもなく、「お酒とお食事」と書いたボール紙の看板を出しているだけだった。それ以外の町並みは丘の下の平地に広がっていて、一本しかない本通りから狭い通りが一、二本枝分かれしていた。その二、三本の通りが交差するところがちょっと広場のようになっていて、ダニエル・オコンネルの銅像が立っていた。マンスター・アンド・レンスター銀行とアイルランド銀行がこの広場に面して並び、レイシー・アンド・サンズ生地店もボルジャー薬局もホーム・アンド・コロニアルの店もここにあった。うちの修理工場は本通りの一方の端にあって、向かいにはコリガンズ・ホテルが建っていた。本通りの反対側の端にはヴィスタ・シネマが白塗りのそっけない正面を見せ、その近くに聖母被昇天教会があった。プロテスタント教会は、丘のてっぺんの貧しい家々がひしめくあたりを通り越した、向こう側に建っていた。

今あらためて町のことを思い出してみると、いろんな情景がくっきりよみがえってくる。毎月曜日の定期市で見た牛や豚の群れ。ミセス・ドリスコル青果店。ヴィッカリー金物店。マクパッデン理髪店。キルマーティン私設馬券取扱所。女子修道院と付属の女学校。男子修道会系の男子校。町中に全部あわせて二十九軒あるパブ。晴れた日の午後には町の通りを歩いているひとは誰もいなくて、パンが焼き上がる匂いだけがする。学校からの帰り道に見た、陽を浴びてぎらぎら光る真鍮の表札――医学博士・英国外科医師会会員トマス・ガーヴェイ。宣誓管理官リーガン・アンド・ブロウ。歯科医W・ドレナン。

でも、記憶の中のわが家と修理工場は、町で見たあらゆるものをかすませ、影で覆いつくしてしまうくらい、ありありとそこにある。ブライアン兄さんとリーアム兄さんと一緒に使っていた寝室の床には、玄関や廊下と同じ、これといって特徴のないリノリウムが敷き詰めてあった。部屋の中には、白ペンキを塗った枠に洗面器をはめこんだ洗面鏡台と、同じ白塗りの洋服ダンスがあった。壁紙は花模様だったが、かんじんの花は全体に茶色っぽく色あせていた。ぽつんと壁に掛かった、牛が荷馬車を牽いている絵をひっくりかえしてみると、その裏だけ花が生々しかった。僕たちの鉄枠製の三つのベッドは、一方の壁沿いに並んでいた。マントルピースの上の壁には十字架のキリスト像が、もう用事は済みましたという感じで掛かっていた。

僕はこの寝室に全然不満はなかったし、ほかの部屋を使うなんて考えたこともなかったし、兄さんたちと一緒に寝るのだって嫌ではなかった。この家自体、住み慣れていたし、自分が当然いるべき場所として疑う余地はなかった。だが、修理工場は違っていた。あそこは一種の地獄だった。油溜めからこぼれたオイルで真っ黒くなった地面。巨大で冷酷な悪徳の権化みたいな万力。鋳鉄の冷たい感触。トラクターからエンジンを取り外すために持ち上げるとき、父さんと叔父さんの腹から絞り出される、うっという声。強烈な石油の匂い。思えば僕が静かな子ども、というかほとんどどまったく口を利かない人間になったのは、この場所がきっかけだったのだ。今となっては正確に思い出すことはできないけれど、たぶん間違いない。僕は、最初は修道女先生たちに習い、すこし後には男子修道会（クリスチャン・ブラザーズ）の修道士先生たちに教わるようになったのだが、教室では静かな子どもだった。食堂兼居間（キッチン）で食事をしているときでも、ほかの誰かがしゃべっていれば、僕はあえて口を開かなかった。スペア部品を手に入れるのが難しいとか、農機具のキャブレターが故障の原因らしいとかいう、父さんと叔父さんが話し合っているみたいな話題には、まるで興味がなかった。ところが、兄さんたちはこういう話題に興味津々で、ちゃんと聞いていた。そればかりか、自分たちもスポーツの話をしたり、ジャック叔父さんがドッグレースや競馬ですったお金のことを冷やかしたりした。母さんは、商店で聞きかじってきたことを受け売りした。ジャック叔父さんは、噂話をするのはそれほど好きなほうではなく、むしろ聞き上手だったので、母さんの話に熱心に耳を傾けていた。姉さんたちは女学校で聞いてきたことをみんなに話して聞かせた。年輩の修道女の誰々が病気だとか、どこそこの家では娘が教会で初聖体を受けるときにレイシー生地店で売っている高めの晴れ着を買いたいけれど、どうも予算が足りないらしいとか……。食事のときにみんなの話を聞いてばかりいると、僕はしばしば、自分がそこにいないみたいに感じることがあった。自分がその場の一員でないように感じられるのは、自分自身のせいだと思った。学校の成績が思わしくないから、将来に希望をいだくことができないのだ。僕はお荷物だな、と感じた。家族にとって面汚しなのだ。こんな息子では、修理工場でパラフィンの缶を拾い集めるくらいしかできないだろうな。父さんが僕を見るまなざしが、そう言っているのがわかった。叔父さんの視線にも、母さんの視線にもときどき同じものを感じた。あんなふうに振り返って見つめられるのは恥ずかしい。

僕がエルヴィラ・トレムレットに救いを求めたのは、彼女のまわりが静かだったからだ。「あんたってほんとに救いようのないバカだわ！」怒った母さんが父さんに向かって叫ぶ。それを聞いた父さんは、母さんに言わせればビール工場みたいな匂いをさせながら、食堂兼居間（キッチン）で薄笑いを浮かべる。そして、「おれに話すときはことばに気をつけろよ」と言い返してから、ジャック叔父さんをこわい顔でにらみ、「なんてこった、こいつの汚ないなりを見たか？」とどなって、大笑いし、頭をぶんぶん振ってみせる。叔父さんはたいてい料理用コンロの真ん前に腰掛けているのだが、母さんが料理する邪魔にならないよう、体を片方にちょっと寄せた姿勢で、『インディペンデント』か『アイルランズ・オウン』を読んでいるか、なにかを修理しようとして手を動かしていた。「おまえはいっぱしのまぬけだね」と父さんは叔父さんに言ったものだ。「いやそれだけじゃない、正真正銘いっぱしの猫っかぶりだよ」

　父さんが土曜の夕方にマックリンズへ出かけて食事の時間に間に合うように帰ってきたときには、決まってこんなふうになった。母さんはテーブルにお皿をどすんと置き、父さんは母さんをもっと怒らせようとして歌をがなりたてた。土曜のドッグレースの後でジャック叔父さんがコーク市で外泊して帰ってきたとき、母さんと父さんがしめしあわせて叔父さんを攻撃するのと同じように、こういう場合には母さんと叔父さんが手を組んでいるのではないかという気がした。まだましだったのは、父さんが夜中を過ぎてしばらくしないと帰ってこない晩に起こる出来事のほうだった。「このお偉いさんを見ろよ」食堂兼居間（キッチン）へ入ってくるなり、父さんは僕を指さすのだ。「こら坊主、おまえは言葉ってもんがしゃべれないのか？　これじゃあ、弁護士にゃあなれんなあ」そう言うと父さんはわっはっはと高笑いして、キティー姉さんのほうを向いて、おまえはいつ見てもべっぴんだな、おまえさえその気になりゃ王冠かぶったイングランドの王様とだって結婚できるぞ、と言った。それから、エッフィー姉さんには、近頃太めになったのはちょっとトフィーの食べ過ぎじゃないか、と言い、兄さんたちには、おまえらはまた怠けてるな、と言った。

兄さんや姉さんたちは僕と違って、父さんに言われたことを気に病んだりしなかった。いつもきまり悪い思いをさせられるキティー姉さんでさえ、恥ずかしさはすぐ消えてしまうらしい。姉さんは、父さんのことがやっぱり好きだったのだ。エッフィー姉さんがいちばん好きだったのは叔父さんで、兄さんたちは母さんびいきだった。でも、家族の間でこんなふうに感情が交差しあっていたとはいえ、父さんと母さんが口喧嘩をはじめたり、叔父さんが外泊して帰ってきたときみたいに険悪な空気になったりすると、兄さんたちは、あの三人ホントにむかつくよな、と言ったものだった。僕たちの寝室で、ブライアン兄さんがリーアム兄さんによく言っていた決めぜりふは、「あの三人がしゃべってるの聞いてるだけで気分悪くなるよな、ホント」というやつで、そんなことを言い合った後、いつも大笑いしてけろっとしていた。結局、兄さんたちは自分のことで手一杯だったから、大人の喧嘩や気まずい雰囲気なんかにかまってはいられなかったのだ。

本当のところ、兄さんと姉さんたちは、この家と修理工場と僕たち家族をぜんぶひっくるめたものから切り離せない存在だったから、どんな波風が押し寄せてきても難なく乗り切ることができた。兄さんと姉さんたちは、三人の大人たちとまったく同じ人種だったのである。ところが、エルヴィラ・トレムレットはぜんぜん違っていた。彼女は、ヴィスタ・シネマで観た『テスト・パイロット』や『地球を駈ける男』や『影なき男』に出ていたマーナ・ローイにちょっと似ていた。マーナ・ローイよりも美しくて、もっといい声をしていた。僕はいまでも思うのだが、エルヴィラ・トレムレットの声は、静かな物腰とならんで、彼女の一番素敵なところだ。

「何の用だね?」プロテスタント教会の用務員が僕に話しかけてきた。ある土曜日の午後のことだった。「ここで何をしているのかね?」

その用務員は背中の曲がったおじいさんで、黒ずくめの格好をしていた。涙にうるんだその目は真っ赤で、目尻や目頭から血が出ているようにみえた。町の噂では、このおじいさんは自分の奥さんをひどい目に遭わせているという話だった。

「ここはおまえの教会ではない」とおじいさんは言った。

僕は口を開きたくなかったので、黙ってうなずいた。するとおじいさんはさらに続けた。

「プロテスタント教会に足を踏み入れることは、おまえにとって罪になるのだぞ。それとも、おまえはプロテスタントに改宗したいのかね?」こう言っておじいさんは笑ってみせたが、口元は笑っていなかった。僕は、このひとは生まれてこのかた笑ったことがないのじゃないかと思った。

僕のことを口がきけない人間だと思ってくれたらいいなと願いながら、僕は首を横に振った。

「ここにいたいならいるがいい」とおじいさんが言ったのでびっくりした。どうやら、僕が教会を荒らしに来たのではないとわかったようだった。カトリックの少年がわざわざプロテスタント教会へやってきて、信徒席やら真鍮製の記念プレートやらをあれこれ見て回っているのを目にして、おじいさんもまんざら悪い気はしなかったのかもしれないな、と僕は思った。腰が曲がっているのでぜいぜい息をしながら、おじいさんは聖具室のほうへよたよたと歩き去った。

この教会にはじめてふらりと立ち寄ったのは、その土曜日をさかのぼる何ヵ月か前のある日のことだった。中へ入ってみると、聖母被昇天教会とはずいぶん違っていた。まず匂いが違う。防虫剤みたいな、さもなければ、きちんと積み上げられた賛美歌集や祈禱書から香ってくるような匂いがした。聖母被昇天教会の匂いは、人いきれとろうそくの匂いだ。こっちの教会のほうがずっとこぢんまりしていて、居心地がいい。羽目板と信徒席は黒っぽくて、窓にはめ込まれたステンドグラスは古そうにみえた。祭壇には十字架が見あたらなかった。いろんな柄や模様を描いた大きな旗がいくつも掛かっていたけれど、どれもほこりだらけで、色あせて、細く裂けたりしていた。鷲が翼を広げた形の台の上に、聖書が広げておいてあった。

用務員のおじいさんが戻ってきた。僕は、壁にはめこまれた碑板のひとつひとつが興味深くてたまらないようなふりをして、一枚一枚丹念に読んでいったが、背中にはおじいさんの視線を感じていた。僕はおじいさんに聞いてみてもよかったのだ。にこっと微笑んでみせて、それから、エルヴィラ・トレムレットというひとをご存じありませんか、とはにかみながら尋ねてもよかったのだ。このおじいさんほどの年寄りなら、彼女を知っていても不思議はなかっただろうから。でも、尋ねずにおいた。僕は祭壇のところから脇の通路をゆっくり歩いて、教会のいちばん後ろまでたどりついた。そこの薄暗がりの中にしばらくじっとしていたかったが、おじいさんの涙目で背中を見張られているのがわかったので、教会を出た。外の空気にふれ、小道をたどって黒塗りの鉄の門を抜けて、丘のてっぺんの通りに出たとき、この場所へはもう二度と来ないだろうと思った。

「いいわよ、大丈夫」と彼女は言った。「教会へ戻る必要なんかないわ。用事がないんだもの」

たしかにそのとおりだった。プロテスタント教会をくりかえし訪れるなんてばかげている。

「教会へ行ったのは好奇心に負けたからでしょう」と彼女は言った。「あなたはちょっと好奇心が強すぎるわ」

たしかにそうだ。言われてはじめてそれがわかった。うちの家族はそうじゃないのに、僕だけ好奇心が旺盛なのだ。

彼女がゆっくりと微笑むと、両目にも笑みがあふれた。彼女の目は茶色で、長い髪の色とお揃いだった。僕は、微笑んだときの彼女の目が大好きだった。彼女が膝にのせたデイジーの花を指でもてあそんでいるのを見るのも好きだった。彼女が着ている時代遅れの服も、靴も、両耳にぶらさげた手の込んだ造りのイヤリングも、僕は好きだった。それって本物の金でできているの、と尋ねたら彼女は声を上げて笑った。わたしはお金持ちだったことなんてないわ、と彼女は答えた。

森のはずれに隠れるようにして、おおきな石がごろごろした狭い野原があった。その野原へはじめて行ったのは、プロテスタント教会を最初に訪れた後だった。その日、教会の壁に一枚の碑銘を見つけたのだ。祭壇に向かって左側の壁のいちばん端に、くすんだ灰色の大理石板がはめこんであって、碑文がこう刻まれていた。

この碑銘近くに埋葬されたるは
ミス・エルヴィラ・トレムレット
ドーセット州
トレムレット・ホールの人
ウィリアム・トレムレット氏の娘なり

一八七三年八月三十日死去
享年十八歳

なぜイングランド人の娘がこの町で死んだのだろう？　剣で突き殺されたのか？　それとも毒殺か？　銃で撃たれたのか？　十八歳というのは、死ぬには早い年齢だ。

彼女の墓碑銘をはじめて読んだその日、教会を出た僕は森のはずれのその野原までぶらぶら歩いていった。それ以来、町とひとびとから遠く離れた寂しいその場所へしばしば通うようになった。僕は石に腰を下ろして、顔と頭と首と手のひらを、照りつける日光にさらした。そして、イングランドのドーセット州、トレムレット・ホールに住むエルヴィラ・トレムレットという人物を、頭の中に思い描きはじめた。微笑みをたたえた長い髪の娘を想像し、その娘の耳に手の込んだイヤリングをつけると、なんだか彼女にプレゼントをあげたみたいな気分になった。自分が思い描いている服が正しいものかどうか半信半疑ながら、とにかくその娘に服を着せた。娘は、麦わらみたいにほっそりした指で、デイジーの花綱の最初の部分を編みはじめたところだった。彼女の声にはマーナ・ローイみたいなきつさはなく、首の線ももっと優雅だった。

「まったくもう」教会でおじいさんに話しかけられた土曜日に、彼女は言った。「墓碑銘なんてただの石なのに。あんなものをわざわざ見に教会へ通うなんて、あなたよっぽどのおばかさんね」

そんなことはわかっていたけれど、じっとなんかしていられなかった。墓碑銘を見つめれば見つめるほど、彼女のことが深くわかるように思えたのだ。というのも、自分が彼女について正しくわかっているのかどうか心許なかったから。もし僕が彼女の死を心に思い描くとして、その死に方が本当の死因と違っていたらどうしよう、と考えるとおそろしかった。彼女の死を完璧にとらえなければ、彼女の記憶を侮辱するような気がした。

「欲張りすぎるのは考えものよ」その土曜日の午後、彼女は続けた。「壁の墓碑銘はもう気が済むだけ見たんでしょ。ようするに死なんてものは一大事じゃないってこと」

僕はその後プロテスタント教会へは二度と行かなかった。イギリス製はなにしろ品質がいいからね、という母さんのことばと、イギリスの工場から出荷される車のほうがダブリンの工場の車より二倍もちゃんとしている、という父さんの声が頭の中にこだまする。地図帳をとりだしてイングランドの地図を広げると、ドーセットが見つかった。彼女はたぶん旅をしていて、この近くの家に泊まって、それでなにかの理由で命を落としたのだ。彼女が言っていたことが正しい。そうだ、死なんてものは一大事なんかじゃない。

トレムレット・ホールは田舎の景色に囲まれた川のほとりに建っていた。バージニアヅタに一面覆われたその屋敷には長い廊下があって、大広間には鎧が幾揃いも飾られていて、暖炉もあった。ヴィスタ・シネマで観た『デイヴィッド・コパーフィールド』の中にトレムレット・ホールみたいなお屋敷が出てきた。いや、『響け凱歌』だったかもしれない。きれいな庭がいくつもあって、庭から庭へ歩いていくと、日時計のある特別なバラ園があったり、高い塀で囲まれた野菜畑に行き当たったりした。お屋敷のなかでは、いつも誰かがピアノを弾いていた。「それはわたし」とエルヴィラが言った。

兄さんたちはあいついで家業を継いだ。まずブライアン兄さん、次にリーアム兄さん。エッフィー姉さんはコークの商業学校へ進んだ。男子修道会系の男子校の連中は、キティー姉さんにヒューヒューロ笛を吹くようになり、姉さんに渡してくれと、僕に手紙をあずけるやつもいた。ほかのひとたちがいる場所でも、僕はエルヴィラが近くにいるのを感じることができた。ときには彼女の息づかいや手のぬくもりさえ感じた。ある日、カヘイ修道士先生になぐられたときには、彼女がなぐさめてくれた。父さんが土曜の晩、マックリンズのパブから夕飯に間に合う時間に帰ってきたときには、彼女がそばにいてくれたおかげですこしは気が楽だった。やがて右往左往しながらパラフィンの缶を拾って歩くことになるだろうとわかっていたから、工場は大嫌いだったのだが、その工場さえ、彼女のおかげで光が射したように見えた。母さんのおつかいで青果店へ行き、ミセス・ドリスコルからキャベツとジャガイモを買うときにも彼女はそばにいてくれた。ヴィスタ・シネマの開館時間を待っているときにも、定期市の日に牛や豚を見て歩いているときにも、彼女は近くにいた。石がごろごろした例の野原で会うときには、彼女のイヤリングが日光を受けてきらきら輝いた。クモの形のデザインに深紅の宝石をはめこんだブローチの上でも、太陽の光が踊った。そのブローチは、最初に彼女を思い浮かべたときにはつけていなかったものだ。霧の日には彼女の髪にしずくが宿り、風が吹くと古めかしい形のスカートが波打った。寒い日には手袋をつけ、全身をすっぽりおおう緑のマントをはおっていた。春になると、よくラッパズイセンを抱えていた。そして六月のある日曜日、彼女は灰色のケアーン・テリアを抱いて現れた。その後その犬は、イヤリングやブローチとともに、彼女に欠かせない一部となった。

僕はだんだん年をとったけれど、彼女は教会の壁にはめこまれた墓碑銘どおり、いつまでも十八歳のままだった。時が経って、僕はついに兄さんたちと一緒に使っている寝室で、彼女を護るドラゴンのようなブローチを胸元からはずし、真っ白な耳からイヤリングをはずし、彼女の服を脱がせた。彼女の手足はあたたかく、顔にはいつも微笑みがあった。細い指が僕の頬を撫でた。ヴィスタ・シネマでみんながやっているように、好きだよ、と僕はささやいた。

「どうして家族のみんながあなたにぎごちなくふるまうのかわかっているの?」彼女はある日、例の野原でこう尋ねた。「神さまがあなたの面倒を見てくださるようにってみんなが望んでいるのはどうしてか知ってる?」

あらためてそんなことを考えろと言われても、彼女の助けなしでは答えにたどりつけそうになかったので、ぼんやりしていた。どんな答えが出てくるかこわかった、ということもある。

「土曜日の夜、あなたの叔父さんがコーク市で外泊するとき、いつも何をしてるのかはわかってるわよね? ずっと前、あなたのお父さんがマックリンズのパブへ行ったきり、夕食までに戻らなくて、深夜に帰ってきたことがあったわけ。その晩、何が起こったかはわかるでしょ?」

彼女に尋ねられる前から、それは気になっていた。けど、もし彼女が間近にいてくれなかったら、よく考えてみないまま終わっていたかもしれない。僕は、もっと話してくれるよう彼女に頼み、静かに語りはじめた声に耳を傾けた。ジャック叔父さんがコーク市へ行くのは、ドッグレースだけじゃなくて女の人を買うのも目的だった。父さんがマックリンズへ通うのと同じで、そこが叔父さんの弱点だった。そのふたりの弱点がある土曜日の夜、それはずいぶん昔のことだけれど、たまたま結びついてしまった。つまり、叔父さんがコーク市へ行かなかった土曜日に、父さんがマックリンズに行ってとても長居したわけだ。僕はジャック叔父さんと母さんの間に生まれた子どもだったのだ。叔父さんの弱点と、夜更けに赤い目をして千鳥足で帰ってくるはずの父さんを待ちきれずにいらいらしていた母さんの怒りが合体して、僕が生まれた。父さんが叔父さんのことを「猫っかぶり」呼ばわりしたのはこれが理由だったというわけか。叔父さんがいつもうつむいてばかりいるのも、カイバード神父の手伝いをかってでて司祭館や聖母被昇天教会の雑用をしていたのもそういう事情があったのだ。僕はうちの大人たちにとって罪そのもので、おまけにそいつは自分たちの目の前でだんだん育っていく罪で、やがては神さまに面倒を見てもらう運命を背負っていたのである。「あのひとたちがあなたをつくったのよ」とエルヴィラが言った。「三人の大人たちがいまあるあなたをつくったの」

僕は、その夜マックリンズから帰宅して階段をよたよた上がってくる父さんと、あわてて隠れようとしているジャック叔父さんの姿を想像した。僕の想像の中に出てくる叔父さんは終始不安げでおたおたしている。反対に、落ち着きはらった母さんは叔父さんを枕の上に引き寄せて、だいじょうぶ、この場を見せつけてやったらいいのよ、と言っている。

寝室へ踏み込んだ父さんは大暴れして、土曜日用のよそ行き服がしわくちゃになってしまう。父さんは叔父さんと母さんをぶんなぐり、酔っぱらった赤目でにらみつけ、母さんは金切り声を上げる。そして、結婚してからずっと父さんがどれほど乱暴で怠慢だったかをくどくど述べたてる。叔父さんはただださめざめと泣くばかりだ。「あんたの目にゃ、あたしなんか動物にしか見えてないんだろう」ふたりの男の真ん中で、半分裸の母さんが金切り声で言う。「あたしは毎日おまんまつくって掃除もやって、あんたのために子どもたちだって生んでやったんだ。それなのに、あんたがくれるお礼ときたら、マックリンズに入りびたることだっていうんだから」やかましい音を聞きつけて、五歳だったブライアン兄さんが部屋へ入ってきた。そして開いた扉口にたたずんで、みんながおきるといけないからしずかにして、と大人たちに注意した。

「ぜったいだれにも言うんじゃないぞ」ずっと後になって、ブライアン兄さんがこの晩のできごとをリーアム兄さん、エッフィー姉さん、キティー姉さんに話すときには、かんじんの真実は想像のままにまかせておいた。五歳のブライアン兄さんはベッドへ帰され、叔父さんも自分のベッドに戻った。そして翌朝は、みんな何もなかったかのようにふるまった。教会で罪がざんげされ、悔い改めることが誓われた。その一方で、父さんがマックリンズに入りびたる時間が増えた。母さんは孕まれた子どもが生まれないようお祈りした。叔父さんも祈った。そして、神さまがお祈りを聞いてくれなかったことが判明したとき、父さんは苦い顔をした。

この話の一部始終をエルヴィラとわかちあった日の夜、僕は食堂兼居間（キッチン）で夕飯を食べながら、家族のみんなを観察した。父さんの両手はオイルに染まったままで、手指の爪にはあいかわらず黒い縁取りがあった。叔父さんの目は自分の皿の卵焼きを見つめていた。兄さんと姉さんたちは町で起きたできごとについてあれこれ話し合っていた。母さんは興味もないのにその話を聞いていた。なんだか今では、母さんの大きくて丸い顔は間が抜けて見えた。僕は、自分がこの家族からのけ者になっているのを祝いたいと思った。この家と修理工場から、オコンネルの銅像と何軒かの店と二十九軒のパブがあるこの町から、自分はのけ者になっている。僕はそれがうれしかった。僕は自分の想像力がつくりあげた世界で満ち足りている。やわらかい唇とぬくもりのある手足を持って、愛犬を抱えている彼女はイングランド人の亡霊。エルヴィラ・トレムレットの亡骸はプロテスタント教会に埋葬されている。

「やあきみ」僕は食堂兼居間（キッチン）でつぶやいた。「ありがとう」

会話がとぎれ、父さんはとっさに顔を背けた。ブライアン兄さんとリーアム兄さんが僕を見つめた。エッフィー姉さんとキティー姉さんもこっちを見た。母さんはちょうどフォークで揚げパンを口へ持っていこうとしていたところだったが、皿に戻した。口の片方の端に油が光っていた。そして、すでに口の中に入っているフライから油がひとすじ、あごのほうまですーっと垂れた。叔父さんはナイフとフォークを皿の向こうへ押しやって、それをじいっと見つめた。

こんどこそ決定的に、しかも証拠つきで、みんなが僕のことを、正気を失った人間だと信じているのがわかった。僕は十五歳にして、発達が遅れている上に、部屋の中にいもしない人間に話しかける少年であると認定されたのだ。

父さんはパン切りナイフをゆっくり動かして、パンをスライスしはじめた。今や兄さんたちは、父さんや叔父さんと同じくらい、修理工場になくてはならない働き手になっていた。帳簿をつけ、請求書を発行するのがエッフィー姉さんの仕事になった。父さんは昔なじみのお客さんたちとおしゃべりして過ごす時間がふえ、仕事ぶりは悠長になった。叔父さんは新聞のドッグレースのページをあいかわらずチェックしていた。母さんは何年も前からわずらっていた静脈瘤の手術を受けた。

僕はその気にさえなれば、家族のみんなに町中で恥ずかしい思いをさせてやることができた。店で、パブで、ボルジャー薬局で、女学校で、男子校で、それから聖母被昇天教会でも。世間に顔向けできない思いを味わったら、兄さんたちは家業を続けていけなくなっただろう。町中のひとびとにじろじろ見られているとわかったら、エッフィー姉さんだって雨の日に長靴はいてガソリンの給油に立っている場合じゃなくなったはずだ。キティー姉さんの結婚も絶望的になっただろう。

ついうっかりあんなことを口に出してしまったが、あれ以降、僕はきっぱり口を閉ざした。何年も何年も、とにかく記憶にあるかぎり、僕が食卓でしゃべったことばは、あれが唯一だった。僕はふと、彼女はもう僕のところへあらわれるのにあきあきして、プロテスタント教会の地下に埋葬されたままじっとしていたいのじゃないかと思った。彼女を安心させてやりたいと思った。

「あのひとたちはあなたをこわがっているのよ」と彼女はその晩言った。「全員がね」

二人の野原へ歩いていく途中の道でも、彼女は同じことをもういちど言った。彼女はまるで僕に警戒を促すみたいに、というか油断しちゃいけないとでも言わんばかりに、「みんながあなたをつくったのよ」と繰り返した。「あなたはあのひとたちみんなの子どもなんだから」

僕は、ふたりで直観的に感じとってわかちあった真実から逃れて、どこかへ行ってしまいたいと思った。僕は彼女と一緒に、トレムレット・ホールという名前の屋敷の中をあちこち歩きまわった。屋敷のひとびとは僕たちの足音を聞いて不審がった。僕たちはたたずんで、パーティーのお客さんたちが、大広間にずらりと並んだ甲冑を背景にして笑っているのを眺めた。舞踏室ではワルツの真っ最中だった。庭園にはダリアが咲き、高い石塀にもたせかけるように張られた針金にはスイートピーがまといついていた。低く刈り込まれたフクシアが花壇の間を縫う小道の縁を飾り、一匹の子犬が僕たちを先導するようにちょこちょこ走っていった。彼女は僕の手を取って、愛しているわ、と言い、日差しの中で微笑んだ。それからほんのしばらくの間、彼女はふだんとちがって見えた。彼女はいつもの服ではなくて、テニス服を着て、ラケットを手にしていた。そして、籐椅子に片足を置いて温室の中に立っていた。その姿は別人に見えた。『心の旅路』に出ていたスーザン・ピータースそっくりだった。

僕はその姿を見て心がざわざわした。食堂兼居間（キッチン）で、ほかのひとたちもいるのに、彼女に話しかけなければならなくなったときみたいな気持ちがした。その気まずい困惑の中に、自分ではよく理解できない不幸のようなものがあるのを感じた。ただ、その不幸が彼女のものなのか、僕のものなのかがわからなかった。ごめんねとあやまりたかったけれど、何をあやまりたいのかが、僕にはわからなかった。

真夜中に大声で叫んで目を覚ました。ブライアン兄さんとリーアム兄さんがベッドの脇に立っていた。起こされたので不機嫌そうだった。母さんがやってきた。少しして父さんもきた。僕は叫びつづけるのを止められなかった。ブライアン兄さんは、「なんか悪い夢でも見たんだろう」と言った。

悪夢なんかじゃなかった。だって、目が覚めても続いていたのだから。彼女がそこにいたのだ。一八五五年生まれのエルヴィラ・トレムレット。ただそこにいて、しゃべりも微笑みもしなかった。僕には彼女をつくることができなくなっていた。僕の中で、なにかが僕を裏切っていたのだ。テニスラケットを持ったスーザン・ピータースが突然あらわれたときと同じだった。他にもひとがいる場所でどうしても黙っていられずに、ありがとう、とつぶやいてしまったときとも同じだった。

母さんが僕のベッドの脇に腰掛けていた。兄さんたちは自分のベッドに戻った。電灯は点いたままだった。僕はきっと彼女のことをなにかしゃべったに違いない。母さんがうなずきながら、全部夢なんだから心配しなくていいよ、と言っていたのを覚えているから。僕は眠った。やがて目覚めると部屋は明るくなっていて、母さんはもういなかった。兄さんたちがちょうど起き出すところだった。エルヴィラ・トレムレットはまだそこにいた。半ば閉じられた片目は視力を失っていた。形の良い手の指も今では歪んでいた。兄さんたちが部屋を出て行ってしまうと、彼女の姿がもっとはっきり見えるようになった。窓を背にして僕を見つめる彼女の表情には、かすかな怒りがあらわれていた。口は開かなかったが、何を言いたいのかはわかっていた。僕は自分の慰めを得るために彼女を利用してきたのだから。そもそも僕は何の権利があって、彼女の朽ちてゆく屍（しかばね）に生命を吹き込んだりしたのか？　一八五五年生まれの彼女は八十九歳になっていた。

　僕は目を閉じて、若いときの声と顔と髪を持った彼女を想像しようと試みた。ところがいくら目を閉じても、老女が部屋の中を歩き回り、窓辺からリーアム兄さんのベッドの足元まで行ったかと思うと、洋服ダンスから部屋の隅まで移動して、そこにじっとたたずむばかりだった。

　彼女は僕と一緒に階段のてっぺんに立ち、階段を下り、食堂兼居間（キッチン）に入った。彼女は例の森の端の野原にもあらわれて、眠りをさまたげた僕を無言で責めた。目のあたりが痛々しく、両手の関節炎も痛そうだった。それも全部僕のせいなのだ。だが、彼女は亡霊なんかじゃなかった。彼女が亡霊でないことはわかっていた。彼女は、くすんだ灰色の墓碑銘から僕の興味が引き剝がし、僕の想像力がでっちあげた絵空事の存在なのだ。自分自身に、彼女は僕の内側にいるにすぎないんだと言い聞かせてみたが、どうしようもなかった。

　毎晩自分の叫び声で目を覚ました。ベッドのシーツは汗でびしょびしょだった。兄さんたちや母さんに、彼女を遠くへ連れて行ってと大声で頼んだ。罪を犯したのは僕じゃない、罰を受けるのも僕じゃないはずだよと叫んだ。僕は、絵空事の相手に話しかけただけ。家族のみんながしてたのと同じような、ただのごっこ遊びだったんだよ。

　食堂兼居間（キッチン）でカイバード神父様が、僕に向かって話しかけていた。神父様の声が近づいたり遠ざかったりした。毎朝この子のシーツが汗で濡れているんです、という母さんの声、息子の目の中に恐怖が見えるので、という父さんの声が聞こえた。僕はただ、死者の中からエルヴィラ・トレムレットを蘇らせたのは空想の友達が欲しかったからで、バージニアヅタに一面覆われた屋敷まで一緒に旅をしたのも、すこしも悪気はなかったと言いたかった。彼女は本物の女のひとじゃなくて、ヴィスタ・シネマの銀幕の上でちらちらうつろう映像と同じようなものだったのだ、と伝えたかった。僕は自分の話を聞いてもらいたかった。そして、僕の身体にまとわりついた屍衣のような恥ずかしさから解放されたかった。しゃべることさえできれば、いつまでもつきまとってくる女のひとから僕の想像力が自由になれるとわかっていた。僕はしゃべろうとした。けれど、みんなが僕のことをこわがった。みんなは、僕が話そうとしている中味をこわがっていたのだ。それで、みんなで寄ってたかって僕の口を閉ざそうとした。「天なる父よ」とカイバード神父様は言った。「御名の尊ばれんことを……」

ガーヴェイ先生がやってきて僕を診察した。コーク市まででかけて別のお医者さんの診察も受けた。コークの先生は僕に話しかけようとして、横になりなさい、靴を脱ぎたければ脱いでもよろしいと言いさえした。家族のみんなにとってみれば、僕が家にいること自体がいまわしくて、耐えられなかったのだ。悪夢にうなされ続けている少年を、同じ屋根の下に置いておくのは耐えられない。よりによってわが家にこんな子どもが出たなんて不公平じゃないか、とみんな思っていた。僕にはそれがはっきりわかった。

そういうわけで、ある金曜日の朝、僕は父さんがお客さんから借りたフォードに乗せられて、この茶色いレンガ造りの屋敷に連れてこられた。その昔この土地の一族が住んでいた屋敷である。あれから数えて三十四年間、僕はここで、粗末な服を着て暮らしている。想像力が衰えたせいだろうか、エルヴィラ・トレムレットが姿を変えた例の老婆に悩まされることもなくなった。彼女があらわれなくなったのは、この屋敷に連れてこられたときからだ。ここへ入った瞬間、彼女が死を迎えたのはこの屋敷だ、と僕は即座に悟った。この屋敷の、しかも彼女が滞在した部屋で僕が心安らかに暮らせるように、彼女が連れてきてくれたのだ。僕が彼女の死の平安を乱したおかげで、こうやって一緒に住めるようになったのである。

ここまでの物語は僕自身が語ったものではない。僕のところへ毎週訪ねてくるひとが、僕を主人公にして語ったものだ。僕の物語なのだから、僕が中心にいるのは当然のことだ。この茶色いレンガ造りの屋敷の中では、僕は難なくしゃべることができる。日中は菜園で作業する。作業しながらおしゃべりする。食事のときにもおしゃべりする。毎週訪ねてくるひとにもおしゃべりする。僕はここで違う自分になった。空想の友達はいらない。もう二度と、死んだ娘に興味を持つことはないだろう。

僕を毎週訪ねてくるひとに、町のひとや家族のみんなが僕について何を言っているか聞いてみたことがある。そのひとによれば、コリガンズ・ホテルのバーにやってくる商用の泊まり客たちにバーマンが語るのは、特定の場所とか家とかがとりつかれるのと同じように、亡霊にとりつかれちまった男の子が昔おりましてね、という話だそうだ。そこの窓から見ると、通りの向かいに〝デヴリン・ブラザーズ〟って看板を出してる工場が目に入るでしょう。あそこの男の子だったんですがね、と指さして教えると、客たちは面白半分に驚いてみせながらその悪夢の話に耳を傾ける。そして、一八七三年にこの町で死に、プロテスタント教会の壁に墓碑銘がはめこまれているイングランド人の名前を耳にする。客たちは結局、この娘、エルヴィラ・トレムレットの亡霊を呼び出しているうちに、ついに正気を失った少年の物語を、聞かされることになる。

この話は町では有名で、この種の物語としては町で語り伝えられている唯一のものだ。ミステリー仕立てで語られるので、話を聞いたよそ者のなかには、一八七三年と書かれた墓碑銘を確かめるために、わざわざプロテスタント教会まで出かけていくひともいる。そしてひとびとはみな、たとえ死にきれなかった亡霊がいたとしても、なぜそれほど年数が経ってから少年の目の前にあらわれたのだろうという疑問を抱えて教会を出る。でも、そういう訪問者たちのなかで、本当のことに気づく者は誰ひとりいない――じっさいに起こった事の一部始終はちっともミステリーなんかではなかったというのに。

フォガーティ姉弟といえば、零落したアイルランドのプロテスタント信徒を絵に描いたような人間である。姉は料理人で弟は執事、ふたりとも教会に伝手がある。ミス・フォガーティとすこし話したことがあるひとなら、姉弟の父親はアイルランド聖公会の地方執事あたりだったのが、なにか不運なできごとに見舞われたらしいという印象を持つであろう。じっさいには、父親は教会堂用務員だった。弟のフォガーティは姉よりも小柄で、母親が早くに死んだため姉に育てられた。八歳のとき猩紅熱にかかったが、姉の懸命な看護の甲斐あって一命をとりとめた。

執事用のお仕着せをぱりっと着こなしてはいたものの、やせ形で人目を引かない風采のフォガーティは、ハシバミのような丸い目をしている。その彼が最近惹かれているのは、着任したばかりの住み込み家庭教師である。アンナ・マリア・ヘッドウ。イングランドのどこやらの出だというこの若い女は、折り目正しく感受性が豊かで、アイルランドのことは何も知らないよそ者である。学校でちゃんと教育を受けたフォガーティの頭を去来するのは、かつてこの島へやってきたよそ者たちのこと。まずケルト人。ひとつところに留まることのできない彼らのおんぼろ帝国は、この同じ風景の中で崩れた。シャムロックの葉で三位一体を教えた聖パトリック。凶暴なバイキングたち。つぎにやって来たのは策略好きのノルマン人。処女王エリザベス配下の山師たち。フォガーティの現在の雇い主も、今を去る八年前の一八三九年に、アイルランドへ渡ってきたばかりのよそ者である。フォガーティは、このよそ者一族はあくまでイプスウィッチのパルヴァータフト家なのだと考えていたが、その理由は、この一族が、イングランドのイプスウィッチに本来の地盤を持っていたからである。先代の老ヒュー・パルヴァータフトがこの地で死去した後、次の当主がわざわざイングランドから渡ってきて、フォガーティの新しい雇い主になったのであった。なんでまたこんな遠くまでやってきたんだ、とフォガーティは思っている。彼が内心惜しいと嘆いているのは、老いた先代の生前には屋敷も敷地もせっかくいいぐあいに崩れかけていたのに、原初の荒れ地に戻る手前でその崩壊が食い止められてしまったこと。イプスウィッチのパルヴァータフト家はこの屋敷に大勢の職人集団を送り込み、庭にはびこったいばらを刈り払って、老先代の時代をはるかにさかのぼる盛時の面影をとりもどそうとしたのである。今では、イプスウィッチのパルヴァータフト家のひとびとは、すっかりこの土地になじんでいる。彼らは、この土地にもとから住んでいる人間たちにも気を遣い、交際をこころがけ、順応することを学んだ。そして、フォガーティの眼に映る屋敷のひとびとの表情から、驚きや不安が消えていった。屋敷のひとびとがこの地域でだんだん重んじられるようになり、住みついてまだ年数の浅いこの場所を彼らが「わが家（ホーム）」と呼ぶようになったのを、フォガーティはつぶさに見てきた。屋敷のダイニングルームで給仕をするさい、骨付きの肉料理の皿を差し出して好みの量を取ってもらったり、肉汁をかけた料理を持って食卓へ急いだりするような時、彼は秘めている本心をついぶちまけてしまいたくなる。旦那様がたご自身は侵略者じゃございませんけれども、御身にはつらつと流れるご立派な赤い血は、侵略者どもの血統を引いておられるのですから、みなさまがたご自身は盗人とならずして盗みをしでかしておられるわけでございます……と。かといって、彼はイプスウィッチのパルヴァータフト家のひとびとを嫌っているわけではない。この衆らは自分たちの土地にじっとしておればよかったのにあえてそうしなかった、ということのほかに反感はないのである。もし、彼らさえ渡ってこなければ、この屋敷が朽ちはてて土へ戻っていくところをフォガーティと姉のふたりだけで見守っていたかもしれない、というだけのことだ。

さて、住み込み家庭教師がフォガーティの興味を惹いたのは、彼女が到着したとき、パルヴァータフト家のひとびとが勢揃いして出迎えたからである。執事としては、昔も今もこういう待遇の訪問者がいちばん気に掛かるものだ。彼はミス・ヘッドウを毎日観察している。遠くからだがしつこく注視している。しかし、そのことを姉に話して変人扱いされるのもいやなので黙っている。ミス・ヘッドウの食事を部屋に届けるのは、本来ならクリーディかブリジッドの仕事だが、彼がやっている。彼はミス・ヘッドウあてに届いた手紙を盗み読みしているし、彼女が断続的につけている日記にも勝手に目を通している。

**一八四七年十月十五日**　わたしにあてがわれた屋根裏部屋の窓からのぞいてみたら、朝早いのに男たちがもう作業にかかっている。広い地所をぐるりと一周する道路をこしらえているのだ。地所の管理をまかされているのは片腕のないミスター・アーシュキンという男で、馬上から作業を見張っている。当主のミスター・パルヴァータフトも馬に乗って現場に出ている。特定の灌木は避けておけとか、橋はどのあたりに架けたらよいかなど、細かい指示を与えているのがしぐさでわかる。ミスター・アーシュキンは当主の話を聞いて賛成している。部下たちは手を休めずに仕事している。木々の彼方、この地所を囲む高い石塀の向こう側では、神意によってもたらされた飢餓のせいで、女たちや子どもたちが死んでいく。神の恵みがもたらされるよう祈ることにする。

**一八四七年十月十七日**　フォガーティがわたしの夕食をトレイに載せて持ってきて、ひとりの子どもの身体に聖痕（スティグマータ）が出ているのが見つかったと言った。

三十分後に食器を下げに来たとき、「その子どもは命に別状はないのですか?」と尋ねてみた。

「大丈夫です、ミス・ヘッドウ。間違いなく無事でございます。子どもは生きたままホラン神父のところへ連れて行かれました」とのこと。

わたしはびっくりしたけれど、フォガーティはほとんど驚いたようすを見せなかった。いくつか質問してみたが、彼の答えは要領を得なかった。それでもまだ話したりなそうだったので、わたしのほうから真実の十字架にまつわる伝説を話してあげた。この物語は初耳だったとのこと。入り組んだ話がいたく気に入ったとみえて、台所のみんなに教えてやります、と意気込んでいた。子どもの聖痕（スティグマータ）は両手両足の四ヵ所に出ただけということだけれど、ほかの部分もよく調べたほうがいいというのが神父さんの意見だ。神父さんは、アイルランドでこれほど鮮明な聖痕（スティグマータ）があらわれたという話は聞いたことがないと言っているそうだ。教区の農民たちは、これこそ苦しみの多い時代に神さまがお与えくださったしるしだ、すなわち奇跡だ、と考えているとのこと。

**一八四七年十月二十日**　ここに来てから気が晴れない。この屋敷のことが理解できないから。家族も使用人たちも理解できない。来てからもう三週間目のなかばになるというのに、万事まごつくことだらけだ。昨日の午後はじめて客間に呼ばれて、アデレイドがピアノで小曲を弾くのを聞いた。ジョージ＝アーサーの授業をちょうど終えたところだったので、彼がわたしの隣りに座った。シャーロットと母親がソファに腰掛け、エミリーは壁のひっこんだ部分におかれた椅子を選んだ。ミスター・パルヴァータフトは暖炉の前に突っ立って、ぴかぴかに磨き上げたブーツの側面を乗馬ムチで叩いて拍子を取りながら、お尻を温めていた。全員が揃った光景は上出来の家族画のようだった。エミリーは美しく、シャーロットはちっちゃくてかわいく、ミセス・パルヴァータフトはいかにも母親らしくぽっちゃりとして、父親は血色がよく堂々としていた。ジョージ＝アーサーはわたしよりすこし前方に座っていたので、顔は見えなかったけれど、もうなんべんも授業をしているので、テーブルごしに見たこの子の顔だちはすでによくわかっている。さえた顔色で髪は黒。この一家の髪の色は、たぶん赤毛だったのがだいぶ銀髪になってきている母親を除けばみな黒である。メガネをかけ、子どもらしくない憂い顔をしたアデレイドにだけ、どういうわけかほかの家族に共通する優雅さが欠けている。かわいそうに、この子の体格はどっしりしすぎ。ピアノに座ってもしっくりしない感じで、事実、演奏もひどくへたくそだ。

ところが、そのひどい演奏にたいして眉を寄せ、しかめっ面を見せるひとがこの客間にはひとりもいない。ミスター・パルヴァータフトは、まるで一流の演奏家の演奏に聴き惚れているかのように、乗馬ムチを指揮棒みたいにかすかに上げてふっと下ろした。ミセス・パルヴァータフトはうっとりして唇をかるく開き、ふだんのせっかちさと心配性はどこへやら、ちいさな両眼が喜びに輝いていた。エミリーもシャーロットも、不器量な妹よりもめぐまれた容姿にふさわしいふるまいで腰を下ろしていたが、ふたりとも口をとがらせるでもなく、たどたどしい不協和音の連続に身をまかせていた。わたしもむりやりピアノに聴き入るふりをよそおったが、気取られなかったかどうか。とにかく聴こうとすればするほどこちらの期待を裏切ってくる演奏だったから、こっそり周囲のようすを観察するほかなかった（ジョージ＝アーサーの顔にどんな表情がよぎったか、また、よぎらなかったかは見えなかった。けど、子ども部屋にいるときのこの子はもちろん、不快なことがあれば即座に表現するタイプである）。

客間は天井が高いのでほかの部屋以上に広々としていて、いくつか居心地のよさそうなくぼみ壁の空間ももうけられており、湾曲しながら続く一方の壁に沿ってフランス窓がずらりと並んでいる。暖炉の左右にはもっとちいさな窓がある。暖炉の真っ白な大理石に彫刻された文様は、天井に細工された純白のしっくい浮き彫りと、色も図柄もお揃いになっている。壁はあんずのようなおだやかな橙色で、パルヴァータフト家の先祖たちゆかりの風景画や肖像画がところせましと掛けてある。シルクやベルベットの飾りはだいたい緑色。ライティングデスクや補助用テーブルの上には、こまごました置物や磁器のたぐいがたくさん載っている。ごたごた並べすぎだと思うけれど、ひとつひとつが先祖伝来のお宝だから、適当にかたづけてしまうわけにはいかないのだ。わたしがこの屋敷に着いた日、ミセス・パルヴァータフトが、広間とダイニングルームのいたるところにこまごまと並んだ置物について、そう説明してくれたのを思い出す。

「すばらしい。最高に魅力的な演奏だった」演奏が終わるとミスター・パルヴァータフトがこう宣言した。「アデレイドはなんとすばらしい指に恵まれていることだろう！」

客間に集まった全員が優美な拍手を送った。ミスター・パルヴァータフトは乗馬ムチを叩いて喝采を送った。わたしはジョージ＝アーサーの頭の後ろでちょっと口をすぼめて見せておいた。この子の拍手がたぶんすこしだけ騒々しく思われたので。

「アデレイドには才能がありますでしょう？　いかがです、ミス・ヘッドウ」とミセス・パルヴァータフトが言った。

「まさにおっしゃるとおりですわ、奥様」

クリーディとブリジッドというふたりのメイドがお茶を持って部屋に入ってきた。わたしはこれをきっかけに退出するのがちょうどいいと判断して、腰を上げた。ところが、ミセス・パルヴァータフトがわたしに残るように言った。

「わたくしたちはあなたのこと、もっとよく知らなくてはいけませんもの、ミス・ヘッドウ」と彼女はいつものせわしない口調で言った（ジョージ＝アーサーがしばしば騒々しいふるまいをするところは、母譲りだとわたしは思う）。「それにあなただって、わたしたちのことを、ねえ」とつけくわえた。

正直に言えば、わたしはすでにパルヴァータフト家のことはかなりよく知っているつもりである。ここへやってきてじきに気づいたのは、アイルランドでは家族やさまざまなものごとがしばしば歴史的に把握されるようで、その度合いは、どういうわけかイングランドよりもはなはだしいぞ、ということ。わたしが到着してまもなく、ミセス・パルヴァータフトが家族の歴史のこまかいことを語りはじめたのには驚かされた。遠い親戚の死去によって、彼女の夫が外国、つまりはここアイルランドの地所を突然相続することになった。当初、夫は外国へ引っ越すことに明らかな抵抗があったけれど、相続した地所の責任を引き受けるのが受けた恩義への義務であると、思い直したのだぞうだ。「家族にとっては大きな変化でしたよ、今だから言えることですけれど」とミセス・パルヴァータフトは打ち明け話をはじめた。「でも、もしわたくしたちがイプスウィッチから動かなかったら、これだけの大きな地所を惨憺たるありさまのままにしておくことになったでしょうからねえ。なにしろエリザベス女王様から土地を拝領して以来ずっと、パルヴァータフト家がこの地所に住んできた歴史がありますから」わたしは口にこそ出さなかったがこう考えた——ミスター・パルヴァータフトがこの屋敷と庭園の図面をはじめて見たとき、彼は、自分の手元に舞い込んできた遺産は天からの授かり物だと思ったに違いない。だって、彼の遠い親戚だという先代の老当主は、誰もがほめたたえるよい人物だったらしいから。

ふとわれにかえると、ミスター・パルヴァータフトが話しかけてきた。「刈り取って焼却しなくてはならん下草がまだたくさんありましてね」今造成中の地所周回道路の話である。「予定した道筋を大勢でわいわいと切り開いていく作業はもうしばらく続きます。次の段階は石を打ち砕いて敷き詰める作業。湖畔の部分は土盛りして補強しなくちゃなりません。それから、ところどころに庭椅子を設置する予定です」

クリーディとブリジッドがケーキをお給仕してくれた。こんなときにジョージ＝アーサーのお行儀がちゃんとできているかどうか観察するのは無粋だけれど、どうやらまだまだしつけが必要なようだ。わたしの先任者で、四人の子どもたちの教育を一手に引き受けていたミス・ラーヴェイは、だいぶお歳を召していたから、亡くなる前の頃には明らかにしつけ教育がおろそかになっていた。わたしはたまりかねて、ジョージ＝アーサーにちょっと微笑みかけ、指をかすかに動かして、こういうばあいにはもうすこしあらたまったお行儀でケーキをいただいても不都合ではないのですよ、という内容をしぐさで示した。ジョージ＝アーサーはいたずらっぽい顔になって、気づかないふりをした。

「いまつくってる道路は赤紫ヶ丘のすそをぐるりと一回りしたりするのかしら?」とエミリーが尋ねた。「もしそうなら美しいでしょうね」

その予定だよ、すくなくとも北側の斜面を一巡りすることになっている、と父親が答えた。彼は現場監督のアーシュキンといつもそんなことを相談しているのだろう。

「さあ、想像してください。こんなことができたら愉快だと思いませんか? まず湖畔でピクニック・ランチを楽しむでしょう」とミスター・パルヴァータフトはふたたび口を開いた。「それから、シダレカンバの銀色の木立の間を馬車で行き、修道院遺跡のところでもう一休みして、一マイルほど川に沿って走り、赤紫ヶ丘を一回りして館へ戻ってくる、と。いかがでしょう、ミス・ヘッドウ。この道路普請は今や、わたしの誇りとする事業です」

わたしは微笑みを返し、うなずいて、当主が行ないつつある緊急対策措置に賛同しますよという意思を、無言で示した。この道路工事にたんなる道楽以上の意味があることは、わたしも承知していた。この建設工事はひとつの慈善事業なのである。去年に続いて今年もまたじゃがいもが不作だったので、この地所の周囲数マイルに暮らす農夫たちが貧困と怠惰におちいらないよう、仕事をあてがってやろうというわけなのだ。この道路は、現在という苦難の時代を記念する建造物として遠く後世まで残るだろう。そして、ミスター・パルヴァータフトの大いなる寛大さは感謝とともに思い出されることだろう。

「道路沿いに銅葉ブナの木を植えてみたらどうかしら」とアデレイドが突然言い出し、自分自身の思いつきに興奮した彼女は、丸々としたほっぺをぱっと輝かせ、メガネの奥の両眼をおおきく見開いた。その姿をちらっと見た母親はため息をつきたい衝動をかろうじておさえた。その瞬間をわたしは見逃さなかった。

「ブナの木か、そうだね！　すごい提案だ」とミスター・パルヴァータフトが感激して声を上げた。「木を植えておけば、将来のパルヴァータフト家の人間のためにアーチ形の屋根をプレゼントすることになる。必要なときに道路を覆ってくれるからね。そうだよ。ぜひ銅葉ブナの並木を植えなきゃいかん」

メイドたちはいったん客間を退出し、こんどはランプを持って入ってきた。そして、鎧戸を閉め、カーテンを下ろした。ランプの光に照り映えて、ベルベットとシルクがさっきまでとは違う色にみえた。肖像画のなかの顔のひとつひとつが素顔を見せはじめた。亡霊たちの顔であった。

ブナの木の話題の後、ひとしきり沈黙がおとずれた。わたしは、フォガーティから聞いたキリストの聖痕（スティグマータ）が農夫の子どもにあらわれたという事件について誰ひとり何も言わないことに、ふと気がついて驚いた。この事件はたいそう奇妙でまれにみるできごとであると同時に、見逃しがたい重要さも持っているとわたしには思えた。だから、一つ屋根の下に住む人間が集まって話している今、この事件について驚きをまじえた感想をもらすひとがひとりもいないというのは、ほとんど信じられなかった。ところがそれは、まぎれもない事実であった。この客間に集まった人間たちの表情と声から判断すると、アデレイドがたどたどしく譜面を追っていくピアノの演奏のときと同様、近隣で起きた奇跡の発現にも、このひとたちの心はまるっきり動かされていないことがわかった。静まりかえったなかで、わたしは暇乞（いとまご）いのあいさつをした。そして、ちょうどジョージ＝アーサーの世話をする時間になっていたので、この子を連れて退出した。

**一八四七年十月二十三日**　家が恋しい。心底恋しい。聞き慣れた音、見慣れた場所、向こうに置いてきたもののすべてが心にとりついて離れない。毎朝めざめると、自分はまだイングランドにいるのじゃないかとふと思う。現実の冷酷さがいちばん身に染みる瞬間だ。

わたしがものを書いている間、エミリーとジョージ＝アーサーは子ども部屋の隅でおしゃべりしている。エミリーはひんぱんにこの部屋へやってきて、軍人になりたがっている弟を牽制するのである。ふらりと入ってきて、窓際に突っ立ったままジョージ＝アーサーの勉強の時間が終わるのを待つのだが、そんなふうにされると男の子の気が散るのでやめてほしいと思っている。だいいち、この部屋はわたしの領分なのだ。

「ジョージ＝アーサー、よく聞いて。あたしが言いたいのは、軍人の人生なんてようするにどこをとったって不愉快なもんだっていうこと」

「でも、コーラボーン大尉は不愉快そうに見えないけど。あのひとを見てもぜんぜんそんな感じしないよ」

「コーラボーン大尉はインドの兵舎で暮らしたことがないからよ。インドの兵舎暮らしは後々まで尾を引く、ってみんな言ってるわ」

「ぼくは兵舎暮らしだってへっちゃらだよ。インドは好きだし」

「そうかしらね。インドでは蠅が病気を運んでくるし、飲み水だって腐っているの。兵舎だってへっちゃらなんて聞いてあきれるわ。兵舎って書いてドンゾコグラシって読むくらいなんだから」

「水が腐ってるんだったら、なにかほかのものを飲めばいいよ。蠅だって近づけないようにすればいいんだし」

「インドじゃそんなこと不可能なの。あそこでは衣食住を楽しむなんてことできっこないわ、ジョージ＝アーサー。制服はごわごわだし、食事はまずいの。だいいち、あなたはこの屋敷をほったらかしにするつもりなの？」

子ども部屋は細長くて天井の低い部屋で、片方の端に暖炉があった。天気が悪かったので、わたしは火のそばのテーブルでものを書いていた。部屋の真ん中には四角い授業用のテーブルがでんとかまえているが、フォガーティが持ってくる食事のトレイは、わたしが今ものを書いているほうの小さなテーブルに置いてもらうことにしている。壁に掛けられた何枚かの絵はどれもさえない。ひとつは茶色っぽい色をした聖ジョージのドラゴン退治の絵で、もうひとつは塔の絵。ほかに農家の庭を描いた絵もいくつかある。部屋の向こうのほうの端には肘掛け椅子がふたつあって、椅子どうしの真ん中には敷物がしいてある。その椅子に、今はジョージ＝アーサーとエミリーが腰掛けていた。床は磨き込まれた板張り。

「いいわ、ジョージ＝アーサー、本音を教えてあげる。あたしは、あなたが殺されるって考えただけで耐えられないのよ」

そう言い残して、エミリーは子ども部屋から出て行った。彼女が首をすこしかしげ、上品な物腰でわたしに微笑みかけた瞬間、カールした黒髪が窓から射し込んできた一条の午後の光を反射して、きらりと光った。住み込み家庭教師という立場が屋敷内でむずかしい位置にあるなんて、いままで考えもしなかったけれど、だんだんそんな気がしてきた。わたしは家族の一員でもなければ使用人の一員でもない。フォガーティは、わたしのことを「先生（ミス）」と呼ぶくせに、パルヴァータフト家のひとに呼びかけるときよりぞんざいな言葉遣いでわたしに話しかける。彼の姉が話しかけてくるときの言葉遣いは、丁寧とは言い難い。

「あのひとたちも南洋のひとたちみたいに、自分の赤ちゃんを食べるの?」ジョージ゠アーサーがいきなりこんな質問をしてきたので驚いた。彼はわたしが腰掛けている前を横切って、彼の父親によく似たしぐさで暖炉の前に立ちはだかってお尻をあぶりはじめたので、火の暖かさがわたしのところまで届かなくなった。

「あのひとたちってだれのこと? ジョージ゠アーサー」

「貧しいひとたちだよ」

「もちろんそんなことはしませんよ」

「でも、あのひとたちはお腹がすいてるんでしょう。ずっとお腹がすいているんだよね。母さまと姉さまたちは家の裏門の門番小屋で、スープを配っているんだから」

「お腹がすいているからといって、人間は赤ちゃんを食べたりしませんよ。それから、あなたも知ってるとは思うけれど、南洋のひとたちは赤ちゃんではなくて敵を食べるのよ」

「でもさ、もし赤ちゃんが死んだとするでしょ、そして、家族のみんながお腹がすいていたとしたら……」

「いけません。ジョージ゠アーサー、そんなことを言うものではありませんよ」

「フォガーティは、わたしならそういうことがあっても驚きませんね、と言ったよ」

「あのひとも落ち着いてきたようね」寝室でミセス・パルヴァータフトが夫に言った。あのひとって誰のことだい、と聞き返されて、彼女は、住み込み家庭教師よ、と答えた。
「いいひとみたいじゃないか」と夫が言った。「やっぱり家庭教師はイングランド人に限るね」
「そうね、本当にそうだわ」

ジョージ＝アーサーの姉たちはミス・ヘッドウにたいして関心を抱かないまま今にいたっている。彼女たちは新しい先生を好きでもなければ嫌いでもない。よく知らない状態のまま、姉たちが住み込み家庭教師を評価する期間は終了してしまった。

ところがジョージ＝アーサーの評価期間はまだ終わっていなかった。新しい先生はエミリーやシャーロットほどきれいじゃないな、でも、とてもまじめな先生だ、と彼は思っている。笑ってるときでも笑い顔がまじめだ。ものの食べ方もまじめ。なんでも注意深く切り刻んで、丁寧にゆっくり嚙んで食べる。彼が子ども部屋に入っていくと、フォガーティがトレイに載せて裏階段経由で持って上がってきた食事を、先生が食べているところに出くわすことがある。先生は暖炉と向き合って、ひとりぼっちで腰掛けて食べている。その姿もとてもまじめだ。ミス・ラーヴェイもほとんど同じ場所で、火のそばの同じテーブルで食事していたものだが、ようすは大違いだった。ミス・ラーヴェイはだらしないひとで、カールした白髪の髪がゆるんで垂れていたり、顔全体が無精な感じになっていたりした。トレイの上も食べ散らかしたままだった。

ジョージ＝アーサーの夢想を破って、「さあ、書写の時間ですよ」とミス・ヘッドウが言った。
「丁寧に、ゆっくり書き写してください」

フォガーティは住み込み家庭教師のことが頭から離れなかったが、それを姉には悟られないようにしていた。ミス・ヘッドウはきっとはなばなしくやってのけるぜ。執事にはできないやりかたでね、パルヴァータフト家の連中に言わなきゃならんことを、でっかい声でがつんと言ってやるのさ。場所は客間か広間でね、ずんと仁王立ちになって、真実ってやつをぜんぶひとまとめにして、連中にばしんと突きつけてやるんだ。あの女は、子どもの身体に見つかった聖痕（スティグマータ）の話も、役立たずの道路をつくるバカな工事のことも、先代のヒュー・パルヴァータフト老の知恵のことも、いっさいがっさいぶちまけてくれるだろう。あの女こそ理性の声だよ。フォガーティはこんな考えを温めていたが、姉と話すときには、大事なところはいつもたくみに隠しておいた。彼はミス・ヘッドウに期待しているのである。

「神さまに誓って言うけどさ」とミス・フォガーティが言う。「ブリジッドはあたしの命取りになるかもしんないよ。あいつよりバカな娘に会ったことあるかい？」

「ほら、ひとりいたじゃないか、もっとひどいのが」とフォガーティが答える。「たしかフィデルマっていう名前じゃなかったっけ？」

姉と弟は、台所の真ん中に据えてある大きな木製テーブルを囲んで腰掛けていた。料理の下ごしらえ、真鍮や銀器の磨き作業、重ねた大皿の仮置き、残り物の処理、飲み食い、トランプ遊びやアイロン掛け、裁縫用の型紙や布地の裁断、ランプの芯切りなど、使用人たちがさまざまな用途でこのテーブルを使っている。天板の木目には、涙や、肉からしたたった血、包丁でケガをしたときの血が染みこみ、何世代にも渡る人間の脂で磨き上げられていた。毎日二回、石けん水で洗っているが、どんなにこすっても染みは完全にとれない。

姉と弟はおのおの椅子をテーブルからすこし横へ向けて、料理用ストーブにくべた湿った粉炭が熱くなるのを待ちかまえていた。十月から五月までの寒い時期には毎日、夕闇がせまってくるとふたりは必ずこうやって暖を取った。夏場には太陽光線が台所にひろがる。最初は場違いな感じでやってくる光線が、やがてありがたがられ、テーブルいっぱいにひろがって天板を乾かす。夏の太陽は、遅い午後の休憩時間に椅子の位置をずらして、窓から射し込む光を浴びようとするフォガーティ姉弟の身体も、温かくしてくれる。

「ほんとに信じらんないよ」とミス・フォガーティが言う。「ブリジッドったらこの台所で、もう三年働いてるんだよ。ほんとは三秒なんじゃないかと思うよ、まったく」

「世の中にはしつけのできないやつってのもいるのさ」弟は姉よりも抜けたり欠けたりした歯が多い。そして、姉のほうが弟よりもやせていて、顔も体つきもカミソリを思わせる。

「だから、あの子を雇うとき、男を雇ったほうがいいって言っただろ。男のほうがしつけやすいと思うね、あたしは。男のほうが使い勝手がいいんだよ」

「でも、クリーディはダイニングルームのしごとができるようになったよな。あれはあれなりにこなしてると思うけど」

「そう、ブリジッドのことについちゃあクリーディに感謝しなくちゃなんないよ。だって、ブリジッドを雇うまでは、あの子が台所の下働きからなにから雑用を一手にやってくれてたんだから」

「どっちみちだれかを雇う必要はあったんだ。クリーディはさすがだよ、ブリジッドが物わかりが悪いってこと、みなさんもじきお気づきになるでしょう、って言ってのけたからね」

「たしかにそうだ。けど、クリーディだってとくべつ物わかりが良いほうじゃないよ」

「あの子が鈍(どん)なのは家系だよ」

「神さまはこともあろうに、あの家の連中におつむを入れ忘れたのさ」

「おれたちは、神さまがしでかしたおマチガイとともに暮らしていかなけりゃならないってことだな」


ミス・フォガーティは顔をしかめる。彼女は弟の言葉がお気に召さないのだ。弟はときどき軽率なもの言いをすることがある。そういうものの言い方はいかにも彼らしくて、彼の頭の良さのあらわれなのだが、彼女は弟の発言を聞いて胸がざわざわしたときには必ず、そのざわつきの根元に弟の注意を向けさせるようにしている。今回もそうだ。そんな言い方は物騒だからやめたほうがいい、と姉は弟に忠告する。

フォガーティはうなずいてみせる。そうすれば姉の気がすむことがわかっているからだ。弟は姉の心を動揺させたいわけではない。

彼は話題をかえたほうが賢いなと思って、「道路工事はどんどん進んでるみたいだね。ダイニングルームでずいぶんしつこくその話をしてたよ」と言う。


「挽き割り米粉のプディングについてなんか言ってなかったかい？」

「みんな食べてたよ。それにしても、どこへも行き着かないで、ぐるっと一回りするだけの道路をつくってるんだよ、あのひとたちは。とんでもねえと思わないかい？」

「ヘッドウは挽き割り米粉のプディングを残したんだよ。プディングってのはダイニングルームにふさわしいメニューだろ。それなのにヘッドウさまにはお気に召さなかったわけさ」

「そのプディング、卵が入ってなかったかい？　あの女のお腹は卵を受けつけないんだよ」

「あの女が卵を食えないなんて知るもんか。あいつがそんなこと一度だって言ってたかい？　あのプディングには上等なターキーの卵が四つ入ってる。ターキーの卵が身体に悪いなんて聞いたことがない。

「そうだね。ラーヴェイだって卵食べてなんともなかったじゃないか」

「ラーヴェイはたしかになんでも食べたなあ。蝶つがいはずした門扉を料理して出したら、あの婆さん、まばたきしてる間に食っちまったかもしれないぜ」

「ラーヴェイは天から下りてきた聖人さまだよ」

フォガーティはまたうなずく。姉の心を動揺させないよう、おとなしくしているのだ。彼はかつて、ミス・ヘッドウが救いようがないのと同じくらいミス・ラーヴェイも救いようがなかったよ、と言ったことがあったが、もうあのセリフは言わないようにしている。ミス・ラーヴェイは自室にいて寒いときには台所へ下りてきて、水差しに熱いお湯を入れてくださいな、とよく頼んだものだったが、その頼みに対応するのが面倒くさかったので使用人たちには評判が悪かった。ところがいざ彼女が死んでみると、面倒をかけたことをつぐなおうとするかのように、フォガーティ姉弟に形見の品を贈ると遺書に記されていた。

「ちょっと前のことだけど、おれはヘッドウにあの聖痕（スティグマータ）が出た子どものことを話して聞かせたんだ。どんなふうに反応するかとおもってね」

ミス・フォガーティのとんがった顔にありありと興味の色があらわれる。姉の両眼が今みたいにシューッと細められると、弟は昔からいつも皿やティーカップに浮き出た細いヒビを連想するのである。

「で、あの女はなんて言ったんだい？」

「びっくりして黙りこんじまったが、ちょっとしてからおれにいくつか質問してきたよ。それで、最後にとんでもない話を聞かされたんだ。真実の十字架の伝説っていう話だよ」

フォガーティが話しているところへ、ふたりのメイドたちが台所に入ってくる。ミス・フォガーティはあいさつ代わりに、ブリジッド、あんたは身だしなみが悪い、それからクリーディ、あんたのお帽子は汚れてるよ、と小言を言う。そして、「さあ、しごとだよ」とぴしゃりと命令する。「ブリジッドはやかんを火の上に載せて、それから鍋にミルクを入れてかきまぜておくれ」

家庭教師がプディングを残したせいでつむじを曲げちまったな、とフォガーティはつぶやき、ミス・ヘッドウから聞いた伝説を話してひとつ空気を和らげてやろう、と考えた。

「さて娘たち」とフォガーティが口を開く。「これからおれが真実の十字架の伝説っていう話をしてやるからよく聞くがいい」

娘と呼ばれるにはいささか年を取りすぎたクリーディは、フォガーティの呼びかけにかすかに微笑み、流しに立ってパースニップを洗いはじめながら、期待感を表現してみせる。六十一歳になる彼女にはかなり贅肉がついている。彼女の遠い親戚にあたるブリジッドは三十ほど年齢が下だが、体型はそっくりである。

「真実の十字架の伝説っていう話はアダムの口から、一説には耳の穴からとも言うがね、とにかくアダムの体内に入った一粒の種と関係があるんだ」とフォガーティは語りはじめる。「種はアダムが死ぬまで体内にとどまっていたが、死んで身体が土に帰ると種が芽を出して、一本の木に成長した。やがてその木は切り倒されて、丸太ん棒になって、橋を支える橋桁に使われたっていうわけさ」

「ふうん、あたしはそのお話、初耳だわ」とクリーディは甲高い大声で言い、おもしろそうな話の展開に気を取られるあまり、パースニップ洗いの手は止まってしまう。

「さて、その橋はシバの女王さまがお渡りになったこともあったという。やがて時は移り、お祭しのとおり、この橋の橋桁の材木を使って、わが主キリストが掛けられた十字架がつくられたっていう話さ」

「ミスター・フォガーティ、それほんとなの?」と叫ぶクリーディの声は興奮のためにいっそう甲高くなり、ぽかんと開いた口は閉じる気配がない。

「クリーディ、我を忘れてるばあいじゃないよ。そんな顔してたら笑われるよ」とミス・フォガーティが注意する。

「すんません、あたしこのお話はじめて聞いたもんで。キリストさまの十字架がアダムの耳から生えたもんだったとは知らなんだ。ブリジッド、あんたはこのお話聞いたことある?」

「ううん、ないわ」

「これは伝説なんだ」とフォガーティは説明する。「伝説ってのは真実をときあかす話のことだ。だから、ミス・フォガーティとおれに言わせれば、この話の中味はことば通りの事実ではない。おまえたちのカトリックの宗旨では違う受け取り方をするかも知れんがね」

「ははあ、長生きすると新しいことを知れるもんですねえ」とクリーディが言う。

台所をしばらく沈黙が支配した。やがて、ミス・フォガーティの言いつけどおり、料理用ストーブに載せたミルク鍋をかきまぜていたブリジッドが口を開く。

「ホラン神父さまはこのお話知ってなさるかしら?」

「そりゃあ、知ってるにきまってるさ」クリーディが頭を上下に揺り動かしながら自信たっぷりに言う。神さまについてホラン神父さまが知ってなさらないことはないんだから、と言うのがクリーディの主張である。

「そうだね、そういうことだ」とフォガーティが賛成する。「やがて司祭連中がこの国をとりしきる時代が来るだろうさ。こっちの派閥でなきゃあっちの派閥って時代がね」彼はメイドたちに、真実の十字架の伝説をこの屋敷に伝えたのは住み込み家庭教師だと教えて、プロテスタントのイングランド人がそういう伝説を語り伝えてるってのはよくあることだから、とつけくわえる。先代のヒュー老だったら、こういう話はこの屋敷には似合わないと考えただろう。今ここに住んでいるパルヴァータフト家のひとたちだって、イングランドから渡ってきてずいぶんになるから、ふさわしいとは思わないはずだ。すくなくともフォガーティはそう推定して、その推定に自信を持っている。

ミス・フォガーティは、料理用ストーブのそばの椅子にだらしなく腰掛けて、うんうんとうなずいている。彼女が言いたいのは、伝説だろうが何だろうがそういう話はあたしは嫌い、ということだ。低い声で、弟だけに聞こえるように、あんたがあの伝説とやらをあの子たちにまで話して聞かせたんでびっくりしたよ、とささやく。

「娘たちが興味を持つだろうと思ったもんでさ」と弟はいいわけをする。「ほんとの話、子ども部屋であの女からあの伝説を聞かされたとき、心底たまげちまったんでね」

「山の背で採れる大石は石垣に積んでもいいし、打ち砕いて道に敷き詰めるにもちょうどよさそうだな」ミスター・パルヴァータフトが地所の管理をまかせているアーシュキンに言う。

「さようですね。しかし、山の背から石を運び下ろしてくるにはかなり距離がありますが」

「そう、たしかに遠い。だが、今雇っている者どもに作業をさせ続けてやらなけりゃならん。あの者どもの時計は止まったままなのだからね、アーシュキン君」

「かしこまりました」

ふたりは屋敷の正面の芝生の上を並んで歩いている。円形のバラの花壇からとなりの花壇へ、そしてまた向きを変えて戻ってくる。ミスター・パルヴァータフトは、午前中この芝生の上をこんなふうに歩きながらアーシュキンと地所の整備についてあれこれ話し合うのが好きなのだ。雨降りの日や寒すぎる日には、ふたりは柱廊になった張り出し玄関に並んで、庭を見つめながら意見を交わす。ミスター・パルヴァータフトとアーシュキンは、まるで暗黙の了解済みであるかのように、決して目を合わせない。ミスター・パルヴァータフトはアーシュキンの男らしいところを熱心にほめてみせるが、じつは彼を恐れている。アーシュキンのほうは、主人とたとえ一瞬でも目を合わせたら、自分の本心がばれてしまうのではないかと警戒している。アーシュキンは腹の底でこう思っているのだ――苦労知らずのミスター・パルヴァータフトは労無くしてこれほどの地所を受け継いだが、ころがりこんできた幸運をほしいままにしすぎているのじゃあるまいか。

「この道路は」と主人がアーシュキンに話しかける。どうやら要点をはっきりさせようとしているらしい。「わが家の地所にたいして、わたしたちの世代ができる寄与なのだ。アーシュキン君、わたしの言いたいことがわかってもらえるかな。先祖のなかには木を植えて大修道院ヶ森をつくった者もあれば、庭園の設計をした者たちもいた。ジョナサン・スウィフトもここへ来たのだよ、知っていたかね？　アーシュキン君。かの癇癪持ちの聖パトリック大聖堂首席司祭殿が、この目の前の芝生と低木の植え込みをどう配置するかに、知恵を貸したんだ」

「はい、そのお話は以前にもうけたまわりました」

アーシュキンは左腕がないのだが、本人はあたかも右腕がないかのように深刻に受け止めている。彼は立派な体格のイングランド人で、かつては力持ちで知られていた。年齢は壮年で、性格は短気。感傷的なところはまるでなく、軍人らしいふるまいはぶっきらぼうである。そして、男らしい外観の奥にもっとやさしい核心がひそんでいるかというと、そうでもない。どこかへ通じるわけでもなければ、ちゃんとした目的もない、不必要でばかげた地所周回道路の建設に手を貸すことを、彼は自分の仕事として受け入れている。自然の法則が狂ったために農民たちが飢餓におちいったのは不運である。片腕を失ってしまったために軍人としての出世の道が断たれたのも不運である。これらの不運はすべて受け入れなければならない。これほどの規模と由緒を持つ大地所の管理をまかされたとはいえ、軍人として手にすることができたかもしれない栄光にくらべたら、こんな名誉など物の数ではない。アーシュキンはそう思っている。その彼が流れ着いた先は、自分の国ではない国で、配下として雇っている者たちがしゃべることばは最初のうちよく聞き取れず、おまけに、この土地で年貢をとりたてに行く相手の農民たちは、ウースターシャーやダーラムの農民とは違って油断がならない感じがする。さらに、当主を除くパルヴァータフト家の人間は、アーシュキンに型どおりのあいさつ以上のことばをほとんど掛けてこない。彼は禁欲的に、自分の立場を全うしようとつとめている。片腕がないのは恥ずべきことだが、憂鬱に身を任せることは決してしてない。それは唾棄すべき弱い人間の行ないだからである。

「雇っている人夫たちのことですが……」

「不幸な者たちだよ、まったく」

「いえ、そのことではありません。じつは、あの者どもは近ごろ感謝を忘れております」

「感謝を忘れている?」

「あの者どもの不忠実には、目を光らせておくのがよろしいかと存じます」

「なんたることだ。あの者たちの分際で」

「あの者どもは飼い主の手を嚙む連中です。そういう育ちなので」

アーシュキンは感情をまじえない声音で語る。彼は受けとめたままの事実を語っているのであって、歯に衣着せぬもの言いが無礼であるなどとは決して考えない。彼はじっと、ミスター・パルヴァータフトが気が進まぬながら納得するのを見つめている。目の前にいる人物がやがて自分の地所を地上の天国へと変容させ、家族と使用人と借地人に加えて彼のために働くすべての人間をも、よき天使へと変容させるかも知れないなどと、アーシュキンがわざわざ思いめぐらす必要はない。また、同じ人物が、自分自身の精神の寛大さが作用して他人の心にも寛大さが生まれるだろうと期待し、自分自身の惜しげのない援助は限りない感謝によって報われて当然だと考える大地主であるという現実も、あらためて思い起こす必要はない。というのもアーシュキンは、現実とはいつも夢を打ち砕くものであり、ついにはとりかえしがつかないほどこなごなにしてしまうこともあると、毎日の経験から学び取っているからである。

当主と管理人は、さしあたって必要なそのほかのこまごました事柄について意見を交わす。アーシュキンは話題に出るあらゆる事柄に精通しているから、うわの空で話の受け答えをしてもまったく支障はない。じつは近頃、彼の頭の中の半分以上は、最近やって来た住み込み家庭教師でいっぱいなのである。ミス・ヘッドウがこの屋敷に来て以来、教会で四回彼女を子細に観察する機会を得た。年齢はたぶん二十五か二十六歳。美しくはないが、パルヴァータフト家の姉妹のなかの不器量な娘ほどひどくはない。髪型が地味すぎて、表情は神経質。服装も野暮ったすぎるが、そういうところは変化する余地がある。賛美歌集を開いて胸の前に持つ両手は大理石のように白く、指はほっそりしている。歌いながら開いたり閉じたりする唇は、抑え込まれた肉欲の片鱗をかすかにのぞかせる。上下する胸を見ているうちに、彼は一度か二度、ふいに目を閉じた。彼女さえいやでなければ結婚してもいいと思った。自分には片腕がないとはいえ、彼女がいやがる理由などないではないか、とも考えた。いつまでも住み込み家庭教師を続けるよりも、この地所の管理人の妻になったほうがはるかに意義深い人生を送れるというものだ。

「さて、もうこれ以上君をひきとめるのはやめにしよう」とミスター・パルヴァータフトが言う。「あの者たちは身分が低いから、ふるまいもがさつであるということだな。感謝の念を示すのが下手なのも当然かもしれん。期待はせずにおこう。今はただ、できうることをなすのみだ」

アーシュキンは、つけあがった行為は許さないつもりです、と言うことばを口には出さず、腹の中ではふたたび住み込み家庭教師について考えながら、馬をつないだ囲い地のほうへ大股で歩いていく。

丸々と太ったミセス・パルヴァータフトが、目を閉じてベッドに横たわっている。下腹部の左のほうに消化不良のような不快感がある。いつものことなのでもう慣れっこになっている。かすかな不快感が毎日午後になるとやってきて、いつのまにか去っていくのだ。

シャーロットはコーラボーン大尉の求婚をきっと受け入れるわね。アデレイドは結婚しなさそう。エミリーは旅をしたがっている。旅をすれば、たぶんだれかいいひとが見つかるでしょう。あの子はいちばん好みがやかましいんだから。ミセス・パルヴァータフトは、自分の長女がどうしてフランスやオーストリアやイタリアに行きたがるのか、理解できない。なにかというとすぐ戦争がはじまる物騒なところなのに。戦争しないのはイングランドだけなのに。なつかしい、平和な、こんがらかっていないイングランド。ミセス・パルヴァータフトはひとしきり郷愁にふけっている。

午後の不快感が腹部から消えてゆく。痛みはしだいしだいに薄らいでいくので、それがいつ消え失せたのか彼女は気づかない。ジョージ＝アーサーはいざそのときがきたらこの地所を賢く継いでいけるように、ここを運営していくやりかたをあれこれ学ぶ必要があるわ。エミリーが言ってることは正しい。あの子は将校になろうなんて目指しちゃだめ。男の子の空想癖を満足させる以外に、軍人を目指す意味なんてありゃしないわ。

ミセス・パルヴァータフトはふうっとためいきをついて、せめてシャーロットには堅実な選択をしてほしいと思う。財産だってあるのだから、将校の妻という地位はかなりのものよ。シャーロット本人もわかってるとおり、ミーズを地場に何世代も続いてきたコーラボーン大尉の家系は、地位の点でも申し分ないし。あの子とコーラボーン大尉は万事すいすいとうまくいってるんだから、あの子がばかなことをしでかすとは思えない。けど、安心ばかりもしてられない。だって、女の子ってのは女の子で、ようするに世間知らずなのだもの。

ミセス・パルヴァータフトはしばらくうとうとして、やがて目覚める。短い夢のなかに、日曜日ごとに物乞いにやってくる女たちの顔があらわれる。プロテスタント教会の鐘の音が聞こえてくる。

プール牧師さまの天使みたいな童顔が、物乞いの女たちの顔に取り囲まれて、困ったような表情を浮かべている。牧師さまの聖職白衣（サープリス）が風にはためいている。ミセス・パルヴァータフトが馬車で到着。下車して教会堂へ向かう。「物乞いするひとになにか恵んでやりなさい」と夫の声。日曜日、鐘の音が鳴っているときにはいつもこうなのだ。パルヴァータフト家のひとびとが信徒席に着席するのを見計らって鐘はやむ。家族席の後ろにはミスター・アーシュキンが、南袖廊の屋敷使用人信徒席にはフォーガティ姉弟とミス・ヘッドゥが座っている。

　ミセス・パルヴァータフトは考える。去年に続いて今年も、じゃがいもは地面の中でみんな腐ってしまった。でも、それはだれのせいでもない。だれも責められない。あんなにたくさんの農夫たちが死んで、病菌におかされてふくれた死体があんなにたくさん、大きな墓穴に放り込まれたのはおそろしいこと。でも、これまでしてきたことより以上に、何ができるというの？　当家では門番小屋の中庭でスープをふるまっているし、道路工事をして働く機会も与えているから、貧困救済委員会からもお誉めをいただいているのよ。十分な根拠にもとづいた実際的な法律によって、アイルランドにはじゃがいも以外の穀類が多量に流通せぬようになっておるのです。この国の農夫たちを穀類で養わねばならんとすれば、それこそ現在の飢饉に匹敵する惨事を引き起こすことになりかねませんから。これが、彼女が聞かされていた現状の説明である。神の愛が今ここにある飢餓の上にもそそがれますように、神の怒りがおさまりますように。教会では毎週日曜日、プール牧師の先導によってこの祈りが、ほかのあらゆる祈りに先立ってとなえられる。

　ミセス・パルヴァータフトはふたたびまどろみの世界へさまよってゆく。彼女はもう何年もの間走ったことなどないのだが、夢の中で見慣れない風景の中を走っている。そこは砂丘で、足裏に小さな白い貝殻がかちかち当たるのを除けば、何もない平らな世界が広がっているだけである。彼女は一糸まとわぬ裸身をさらしているらしく、夢の中とはいえ不安になる。次の瞬間すべてが変化して、彼女は客間でアデレイドのピアノ演奏を聴いている。お茶が出て、ふつうの会話が交わされているところだ。

エミリーはひとりぼっちで、湖のほとりの修道院の廃墟の中を歩いている。お気に入りの場所。聖歌を歌い、ラテン語を書き写し、そして祈る。彼女は昔の修道士たちの簡素な暮らしを想像する。彼らは景色の美しい場所に修道院を建てたのね。ここからみた赤紫ヶ丘の眺めは完璧だもの。

廃墟には静寂がただよっている。十月後半にしては空気がおだやかだ。修道士たちならこんな日には湖畔で釣りをしたり、菜園を耕したり、巣箱の蜜蜂たちに蜜をとってこさせたりするだろう。彼らは何世代にもわたって死んだ仲間たちをこの場所に埋葬したのだが、今となってはその墓場の位置さえわからない。

傾いた太陽が、丘いちめんのヒースの紫をブロンズ色に染め上げている。エミリーは、春が来たら旅に出ようと考えている。バースのマーガレット伯母さんとイプスウィッチのタビー伯母さんのところに泊めてもらおう。すでにマーガレット伯母さんは説得済みで、フィレンツェとウィーンとパリへご一緒したらおたがいのために有益だわよ、ということになっている。父も納得させた。これから行く旅はいままでお父さまが出資してくださった教育の幅をさらに押し広げる効果があるのですから有効な投資になるの、と言って話をつけたのだ。エミリーは決して嘘っぱちを言ったのではない。彼女は旅の効果を心から信じている。幼い頃見たきりでほとんど覚えていないイングランドの建築をふたたび見、ヨーロッパの大都市を訪問したら、自分の中にわだかまっている不安な魂がきっと癒されるに違いないと、彼女は信じている。やがてわたしはアイルランドへ帰ってきて、今シャーロットがしようとしてるみたいに夫を迎えるだろう。いや、もしかすると結婚はしないで、弟の屋敷にずっと暮らすことで満足するかもしれない。アデレイドと一緒にね。子どもが生まれるかもしれない。でも、もしかすると独り身のままで、この修道院遺跡のあたりを歩きながら、大昔のことや湖で釣りをする修道士のことなんかを詩に書いてるかもしれないわ。

一羽の鳥が湖面をかすめて飛んできて、エミリーが立っているところからそれほど遠くない砂利浜に下りた。ひょろ長い脚で立ち、左右の翼を広げて、くちばしで羽づくろいをしている。見ていると、ふらつきながら脚を折って砂利浜にうずくまり、頭を胴体に埋め、左右の翼をコートのようにまとって、心地よさそうに丸まった。この鳥なんかは修道士たちの時代からちっとも変わってないんだろうな、とエミリーは思い、かつては安穏だった修道院の窓辺で鳥の姿を愛でている修道士の姿を想像した。頭巾つきの外衣に無精髭の修道士はなにかささやいているのだが、そのことばは聞き取れない。ミス・ラーヴェイから教わったとおり、彼らが話す言語はエミリーたちのとは異なる言語なのだ。

こんなふうに夢想にふけるのは愉快だ。心に大切に秘めておいてから、いつの日かもういちどとりだして、詩にするか、絵がいいか、とにかく紙の上に表現してみたくなる空想だわ。エミリーは湖に背中を向けて、廃墟の中をゆっくり歩いていく。そして、地所を周回する道路の予定地を示す標柱を後に、カバノキの森を抜けて、その昔ジョナサン・スウィフトがたたずんだという石橋までやってくる。スウィフトはここに立ち、正面奥に屋敷が見える見事な眺めの邪魔になると言って、ニレの木を三本伐らせたと伝えられている。はるか彼方で一列になって道路工事の作業をしている人夫たちと、馬に乗ったアーシュキンの姿が見える。エミリーは、広大な地所を外から区切る高い塀沿いの通い慣れた小道を歩いていく。この塀の外側にはパルヴァータフト家所有の耕地が何エーカーも広がっているのだが、彼女はまるで興味がない。ほとんど平らなその土地は、日曜日に教会へ行って帰ってくるときに馬車の窓から見える退屈な景色にすぎないからだ。

エミリーは門番小屋の中庭までやってきて、その小屋に住んでいる女に、明日またスープとパンがここへ運ばれてきますから覚えておいてね、それから、先週からここへ置いてある食器はトレッスルテーブルに載せて十一時までに準備しておくこと、と念を押した。はいおまかせください、台所にはごんごんと火も焚いておきますでね、と女はうけあった。

**一八四七年十月三十一日**　暖炉のそばで食事しながら——今夜のメニューは、シチューとライス、キャベツ添え、それに焼きりんごとサゴのプディング——フォガーティから聞いた話。聖痕(スティグマータ)の出た子どもが死んで、埋葬されたそうだ。

「なにがどうしてこうなったのか、誰に聞いたらわかるのでしょうか?」と彼は自問していた。こっちが聞きたいくらいだ。

フォガーティのドングリみたいな顔にはどこか悪賢いところがある。目も唇も細くて、姉によく似た顔立ちだ。しかし、この男のほうが頭がいいと思う。

「ミスター・フォガーティ、ようするになにがどうなっているのかしらねえ?」と尋ねてみた。

「農夫たちはいらだってるんです、先生。スープふるまいを受けに来たときにも、わたしの目には皆ぴりぴりしたようすに見えました。道路工事の現場でも同じでございますね。あの子どもは死なずにすんだはずなのに、という気持ちがあるようです。むさくるしい迷信ではございますが、農夫たちはわが主がふたたび十字架に掛けられたと感じておりますようですな」

「ばかばかしいことを！」

「そのとおりでございます、先生。じつにまったく、隅から隅までばかげております。問題は、空腹が原因で脳みそが軽くなるということでございましょう」

「パルヴァータフト家の方々はご存じなのですか？　その子どものことを話題にしたのはあなたのほかにいないのだけれど」

「ディナーのお席で話題になっているのを聞いたことがあります。ミスター・パルヴァータフトが、ミスター・アーシュキンからなにか迷信に関係のある噂話をお聞きになられたということで、『どういうことか知っているかね、フォガーティ？』とお尋ねになられました。そこでわたしは、ひとりの子どもの両手両足にわが主の聖痕（スティグマータ）があらわれたという話でございましょう、とお答えいたしましたので」

「それで、どなたかがなにかおっしゃって？」

「はい、ミスター・パルヴァータフトが『なるほど、そこに隠された意味はあるのかね？　フォガーティ』とお尋ねになられましたので、姉とわたしの意見を申し上げました。おおかたあざはその子どもが生まれたときについたのでございましょう、と。みなさまがたも同じ結論に行き着きました。ミセス・パルヴァータフト、ミス・エミリー、ミス・シャーロット、ミス・アデレイド、それからたまたまそのときには席をはずしておられましたが、ジョージ＝アーサーさまも疑いなく。とえでございます」

わたしはびっくりして執事をじっと見つめた。彼がわたしに話していることが信じられなかった。間近に見たひとびとが奇跡であるとみなした事件を、この屋敷のひとたちは議論一つ交わすでもなく、ひとりひとりが何事もなかったかのように払いのけてしまったのだ。フォガーティがこの話を切り出した直後のものの言い方で、彼がこの事件の真偽をはかりかねているのがわかった。結局わたしは、この男はあざの実在を疑っており、神父の信用性にも疑問を持っていると判断した。わたしはホラン神父というひとに会ったことはなかったから、どんな風采の何歳くらいの人物かさえ知らなかった。フォガーティ自身も会ったことがないというが、彼がメイドたちから聞いたところによると、神父はだいぶ年配らしい。彼がこんなことを言い出した。

「その事件についてはですね、神父がくりかえしそのことについて説教したとか、司教が特別にやってきたとか、ローマあてに報告書が送られたとかいう話を、クリーディとブリジッドから長い期間にわたって聞かされました。そういう話をみな聞いたうえで、姉とわたしは真実であろうと思われる結論に達したのでございます。姉とわたしが最初に思ったのは、ホラン神父がその子どもをはじめて見せられたのは、二、三杯聞こし召した後ではなかったかということでした。で、その後にあらためて説明を受け、もう一度子どもを見たのではないか、と。聞くところによりますと、老神父はなかば盲目らしいですから、自分が酔っぱらっていてものがよく見えないのを認めるよりは、たとえ存在しないあざであっても、十分な数の人間があるあると言って熱心に騒ぎたてるほうへ傾いたんじゃございませんでしょうか？　ところがですね、司教がにわかに腰を上げ、報告書がローマへ送られたという話がわたしどもの耳に聞こえてくるやいなや、まるで靴でも履き替えたみたいに、事件のありさまはがらりと姿を変えたのでございます。年寄りの神父はゴキブリみたいなもので、連中ほどずる賢いものはございません。わざわざ一か八かの説教をぶちかまして、司教を呼び寄せて恥をかこうなんていうやつは、連中の中にはひとりもおりません。今回だってできることなら危ないことには手を出さず、事件の証拠提出だって自主的に中止して、この話は地元だけにとどめておきたかったんでございますよ。姉が言うには、『あいつら、赤ん坊にあざをつけたんだよ、間違いない』ってことです」

わたしは目の前の食事が喉を通らなかった。暖炉はじゅうぶん暖かかったのに身震いさえした。しゃべるのも難しく感じられたが、やっとのことで口を開いた。

「それにしても、どうしてそんなにむごい、不敬な行為をしなければならないのかしら？　聖痕(スティグマータ)は過去にもあらわれたのだから、こんどのも本物ではないの？」

「さあそれはあやしいとおもいますね、先生。背景に飢饉があるために、むごくて不敬な行為が異なった見え方をするのでしょう。申し上げておきたいのはそれだけです。その子の兄弟姉妹が七人死んでいます。おまけに四人の祖父母も埋葬されて、残ったのは両親とその子だけだったのです。『放っておけばどうなるかははっきりしてたはずだよ』と姉は言いました。『一家全滅になるのは目に見えてたんだから、ああやって赤ん坊に細工して、その御利益で生き残ろうとしたに決まってるさ』と」

執事用の黒っぽいお仕着せに身を包んだフォガーティの小さな顔は、興奮で生き生きと輝いてみえたが、わたしに微笑みかけたその表情にはかすかに不吉な影が差していた。その微笑みにはぞっとさせるような気味悪さがあった。それがわたしには許せなかった。その瞬間から、こいつの姉と同じくらいこの男のことも嫌いになった。汚れて尖った歯をむきだした微笑みは、夜間に家中のランプがひとつずつ消えていくように全滅しかかっている農家の悲劇とどこかでつながっていた。死にものぐるいで生きようとすること、また、あまりに残酷すぎて見過ごせない行為と、この男の不気味な微笑みはつながっていたのだ。

「ちょいと騒がれてあとは忘れ去られるのがちょうどいいんでしょう」とフォガーティは言った。「嘘を背負って一生生きていくことを思えば、その子どもが埋葬されたと聞いてかえってほっとするくらいでございます」

彼はトレイを持って部屋を出て行った。そして、この子ども部屋を出たところの階段脇にある手洗いへ入っていく気配がした。わたしが食べ残した残飯を手洗いの中へ捨てるためであった。そうしておけば、あの男の姉がわたしのことをぼろくそに言うのを聞かずにすむからだろう。わたしは暖炉の火が消え入るまでじっと座っていた。石炭はすぐそこにあったのだが、暖炉にくべる気力が出なかった。わたしの目の前に、顔のない父母と生まれたばかりの赤ん坊がいつまでもちらついていた。女は空腹に打ちひしがれて乳も出ず、途方にくれている。この女とその夫は赤く熾した石炭で、ちいさなあんよとおててにしるしをつけたのだろうか？　十字架に掛けられたキリストがされたのと同じように、彼らは赤ん坊の肌を引き裂いたのだろうか？　その瞬間、父と母のどちらかがすこしでも正気を保っていただろうか？　わたしは、この父母から見せられたものに目を見張っている老神父の姿を想像した。そして、ダイニングルームに集ったパルヴァータフト家のひとびとがこの事件を、自分たちがこの屋敷に暮らしている日常の一部分として納得している場面を思い描いた。全滅せぬよう生き延びようとしてどうしていけないのか？　わたしの頭の中を混乱が駆けめぐり、どうしたらよいかわからなくなり、霧が分別を覆い尽くした。客間でピアノが演奏されたとき、お上品なマナーを身につけたこの屋敷のひとびとは、不協和音について誰ひとり口にしなかった。わたしに向かって聖痕（スティグマータ）のことを話したひともいなかった。恐ろしすぎて、話題にはふさわしくなかったからだ。

　わたしは泣いた。そしてベッドへ行き、横になってまた泣いた。自分がいるこの場所を、わたしはいままで以上に憎んだ。この屋敷では、人間が野蛮な状態にもどってしまっている。

「人夫たちは今朝、ひとりも出勤してきませんでした」とアーシュキンが報告する。「きのうの夕方の連中のようすから判断して、こうなるかもしれないと予想してはいましたが、赤ん坊の死になにやらよくない前兆を読み込んでいるようです」

「だが、本当のところ、あの者たちは事件全体がいんちきだとわかっているのではないかね？」

「いいえ、あの者どもはそう思っておりません。聖母マリア崇拝が神父連中によってでっちあげられたいんちきだとは思っておりませんし、葡萄酒とパンがキリストの血と肉に化体することもまやかしだと思っていない。それと同じことです。カトリックの連中はまやかしをなんでも利用するのです」

　ミスター・パルヴァータフトはアーシュキンに、ことのなりゆきを報告してくれてありがとう、と礼を言う。アーシュキンは、あの者どももやがて正気に戻りましょう、と答える。一連のできごとはちっぽけなことにすぎない。すべてを支配しているのは飢餓なのである。

エミリーは旅支度をする。そして、湖と修道士たちの面影と声の残響を忘れないわ、と心に誓う。バース、フィレンツェ、ウィーン、それからパリへ行っても、今よりも静かだった時代の空気が居残っているこの世界の片隅を、彼女は心の支えにしていくだろう。

ミセス・パルヴァータフトは夢を見ている。プール牧師さまが、バスタオルを肩に掛けて教会の説教壇にお上がりになる。本日以後、わたくしどもは皆いかなる場所におもむくさいにもバスタオルを携行しなければなりません。イエスさまの足を洗うだけでなく拭いてさしあげなければなりませんから。「そして、その女がおみ足に油を塗った」とプール牧師さまが高らかに読み上げなさる。「イエスは女に礼を述べ、祝福し、先へ歩んでいかれた」だが、ミセス・パルヴァータフトは心安らかでない。男たちの中のどのひとがイエスさまだかわからないからだ。地所周回道路の工事現場でシャベルをふるっている男たちに彼女が尋ねると、彼らはおよそ信じがたい剣幕で、邪魔だ、どいてろ、と答えを返す。

客間にぽつんとひとり、ピアノに向かってこわばったように背筋を伸ばしたアデレイドは、演奏する気分になれないまま座っている。ついさっきのことだが、コーラボーン大尉がまたもやあいさつしてくれなかったのだ。ランチの席をともにしたのに、大尉はひとことも声をかけてくれなかったし、まるでアデレイドの視線を受け止めるのが耐えられないとでもいわんばかりに、目を合わせてもくれなかった。シャーロットは口先では、あんな退屈なひとと言っているくせに、彼の親切な行為を決して拒絶しない。だいいち、あの方は決して退屈なんかじゃない。がっしりと立派な体格の頂点にある整ったお顔からは、生命の輝きがきらめきあふれているのだもの。数々の武勲をたてたあの方が歴訪された土地のお話をなさるときなど、あまりに興味深いのでいつまでも耳を傾けていたいと思う。

メガネのレンズがくもっていたので、アデレイドはメガネをはずしてハンカチーフで拭く。あの方がまたお見えになったとき、あるいは誰かがあの方のお名前を口に出したとき、赤くならないようにしなくちゃいけないわ。赤くなったら秘密がばれてしまうから。エミリーとシャーロットがはあんと察して、きっとわたしに同情するから。そんなのは耐えられない。

「たいへんけっこうよ」フクシアの花壇の日時計の脇でシャーロットが言う。

コーラボーン大尉は悦びに浸りながら目をぱちくりさせる。シャーロットは、よし、このひとはわたしにぞっこん、末永くだいじょうぶだわ、と胸の中でつぶやく。

「ヘッドウがふさぎこんでる」とフォガーティが台所で報告する。

「この屋敷で病人が出るのはごめんだよ。ラーヴェイは一時間たりとも具合が悪いことはなかったからね」

「あいつはここを出て行くんじゃないかと思う」とフォガーティは満足げに返す。住み込み家庭教師が出て行く理由は、赤ん坊にあれほどのことが起きたにもかかわらず、屋敷の住人たちがだんまりを決め込んでいるのは、農民たちのことに無関心だからで、そんな人間に雇われてるのはたまらないと思うからだ。その一方でアーシュキンは、赤ん坊の死にすこしも敬意をあらわそうとしない雇い主に業を煮やした人夫たちの手で、馬から引きずり下ろされるだろう。アーシュキンはきっと、家庭教師がここを出て行くちょうどその日に死ぬことになる。そうやってふたつのできごとが重なれば、イプスウィッチのパルヴァータフト家の連中は、自分たちがやってきた間違いに気づいて、自分の国へ帰っていくだろうさ。

メイドたちがティートレイに載せて水切り板のところまで運んできた磁器のカップやポットが、ちりんちりん音を立てる。フォガーティはテーブルの上にずらりと並べたランプに次々と点火する。冬場には毎日午後のこの時間になると行なう仕事だ。彼は炎の大きさをひとつひとつ点検して、自分がやった芯切りはやっぱり完璧だったと悦に入る。それから真鍮の枠にガラスの火屋をかぶせ、ひとつひとつのランプの火の大きさを微調整して作業終了。

メイドたちはトレイの上のものを流しに入れる。ミス・フォガーティはフルーツケーキに固く絞ったふきんを掛け、残ったサンドイッチとスコーンを脇へ寄せて、後からみんなで食べられるようにしておく。そして、メイドたちは準備が整ったランプを置いて回るために、屋敷内へ戻っていく。

子ども部屋ではミス・ヘッドウが、かつてミス・ラーヴェイが教科書に使っていた歴史の本の一節を、読み聞かせしている。「かくして修道院解散令が出ました。と申しますのも、修道院こそ恥ずべき謀反をたくらむ輩の巣窟にして将来の不平不満の温床である、と国王そのひとが考えたからでした。参事官や顧問たちの報告によりまして、国王は日々企てられつつあった復讐の気配を内々感知しておりましたが、賢き国王は時機を待ったのでございます」

ジョージ＝アーサーはぜんぜん聞いていない。敵を食べてしまう南洋の野蛮人のことで頭がいっぱいなのだ。ずうっと前から食われるのは赤ん坊だと思ってたけど、ミス・ラーヴェイが教えてくれたことをぼくが間違って覚えていたのかも、と彼は考えている。連隊に入ったら毎日の生活がつらいってエミリーが言ってたけど、ほんとにそうかも知れないな。火のそばであったまるのは大好きだし、夜の子ども部屋のぬくぬく感も好きだけど、ごわごわした生地の服をじかに着るのはキライだからなあ。エミリーはあんなこと言ってるけど、コーラボーン大尉は腐った水を飲まされたりしないし、蝿にたかられたからといって死ぬわけじゃないのもわかってる。でも、ほんとに大事なのは、父さまがこの屋敷をとりしきっていけなくなったとき、ぼくがここに住んで、やるべきことをやらなきゃいけないってことなんだ。なにしろ、ひとり息子なんだから。結局、軍人として栄達する夢を少年に捨てさせるものの正体は、エミリーが「義務」と呼んでいるものだ。虫さされのように少年をたえず悩ませ、むずむずして落ち着かない気持ちにさせるのがこの義務なのである。

**一八四八年一月十二日**　今日は雪が降った。朝食後に降りはじめて、日暮れ近くまで降り続いた。大きな吹きだまりが庭園にいくつもできて、部屋の窓から見える景色が美しい。ジョージ＝アーサーは風邪をひいて寝ている。熱があるので勉強はお休み。

**一八四八年一月十八日**　地面に雪が高く積もっている。鳥が水を飲めるように、みんなで庭園の池や飾り壺の水面に張った氷を割ってやった。食器洗い場の扉の外に残飯が投げ出してある。これも鳥たちのため。

**一八四八年二月四日**　ここへ来て五ヵ月になるが、悲しいことだらけ。悲しくないことなど何ひとつない。昨夜、また眠れなかった。横になったまま、飢饉のこと、そして、食べ物をもらいに門番小屋にやってきた黙りこくった女たちのことを考えていた。女たちの顔色は黄色がかった灰色で、従順な獣のように見えた。草や木の根しか食べさせてもらえないので赤ん坊が死んでいく。女たちの腕に抱かれて門番小屋まで連れてこられた赤ん坊もひどく衰弱している。与えられた食べ物がこなれて元気が回復するまで、泣くことさえできないのだ。昨夜、横になったまま考えた——力仕事をするだけの体力がなくなったために、道路工事の仕事を解雇された男たち。農夫小屋の内側の闇と、ぎらつく目をした死神をぞろぞろ連れてくる夜明け。土がまだ固まってもいないうちに墓穴がふたたび開けられ、腐りかけた死体の山の上にまたもう一体が投げ込まれる。それから、わたしたちの救い主が受けたのと同じ傷を無理矢理負わされる幼子（おさなご）。

まるで駄目押しの懲罰をくわえるかのように、天から飢餓熱（チフス）が降ってくると、わたしは怪しまざるをえなかった。いったいぜんたい、神のご機嫌を損ねるどんなことを農民たちがしでかしたというのだろうか？　たしかに彼らは支配者をてこずらせてきたし、あてがわれた法律を守ってこなかったし、迷信深い信仰を後生大事にしているのは罪深い。だが、神とは寛大にゆるすお方であるはず。神のご意志が理解できますように、とわたしは祈る。

**一八四八年二月五日**　シャーロット・パルヴァータフトは、姉が旅を終えて帰宅するまで結婚を延期することにした。昨晩、フォガーティがぶしつけにも「先生は結婚式までこの屋敷にお住まいになられますか？」と尋ねてきた。彼はジョージ＝アーサーが何歳か知っており、解雇されないかぎりわたしはここに住むほかないのも承知していて、そんなことを尋ねたのだ。雪が残っていた間中断していた道路工事がまたはじまっている。

**一八四八年三月六日**　奇妙なできごとが起きた。敷地内をひとりで歩いていたら、ミスター・アーシュキンに馬上から声をかけられた。わたしは立ち止まり、彼が馬から下りるのを見守った。おおかた屋敷からわたしあての伝言でも届けてくれたのだろうと思ったが、そうではなかった。ミスター・アーシュキンはわたしと並んで歩きはじめ、彼の馬もおとなしくついてきた。日差しがあたたかくなってきましたね、と彼は言い、道路工事について語った。日曜に教会であいさつする以上の会話を、このひとがわたしにしてくることは、かつてなかった。その驚きがわたしの顔に出たに違いない。わたしの表情を見て彼が大笑いしたから。「ずっと前からあなたのことが頭を離れないのです、ミス・ヘッドウ」と言われて驚いた。

女だったら誰でもそうなるだろうけれど、わたしも思わず赤面した。ものすごくどぎまぎして、返答しようとするのさえ忘れた。

「どうです、もう落ち着かれましたか、ミス・ヘッドウ」彼はさらに尋ねた。「この屋敷は気に入られましたか？」

いままで誰にもこういうことを聞かれなかった。聞かれる理由もなかった。わたしにはつい微笑んでみせたり、礼儀正しくみせようとしてうなずいたりするところがある。このときもそうした。この屋敷なんか嫌いですと言ってしまうのは無礼だし、相手に不快感を与えると思ったからだ。ミスター・アーシュキンも結局のところ、油断がならない相手である。

「そうですか、それはよかった」彼は一呼吸おいてまた口を開いた。「ミス・ヘッドウ、もし散歩の途中にわたしの家の近くをお通りになられましたら、わが庭にもどうか寄り道してくださいますように」

わたしは彼に礼を言った。

「地所のいちばん南の端にあるのがわたしの家です。夏場はスズカケノキの林に隠れて見えにくいかもしれませんが、あのあたりで大きい家はうちだけですからすぐわかります」

「ご親切にどうもありがとう、ミスター・アーシュキン」

「この広大な地所が復興されたのにあわせて、拙宅でも土地改良を施しまして小庭を造成したのです」

「そうですか」

話題はここでほかへ移った。わたしたちはふたたび、今の季節の天候と地所周回道路の工事の進捗状況について話した。ミスター・アーシュキンは、軍人としての出世の道が本格的にはじまる直前に頓挫してしまった経緯など、自分自身のことをすこし語った。その話との関連もあったので、わたしのほうからは、ジョージ＝アーサーがその方面に進みたいという希望を抱いていたのを話題にした。

「でもあの子はその道はもうあきらめたのですけれど」とわたしは言い、それからじきにわたしたちは別れた。地所の管理人はわたしたちが歩いてきた道を馬で引き返し、わたし自身は屋敷へ向かった。

地所を一巡する周回道路は一八四八年七月九日に工事が完了した。そのすぐ後に貧困救済委員会からミスター・パルヴァータフトあてに手紙が届く。困窮した農民にたいし、長期にわたって仕事を供給したことを表彰する内容である。この年のはじめ頃から、この地域の農民たちが——パルヴァータフト家の借地人もいたし、そうでない農民たちもいた——土地を捨て、家族ぐるみで港町へ押し寄せてアメリカ行きの移民船に乗り込んでいくようになった。ミスター・パルヴァータフトがダイニングルームでそう話しているのを、フォガーティは小耳にはさむ。そうか、あの農民連中にはここを捨てても行く場所があるわけだ。

同じ年の八月にシャーロットの婚礼が行なわれ、シャンパンの栓が抜かれる。四方数マイルから客たちがやってくる。旅から帰ってきたエミリーが花嫁の付添人をつとめる。

祝い客たちは広間から客間へ、ダイニングルームから庭へとあふれていく。その流れの中でフォガーティは忙しく立ち働いているにもかかわらず、ミス・ヘッドウから決して目をそらさない。彼女はフォガーティがはじめて見るドレスを着ている。ライトブルーの生地で仕立て、襟元と袖口にレースをあしらい、ちいさなパールのボタンを付けたドレスだ。どこにいても、彼女は水兵服を着たジョージ＝アーサーといつも一緒である。ふたりはおたがいになにかささやきあったりして、近ごろはとくに仲がいいように見える。ミス・ヘッドウはときどきジョージ＝アーサーを優しくたしなめている。男の子が口にする人物評が辛辣すぎたり、軽率な言葉遣いだったりするのをなおしてやっているのだ。ミスター・アーシュキンは到着するやいなや、迷わずこのふたりのところへ近寄っていく。

**一八四八年九月二十四日**　ここで暮らして一年になる。今年もじゃがいもの収穫はよくないが、壊滅的だった去年までと較べればよほどましである。わたしはまだミスター・アーシュキンに返答していない。でもあのひとはあいかわらず親切で、いらだったようすは見せない。われながらばかげていると思うのだが、夜眠れないときなど、ときどきひとりであのひとの妻になったふりをしてみることがある。名前と肩書きをくりかえし言ってみる。しかも大きな声で。そして、スズカケノキの木立に囲まれた家のことを思う。それから、教会の信徒席。フォガーティ姉弟と一緒の横手の席ではなくて、パルヴァータフト家の席のすぐ後ろに、あのひとと並んで座るところを想像してみる。

**一八四八年九月二十五日**　ミスター・オウグルヴィーという人物がいつもお茶の時間にやってくる。そしてしばしばエミリーと連れだって、修道院の廃墟まで散策に出る。エミリーは修道院の絵を何枚か描いたが、そこに描かれていたのは廃墟ではなく、栄えていた往時の姿であった。今日の午後、わたしが散歩しているとミスター・アーシュキンが馬でやってきて、静かに「どうですか?」と尋ねた。しかし、わたしはまたもや、もうすこし考える時間がほしいのです、と言ってしまった。

**一八四八年十一月一日**　諸聖人の祝日。今夜、フォガーティがわたしを驚かせた。マントルピースに寄りかかってこんなことを言い出したのだ。

「先生が今お考えになっていることは、わたしが思うに、踏み出さないほうがようございますよ」

「なにを踏み出さないほうがいいっていうの、フォガーティ?」

「ミスター・アーシュキンと結婚するべきか、せざるべきかの話ですよ」

わたしはびっくり仰天した。いったいどういうことなの、と聞き返した自分の顔が真っ赤に染まり、思うようにことばが出てこないのがわかった。

「今言ったとおりのことですよ、先生。あの男とは結婚なさらないほうがいい」

「フォガーティ、あなた、酔っぱらっているの？」

「いいえ、先生。わたしは酔ってはおりません。いや、もし酔っているとしても、ほんのすこしです。先生はミスター・アーシュキンと結婚しようかどうか思案してこられましたね。すこし前に先生は、こんなに病んだ場所に住み続けることはできない、とおっしゃいました。そう、独り言をおっしゃいましたね、先生。ことわざにもございますように、アイルランド人よりもアイルランド人らしくなることはできないということなのですよ」

「フォガーティ、あなたは……」

「先生はここを出てお行きになると思っていました。わたしが例の子どもの話をしたとき、きっと荷物をまとめてこの屋敷を去って行かれると思ったのでございます。この土地には邪悪なところがある。先生はそれを感じているとわたしは踏んでいるのですが」

「フォガーティ、わたしに向かってそんなふうに話し続けるのを、見逃しておくわけにはいかないわよ」

「それはわたしが使用人だからですか？　そうですね、もちろん先生がおっしゃる通りです。先生、わたしは毎晩ポートワインのグラスを空けて、自分を甘やかしております。むかしからそうでした。そして、先生との会話をいつも楽しんでまいりましたが、今晩ばかりは失望いたしました」

「わたしの日記を読んでたのね」

「はい、先生。わたしは先生の日記も先生あての手紙もずうっと読んできましたし、先生を観察し続けてきました。イプスウィッチのパルヴァータフト家のみなさまのことも、みなさまがここにご到着なさって以来、ずうっと観察してまいりましたし、この地所のいたるところでめざましいお仕事をなさってきたミスター・アーシュキンのことも、目をそらさず見つめてまいりました。あの男の四角い大きな頭が自分のなすべきことを着々とこなすのを見てまいりましたし、可能な場合には耳も澄ましてまいりました」

「私物を盗み読むなんて、そんな権利はあなたにはないのよ。このことをわたしがミスター・パルヴァータフトに伝えたら……」

「もし先生がそうなさったら、わたしと姉は即刻クビですね。ミスター・パルヴァータフトは公明正大なお方ですから、信義に欠ける使用人は解雇されて当然。ただそれだけのことでございます。でも、そんなことなさったらきっと先生の気がとがめるでしょう。ここはひとつ、ふたりだけの内密な話にできないかと考えていたのですが」

「フォガーティ、あなたと秘密をわかちあうつもりはありません」

「先生は見て見ぬふりを決め込んでおられたでしょう。ご存じないとは言わせませんよ。飢饉はとてつもなく大きな災害でした。二さじか三さじのスープだの、工事した人間の誇りを傷つけるだけのどこへつながるでもない道路だのが、なんの役に立ったんでしょうかねえ？　ひとびとがつぎつぎと死んでゆくままになっている。先生はそうご自分に向かっておっしゃいました。ひとりの男とその妻がやむにやまれず残忍な行為に駆り立てられた。それを先生は、不敬な行為とお呼びになりましたですね」

「なにをどう呼ぼうとあなたには関係ないでしょう。わたしをひとりにしてくれたら感謝するわ、フォガーティ」

「もしこの地所が順調に荒廃の度を加えて自然に戻っていったとして、今の当主ひきいるパルヴァータフト家のひとびとがやってこなかったとしたら、どうなっていたでしょうか。農民たちが周囲何マイルも離れたところからここへ集まってきたでしょうね。そして、木々に実ったラズベリーやりんごを食べ、レンガ塀沿いにたわわに実った桃を食べ、葡萄やプラムやスモモやブラックベリーや桑の実だって食べたに違いありません。湖で魚も釣ったでしょうし、赤紫ヶ丘にはウサギをとる罠をしかけたことでしょう。老当主様がまだご健在の頃には、キジやヤマシギが人慣れしておりました。数はそれほど多くありませんでしたが、牛乳のよく出る雌牛も一群れ飼われていたのです。わたしは先生に議論をふっかけようとしているんじゃございません。わたしは博愛主義者ではございませんから。わたしはただ、自分が存じていることを申し上げているんです」

「調子に乗ってなれなれしすぎるわ、フォガーティ。いますぐここから出て行かないと、もう黙ってはいられませんから」

「先生、いまお話ししたのはあくまで、もしもの物語にすぎません。わたしどもの耳に聞こえてきた現実の物語は、シャーロットの結婚とエミリーの旅立ちと、父親の足跡を継ごうというジョージ＝アーサーの勇敢な決断です。アデレイドは客間でふたりの姉さんに嫉妬しています。悪気のないミセス・パルヴァータフトは無邪気にお昼寝をしています。先生は、ミスター・パルヴァータフトを公明正大なお方とお呼びになられましたが、あれは名言でしたね」

「わたしはあの方をそんなふうには呼んでません」

「先生は、わたしがそう口に出すよりずっと前にそうお考えになっていたんですよ」

「あなたは自分で思っているより飲んだくれですね」

「いいえ、先生。そんなことはありません。この屋敷に巣くっている邪悪さはわざと仕組まれたものではないのです。わたしの申し上げている邪悪さについてはおわかりでしょう。先生はそれをじっさいにお感じになっているのですから。そいつを最初に感じ取ったのはミスター・パルヴァータフトでした。その次にミセス・パルヴァータフト。シャーロットとアデレイドとジョージ＝アーサーは感じ取っていません。エミリーはすこし前まで感じ取っていました。エミリーはよく古い修道院の廃墟のあたりを歩きまわっていましたが、彼女は、あの修道院で死んで埋葬された昔の修道士たちが、その後の時代に押し寄せてきたよそ者や侵略者たちによって立ち退きをくらわなかったのを知っていたのです。ところが今ではあの修道院は、ご婦人好みの目の保養にもってこいの、キレイな廃墟としてほめそやされている始末。もちろん、この経緯は先生もよくご存じのはずですけれども」

「わたしはそういうことは何も知りません。もういいかげんにしておひきとり願いたいわ」

「先生は、ジョージ＝アーサーが軍人の道を選んで、女王さまとお国のために名誉の戦死をとげて、この家系が絶えてしまえばよいとお考えになっておいででしょう。男の子が夢を語るのを聞きながら、そういうのも悪くないとお考えになりましたね。どっちみち、わたしたちの近くでたくさんの人間が死んでいっているんだから、と」

「それはずいぶん悪意のこもったものの言い方ね」わたしは怒りにかられてつい大声を上げた。

「だいいち、そんなの嘘っぱちだわ」

「たしかに悪意はこもってますよ、先生。でも、嘘ではありません。悪意がこもっているのは、これが本来悪意に由来しているからで、それはよくご存じのはず。先生はくもりのない鋭い目ですべてお見通しですから」

「どれもこれもわたしにはわけがわからないわ」わたしの声はずいぶん小さくなり、おまけに感情もどこかへ行ってしまったようだった。「いますぐこの部屋を出て行ってください」

ところがフォガーティはさらにしゃべり続け、しまいにわたしは、この男は正気を失ったに違いないと思った。シャーロットとコーラボーン大尉の結婚のこと、エミリーのこと、アデレイドのこと、そしてジョージ＝アーサーが父親の跡を継ごうとしていることについて、彼はふたたびまくしたてた。飢餓にあえぐひとびとがこの地所の門をくぐり抜けて入ってきて、さまざまな木や灌木の実をとって食べる話をくりかえした。それから、老当主が死んだ後、姉と自分がこの場所に残されたのだが、自分はこの地所が自然に戻っていこうとしていたのを見てうれしく思ったし、姉もずっとここから離れずにこの地所を見守っていこうと言ったものだと語った。

「先生、過去はもう滅び去ったのかも知れませんね。さもなければ、今滅びつつあるのは未来ということになってしまいますから」

この男は、飢餓とはてしない数の死者について、また、生き延びたひとびとが乗っていった移民船について、語っているつもりだったのだろうか？　わたしはあえて尋ねなかった。目の前に突っ立ったフォガーティは、かつてないほどおそろしく見えた。彼の目は氷のように動かなかった。わたしは博愛主義者ではありませんし学者でもございません、と彼はくりかえし言った。わたしの口から出ることばはすべて、老当主様がこの地所を荒れるにまかせていた時分から仕えてきた使用人としての気持ちから出ているのでございます、と。貧困層のプロテスタント信徒であるフォガーティ姉弟は、地所の門の外側で飢餓にあえいだ農民に属するのでもなければ、パルヴァータフト家のような名家を形成する階級に属するわけでもなかった。彼らは骨の髄まで使用人なのであった。

「先生も居場所がないと感じてこられたのですから、こういう事情はよくおわかりのはず」

「出て行って、フォガーティ、お願い！」

彼は昨日だか先週だかに見たという夢の話をした。わたしは動転していたのでどちらだったか心に留めることができなかったが、とにかくその夢の中には飢饉に苦しんだ農民たちの子孫が出てきたのだという。彼らの手によってジョージ＝アーサー・パルヴァータフトの息子が屋敷の広間で撃ち殺され、この地所には二度とパルヴァータフト家の人間が住まなくなる。慈善事業でつくられた例の道路はうち捨てられて雑草におおわれ、庭園は老当主ヒュー・パルヴァータフトの時代のように野生へ戻っていき、そうするうちに庭園の美の息の根は止められてしまう。フォガーティは際限なくのたくる長話を、震えたような声で語り続ける。屋敷の床の絨毯はみな引き剝がされまして、ここは更生した少女たちが暮らす施設になりました。女子修道院長さまの一声で、更生した少女たちが野菜畑をつくるために地面を掘り返しますと、パルヴァータフト家が何世代にも渡って埋葬した飼い犬たちの骨が、つぎからつぎへと出てまいります。少女たちは、その骨を人間の骨にみたててこわがるふりをしながら、四方八方へ投げ捨てておりましたよ。

「フォガーティ、あなたの夢の話なんか聞きたくありません。いったいいくつ話したら気がすむの？」

「いくつって、これは全部ひとつの夢でございますよ、先生。地所の管理人の家は焼け落ちました。家の住人もろともです。地所を囲っていた石塀はびこったツタのおかげでところどころほころびておりましたが、ついに引き倒されました。さてこの夢の続きの中で、今先生に向かって話しておりますのと同じように、わたしはここに立って先生に物語を語っておりました。わたしは先生に、先生のお心を悩ませてきたものをいつまでもおひきずりになりませぬよう、と申しておりましたのです」

フォガーティはわたしのトレイを持って部屋を出て行った。そのすぐ後、わたしが食べなかったものを手洗いに捨てている音が聞こえた。

「悪い女じゃないよ」とミス・フォガーティが言う。「だんだんと人間がわかってくればね」

「父親は事務弁護士の書記をしてたらしい」

「そうだろうとも。あの女の素性には一ペニーの値打ちもないさ。でも、あの女がアーシュキンの相手として見劣りするとも言えないだろう」

フォガーティは黙っている。姉はさらに続ける。

「あたしたちはきっとあの家へ夕飯に招かれるよ。あの女はきっとこんなふうに言うね。『ミス・フォガーティ、よろしかったら水曜日に散歩がてらわが家までいらっしゃいませんか?』それで、あんたとあたしはぶらぶら歩いてアーシュキンの家まで出かけていって、一晩トランプをするのさ」

「あの女はアーシュキンと結婚することで自分の地位を引きずりあげたんだ。いまさら使用人ふぜいとトランプなんぞやるとは思えないね」

「使用人じゃなくて友達」とミス・フォガーティは訂正した。「友達っていう言い方のほうがあたしは好きだね」

「いずれあの女とアーシュキンは、パルヴァータフト家のひとたちとも食事をともにするだろうよ。そのときは姉さんが料理して、おれが給仕をするんだぜ」

「おやまあ、それが世の中の道理ってもんかね。あたしにゃ信じらんないがねえ」

フォガーティはこれ以上この話に深入りするのは賢くないと判断して、口をつぐむ。そして、胸の中でこうつぶやく。アンナ・マリア・ヘッドウ。農民とそのかみさんがずるいごまかしをやったときには憤慨した女だ。おれはとにかく、できるだけの手は打った。学者で博愛主義者なのはおれじゃなくてあの女。イングランドからのこのこやってきて疲れはてたのも、おれじゃなくてあの女だ。枕を抱えて泣いたのも、心を病んだのもあの女。あの女はよそ者の訪問客だ。あの女が自分の日記に書いたのはアイルランド便り。よそ者で訪問客のあの女は、厄介なことを背負い込んで生きていくことを学んだってていうわけだ。

「それじゃ元気で」と汽車の窓から身を乗り出してポール神父が言った。「こんどはエルサレムで会おう。な、フランシス」

「神もしそれを許したまわば、喜んで。ポール兄さん」言い終わらぬうちにダブリン行きの汽車は動きだし、窓から手を振る兄に、弟も手を振りかえした。プラットホームにたたずむ弟の、控えめそうな後ろ姿。無口で考えごとを好むフランシスには修道士めいたところがあったので、皆が口々に、弟のほうだって神父様になる素質はあったんだよ、と言ったものだ。だが、本人は母が年を取って引退するまでやっていたコナリー金物店を引き継いで、やりくりしていくだけで満足だった。

「来年はおもいきって聖地（ホーリーランド）へ行こうじゃないか?」ポール神父がそうもちかけたのは七月のことだった。「なあフランシス、どうだい一緒に?」彼は強引だった。店の仕事を投げ出して行くわけにはいかないし、だいいち自分が家を留守にしたら母が動揺するから、とフランシスがいくら説明しようとしても、まるで聞く耳を持たなかった。ポール神父ががさつに言ってのけたのは、この家には妹のキティーがいるんだから心配ないだろ、それにだんなのマイルズだってああ見えてなかなか頼りになるから、二週間くらい店を任せたってどうってこたあないさ、という提案だった。フランシスは七歳のときから三十年ものあいだ聖地（ホーリーランド）へ行ってみたいと思い続けてきた。そのためにこつこつ貯金までしてきたのだ。その七月、ポール神父は弟に一度ならず、おまえその貯金を墓場まで持って行くつもりか、と詰め寄った。

　フランシスはプラットホームにたたずんで、見えなくなるまで汽車を見送った。彼の思いは兄とともにあった。タバコの煙の向こうから血色のよいポール神父の顔が微笑みかけた。聖職服をまとった姿はいかにも堂々と恰幅がよく、聖職者用（クレリカル）カラーが首の肉をぴっちり締めつけ、黒靴はきっちり磨き上げられていた。大きくてたくましい両手の甲には一面にそばかすがあり、縮れた頭髪は美しい銀色だった。一時間半後には汽車がダブリンに到着し、ポール神父はタクシーを拾うだろう。そして、グレシャム・ホテルに投宿し、おそらくほかの神父と行き会って一、二杯飲み、食後にはブリッジに興じるだろう。それがポール神父のやりかたである。昔からそうだった。ぜいたくで、ものにこだわらず、いつもにこやかでユーモアをふりまく人柄のおかげで、彼はアメリカに渡り、むこうで成功をつかんだのだ。スタイグマラー神父と組んで、一九八〇年までに教会を建てようと誓願を立て、サンフランシスコの裕福な信徒のグループをつぎつぎに引率して、ローマにフィレンツェへ、シャルトルにセビリアに聖地（ホーリーランド）へと、旅行してまわった。募金集めが上手な彼は、教会建設ばかりでなく、自分が院長をしている孤児院のためにも尽力した。我らが救い主（アワ・セイヴィア）病院や、市内ウエストサイドの聖マリア老人ホームのために資金を集めたのも、ポール神父の功績である。おまけに毎年七月になるとアイルランドへ舞い戻り、母と弟と妹が今も住むティッペラリー州の町へ里帰りするのを忘れなかった。彼は店の二階に宿泊した。その店は父の死を機にポール神父が継いでもよかったのだが、聖職の道を選んだ彼はそれを拒んだのだった。今年八十歳になるミセス・コナリーはいつも黒い服を着て、カウンターの後ろの鶏舎用金網が置いてあるそばに黙って腰掛けていた。毎晩、娘の家族が食堂兼居間（キッチン）で団欒を楽しんでいる時間には、フランシスとふたりで、窓辺をレースのカーテンで飾った居間に腰掛けている姿が見られた。ポール神父が義務感を覚えて毎年夏に里帰りするのは、なんといってもこの母のためだった。

駅から町まで歩いて帰る道々、フランシスは兄が行ってしまった寂しさをかみしめていた。五歳のとき父に死なれたフランシスにとって、子ども時代、十四歳年上の兄はしばしば父代わりだった。ひとがうらやむほど腕っぷしが強く、物知りでもあった兄は、英雄としてしばしば敬愛され、成功者の手本ともみなされた。人生後半になってからは寛大さの手本にもなった。十年前には母をローマに連れて行き、その二年後には妹のキティーとその夫も連れて行った。もうひとりの妹がカナダへ渡るための資金を出してやったのも、ふたりの甥っ子がアメリカで一旗揚げるのに援助してやったのも、ポール神父だった。子ども時代のフランシスには、兄のような元気なそばかす顔が欠けていた。中年になった今は、兄のような血色のよい顔色と、恰幅の良さと、人当たりのよさが欠けていた。フランシスはやせっぽちで、砂色の頭髪は後退しつつあり、顔色は血の気が薄かった。ときおり胸がゼイゼイいって呼吸困難におちいることがあった。彼はいつも茶色い木綿の上っ張りを着て、金物屋の店先に出ていた。

駅から町の本通りまで歩いてきたところで、ひとりの女性に声をかけられた。「こんにちは、コナリーさん。ポール神父さまはもうお発ちになったんだね？」

「はい、また行ってしまいました」

「そうかい、じゃあ、道中の安全をお祈りしとこうね」とその女性は言い、フランシスは礼を述べた。

一年の時が流れた。サンフランシスコでは孤児院の新しい棟がもうひとつ落成した。そして、一九八〇年落成をめざす教会のための、ポール神父とスタイグマラー神父による基金が、また新たな目標額を達成した。ティッペラリー州の町では、いつもとかわらず洗礼式と葬儀のミサと初聖体拝領がくりかえされた。バンシャ在住の農夫ロックリンおじいは、雌の仔牛を安値で買ったので祝い酒をあおろうと、マックシャリー食品雑貨店兼パブへ意気揚々と乗り込んで一杯飲っている最中、ばったり倒れてそのまま死んだ。ドーラン生地店に勤めるクランシーは、得意客のモーリーン・タルボットと結婚した。ミスター・ノーランのところで働いているしっくい職人の男は、ミス・カローンと祝言をあげた。ジョニーン・マーは家族にせっつかれたあげく、シェイマスとの結婚披露宴をフィッシュアンドチップス屋でやった。リメリック街道沿いにある厩舎の地元馬が、栄えあるフェアリーハウス・グランドナショナルに出走するという噂が立ったが、ガセネタだったことがやがて判明した。この一年間もフランシスは毎晩、店の上階のレースのカーテンが掛かった居間で母親と向き合ってすごした。母親は、店を開けている日にはいつも、鶏舎用金網が置いてあるそばの指定席に座って、息子がねじ釘の数を数えたり、U字形の止め釘を目方単位で計量したり、庭用ほうきとか蛇口にはめる座金のよしあしを客に説明したりするのを聞いていた。フランシスは土曜日にときおり、ミセス・シェイの家に下宿している三人の修道士（クリスチャン・ブラザーズ）たちに会いに行った。そして、帰宅するときまって、修道士と修道女の権威も近ごろは地に落ちたなあ、とぼやいてみせ、あの家にもういいお歳のアイタさんっていう家政婦がいるでしょう、あのひとはとうとう料理するのもおぼつかなくなってきたよ、などと話して聞かせた。母親はいちいちうなずきはするものの、ほとんど何もしゃべらなかった。ホーガン君が言うには目玉焼きに釘が入ってたっていうんだけど、とか、アイタさんったらミルクが入ってる水差しにミントソースを注いじまったっていうんだ、とかいう話をフランシスが聞かせても、母親は決して笑うでもなく、笑っている息子の顔をびっくりしたように見つめるだけだった。だが、かかりつけのフォラン先生によれば、いつも話しかけるよう心がけ、愉快にしてさしあげるのが肝要です、ということだった。

その一年間、フランシスは母に向かってことあるごとに聖地行きを話題にし、春になったら二週間ほど家と店を留守にしなければならないことを理解させようとした。彼はいままでにもわずかな日数家を留守にしたことがあったが、それは母がもっと若かった時分の話である。トラーリーに住む伯母が健在だったころには、彼女の家をときどき訪問した。しかし、三年前に伯母が亡くなって以来、フランシスは町から外に出たことがない。

フランシスと母はいつも一緒だった。彼が生まれる前に娘がふたり幼児期に死亡していたので、息子がここまで育ってくれたのはありがたいお恵みだと、ミセス・コナリーは考えた。そしてしばしば、この子は一本立ちするのはあまり向いていないかもしれないと思いながら、特別に目をかけて育ててあげた。ティッペラリー州にとどまるかわりに、鳴り物入りでサンフランシスコへ巣立っていったのはいかにもポールらしかったし、ダメ男と結ばれてしまったのはいかにもキティーらしかった。「町中探したってあんな男にさわりたがる娘なんかいやしないよ」と母はキティーに釘を刺したが、娘は頑として後へ引かなかった。その結果、この家にマイルズが来たわけだが、この男はよその家の窓を拭いて小遣い銭をもらうのと、ドノヴァンの私営馬券屋で馬券を買う以外には何もしない、でくの坊だった。キティーと子どもたちの生活がなんとかなってきたのは、店の収益に関して、彼女が母とフランシスとの間に結んだとりきめのおかげであった。キティーの子どものうち三人はすでに町を出てしまっていたが、父親さえもうすこししっかりしていたら、子どもたちは町にとどまっていたはずだ、というのがミセス・コナリーの言い分だった。彼女はしばしば、幼くして死んだ娘二人がもし生き延びていたらどうだっただろう、きっとフランシスみたいにすこしも心配をかけない人間になっただろうに、と夢想した。浪費癖があり、アメリカについて語るときには大風呂敷を広げがちなポールとは対照的に、フランシスはうぬぼれとは無縁だった。彼はキティーみたいに浅はかではなかったし、今は死んでトロントに埋葬されているものの、生前の罰当たりな品行を帳消しにすることなどとうてい不可能なエドナのような人間とも、まったく別人種だった。

フランシスは、母が家族のそれぞれのことをどんなふうに思っているのかちゃんと理解していた。母はただでさえ苦労の多い人生を歩んできたが、若いうちに夫に死なれたので、みんなにできるだけのことをしてやろうとがんばってきたのだ。フランシスはそれがわかっているから、彼女の奮闘と失望の埋め合わせをするよう心がけ、キティーとマイルズと末っ子が食堂兼居間(キッチン)でテレビを見ている夜の時間などを見計らって、母親を元気づけてやったものだった。一方彼女は、マイルズがフェニックス・パークで行なわれた競馬のガスティ・スピリットとかいう馬に賭けるための金を、店の現金箱から盗みとってからというもの、もう十年もたつのに、彼をずっと無視し続けていた。フランシスはマイルズとそこそこうまくやってきたものの、その事件がいまだに長い尾を引いているのはわかっていた。あの日、食堂兼居間（キッチン）で起こった口論はものすごかった。キティーがマイルズにきんきん声でくってかかり、マイルズは嘘を言い張り、フランシスは、そんな大喧嘩をしたら母さんが心臓発作を起こすよ、と言って両人をなだめたのだった。

　母はいかなるたぐいの動揺も好まなかったので、フランシスは聖地（ホーリーランド）へ行く一年前から母に心の準備をしてもらうために、新約聖書を読み聞かせ、ベツレヘムやナザレのこと、パンと魚の奇跡、また、そのほかの奇跡についてもぜんぶ話して聞かせた。母はいつもうんうんとうなずいていたが、フランシスはしばしば、もしかして母は、自分がただなんとなく聖書の話をしているだけだと思ってるんではないか、と怪しんだ。彼自身幼い時分にはそうした聖書物語に耳を澄ませ、水の上を歩いたり、荒野で誘惑に襲われたりする場面を思い描いては、おそれおののいたり、うっとりしたりした。子ども心に、カルバリの丘に担がれていく十字架や、墓の石蓋が開き転がるさまや、三日目に死者の中から復活するイエスを想像した。フランシスは、そういうゆかりの場所を自分自身がやがて実際に歩くことができるとは、なんてすばらしいんだろうと思った。そして、母がもうすこしだけ若くて、ぼくの喜びを一緒に喜び、ぼくが現地から毎日出すつもりにしている絵はがきを喜んでくれたらよかったのに、と思った。ところが、母の目はいつも、おまえは間違ったことをしようとしてる、聖地（ホーリーランド）へ行こうだなんてひどい見栄っ張りだよ、と言っているように見えた。サンフランシスコにいる兄から手紙が届いた。「旅程を綿密に立てた。みどころはぜんぶ網羅したからな」と書いてあった。

　フランシスは、はじめて飛行機に乗った。まずエア・リンガスのフライトでダブリンからロンドンへ飛び、エル・アルに乗り換えてテル＝アビブに着いた。緊張のしどおしで、ぐったり疲れた。四六時中食事ばかりしているみたいだったうえに、あれほどたくさんの見ず知らずのひとびとと一緒に過ごしたのは、実に奇妙な体験だった。隣りのシートに座ったイスラエル人のビジネスマンが、「むこうの蜂蜜はいままで味わったことのない味がしますよ」と話しかけてきた。「それからガリラヤのイチジク。ガリラヤのイチジクはぜったいおすすめです」ビジネスマンはさらに続けて、夜と明け方のエルサレムは必見です、と言った。それから、ヤドヴァシェムとか死海写本館の宝物とか、フランシスが聞いたこともなかった場所を見物するようしきりに勧め、マサダの殉教者たちに敬意を表すことと、表敬のしるしとしてヘブライ語の単語をいくつか覚えて帰ることも勧めた。さらに彼は、おみやげを買うならいい店がありますよ、と店名を教え、アラブ人の街頭行商人には気をつけたほうがよろしいです、と注意を促した。

「よう、頑固もん、元気かね？」とテル＝アビブ空港でポール神父が出迎えた。前の日にサンフランシスコから到着していたのである。彼はすでに一杯機嫌だったが、エルサレムのプラザホテルにたどり着くと、もう一杯飲まないかと持ちかけた。夜の九時半だった。「ちょいと寝酒をひっかけようじゃないか」とポール神父は言った。「それから一緒にベッドへまっしぐらだ、なあ、フランシス」ふたりが腰を下ろしたのは巨大なオープンラウンジで、低くて丸いテーブルと四角いモダンなアームチェアが点在していた。これがホテルのバーだよ、と彼が言った。

兄弟は、テル＝アビブからエルサレムへ向かう車の中で、話すべきことはみな話し終えてしまっていた。ポール神父は、母とキティーとマイルズについて尋ね、老いた律修司祭のマホン師やマレー巡査部長など、町のひとびとの近況を尋ねた。そして、スタイグマラー神父と自分にとってこの一年はとくべつ大きな成果があがった年だったと報告した。とりわけ、例の孤児院からはトップクラスのフットボール選手がふたりも出たのだという。「明日は九時半に出発しよう。おれは八時には朝食のテーブルについているからな」と彼は言った。

フランシスは部屋へひきとったが、兄のほうはもう一杯ウィスキーをロックで注文した。残念なことにこのホテルにはアイリッシュ・ウィスキーがなかったので、ヘイグで我慢しなければならなかった。彼はアメリカ人のカップルと話がはずみ、アイルランドへ行く機会があったら忘れずにティッペラリー州を訪れることを約束させた。午後十一時、フロントにお客様あてのメッセージが届いております、とバーマンに言われたので確かめに行ってみると、封筒に入ったメッセージを手渡された。でんぽでございます、とフロントの娘がたどたどしい英語で言った。そして、頭を振って、いいえ、テレクスでございまっす、と言いなおした。封筒を開き、ポール神父は、母が死んだことを知った。

フランシスはベッドに入るとすぐ眠りに落ち、夢のなかで少年に戻って、誰だったかもう名前を忘れてしまった友達と一緒に釣りに出かけた。

ポール神父はインターホンでロックのウィスキーを注文し、部屋まで届けさせた。飲むまえに上着を脱ぎ、ベッドの脇にひざまずいて母のために祈った。祈り終えると、ウィスキーをすすりながら部屋のなかをゆっくり行ったり来たりした。彼は自分自身と議論を交わし、ひとつの結論にたどりついた。

ふたりは黄色いアイスクリームみたいに見えるスクランブルエッグと美味しいオレンジジュースを朝食にとった。フランシスはベーコンもとろうかと思ったが、イスラエルではベーコンは手に入りにくいんだ、と兄に言われてあきらめた。

「よく眠れたかね？　時差ボケはどうだい」とポール神父が尋ねた。

「時差ボケ？」

「飛行機に乗った後にくる疲れのことだよ。何日間も続くこともある」

「いや、とてもよく眠れたよ、ポール兄さん」

「そうか、よし」

ふたりはぐずぐずと朝食をとった。ポール神父は自分の教区で一年間に起きたことを、さらにすこし報告した。話題はもっぱら孤児院から出たふたりのフットボール選手についてだった。フランシスは、ミセス・シェイの下宿屋のまかないの質がだいぶ落ちたという話を、三人の修道士（クリスチャン・ブラザーズ）たちから聞いたとおりに語った。「車を一台手配してあるんだ」とポール神父が言い、ふたりは二十分後にエルサレムの日差しのなかへ歩き出していった。

ふたりを乗せたハイヤーは旧市街の城壁へ向かう道の途中で停車した。ポール神父の希望で車が路肩の待避所まで徐行していって止まると、ふたりは車を下りて、家々とオリーブの木が点々と散らばった広い谷間を見渡した。谷の反対側の遠い斜面に一本の曲がりくねった道が見えた。「オリーブ山だよ」とポール神父が言った。「あれがエリコへの道」そして、もっと細かいところを指さして、「あそこに大きな八本のオリーブの木があるのが見えるか？　道からちょっとはずれた、教会があるところだ」

フランシスはたぶんそれが見えているように思ったが、自信がなかった。なにしろオリーブの木はたくさんあったし、教会もひとつではなかったから。彼は兄の指先を見、その方向を目でずっと追いかけた。

「ゲッセマネの園だ」とポール神父が言った。

フランシスは返事を返さぬまま、オリーブの木立のそばの遠くの教会にじっと目をこらし続けた。谷間の斜面には野花がたくさん咲いていた。やせた土地にオレンジやブルーの絵の具をなすりつけたように見えた。ふたりのアラブ人女性が山羊の群れの番をしていた。

「もっと近くへ寄って見ることはできるのかな?」とフランシスが尋ねると、もちろんだともと兄が答えた。ふたりは待たせておいた車に戻り、ポール神父が運転手に、ステパノ門へ行くよう指示した。

悲しみの道（ヴィア・ドロローサ）は重たそうなカメラを提げた観光客でごったがえしていた。褐色の肌をした裸足の子どもたちが施しを求めて群がっていた。露天商たちは、コットンの服、雑多な金工品、記念品から宗教的な小物まで、さまざまな品物を売りつけようとしていた。ポール神父は相手に不快感を与えないようにこやかに笑ってみせながら、「どいたどいた」と言って先へ進んだ。フランシスはすこしの間そこにたたずんで目を閉じて、イエスが十字架を担いでいく姿を心に思い描いてみたかった。ところが、幼い頃から慣れ親しんできた十字架の道行きの観想が、この場所ではうまくできなかった。どんなに集中しようとしても、十字架を背負ったイエスは想像のなかにあらわれてくれなかった。いま人波にもまれておたおたしているこの騒々しい通りよりも、自分がいつも通っている地元の教会のほうが、真実の核心にずっと近いと思った。「バカ言ってんじゃねえよ、ホンモノに決まってんじゃねえか」とアメリカ人が声を荒げて言い張っているのが聞こえた。そんなのニセモノよ、だまされたわね、という甲高い声に対する受け答えである。このふたりは、透明プラスチックの窓を開けた小箱の中に鎮座した木片がイエスの十字架の一部であるかどうか言い争っていた。

兄弟は聖墳墓教会に入り、「主は十字架につけられた」のチャペルで祈りをささげた。それからふたりは天使のチャペルを通り、キリストの埋葬場所まで来た。大理石の墓のところではみな無言だったが、教会を出たところで、メガネをかけた物静かそうな男が、都市の城壁の内側に死者を埋葬するなんてありえないはずだが、と話しているのをフランシスは小耳にはさんだ。兄弟はシロアムの池に寄り、ヤッファ門を通って旧市街から出た。門の外にはハイヤーが待っていた。ポール神父に「小腹がすいたかね？」と尋ねられ、フランシスはまだすいてないと答えたが、ふたりはホテルへ戻ってきた。

ポール神父が打った電報の文面は「ソウギゲツヨウマデノバセ」だった。日曜日には早朝のフライトがあるので、ロンドンから午後の便でダブリンへ帰り着ける。ダブリンからは、うまいぐあいに日曜夜の汽車があればそれでよし、なければ車を手配すればよい。今日は火曜日だから、まだ四日と半日ある。フロントで、「ソウギゲツヨウジュウイチジ」という確認の電報を打った。「よし、これで万事オーケーだ」とつぶやきながら、彼は電報用紙をくるりと丸めた。

「ちょいと小さいのを一杯やるかね？」と、ポール神父は例のオープンラウンジのバーで言った。「それともでかいやつにしたほうがいいかな」と言いなおして笑った。彼は母親の死など忘れたかのような上機嫌で、バーマンににこやかにうなずいてみせながら身振りで酒を注文した。

彼の顔は午前の太陽に照らされたせいで赤らみ、額と鼻の頭にはうっすら汗が浮いて出ていた。

そして、アームチェアに身を沈めながら、「午後はベツレヘムへ行くぞ。おまえさんの時差がなければの話だがね」と言った。

「時差なんかぜんぜんないよ」

キリスト生誕教会の売店で、フランシスは母のために救い主を意味する魚の文様を彫り込んだ小さな皿を買った。生誕教会の内部で飼葉桶が置かれていたはずの場所にたたずんだとき、彼は自分のいる場所が信じられない気がした。というのも、エキゾチックなギリシア正教の装飾と見慣れない風貌の司祭たち、それに東方めいた芳香に囲まれた彼は、悲しみの道（ヴィア・ドロローサ）で経験したのと同じように、目の前のさまざまなものに気をそらされてしまったからだ。黄金、乳香、没薬。考えれば考えるほど、この場所はヨセフとマリアとその幼子の教会というより、東方の三博士たちの教会のようだった。その後、フランシスとポール神父はエルサレムへ戻り、聖母マリアの墓とゲッセマネの園を訪ねた。「ほんとはどこかわかりゃしないさ」ゲッセマネでも、メガネを掛けた物静かそうな懐疑論者がつぶやいていた。「どれもこれも推定にもとづく場所ばかりなんだから……」

同じ日の夕刻、ポール神父は上着を脱いでベッドに横になっていた。五時半から七時十五分まで眠り、さっぱりした気分で目覚めた彼は、インターホンでロックのウィスキーを注文した。そして、ウィスキーが届くと、グラスをバスタブの脇のタイル棚に置き、服を脱いで暖かいお湯にゆっくりつかった。ナザレとガリラヤを訪れる時間はありそうだ。とくにガリラヤは独特の雰囲気があって美しいところだから、ぜひ弟に見せてやりたいと思っていた。ナザレのほうはそれほどの見所ではないと思うけれど、それでもやはり素通りはできないだろう。母の死を弟に告げるのはガリラヤ湖で、と彼は心に決めていた。

「ぼくたちはすばらしい一日を過ごしました」エルサレムの航空写真の絵はがきに、フランシスは書いた。「わが主のお墓がある聖墳墓教会とゲッセマネとベツレヘムを訪ねました。ポール兄さんもとても元気です」書き終えたその絵はがきは母あてにした。それから、キティーとマイルズあてに一枚、ミセス・シェイの家に下宿している三人の修道士(クリスチャン・ブラザーズ)たちに一枚、そして、律修司祭のマホン師にも一枚絵はがきを書いた。彼はエルサレムに来られたことに感謝をささげ、マルコの福音書とマタイの福音書をすこし読んだ。そして、ロザリオの祈りをとなえた。

「ワインなんかどうかね?」と夕食のときポール神父は言った。本当は彼が飲みたかったのはワインなどではなかったのだが、ウェイターはすでに大判でふかふかの表紙がついたワインリストを抱えて立っていた。

「いや、いらないよ。いらない」とフランシスが言うのを尻目に、ポール神父はリストに目を走らせていた。

「この土地のワインはあるかね?」と彼はウェイターに尋ねた。「赤がいいんだが」

ウェイターはうなずくとすばやく去っていった。フランシスは、食前にバーでウィスキーを飲んだうえにワインまで飲んで兄が酔っぱらってしまわなければいいが、と思った。フランシス自身はあまり酒に慣れていなかったこともあり、兄が三杯空ける間に、ウィスキーを一杯だけ頼んでちびちび飲んだ。

「さっきバーにいた地元の連中が、地元の赤ワイン飲みながら歌え踊れをやってたのが聞こえたからな」とポール神父が言った。

ワインと聞いてフランシスが連想したのは聖体拝領だったが、そのことは口に出さなかった。そのかわりに、スープがうまいよ、と彼は言い、ところでこのホテルじゃポーターが人の名前を書いたちっぽけな黒板を竿の先にぶらさげて、ちりんちりんベルを鳴らして歩くんだね、と兄に尋ねた。「メッセージがくるとああやって人を探すんだ。人の名前を怒鳴って歩くよりもスマートなやりかただろ」とポール神父は説明して、いつもの微笑みを浮かべた。酔いが回ってきて両眼がすこしうるんでいた。横になった母のすがたが、彼の頭からずっと離れなかった。自分がやったことを母が知ったらなんと言うだろうか、弟に真実を隠していることをどんなにひどく叱られるだろうか、と考えるうちにだんだん胸が苦しくなってきた。義務感と人情から毎年母に会うために帰郷するのは、つまるところ母親がかけがえのない存在だからである。しかし彼は、母を心から気にかけたことは一度もなかった。

フランシスは夕食の後、散歩に出た。通りには若い兵士たちがいて、抱えている銃はオモチャみたいに見えるが、もちろん本物なのは分かっている。店のショウウインドウには、いずこも同じテレビや家具や洋服が陳列されていた。映画かなにかの広告で、一糸まとわぬふたりの女が身をよじらせているポスターがあったが、こういうのはティッペラリー州では見られないものだった。「なにかお探しです、お客さん?」と、前歯の欠けた少女がにっこり微笑みかけてきた。すぐ近くをパトカーだか救急車だかのサイレンが走り抜けて行った。首を横に振りながら「いや、なにもいらないんだよ」と言った後にようやく、少女のセリフの意味に気付いた。彼女は背が低くて色がとても黒く、ほとんどまだ子どもだった。フランシスは少女のために祈りながら、足早にその場を立ち去った。

ホテルに帰ってくると、ポール神父がほかのひとたちとラウンジにいるのを見つけた。ふたりの男性とふたりの女性が一緒だった。彼はみんなにいきわたるよう飲み物を注文し、フランシスの分のウィスキーをもう一杯追加するようバーマンに命じた。「いや、いや、いらないよ」とフランシスは断った。部屋へ戻って今日一日のことを考えてみたかったし、新約聖書を読みたかったし、あと二、三枚ほど絵はがきも書きたかったからだ。ラウンジでは、どこか見えないところにあるスピーカーから音楽が流れていた。

「弟のフランシスです」ポール神父が四人に紹介した。四人は次々に名前を名乗り、ニューヨークから来ました、とつけくわえた。「わが郷土ティップの自慢をしていたところさ」とポール神父がタバコの包みをみんなに回しながら言った。

「エルサレムはお好き、フランシス？」とアメリカ人女性のひとりに尋ねられたフランシスは、まだこの場所のことがじゅうぶんわかっていなくて、と答えた。しかし、あまりに愛想がない返事だったと思い直して、ここに来たのは一生の思い出になる経験です、と言った。

ポール神父はティッペラリー州の話を続け、一段落したところで、自分が担当しているサンフランシスコの教区のこと、孤児院のこと、ふたりの有望なフットボール選手のこと、それから、新しい教会を建てる計画のことを次々に話した。アメリカ人たちは聞き上手だったが、話題はじきに内輪のイングランド旅行やイスタンブールやアテネの思い出話になり、テル＝アビブでの通関審査のときに起きたひと悶着の話になった。やがてひとりが、「さあて、そろそろあしたもあるから」と言いながら立ち上がった。

ほかの三人も席を立ち、フランシスも立ち上がった。ポール神父はまだ動こうとせず、バーマンに向かってまたもや目くばせしながら、「まあ座れよ、寝酒がいるだろ?」と弟に言った。

「いや、いらないって」とフランシスは言いかけた。

「同じのをふたつ持ってこい」兄はふいにぶっきらぼうな口調になってバーマンに命じた。バーマンは小走りに去った。「いいかよく聞け」とポール神父が言った。「話があるんだ」

夕食後フランシスが散歩に出てしまい、アメリカ人のグループと話をはじめる前のしばらくの間、ポール神父は自分自身に問いかけてみた結果、こう胸が苦しくてはかなわない、という結論に達した。心に掛かっていたのは、ちっぽけな明かりが灯った金物店の二階の自分の寝室で、こちこちに固まって横になっている老女のこと。その情景が頭からどうしても離れなかった。母が自分のすがたを息子に見せようとしていたのかもしれない。あるいは、母が息子にとりつこうとしているのかもしれない。ガリラヤへ行く日まで真実の告白をせずにおくのがいちばんいいと考えていたのだが、もはやそれまで待てなかった。

フランシスはもうこれ以上酒を飲みたくなかった。彼は兄が最初に注文してくれたウィスキーが届いたときすでに飲む気がしなかったし、その後アメリカ人のひとりがおごってくれた二杯目もいらなかった。そこへまたバーマンがもう一杯持ってきた。彼は兄の目につかないようにそこへグラスを放置していこうかと思った。口元までグラスを上げたが、ひと口も飲めなかった。

「悪いことが起こった」とポール神父が口を開いた。

「悪いこと?　いったい何があったんだい、兄さん」

「聞く勇気があるか?」こう言ってから一呼吸おいて続けた。「訃報が届いた」

フランシスは、兄が何のことを話しているのか、まるでわからなかった。誰が死んだのかもわからなかったし、兄が奇妙な態度をとっている理由もわからなかった。考えたくないが考えずにはいられなかった——兄さんはすこし飲み過ぎだ。

「おふくろが死んだんだよ」とポール神父が言った。「電報が届いた」

その瞬間、プラザホテルの巨大なラウンジ、その数え切れないほどたくさんのテーブルとそこに腰掛けているひとびと、その間を縫ってすいすい歩いていくウェイターやバーマン、すべてが夢のように思われた。フランシスは、自分自身が今いる場所に存在しているとは感じられなかった。今ハンカチで口元をぬぐっている兄と一緒にいるとは感じられなかった。しばらくの間混乱のあまり、丘の上めがけて悲しみの道(ヴィア・ドロローサ)を登り、キリスト生誕教会の売店にいたときの自分に戻ったような気がした。

「まあ落ち着け、なあ、坊主」と兄は言った。「ウィスキーをぐいっと飲(や)ってみろ」

フランシスは兄の指図にはしたがわなかった。そして、今言ったことをもういちどくりかえしてくれ、と頼んだ。ポール神父は、おふくろが死んだんだよ、とくりかえした。

フランシスは両目を閉じ、周囲の音にも耳を借さずに集中した。そして、母の魂が救われるよう祈りを捧げた。「聖母マリアさま、どうかとりなしてください」自分自身の声が心の中に響いた。「マリアさま、母が犯したひとにぎりのちいさな罪をどうかお許しくださいますように」

いままで隠していた秘密をぶちまけてしまうと、ポール神父はふっと気が楽になった。近親者の死を告げるのに世界一ふさわしい場所へ行くまで真実を秘密にしておこうとは、おれとしたことがばかな計画を思いついたものだ。彼はウィスキーを一息に飲み干し、口の端をハンカチで拭いた。そして、弟が目を開くのを待った。

「いつ亡くなったんだい?」ようやくフランシスは尋ねた。

「きのうだ」

「じゃあ、電報が届くのが遅れたんだね……」

「いや、電報はきのうの夜届いたんだ、フランシス。おれはおまえの苦しみをなるべく少なくしたいと思ったんだよ」

「ぼくの苦しみって。いったいどうやって兄さんがぼくの苦しみを減らせるっていうんだ? ぼくは母さんに絵はがきを書いて出してしまったんだよ、兄さん」

「フランシス、いいかよく聞け……」

「どうやってぼくの苦しみを減らせるっていうの?」

「ガリラヤに着いたら、おまえに打ち明けるつもりだったんだ」

フランシスはまたもや、夢のただなかに捕らえられたような気がした。自分の兄がまるで理解できなかった。電報が昨夜届いただなんて今頃言って、どういうつもりなのか。それに、こんなときになぜガリラヤなんか持ち出すのか。アイルランドへ大急ぎで帰らなければいけないときに、こんなうるさいところに座りこんでいったい何をやっているのか、彼にはまったくわからなかった。

「葬式は月曜日にすることにした」とポール神父は言った。

フランシスはその段取りが何を意味するのかわからないままうなずいた。そして、「明日の今頃には家に着けるよね」と言った。

「フランシス、その必要はない。日曜の朝のフライトで発てば、時間は十分だ」

「でも、母さんが死んだんだから……」

「葬式には十分間に合うさ」

「こんなところでぐずぐずしてるひまはないよ。母さんが死んだんだ」

やはり思った通りだ。自問自答しながら今回の善後策を練っていたときからポール神父がおそれていたのは、このセリフだったのだ。きのうの晩フランシスの部屋のドアを叩いて訃報を知らせたらどうなっていただろうか？　はるばるこんな遠くまでやってきて、見れば感動することがわかっているこの土地を見もしないまま、弟はすぐ帰りたいと言ったに違いない。

「あしたの朝出れば昼前にガリラヤに着ける」とポール神父は静かに言った。「ガリラヤに行けば心が安らぐよ、フランシス」

フランシスは首を横に振って言った。「ぼくは母さんのところへ帰りたい」

ポール神父はもう一本タバコに火を点け、通りかかったウェイターにウィスキーのおかわりを注文した。そして、クールでいるのがおれらしいんだからな、いつもの落ち着きを失っちゃいかん、と自分自身に言い聞かせた。

「まあ落ち着けよ、フランシス」

「朝のフライトはあるのかな？　切符の予約は今できるんだろうか？」彼はそうつぶやくと、役に立ってくれそうなホテルの従業員が近くにいないかどうか見回した。

「アワを食って家へ帰ったってどうしようもないぞ、フランシス。日曜じゃなぜいけないんだ？」

「母さんのもとへ帰りたい」

ポール神父の内側で怒りがふくれあがった。だが、ここでもし議論をはじめたらおれの呂律はかなりあやしくなる。そのことは過去の経験からわかっていたので、彼はいつもの落ち着きをよそおって、ゆっくり、はっきりと二つ三つのポイントだけ強調することにした。面倒なときに死ぬなんていかにもおふくろらしい、と彼は思った。

「せっかくここまで来たんだから」異様な口ぶりだと受けとられないよう注意しながら、できるだけゆっくりと言った。「やみくもに旅程をきりあげても意味がないだろ？　どっちみち二週間目はばっさり切り捨てるんだから。おふくろだってきっと、ゆっくりしておいでって思ってるぜ」

「いや、母さんは早く帰ってこいと思ってるはずだよ」

この点についてはフランシスが正しかった。母は生涯、強烈な独占欲を持ったひとだったから、フランシスがどんなに遠くへ行こうともその欲望の圏外に出ることはできなかった。死ぬ瞬間にさえ、母は自分の独占欲を自覚していたはずであった。

「この旅に出たのは間違いだった。母さんはぼくがここへ来るのを望んでいなかった」とフランシスは言った。

「おまえはもう三十七なんだぞ、フランシス」

「ここへ来たのは間違いだったよ」

「そんなことありゃしないさ」

ポール神父が母親をローマへ連れて行ったとき、彼女は一週間ずっと食事がまずいだの、いたるところが不潔だのと不満たらたらで、息子をてこずらせた。彼が金銭を使おうとするたびに母は反対した。彼はこれまでの人生で、母にはいつもできるだけのことをしてきたつもりだった。聖職者への道を選んだときだって、誰よりも先に母に報告した。当然喜んでくれると思ったのだが、返ってきた言葉は、「あんたは店を継いでくれるとばかり思ってたよ……」だった。

「ちょっとぐらい待ったってどうってことないだろう、フランシス？」

「待つものなんてなんにもないよ」

　フランシスは、今後命があるかぎり、自分自身を許すことはできないだろうと思った。二、三年ほどして母が静かに死を迎えたあとでここへ来ればよかったのに、どうしてそれができなかったのか？　生涯にわたって悔やみ、くりかえし自分を問いつめるだろう。母の死の床につきそってやれるはずだったのに、と。

「どうして言ってくれなかったんだ。ひどすぎるよ、兄さん。ぼくは知らないで母さんに絵はがきを書いてしまった。母さんのために記念の小皿まで買ってしまった」とフランシスは言った。

「そうだな」

「兄さん、そのウィスキー飲み過ぎだよ」

「おい、何を言うんだ」

「兄さんは酔っぱらってて、母さんは家で死んでしまった」

「おれたちがどうしようと、おふくろはもう戻っちゃこないんだ」

「母さんは誰ひとり傷つけたことはなかったのに」とフランシスは言った。

　ポール神父は、そいつはどうかな、と思ったが黙っていた。母はキティーを傷つけていた。キティー自身が男の選び方を間違えたと気づいてからもう何年にもなるのに、彼女の結婚について母はちくちくとがめ続けた。まだある。家族以外にはばれなかったとはいえ、未婚の身で流産したエドナを追い出してカナダへ行かせたのも母であった。母は、フランシスが知らない間に自分のすべてをフランシスに託した。ほかの子どもたちを手もとに置きそこなった彼女は、末っ子のフランシスをつかんで離さなかった。まるで、みずからの手で破壊するために彼を産んだようなものだった。

「母さんの葬儀のミサは兄さんが司式するのかな？」とフランシスが尋ねた。

「もちろんそうだ」

「もっとはやく言ってくれればよかったのに」

　フランシスは、なぜエルサレムに来てから見るものすべてに失望したのか、その理由を今悟った。ハイヤーが路肩の待避所に停車し、兄が谷間の向こうを指さしてあれがゲッセマネの園だ、と言うのを聞いた瞬間から失望ははじまっていた。ただ、あの時はそれを認めたくなかっただけだ。悲しみの道（ヴィア・ドロローサ）でも、聖墳墓教会でも、ベツレヘムでもがっかりした。彼は、メガネの男が、何ひとつ確かなことなんかないんだとくりかえし力説していたのを覚えている。カメラを持ったひとびとの真ん中ではもの思いにふけるどころではなかったし、人混みでごったがえした場所では祈ることさえままならなかった。この場所のことがじゅうぶんわかっていなくて、と言ったとき、彼が伝えたかった中味は別のことだったのである。

「母さんの死が割り込んでくれてよかった」と彼は言った。

「どういう意味だ、フランシス？」

「エルサレムはエルサレムらしくなかったし、ベツレヘムだってちっともありがたくなかった」

「でもな、フランシス、どっちも本物なんだぞ」

「そこらじゅうに銃を持った兵士がいるし、通りを歩いていたら少女に声をかけられるし。それに、あの十字架の木片を持った男。兄さんはラウンジで大酒飲んでタバコをふかしてばかりだし……」

「おい、フランシス、いいか」

「ナザレだって期待はずれだと思う。それからガリラヤ湖も。パンと魚の奇跡の教会にもきっとがっかりするだろうな」いったん張り上げた弟の声がふたたび低くなった。「ぼくは今朝、十字架の道行きの観想を信じられなくなってしまった。家では十字架を背負っていくわが主のすがたを思い描けたのに、エルサレムへ来たら主を見失なってしまったんだ」

「それとおふくろの死は関係ないだろ。時差ボケのせいだ。ガリラヤへ行けば調子も戻るさ。ガリラヤには独特の雰囲気があるからな」

「ガリラヤなんか行かない」フランシスはテーブルをどすんと叩いた。ポール神父が弟をたしなめた。ひとびとはみな振り向いて、神父さんと一緒にいるあの青白い顔色の男が怒りを爆発させたのだと理解した。

「静かにしろ」とポール神父がぴしゃりと言ったが、弟は聞かなかった。

「母さんはぼくが家にいたほうがいいってわかっていたんだ!」張り上げた彼の声は、感情がむきだしで甲高かった。「母さんはぼくが人様の物笑いの種になるのがわかってたんだ。店をほっぽりだして、えらそうな真似をして……」

「おい、声が大きすぎるったら。おまえはもちろん物笑いの種なんかになっちゃいないぞ」

「明日朝のフライトがとれないかどうか聞いてもらえないかな?」

ポール神父は、フランシスがごめんと謝るのを願って、無言のままひとしきり待った。あまりに大きな衝撃を受けたから感情を爆発させてしまったわけだ。無理もない。だが、気がとがめてもいるだろう。しばらくすれば気持ちも落ち着くはずだと思ったが、フランシスは謝るかわりに泣きはじめた。

「よし、もう部屋へ上がれよ。飛行機はおれが予約しておくから」とポール神父が言った。

フランシスはうなずいたが、立ち上がろうとはしなかった。そして、すすり泣くのをやめて、こう言った。「これから一生、ぼくは聖地(ホーリーランド)を憎んで生きていくと思う」

「そんな必要ないだろ、フランシス」

しかし、フランシスはその必要を感じていた。そして、思い出せないくらい昔から尊敬し続けてきた兄のことも、自分は憎んで生きていくだろう、と思った。プラザホテルのラウンジのすみずみにまで、まがい物が満ちあふれているように感じられた。兄の裏切り、際限なくグラスを重ねるウィスキー、訃報を知っていながら無頓着をよそおったこと。それらすべてが、主の母であるお方にゆるぎない崇敬を捧げてきた教会にたいする侮辱であるように思われた。フランシスの心の中にまざまざと浮かんだのは母の両目であった。その両目は、だから言わないことじゃない、おまえは間違いを犯したんだ、あたしをないがしろにしたんだからね、ときびしく叱責していた。透明プラスチックの窓をつけた小箱の中の木片、オモチャでない銃を抱えた兵士たち、聖都の街角で見た悶える女のポスター。まがい物はいたるところにあった。死者に絵はがきを書き送ったフランシスも、そのまがい物の一部になってしまったのだ。彼はもうそれ以上兄にことばをかけないまま部屋へ上がり、祈りを捧げた。

「午前八時の便がございます」とフロントの娘が言った。ポール神父は、訃報が届いて至急帰らなければならなくなったので、ふたり分の席を予約してもらいたい、と頼んだ。「かしこまりました」と娘は答えた。

彼はのっそりと階下のバーへ下りていった。片隅に腰掛けてタバコに火を点けると、友人の到着を待っているかのようにウィスキーをふたつ注文した。彼は二杯とも自分で飲み干し、さらにおかわりを注文した。フランシスはティッペラリー州へ帰り、葬式をすませ、母にあてがわれた人生へとふたたび戻っていくだろう。茶色い木綿の上っ張りを着て、釘や蝶つがいやワイヤーを買いに来る客たちの相手をする。きちんきちんとミサに出て、懺悔（ざんげ）にも行き、男性信徒の友愛団体で活動する。そうして、フランシスをフランシスにしたひとりの女の記憶と永遠に結ばれて、レースのカーテンがついた居間の窓辺にひとりで座り続けるだろう。

ポール神父は、吸い終えたタバコの火でもう一本に火を点けた。そして、ウィスキーを二杯ずつ注文しつづけた。フランシスが先に気づいた憎悪が、自分の内側にも根を下ろしたのをついに感じた。七月恒例のティッペラリー州への帰郷はこれからもできるだろうか？　たぶんもう無理だろう。

夜中の十二時になったので部屋へ戻ろうとして立ち上がった彼は、足元がふらつくのを感じた。ひとびとは彼を見て思った。司祭ともあろう者がエルサレムまでやって来て、酔っぱらったうえに聖職服をタバコの灰まみれにしてしまって、なんてみっともないんだろう、と。

# マティルダのイングランド

# Matilda's England

## 一、テニスコート

## 1. The Tennis Court

年老いたミセス・アッシュバートンは、軽二輪馬車を小走り号(トロット)と名づけたロバにひかせて、このあたりの細道をいつも乗り回していた。わたしたちは学校帰りによく彼女の姿を見かけた。兄と姉はグラマースクール、わたしはまだ村の学校に通っていた。三人とも自転車通学だった。ミセス・アッシュバートンは三人の中でわたしがいちばんのお気に入りだったのだけれど、いちばん小さかったからという以外に特別な理由があったのかどうか、わたしにはわからない。彼女は喉の奥から出るしわがれた声で、ささやくように、「ハロー、マイ・マティルダ」と呼んだ。「マティルダ」というわたしの名前を、彼女はいつもくりかえして呼ぶのだったが、その、いったん差しのべた手をひっこめるみたいに音節ひとつひとつを引き離す発音のしかたは、未練がましいように聞こえて、わたしは大嫌いだった。「ディア・マティルダ」彼女はすごくやせていて、背はわりと高く、弱々しくみえた。でもわたしたちは、彼女のことは大目に見ていた。なにしろ御年八十一歳だったから。

わたしたちが出会うのは、たいてい彼女が野の花を探しているときだった。冬や秋には、例の軽二輪馬車をそこいらの農場の垣根口に止めて、そこの家の牧草をロバに食べさせているのがつねだった。春にはよく、ちいさな移植ごてで、生け垣の根元からなにか植物を抜き取っていた。ほとんどは雑草だよ、と兄は言っていたものだが、今振り返ってみると、彼女があのあたりの細道へ馬車を乗り入れてきた目的は、野の花だの雑草だのを採るためでもなければ、ロバに牧草を食べさせるためでもなく、学校帰りのわたしたちに会うのが目的だったのだ。

「チャラコム屋敷にはテニスコートがあるから」と彼女は言った。一九三九年五月のことだった。「プレーしたくなったときにはいつでもどうぞ、ディック」彼女は、上等な石炭の色をした、刺し通すような眼光を放つ目で兄をじっと見つめた。かなり年代物のすりきれた毛皮のロングコートをまとって、生け垣の葉をむしゃむしゃ食べているロバの耳をなでるミセス・アッシュバートンの立ち姿は、相当風変わりだった。彼女の帽子は、たくさんの真鍮のピンで白髪頭に留めてあった。その帽子はあせた緑色のフェルト製で、ピンの先には、緑のガラス片をたくさんはめ込んだ珠がついていた。緑色が好きなのよと言って、ミセス・アッシュバートンはよく帽子の留めピンを抜いて見せてくれたが、でもはめ込んである緑のガラスは安物、といつも力説したものだ。このコートだってもうすりきれてしまって値打ちはないの、でも新品のときだってせいぜい五ポンドの品物だったのよ、と強調した。彼女は、自分の夏帽子やドレス、靴、軽二輪馬車、ロバについても、いつも同じ調子で解説した。

「でもね、ディック」と一九三九年のその日、彼女は続けた。「今ではちょっとテニスコートとは呼べないような状態なの。もちろん以前はちゃんとしていたんだけれどね。ネットは納屋にしまってあるし、ローラーも線引き道具（マーカー）もある。芝刈り機だってあるのよ。なくてはならない機械ですもの」

「ってことは、お屋敷のコートでテニスしてもいいんですか？　アッシュバートンさん」と姉のベティーが尋ねた。

「もちろんそういうことよ。わたしが言いたいのはそういうこと。戦争の前には、チャラコムで、それはそれはすばらしいテニスパーティーがよく開かれたの。聞いたことあるでしょう。みんなが集まったわ」

「まあ、なんて素敵なの！」ベティーは十四歳、ディックは一歳年上で、わたしは九歳だった。ベティーはわたしたちみんなと同じ金髪だったけれど、わたしよりもずっと可愛かった。目はきれいな青で、微笑みの似合う大きな唇をめあてにグラマースクールの男子生徒たちがいつも群がった。鼻は高すぎず、そばかすがあって、長い髪はさらさらで干し草の色をしていた。ときおり、お日様に照らされたときなど、ベティーの髪ははっとするほど美しくみえた。毎日午後、ミス・プリチャードの村の学校へベティーとディックが迎えに来てくれるのが、わたしには誇らしかった。ディックは七月にはグラマースクールを卒業することになっていた。来学期には兄はもういないんだ、とさびしい思いを胸に秘めながら、五月の午後の日射しの中、三人そろって自転車をこいで家へ向かったものだ。だが、ディック本人は卒業できてうれしいと言っていた。父ゆずりの長身で大柄なわりに、彼はとてもはにかみ屋だった。父からの許可はまだ得ていなかったが、もうタバコを吸いはじめていた。学校からの帰り道、わたしたちは必ず途中で自転車を止めて、ちょっと寄り道しなければならなかった。道ばたの崩れかけた空き家にしのびこんで、兄がウッドバインを一服するのにつきあうためだ。卒業後、兄はうちの農場で働くことになっていた。いずれは彼が農場を継ぐはずだった。

「テニスができたら素敵だわ」とベティーは言った。

「ぜひ、やってごらんなさいよ。でも、この夏に楽しむためにはまずコートの手入れをしなくちゃならないけれど」そう言って、ミセス・アッシュバートンがベティーに微笑みかけると、彼女のやせこけて年老いた顔が美しくみえた。ディックにもにっこりした。「このまえテニスコートを通りかかったときにふと思いついたのよ。ねえ、ディック。あなたたちがコートを手入れしてくれないかしらってね。あなたたちが遊びにきてくれたら、そうして、お友達を連れてきてくれたら、どんなに素敵だろうって」

「わかりました」とディックは言った。

「チャラコムへいらっしゃいよ。土曜日はいかが。もちろん、マティルダもいっしょに、ね。三人お揃いでいらっしゃいな。お茶をごちそうするわ」

ミセス・アッシュバートンは三人にかわるがわる微笑みかけた。そして、大きくうなずいてから軽二輪馬車に乗り込んで、「じゃあ、土曜日に」とくりかえした。

「おい、ベティー」ディックは不機嫌な顔で妹をにらみつけ、お茶に招かれたのはベティーのせいだといわんばかりに、「おれはいかないぞ。わかってるだろうな」と言った。

彼は大きい図体で、顔を真っ赤にしてぶつぶついいながら、細くてほこりっぽい道を走り去った。わたしたちふたりはミセス・アッシュバートンのことをおしゃべりしながら、ゆっくりペダルをこいで帰った。

「かわいそうなお年寄り!」とベティーは言った。それは、ミセス・アッシュバートンのことを話題にするときや、軽二輪馬車に乗った彼女の姿を見かけたときに、このあたりのひとびとが必ず口にすることばだった。

わたしの人生の最初の記憶は、父が万年筆を壊した場面である。黒と白のまだらの軸がべっ甲か大理石のようにみえる、大きなペンだった。緑と黒、青と白、赤に黒白など、二、三色を大理石模様にした軸が当時の万年筆の流行だったのである。コンウェイ・スチュワート、ウォーターマン、ブラックバード。シャープペンシルはエヴァーシャープと呼ばれていた。

父がペンを壊した日に起こったことの意味を、わたしがすべて即座に理解できたわけではない。後に学校へ行くようになって、だんだんわかるようになった。父がペンを壊したその日、わたしはわずか三歳だったのだ。「そいつはどえらい銭の無駄だぞ！」と父が叫んで、心配そうに見つめていた母の目の前で、万年筆を膝に押し当ててへし折った。すると母が、お金の無駄であってもなくても、ものに八つ当たりしたってどうにもならないじゃないの、と言い、食器棚の引き出しからインクとつけペンを取り出して、父に手渡した。父はまだ怒っていたけれど、一、二分後には大笑いしはじめた。そして、ペンをへし折った膝の上に母を引き寄せてキスをした。ディックはそのとき九歳だったはずだが、宿題をやっている帳面から顔を上げさえしなかった。ベティーもその場にいたけれど、どんな様子だったか思い出せない。

キッチンはその時分からあまり変わっていない。古いレンジは姿を消したが、白っぽいオークの大きな食器棚は健在で、扉や引き出しには昔のままの真鍮金具がついており、棚にはなつかしいウエッジウッド・ブルーのディナーセットが並び、フックにはカップや取っ手つきの水差しが掛かっている。天井の低いキッチンは広い長方形の部屋で、向こう側の端に上階へ上がる裏階段があり、その入り口はふだん扉で閉ざされている。ほかのいくつかの扉は食料品室と食器洗い場、さらにはこの家のほかの部屋や中庭に通じている。白っぽいオークでできた長細い食卓がでんとあって、引き出しには食器棚と同じような真鍮の取っ手がついている。オーク製の椅子も並んでいるが、それらがほかのオーク製家具よりも色が濃くみえるのは、手ずれのせいだ。しかし、かつてのように週一度食卓を磨き掃除することはなくなったため、真鍮金具もすっかり輝きを失ってしまった。わたしは今でもときおりこの実家を見に来るので、現状はよくわかっている。

わたしはこのキッチンの明かりがオイルランプだった時分のことを覚えているし、わたしが五歳になった誕生日の翌日、この家へ電線を引くために男のひとたちがやってきたのも記憶している。母はよく、アーガがあったらいいのにねえ、と口癖のように言っていた。そして、わたしたちを買い物につれていくときには、建築資材を扱っているアーチャーズにしばしば立ち寄って、クリーム色の大きなアーガ・レンジオーブンを眺めたものだった。やがて、アーガ売り場のミスター・グレイはわたしたちのことをおぼえてしまい、母が来店してもわざわざ寄ってこなくなった。帽子のつばの下に赤毛をきちんとたくしこんだ、ピンクの頬にぽっちゃり体型の母は、アーガ売り場にたたずんで、展示してあるレンジオーブンの扉を開けてみたり、二枚の大きなホットプレートにかぶせてある覆いをはずしたりした。わたしたちが帰宅すると、父はいつも、おまえまたアーチャーズへ行ってきただろ、と言って母をひやかした。母は顔を真っ赤にして、午後のお茶のためにハムを切ったりサラダを取り分けた。父は自分が母をひやかしたこともすぐ忘れて週刊新聞に目を落とし、「へえ、こいつは驚いた」とつぶやいたかと思うと、近所の農家のひとが出てくる記事や、州議会が打ち出した新しい計画についての記事を読み上げた。母は父の声に耳を傾け、聞き終わるとふたりでうなずきあった。父はいつも母をひやかしていたが、ふたりはとても仲が良かった。母さんはバラみたいに赤くなる、と父は言った。そのバラが見たくてひやかしていたのだ。

あるとき、まだ電気がくる前のことだったが、わたしは悪夢にうなされたことがあった。泣きながらキッチンへ下りていったとき、もうすぐ五つになるんだから泣くんじゃないよ、と父がなだめてくれたのを覚えているから、たぶん電気がくる二、三ヵ月前頃だろう。「だからもう泣くんじゃないよ、マティルダ」父はわたしを抱きしめて、やさしくそう言った。「五歳の大きいお姉ちゃんは泣かないいんだぞ」わたしはそのまま眠ってしまったのだが、今思い出すのは、悪夢の恐怖が去ったことでもなければ涙が止まったことでもなく、父が抱きしめてくれたことでもない。裏階段を転げ落ちるようにしてキッチンへ下りていったときに見た、父と母のイメージである。オイルランプがふたつ点いていて、カーブを描いた格子の奥にはレンジの火があかあかと燃えていたけれど、重たくて真っ黒なやかんはまだ口笛を吹いていなかった。父は一週前の土曜の週刊新聞を膝に載せたままうたた寝をしており、母のほうは、食事には決して使うことがなかった、ダイニングルームの本棚から取り出してきた本を読んでいるところだった。たぶん母のお気に入りだったロバート・ヒチェンズの『アッラーの庭』だったと思う。二頭の牧羊犬は食卓の下で眠っていたが、わたしが階段のてっぺんの扉を開けて下りようとしたとき、こんな時間に二階の扉が開くのはおかしいぞと感知したらしくいっせいに吠えた。「ああ、よしよし」と言いながら母はわたしに駆け寄ってきて、あのねあたちのおへやのかべに牛がいくつもいたの、としゃべるのを聞いてくれた。母はアーガが買えなかったし、父は農場のやりくりで心配なことも抱えていたけれど、ふたりが揃って腰掛けていた光景はとても幸せそうだったので、そのイメージがわたしの心に焼き付いて離れないのだ。
今振り返ってみると、たぶんじっさいには世間並み以上ではなかったのだろうが、わが家は幸せでいっぱいだったと思う。回想のなかではあらゆるものが、みじめか幸せかに色分けされてしまうものだけれど、思い出すたび、あの家にあふれていた幸福感がまっさきに思い浮かぶ。母がパンを焼いている姿。キッチンはいつも暑かったから額にうっすら玉の汗を浮かべ、太った腕を小麦粉で真っ白にしていた。なめし革みたいに浅黒い父の肌と微笑んだ顔、牧羊犬に指図するときの独特の叫び声、それから、干し草を刈り終えた日に使用人のジョーとアーサーが黄色い切り株に腰掛けて、瓶からお茶を飲んでいた姿。

わが家はチャラコム屋敷から二マイルほど離れたところに建っているが、この家と農場は、かつてはお屋敷直属の自作農場だった。その昔のチャラコム屋敷には召使いや庭師がたくさん雇われていて、厩には馬もたくさんいて、たくさんの馬車が行き交っていた。ところが第一次世界大戦後、当主のミスター・アッシュバートンが屋敷を維持していけなくなったために荒廃してしまった。一九二四年、当主はついにいくつもの貸し付けを受ける立場へと転落し、一九二九年に亡くなったときには負債額が莫大にふくれあがっていたので、ミセス・アッシュバートンはロイド銀行による家屋敷の差し押さえを甘んじて受けるほかなかった。父がチャラコム農場を購入することができた背景には、そういう事情があったのである。このあたりのひとびとがみなかつて語っていたように、屋敷の没落はたしかに悲劇だったけれど、ほんとうの悲劇は、戦争から復員したミスター・アッシュバートン本人が、地所全体の荒廃をくいとめる手を打とうともしない、奇妙な状態になりはてていたことであった。父によれば、チャラコム屋敷そのものの所有権は今ではロイド銀行が持っていて、ミセス・アッシュバートンは死ぬまで屋敷に住むことを許されているのだという。ロイド銀行のことだから、ミセス・アッシュバートンそのひとの所有権も持ってると聞いても驚かないがね、と父は言った。「あの大旦那様はお酒の飲み過ぎで亡くなったんですよ。奥方は承知していながらお酒をやめさせる勇気がなかったんだね」とひとびとがよく言っていた。だが、第一次世界大戦の前には、ミスター・アッシュバートンは精力的で活気にあふれた、まったくの別人だった。その時分には、チャラコム屋敷をはじめとして荘園ぜんたいが、模範的な美観を呈していたのである。

ミセス・アッシュバートンはよくわたしだけに、夫君の話をしてくれた。ものごとを上手にこなせなくなったとはいえ、あのひとが戦争から帰ってきてくれただけでわたしはほんとに幸運なの。あのひとの心は戦争にやられてしまったけれど、死んで帰ってくるよりはよかったのよ、と彼女は語った。そして、チャラコム屋敷の庭師や農場の働き手たち、それから町に住んでいた知り合いなど、戦死したひとびとの話をした後、こう言った。「あのひとがともかくも五体揃った身体で帰ってきたとき、わたしは神様に感謝したわ。見渡す限りどこもかしこもぼろぼろだけどかまいやしない、あのひとだけはまだ生きてるんだもの。わかるでしょ？　マティルダ」

わたしはよくわからなかったが、いつもそうするようにこっくりとうなずいた。続いて彼女は、栄えていたころのチャラコムのこと、夫君のこと、夫君と語り合った話題のことを次々に語りはじめた。ふと気がつくとわたしなんかそっちのけになっているときもあったけれど、彼女は微笑みを絶やさずにひたすら語り続けた。そうしていつも、戦死した男たちのことと、夫がとにかく帰ってきてくれた自分の幸運へと、話は戻っていくのだった。わたしは夫が帰ってきてくれるようにお祈りしたの、それで、屋敷に関係のあるひとやご近所様の戦死の知らせが届くたびに、これでまたうちの夫が生きて帰ってくる確率が高くなったって思ったのよ、と彼女は言った。「統計的な法則にしたがえば、生きて帰ってくるひともいないと。いままでだって戦争から生還したひとが必ずいくらかはいたんだもの。ね、納得がいくでしょう」

ここのところでまた、わたしはいつもうなずいた。そうすると、ミセス・アッシュバートンは、でも振り返ってみると、統計的な法則なんてものをひとの生き死ににあてはめたとは、われながらはしたないことをしたものだわ、といつも反省してみせるのだった。そんなふうに考えたなんて、戦争と同じくらいひどいこと。家で待つほかなかった女性は、恐怖と利己心のとりこになって冷酷になったのよ。戦争になったら冷酷になるのが自然なのよ、とミセス・アッシュバートンは言った。

あのころはドイツ人を憎んでいたけれどそれもはずかしいこと。だって、ドイツ人だってほかの人間と同じただの人間なんだから、と彼女は言った。しかし、ドイツ人について語るときには、彼女の声のなかに憎しみの名残りが聞き取れた。そしてわたしは、彼女がわたしに語って聞かせた話から、ドイツ人というものを想像した。黒いパンを食べ、あまり笑うことがなく、生のベーコンを食べ、厳格で、陰気で、鋼鉄のように無情なひとびと。彼女は、戦争のときにドイツ人がどんなヘルメットをかぶっていたかを説明し、銃剣とはどんなものかを教えてくれた。銃剣が人間のお腹にずぶりと突き刺さり、ちゃんと息の根が止まるようにぐいっとひねられるところを想像すると、わたしはいつも気分が悪くなった。彼女は、毒ガスや塹壕や生き埋めにされる兵士たちのことも話した。聞いていてわかったのは、彼女はわたしを相手に、彼女の夫君が彼女に話したことを一言一句くりかえしたのだろうということである。これらの話はたぶん、ミスター・アッシュバートンの心をずたずたにする原因となった経験談なのだ。戦争について話すときのミセス・アッシュバートンは、声の感じもふだんとはがらりと変わった。夫君の声と、その声の中にある恐怖を真似ようとしているみたいだった――夫は庭を歩いているときに突然泣き出してしまうことがあってね、いったん涙があふれだすともう止まらなかったの。

土曜日、チャラコム屋敷へ向かう二マイルの道のりを自転車でこいで行くあいだじゅう、ディックは一言も口をきかなかった。彼は途中でまえぶれもなく自転車を止め、道ばたの黒い門柱に寄せかけ、その門を乗り越えて生け垣の陰でタバコを吸ったが、そのときも終始無言だった。もしあそこに父が通りかかったなら、何をやっているのか即座に察知しただろう。というのも、ベティーとわたしが細道のところで待っていて、その周囲にはディックがいつも吹いてみせるウッドバインのぽっかりした煙がただよっていたからである。父の姿がみえたらディックに知らせるのがベティーとわたしの役目だったが、その午後父は来なかった。ディックが一服吸い終えたところで、三人はふたたび自転車をこいで行った。

わたしたちは以前にもしばしば、チャラコム屋敷へお茶に招かれた。ミセス・アッシュバートンは、ここを訪れるお客さまはあなたたちだけよ、と言い、八十一歳にもなると古いお友達のほとんどはもう死んでしまったから、と説明した。わたしたちはいつもキッチンでお茶をいただいた。そこは石油の匂いがするとても広い部屋で、肘掛け椅子がいくつかとラジオが一台あって、レンジを燃やし続けるのは不経済だと考えたミセス・アッシュバートンが煮炊きにも使っている、石油ストーブが置かれていた。お茶菓子には、オート麦のビスケットとバターを塗った白パンと黒パン、それに彼女が町のお店で買ってきたジャムが数種類とケーキが並んだ。ケーキは、たいていフルーツケーキだった。腹ごしらえがすむと、わたしたちは彼女と一緒に屋敷内を見て回った。彼女は、屋根が落ち込んでいるところや木材が乾燥腐敗したところ、また、窓ガラスの割れているところなどをいちいち指さした。戦争後この屋敷の大部分は使用しておらず、一九二九年にミスター・アッシュバートンが亡くなってからは、日常生活に使っている区画はいっそう狭くなったのだという。わたしたちはそうしたこまかいことまでみな覚え込んでしまった。彼女が同じ話を何度も聞かせたからである。いくつもある納屋のひとつには、タイヤがパンクした自動車が一台放置されており、庭はどこもかしこも牧草や雑草が覆い尽くしていた。シャクナゲもフジウツギもヤマブキもアジサイも、みな日当たりが悪いので枯れていた。

屋敷は四角い灰色の建物で、両側に小さな翼が張り出していた。十八世紀古典様式（ジョージアン）の石造りで、正面の幅広い石段を上がると玄関の大扉があった。その扉の両側には側柱が控え、上面には扇形の明かり取り窓がついていた。建物正面は砂利敷きで広々としていたはずが、草にくわえて苔まで分厚く生えてしまったので、雨の日にはずるずるすべるありさまだった。建物の周囲に広がっている芝生は草ぼうぼうで、まるで牧草地みたいだった。例のテニスコートは、ミセス・アッシュバートンが話題にするまでそんなものがあったことさえ知りもしなかったのだが、ジャングルのようになった低木の植え込みの向こう側にひっそり隠れていた。

「わかる?」と彼女は言った。「ディック、ほら、これがコート」丈の長い時代遅れのドレスを着て、白くてつばの広い帽子をかぶった彼女は、午後の強烈な日差しをさけるためにサングラスもかけていた。

テニスコートの草は高さ一ヤードまで伸びて、ネットを張るための錆びた支柱とほとんど同じ高さになっていた。「こういうありさまなのよ」と彼女は言った。

そして彼女はわたしたちの先頭に立って、自動車が置いてある納屋を通り越して厩のある中庭まで歩いていき、一軒の小さめな物置小屋の中に入った。そこにはさっき見た支柱と同じくらい錆びた芝刈り機があり、同じく錆びついた線引き道具（マーカー）と鉄製のローラーもあった。屋根裏の梁と梁の間には、ぐるぐる巻きにしたネットが押し込んであった。「夫はテニスが大好きでね、ほんとに夢中だったのよ」と彼女は言った。

彼女は物置小屋を出て、わたしたちもその後をついて厩のある中庭を横切り、裏口からキッチンへ入った。彼女はお茶を入れながら、ミスター・アッシュバートンの思い出話をした。

わたしたちは町のお店のフルーツケーキを食べながら、耳を傾けた。どれも聞いたことのある話ばかりだったけれど、ケーキとビスケットとバターつきのパンといろいろなジャムをごちそうになるのだから、がまんして聞くだけの価値はある、と思っていた。なにしろ、お暇（いとま）する前にはいつも、ジンジャービールと受け皿の上で折り分けたチョコレートまでもらったのだから。彼女は、さきの女王様がお亡くなりになった年の六ヵ月後に、ミスター・アッシュバートンとの間に生まれたかもしれなかった赤ん坊のことを語った。その子は流産したのだ。「すべてがうまくいかなかったのね」と彼女は言った。そして、チャラコム屋敷で行なわれたパーティーのことを話した。シャンパンにイチゴにクリーム、さまざまなパーティー・ゲーム、それに奇抜なドレスのことも。

「そうだわ、テニスパーティーをやってみましょうよ」と彼女は言った。

ディックはため息をついてみせたが、ほんのかすかな音だったのでミセス・アッシュバートンの耳には届かなかった。

「テニスパーティー?」とベティーはつぶやいた。

「そうよ、そうなのよ」

その朝、ディックとベティーは出がけに喧嘩をした。今日だって一緒にお茶におよばれしなくっちゃ、いままでいつも一緒に行ってるんだから、とベティーは言い張ったのだけれど、ディックに言わせれば、ミセス・アッシュバートンはずるい、彼女がぼくたちを何度もお茶に招いたのは、そのうちちょうどいい時期がきたら、ぼくたちにあの古いテニスコートをきれいにさせようっていう魂胆だよ、となる。「ちょっと、ばかなこと言わないでよ！」ベティーは大きな声を上げ、ミセス・アッシュバートンがテニスコートのことを話題にしたからというだけで、せっかくおよばれしたお茶に行くのをやめたら、お兄ちゃんは最低最悪の冷酷人間だわ、と言った。兄にたいしてはわたし自身も腹が立った。それに、しかたがないとあきらめつつミセス・アッシュバートンとおつきあいしていた背後に隠されていた目的が、テニスコート問題の浮上とともにふいに明るみに出たので、わたしたちはみな苦い思いをかみしめることになった。わたしは、彼女がわたしのことを「マイ・マティルダ」と呼び、両腕をわたしの肩にまわすのが嫌いだった。また、生まれてくるはずだった子どもは女の子とわかっていたからマティルダっていう名前をつけるつもりだったのよ、という話も嫌いだった。戦争の話や、夫が残骸のようになって帰ってくる話、シャンパンとイチゴとクリームの話など、同じ話ばかり延々と聞かせられるのにもうんざりした。「かわいそうなミセス・アッシュバートン！」というのがわたしたちの口癖だったのに、はるばるチャラコム屋敷まで自転車をこいで行って、土曜の午後のひまな時間をつぶし続けた本当の目的は、彼女がかわいそうだからではなかったのである。

わたしたちがテーブルの上のものをぜんぶたいらげてしまうと、ミセス・アッシュバートンは

「ちょっと戻って、もういっぺん見てみましょうか?」と言い、はかないような、ほとんど美しいと言っていい独特の表情で微笑んだ。それを見てわたしは、ミセス・アッシュバートンはずるい、と言ったディックはたぶん間違っていたんじゃないかと思った。彼女は先に立って草ぼうぼうのテニスコートへ歩いて行き、わたしたちは四人揃ってコートを眺めた。

「タバコを吸ってもいいのよ、ディック」と彼女は言った。

ディックは笑うしか反応のしようがなかった。そして日没の太陽みたいに顔を真っ赤にした。彼は赤く錆びた支柱をぽんと蹴ると、できるかぎりさりげなくポケットに手を突っ込んでつぶれたウッドバインの箱をとりだし、がさごそ音をたててマッチ箱を開けた。ベティーは兄を肘で突いて、ミセス・アッシュバートンにも一本あげたら、とうながした。

「ひとついかがです、ミセス・アッシュバートン?」とつぶれた箱をさしだしながらディックが言った。

「そうね、じゃあいただこうかしら、ディック」彼女は笑いながらタバコに手を伸ばして、一九一五年以来吸ってなかったのよ、と言った。ディックは彼女のためにマッチを擦った。その拍子にマッチ棒が何本か、丈の高い草むらに散らばった。兄はくわえたばこで、落ちたマッチ棒を拾い上げて箱にしまった。ふたりのとりあわせはなんだかおかしかった。ミセス・アッシュバートンは、大きな白い帽子にサングラスのいでたちだった。

「草刈り鎌が必要ですね」とディックがつぶやいた。

それがテニスパーティーの発端だった。次の土曜日、ディックが草刈り鎌をさげて歩いていくと、ミセス・アッシュバートンは二十本入りのプレイヤーズを用意して迎えた。ディックは鎌で草を刈り、古い手動の芝刈り機も使ってみた。刈り株はなかなか手強くて、ようやく短く刈り込んだときには、コートのあちこちに土が大きく剝き出しになった部分ができてしまったけれど、ベティーとミセス・アッシュバートンは、だいじょうぶ、気にならない、と言った。夏になったら苔みたいにコートが使えるよう、春のうちに新しい芝生の種を蒔いておきます、とディックは説明した。その後で二週間ほど長雨が降ったが、おかげでディックがローラーでコートの凹凸を均すこともできたので、かえって好都合だった。ベティーはディックの手伝いをし、後のほうではコートに線を引く作業も一緒にやった。彼女はしばしば想像の中でわたしのことを、生まれなかった彼女の娘と重ねていたようだった。ミセス・アッシュバートンとわたしは手をつないで、そうした作業を見守った。

わたしたちは、土曜だけでなく日曜の午前にもチャラコム屋敷へ通うようになった。行くといつも、クレイヴンAの箱と、ジンジャービールと、チョコレートがわたしたちを待ちもうけていた。わたしたちの誰かがテニスコートやミセス・アッシュバートンが納屋で見つけたぐるぐる巻きのネットのことを話題にすると、父は決まって、「もちろんそいつは彼女の財産じゃないんだけどな」と言った。日曜の午餐のとき、家族が勢揃いしてキッチンの長い食卓を囲むと、父はいつもディックに向かって、テニスコートはどんな具合になってるのか尋ねた。そして、あのテニスコートとそれに付随するすべてのものはロイド銀行の持ち物なんだ、とつけくわえた。日曜の午餐の献立はいつも同じで、ローストビーフにローストポテトにヨークシャープディング、それと季節に応じてニンジンか芽キャベツ、そしてアップルパイとクリームだった。

父からテニスコートについて尋ねられても、ディックはあまり多くを語らなかった。父は、ローストポテトをグレービーのなかへどっぷりつけながら、「油断は禁物だ、なあ、おまえ」と言ったものだ。「ロイド銀行は容赦ないからな」そうして父の話題は、ロイド銀行から母が欲しがっていたアーガのレンジへと移り、お談義がはてしなく続いたのだったが、はたして父がまじめに話しているのかふざけているのかは誰にもわからなかった。上着を椅子の背もたれに掛けて腰を下ろした父は、ものを食べるときも話すときも、微笑んだりはしないひとだった。農夫っていうのはそういうものなのよ、と母が言ったことがある。ベティーが父に腹を立てたときのことだ。農夫っていうのは慎重で、油断なく、賢い人間なの。父さんはベティーとディックとミセス・アッシュバートンがテニスコートをもとに戻そうとしていることに反対してるわけではないの、むしろ応援しているわ、と母は説明した。その晩、父はみんなに、あそこの家屋敷はなにからなにまでロイド銀行が差し押さえているんだからな、とあらためて駄目押しした。

ミセス・アッシュバートンは、保管用の締め具がはまったテニスラケットを六本、どこからか掘り出してきた。これらもあきらかにロイド銀行の所有物であるはずだった。ディックはそれらの状態を調べて、うん、悪くない、と言った。見た目は古めかしいし、表面のワニスは剝がれていたけれど、ガットが切れていたのは二本だけだった。ディックによれば、その二本だってじゅうぶん使いものになるということだった。ふたりはタバコに火をつけて、ミセス・アッシュバートンはディックに、テニスボールを買う代金として十シリング受け取ってちょうだい、と言い張った。

わたしはミセス・アッシュバートンと一緒に腰掛けて、できあがったコートでディックとベティーが初試合をするのを見物した。ローラーで地ならしをやったにもかかわらず地面はまだでこぼこしていたので、ボールは奇妙なはずみ方をした。芝生も緑に生え揃ってはいなかった。茶色っぽい黄色で、ところどころに黄土色の地面がむき出しになっていた。ラリーが続くたびにミセス・アッシュバートンは手を叩いた。兄は六対一、六対四のスコアでベティーを下した。その後、わたしに、どうやったらネットをかすめてボールを打ち込めるのか、どうやったらボールをボレーで打ち返せるのかを教えてくれた。「すばらしいわ、マティルダ！」とミセス・アッシュバートンはいつものしわがれ声で歓声をあげた。「すばらしいわ、ほんとうに！」

わたしたちはその夏ずっと、学期中は毎週土曜と日曜、休暇に入ってからはほとんど毎晩、テニスを楽しんだ。夕刻以降にしか時間がとれなくなったのは、学期末からディックが農場で働きはじめたからである。「タバコは吸いたかったら吸っていいぞ」夏休みの初日、朝食の食卓で父が言った。「隠したってなんにもならんからな」ディックやベティーの友達たちもチャラコム屋敷へやってきてテニスをした。コリン・グレッグ、バーバラ・ホウゼル、ペギー・ゴス、サイモン・ターナー、ウィリー・ビーチ。にぎやかに楽しむのはミセス・アッシュバートンが望んだことでもあった。ときにはわたしの友達もやってきたので、わたしはネットの近くに立って、ラケットの柄の真中をにぎってかまえるのよ、と教えてあげた。ミセス・アッシュバートンは八月三十一日の木曜日にテニスパーティーを開くことに決めた。木曜日には町の仕事が半ドンになるからであった。

今になって振り返ってみると、彼女はほんとうに長い年月をかけて、テニスパーティー実現をめざして、ひとつひとつ手を打っていたのだとわかる。軽二輪馬車に乗った彼女が例の細道あたりでわたしたちをよく待ち伏せしていたのは、わたしたちがチャラコム屋敷のいちばん近くに住んでいる、かつてはお屋敷のものだった農場の子どもだとわかっていたからだ。そして、ディックが力仕事もできるくらい大きくなり、ベティーもものごとに興味津々な年頃になったと見るや、フルーツケーキとタバコで懐柔しておいて、一か八かの勝負に出たのである。荒れ果てた屋敷にぽつんとひとりたたずんで、テニスコートの草の丈が高くなっていくのとディックとベティーが成長していくのを見比べながら、夫君がドイツ皇帝（カイゼル）の戦争のために頭をやられる以前には屋敷でよく開催していたテニスパーティーを夢見る彼女の姿を、わたしは今思い描くことができる。

「八月三十一日だからね」ある日曜の午餐の食卓で、ベティーは父と母に念を押した。「ふたりとも来るわよね」と勢いこんでまくしたてた後、父と母に笑われて姉は顔を赤くした。

「ロイド銀行は相当怒ってるらしいぞ」と父はやっきになって話した。「財源が逼迫してるからな。すべての金の支払いを求めているのさ」

ディックとベティーは何も言わなかった。ふたりともローストビーフを食べるのに一所懸命なふりをした。

「そんなことないに決まってるじゃない」と母が言った。

「連中はチャラコム屋敷をどっかの建設業者に売り払っちまおうという魂胆だぞ。なにしろテニスコートも整備し終ったんだから」

「パパ、ばかなこと言わないで」とベティーは顔を真っ赤にして言った。わたしたち三人はよく顔が赤くなった。母からの遺伝だった。父のほうは浅黒かったから、赤くなっても誰も気づかなかっただろう。

「言っとくがな、諸君。家屋敷に品格をあたえるものとして、テニスコートにまさるものはないんだぞ」

父も母もそれまでテニスコートというものを見たことさえなかった。父は、それがどんなものか確かめるためにわざわざ屋敷まで行ってみるつもりもなかっただろうし、母は、いつも忙しく料理やら家じゅうの取っ手の真鍮磨きやらに明け暮れていた。だから当然ふたりとも、テニスのルールなど知らなかった。わたしたちがテニスをはじめたばかりのころ、ベティーがよく紙切れにテニスコートの図を書いて説明してあげたものだった。

「わたしたちもテニスパーティーへ行くわよ、もちろんですとも、ベティー」母は静かに答えた。

だがな、そのパーティーの真っ最中にだね、真っ黒で固そうな帽子をかぶったロイド銀行のまわし者がつっつっつっとコートへ歩み寄ってきて、全員に、今すぐ家へ帰りなさい、って命令するんだぞ。父はしつこく話し続けた。

「もう、ジャイルズったら、やめてちょうだい」と母はぴしゃりと言い、いくらなんでも言い過ぎでしょ、とつけくわえた。父は大笑いして、母にウィンクした。


ミセス・アッシュバートンは、近所の農場から町のお店にいたるまで、考え得るかぎりすべてのひとびとをテニスパーティーに招待した。ディックとベティーは友達とその親たちに声をかけ、わたしもベル・フライと、ゴリーとシートン家のひとたちを誘った。母とベティーは、メレンゲとブランデー・スナップとフルーツケーキとビクトリア・サンドイッチとスコーンと丸パンとショートブレッドをつくった。それから、サーディンのサンドイッチと卵のサンドイッチとハムのサンドイッチをつくった。わたしは、パンにバターを塗り、クリームをホイップし、サンドイッチを載せたお皿を霧を吹いたふきんで覆う係だった。ディックはテニスコートの脇に生えていた灌木の茂みを伐り払って、やかんをかけておくための火を焚いた。牛乳は瓶に注ぎ分けて食料貯蔵室で冷やしておくことにした。八月三十一日はよく晴れた暑い日になった。

父は午餐のとき、テニスコートまで料理とわたしたちを乗せていくはずだったトラックのキャブレターが壊れて動かなくなった、と言った。ジョーとふたりで直そうとして午前中いっぱい作業したんだが、半日無駄になっただけだ、とのことだった。そのときは、父のたくらみに誰ひとり気がつかなかった。

わたしがいちばんよく覚えているのは、その日のみんなのいでたちである。白いロングドレスに身を包み、白くてつばの大きな帽子をかぶり、サングラスをかけたミセス・アッシュバートンは、熊手みたいに細かった。父は日曜に教会へ行くときに着るダークブルーのスーツを着込んで、髪をきちんとなでつけていて、とくべつに髭を剃って念入りに洗った顔は、色こそなめし革みたいな茶色だったけれど、ぴかぴかに輝いていた。母は頬と鼻筋におしろいをつけ、唇にはベティーのを借りたらしい口紅まで塗っていた。ドレスは、うす青色の地に白い小花を散らした柄。きょうのこの日のために母は二週間かけて、自分ひとりでこのドレスを縫い上げたのだった。赤毛の髪は洗いたてだったので、柔らかそうだったけれどすこし跳ね気味にみえた。父はあのスーツを着るといつも、どこかそわそわしてみえる。その日も同じだった。そばかすだらけの父の両手は、両脇に所在なさげにだらりと下がっているかと思うと、慣れない手つきでカップやら受け皿やら取り皿やらを手にしていた。母の顔はおしろいの下で紅潮しており、ときどきことばがすんなり出てこないようすだった。母は緊張するとそんなふうになるのだ。

ベティーは、母が縫い上げた白いテニスドレスがよく似合って美しかった。ディックは、ミスター・ボウからもらった白いフランネルの長ズボンをはいていた。町で事務弁護士をしているミスター・ボウは、大昔にチャラコム屋敷でのテニスパーティーに何度か出たことのある人物だが、御年七十二歳の胴回りは、五十年以上も保存してあったそのズボンにはもう入らならなくなってしまったのである。母はわたしにもテニスドレスをつくってくれたのだけれど、パーティーの当日わたしは照れくささが先に立って、メレンゲやケーキの皿を配る以外のことをする気持ちになれなかった。そもそもテニスは真剣勝負だったので、プレーしたいなどとは露ほども思わなかった。試合は混合ダブルスで、ベティーとコリン・グレッグ組対ディックとペギー・ゴス組、サイモン・ターナーとイーディ・ターナー組対バーバラ・ホウゼルとウィリー・ビーチ組が戦うことになった。

父が何年も会ってないというひとたちや、父と同様テニスをするつもりのないひとびとがたくさん集まってきた。人混みを分けるようにして、ディックとベティーとミセス・アッシュバートンがネットを張った。そして、そんなに山のような食べ物を準備してどうするんだい、と文句を言った父を見返すかのように、自家用車や一頭立て軽装二輪馬車やポニーにひかせた軽装馬車が次から次へとやってきた。お客さんたちは、ベル・フライとわたしがメレンゲの皿を手渡すと、いちいち会話を中断して、これはこれはどこのお嬢ちゃんたちかいな、と声をかけてきた。ミセス・アッシュバートンはコートの周囲の草の上にラグを敷きつめた。前の週にディックが修理した、白くて飾りのたくさんついた椅子四脚もお目見えした。「昔とそっくりですなあ」とミスター・レイスが言った。このひとは町からやってきた穀物商であった。母はそわそわしていた。わたしには母が何を心配しているのかがわかった——彼女は、父の苦心のジョークがホントになってしまうのじゃないか、いまにもロイド銀行の男が到着して、当行の許可なしにテニスをするとはみなさんいったい何を考えているんですかなどと言うんじゃないかと、気を揉んでいたのだ。

もちろんそんなことは起こりはしなかった。ラケットからはじけ飛ぶボールは、午後の終わりめがけて砂ぼこりを巻き上げながら、ネットの向こう、またこちらへと、びゅんびゅん音をたてて往復した。選手がボールを返し損なうと落胆のどよめきがおこり、笑い声が寄せては返した。日差しは暑く照り続け、選手たちが汗をぬぐう頻度は増し、草の上に敷いたラグは日陰へと移された。ベル・フライとわたしはボール拾いをして、サーバーにボールを投げた。ミスター・ボウは、ディックには良い選手になる素質がある、と言った。

ミセス・アッシュバートンはプレイヤーズを手にひとびとの間を歩きまわり、ひとりひとりに話しかけた。そして、母のところへひんぱんに寄って、ほんとにいろいろ御世話になりました、とお礼を言っていた。彼女はわたしに出会うたび、髪にキスをした。ミスター・レイスは、彼女の握手のしかたには侯爵夫人を思わせるところがありますな、と言った。教区牧師のミスター・スロートアウェイは上機嫌で笑っていた。

午後六時、ひとびとがそろそろ帰り支度をはじめようかと考えていたところへ、父が、じつはトラックにビールとりんご酒（サイダー）を一樽ずつ積んできてるんですがねえ、と発表して一同を驚かせた。父について行ってみると、防水布で覆って冷やした樽がふたつ準備されており、木製のバター箱ふたつの中には水夫の歌亭（ハート・オブ・オーク）から借りてきたグラスがぎっしり入っていた。父はトラックを木陰から移動して荷台をテニスコートに寄せて止めた。そして、父とディックが樽をセットし、ほかの男たちが手分けしてビールとりんご酒のどちらか好きなほうをみんなに配った。「アッシュバートンの大旦那様みたいね」と話している声が聞こえた。ミセス・ガーランドとかいう名前の女のひとだった。

「ほんとに、あのお方みたいだわ」

テニスがお開きになったのは夜の十時近くだった。ラケットからラケットへと打ち返されるボールが、輪を描いてネットの上を飛んだり、コートの外へ跳ねていったりするのが、もうほとんど見えなくなっていた。父とミスター・レイスはまだビールを飲んでいた。少し離れたところにたたずんでいたのは、乳搾りを終えてからやってきたジョーとアーサーで、彼らもビールのグラスを手にしていた。母とミセス・ガーランドとミス・スイートとミセス・ティサードがお茶を入れ、ベル・フライとわたしがまだ残っていたサンドイッチとケーキを配って歩いた。今日はミセス・アッシュバートンの人生で最良の日になったね、とジョーがつぶやいた。そして、わたしたちふたりにむかって、「きみたちはまだしばらくりんご酒はおあずけだな」と言った。

お終いにはみな腰を下ろして、蚊を叩きながらサンドイッチとケーキをたいらげた。ベティーとコリン・グレッグはりんご酒を飲んでいたが、コリン・グレッグがベティーのことばかりじっと見つめているようすから、恋をしたんだな、とすぐわかった。並んで腰掛けた彼は、ベティーの左手を握っていた。もう暗いから誰にも見られていないと思っていたようだが、ベル・フライとわたしはしっかり見ていた。家へ帰る直前、ベル・フライとわたしが屋敷の前庭のあたりで幽霊ごっこをしていたら、シャクナゲの茂みの蔭でベティーとコリン・グレッグがキスしているのを見てしまった。ふたりは草の上でたがいの身体に腕をまわして、長い長いキスをしていた。永久にそのままでいるのかしら、と思うほどだった。ふたりは、ベル・フライとわたしがいることにさえ気づかなかった。ベティーは「ああ、コリン！」と言い続けていた。「ああ、コリン、コリン！」

わたしたちはミセス・アッシュバートンにお別れのあいさつをしたかったのだけれど、どこにもいなかった。そこらじゅうを走り回って探しても見つからないので、ベル・フライが、たぶんお屋敷のなかにいるのかも、と言った。

「アッシュバートンさーん！」と厩のある中庭からキッチンに通じている扉を開けて叫んでみた。「アッシュバートンさん、いますか！」

窓ガラスが汚れているので、キッチンの中は昼間でも薄暗いのだが、そのときはもう外よりも暗くて、ほとんど真っ暗闇だった。

「マティルダ」ミセス・アッシュバートンの声が聞こえた。彼女は石油ストーブのそばの肘掛け椅子に腰掛けていた。そこにいるのは声でわかったが、姿は見えなかった。

「さようならのごあいさつをしに来ました、アッシュバートンさん」

ちょっと待って、チョコレートがひと皿あるのよ、と言う声が聞こえた後、彼女が座っている脇のテーブルの上を手探りする音がした。ランプの覆いガラスをはずして、マッチをする音。彼女は芯に火を点けて、ガラスをもとに戻した。ランプの明かりに照らされたミセス・アッシュバートンは疲れているみたいだった。両眼が落ちくぼんでしまったようにみえ、やせた顔はほとんど不吉な印象を与えた。

わたしたちが石油の匂いがするキッチンでチョコレートを食べている間、ミセス・アッシュバートンは一言もしゃべらなかった。わたしたちはもう一度、さようなら、と言ったが、彼女は黙りこくったままで、うなずきもしなければ、首を振りもしなかった。いつもはお別れのキスをしてくれるのにきょうはしてくれないので、わたしのほうからキスをした。彼女の頬はしわくちゃにした紙みたいな感触だった。

ベル・フライとわたしがキッチンの扉のあたりまで戻ったところで、彼女は、「今日一日、とても幸せだったわ」と言った。「すてきな一日だった」と、わたしたちにではなく自分自身に語りかけるようにつぶやいた。彼女は泣いていた。そして、ランプの光の中でまっすぐ前を見つめながら微笑んだ。「これでお終い、またしても」と彼女は言った。

彼女がなんのことを言おうとしたのか、わたしたちにはわからなかったが、たぶんテニスパーティーのことだろうと思った。厩のある中庭を突っ切っていくとき、ベル・フライが「またしても」とくりかえした。べそをかいているよう声だった。感傷にどっぷりひたっていたのだ。「アッシュバートンさんってかわいそう！」彼女はもらい泣きしはじめた。あるいは泣きまねをしているのかも知れなかった。「想像してごらんよ、八十一歳になって、キッチンに腰掛けて、いままでやったテニスパーティーのことをぜんぶ思い出してるんだよ。それで、自分はもうじき死ぬんだってわかってるの……さあ競走よ、よーい、ドン！」とベル・フライは言った。おセンチな気分は早くも忘れたようだった。

家への帰途、ジョーとアーサーは、ディックとベティーと一緒にトラックの荷台に乗っていった。コリン・グレッグは自転車で帰った。ミスター・ボウは愛車のモリス・カウリーの助手席にミセス・ティサードを乗せ、後部臨時座席（ディッキー・シート）にはミスター・ティサードとミス・スイートを乗せて帰っていった。父と母とわたしはトラックの運転席に無理やり乗り込んだ。あまりにぎゅうぎゅうだったので、父はギアチェンジをすることができず、農場までずっとファースト・ギアのままだった。荷台ではジョーとアーサーとディックが歌を歌っていたが、ベティーの歌声は聞こえなかった。きっとベティーは荷台に腰掛けて夜空を見つめながら、コリン・グレッグのことを思っているんだろうな、とわたしは想像した。ベティーの寝室にはクラーク・ゲーブルとロナルド・コールマン、それからクローデット・コルベールと小さなプリンセスたちの写真が飾ってあった。ベティーはコリンと結婚するんだよ。わたしはトラックに揺られながら自分自身に話しかけ続けた。そのうちまたテニスパーティーが開かれるだろうけれど、そのときにはベティーはもう大人で、自分がどうしたいかもちゃんとわかっていて、コリン・グレッグに求婚されたらイエスと答えるんだ。チャラコム屋敷裏のでこぼこの並木道をトラックに揺られながら、とてもきれい、とわたしは思った。テニスパーティーそのものと同じくらい、ベティーの真っ白なドレスと長い髪や、太陽の下でみんな揃って試合を見たことや、夜のとばりがゆっくり下りてきたのと同じくらい、このでこぼこ道がきれいだと思った。「あれですべて終わったってことだな」と父が言った。でも、その声は深刻すぎて、テニスパーティーのことを言っているとは思えなかった。父は、ミスター・ボウとミスター・レイスと話し合ったという話の中味を聞かせてくれたけれど、父の声がパーティーのときとはまるで違ってひどく憂鬱なかんじだったので、わざと耳を貸さなかった。わたしは母の膝の上によりかかってうとうとしていた。父さんはきっとまたロイド銀行の話をしているんだろうな、と思った。母が父にあいづちを打っているのが聞こえた。

目が覚めたらわたしの寝室にいて、母がわたしのドレスを脱がせてくれているところだった。「なんでなの」とわたしは尋ねた。「テニスパーティーが終わったからなの？　なんでみんなそんなに悲しそうにしているの？」

母は首を振ったが、母自身もとても悲しそうに見えたので、わたしはもう眠くなくなったと言って質問を続けた。しまいに母は、わたしのベッドの端に腰を下ろして、どうやらまたドイツ人を相手に戦争がはじまりそうなのよ、と言った。

「ドイツ人?」とつぶやきながらわたしは、ミセス・アッシュバートンがよく話していた、陰気で、鋼鉄のように無情な、黒いパンを食べるひとびとのことを考えていた。

だいじょうぶよ、と母は作り笑いをしながら言った。そして、ドイツの飛行機が夜飛んできたとき家の窓の明かりが見えないように、とくべつなカーテンをつくらなくちゃいけないの、と言った。お砂糖が配給制になるかもしれない、とも言った。

ベッドに横になって母がしゃべるのを聞きながら、ミセス・アッシュバートンが「これでお終い、またしても」と言った理由がようやくわかった。そして次にどんなことが起こるのかも、わたしにはわかっていた。考えたくなかったけれど考えずにはいられないこと――父は戦争に行ってしまう。ディックも。ジョーもアーサーも、ベティーのコリン・グレッグも。わたしはミス・プリチャードの学校へ通い続け、やがてはグラマースクールへ進学する。そして、父は殺される。ひとりの兵士が銃剣をかざして父に突進し、父の腹部に突き立てた銃剣をぐいとひねる。ディックは同じことをべつの兵士に向かってする。ジョーとアーサーは塹壕の中で行方不明になる。コリン・グレッグは銃撃されて死ぬ。

母はわたしにキスをして、眠る前にお祈りをとなえなさい、と言った。わたしもお祈りするから、あなたも平和が続くようお祈りなさい。そうすればきっとだいじょうぶ。

母は階下へ下りていったけれどわたしは眠れずにいて、ドイツ人への憎しみがふつふつと沸き上がってきた。だが、ミセス・アッシュバートンがそうだったようにその憎しみを恥じることはなかった。ドイツ人は、あの日のわたしたちみたいにテニスなんかしない。ドイツ人は立食パーティーでお茶を飲まない、サンドイッチを食べない、夜がきても蚊を叩かない。ドイツ人は過去を再現しようと思わないし、母と父と、ミスター・レイスとミスター・ボウとミスター・スロートアウェイとミスター・ガーランド、それからベティーとディックとコリン・グレッグみたいに、過去を再現したいと思ったお年寄りの女性を手助けすることもない。ドイツ人はそんなことしない。ロイド銀行がミセス・アッシュバートンそのひとの所有権を持っていたって驚かないがね、という父のジョークも、ドイツ人にはわからないだろう。

わたしは平和が続くようお祈りなんかしなかった。そのかわりに、戦争が終わったら父とディックが帰ってきますように、と祈った。ジョーとアーサーとコリン・グレッグが帰ってきますようにとは祈らなかった。というのも、ミセス・アッシュバートンの統計的な法則によれば、誰かが殺されなければならないのだから、そこまでお祈りしたらやりすぎになると思ったからだ。戦争になったら冷酷になるのが自然なのよ、とミセス・アッシュバートンが語ったときには本当の気持がのみこめなかったけれど、その時はじめてその意味がよくわかった。彼女が言った統計的な法則もよくわかるし、真っ暗なキッチンにひとりぼっちで腰掛けて、昔のことを思い出して泣いていたのもよくわかる。彼女のテニスコートに生えるだろう草のことと、冷酷になるのが自然なのだということについて考えながら、わたしも泣いた。

# 二、サマーハウス 2. The Summer-house

父は二度、予告なしに、突然戻ってきた。キッチンへふらりと舞い戻ってきたのだが、一度目はある木曜日の午前中で、キッチンには誰もいなかった。二度目も木曜日で、こんどは午後だった。

一度目のとき、母は、その朝雌鶏が産んだ卵を四つ抱えて中庭を横切ったときなんかへんだなって感じたのよ、と語った。ふだんならその時間帯にはそのあたりにいる牧羊犬が見あたらなかったので、いつもと違うとなんとなく感じたのだそうだ。数時間後、ベティーとディックとわたしが学校から帰ってきたとき、母は父と一緒にキッチンの食卓を囲んでおしゃべりしていた。父は軍服を着たままだった。食卓の上には、大きな茶色のティーポット、お茶の葉の滓が残るふたつのティーカップ、パン切り台の上に載ったパン、それにバターとブラックベリーのジャム。父がフライを食べたお皿もあって、卵の黄身のあとが残っていた。その光景はいまでもきのうのことのように目に浮かぶ。父はわたしたちに向かって、ゆっくりからかうように微笑んでみせた。わたしたちが家のキッチンで突然父の姿を見つけたときに感じた衝撃さえも、おもしろがってジョークの種にしているみたいだった。ベティーは父のもとへ走り寄り、抱きついた。わたしも抱きついた。ディックは困ったようにただ突っ立っていた。

二度目のとき、父は四時半にキッチンへ入ってきた。わたしは学校から帰ってきたばかりで、ひとりでお茶を飲んでいるところだった。

「ハロー、マティルダ」と父が言った。

わたしはそのとき、十一歳に手が届こうとしていた。ベティーは十六歳、ディックは十七歳だった。二度目のときには、ディックは家にいなかった。彼自身がもう兵隊にとられていたからだ。ベティーはグラマースクールを卒業後、母を手伝って農場の仕事をしていた。わたしはまだミス・プリチャードの学校に通っていた。

近頃可愛いくなったね、とみんながよく言ってくれたけれど、ほんとうにそうかしらと思っていた。髪は母に似て赤っぽい色だったが、わたしのはくせっ毛でなかったから面白味がなかった。顔のそばかすは大嫌いだったし、目の青い色も好きでなかった。それに、マティルダと呼ばれるのが嫌でたまらなかった。ベティーとかディックのほうがずっといい名前だと思った。しかも、ベティーはいまや美しかったのだ。友達のベル・フライもだんだんきれいになってきていた。わたしにはスペイン人の血が入ってるの、と言い張っていたが、その血がどこからきたのかはまったく不明だった。彼女の髪は黒くて光沢があり、肌は真冬でも彼女の目の色と同じくらい深い茶色だった。わたしは、自分が彼女みたいな容姿で、あのほれぼれするような響きのベル・フライという名前で呼ばれたら、どんなに素敵だろうと思った。

その木曜日の午後、まえぶれもなく帰宅した父に、わたしはお茶を入れてあげた。ずいぶんしばらくぶりに会ったので、ちょっと照れくさかった。父は黙ってわたしの手元を見ていた。そうかおまえ、お茶が入れられるようになったのか、ぐらい言ってくれてもよかったのに。父はふと、この前帰ってきたとき以来、まともなお茶を飲んでないんだよ、とつぶやいた。「やっぱり家がいちばんだな、マティルダ」

それから数週間後、母から父の死を告げられた。父にお茶を入れたのと同じくらいの時刻で、しかもまたもや木曜日だった。なま暖かい六月のその日の午後、うんざりした気分でとぼとぼ学校から帰ってきて、その知らせを聞いたのである。

「ベル・フライったら、今日は二時間居残り勉強させられてるのよ」としゃべりながらキッチンへ入っていった。すると母が、ちょっとそこへ座りなさい、と言った。

木曜日ばかり三回も重なったのは驚くべきことだ。その晩ベッドの中でまんじりともせずに父のことを考えていて、それに気がついた。父が殺されたのも木曜日だったんじゃないかしら、と思った。

曜日にはそれぞれ独特なところがある。各々に異なる性格があり、異なる色まで持っていた。月曜は明るい茶色、火曜は黒、水曜は灰色、木曜はオレンジ、金曜は黄色、土曜は紫っぽくて、日曜は白。火曜は二時間続きの歴史の授業があるので好きだった。金曜はぬくぬくした曜日。土曜はいちばん好きな曜日。木曜日は今や、特別な曜日になった。カレンダーに悲しみで印をつけ、もうこれ以上泣けないほど泣いたからだ。年老いたミセス・アッシュバートンが周囲数マイル在住のひとびとすべてを招待した、あのテニスパーティーが開かれたのも、木曜日の午後だったことを思い出した。思えば、ドイツ人を敵に回して戦争がはじまるのだと知ったのも木曜だった。一九三九年八月三十一日、木曜日。

お葬式をしたほうがいいんじゃないかしらとずっと考えていたが、その話題は母にもベティーにも言い出せなかったし、父がフランスでお葬式をしてもらったのかも尋ねなかった。わたしにもわかっていた。死んだらそれっきりだよ、と父がかつて話しているのを聞いたおぼえがあったから。そんなことをわたしが口にしたら、母はきっと泣き崩れたことだろう。

やがてディックが休暇で帰宅した。兵隊にとられてからはじめてのことだった。ディックにも召集令状が届いて出征したのだけれど、何ヵ月かたつうちに、わたしたちは彼がいないことに慣れてしまっていた。帰宅した兄が軍隊の話を聞かせてくれたときのようすは、父が二度帰宅したときとよく似ていた。わたしたちはキッチンのレンジのまわりに腰掛けてディックの話に耳を傾け、テーブルの下には牧羊犬たちがくつろいでいた。そして、兄が戻らなければならない時刻がやってきたときには、父と別れたときと同じ気持ちになった。ベティーと母も同じ気持ちでいるのがわかった。中庭で母の手を握ったまま兄を見送ったとき、わたしにはそれが実感できたのだ。

ミセス・アッシュバートンのテニスパーティーの後ベティーにキスをしたコリン・グレッグも、休暇で帰宅が許されたとき、わが家へやってきた。かつて父の手伝いをして農場で働いていたジョーとアーサーもきた。彼らはみな同じように父の死を悼むあいさつをしたが、そのあいさつがわたしの耳に入らないようにと配慮して、母の間近で声をひそめてお悔やみのことばを述べていた。

そんなふうにして二年が過ぎた。ディックも、コリン・グレッグも、ジョーとアーサーも、ときおり帰ってきた。わたしはミス・プリチャードの学校を卒業してグラマースクールへ進んだ。あるときベティーがコリン・グレッグを愛していると母に打ち明けているのを、わたしは耳にした。ベティーにとって、今戦争に行っているひとといえば、もはやディックではなくてコリン・グレッグなのだ。ベル・フライの父親は傷のため左腕を切断され、それ以後は家から出歩けなくなった。グラマースクールに通っていたロジャー・レイズは、ウサギ狩りをしているときに銃の扱いを誤って左足を半分吹き飛ばす事故をおこした。だが、事故うんぬんはどうやら嘘で、兵役免除をねらった母親が息子の足を撃ったというのが、真実であるらしい。

日曜ごとに教会ではスロートアウェイ牧師が勝利と平和を祈った。学校ではロシアのことがよく話題になり、ヒトラーやゲーリング、とりわけゲッベルスがらみのジョークが流行った。年老いたミセス・アッシュバートンが、彼女の夫君が一種の戦争神経症を背負い込んで帰還したこの前の戦争について語ったのを思い出す。ドイツ人は陰気で鋼鉄のように無情だと考えるようになったのは、彼女の影響である。そして彼女と同様に、わたしもドイツ人を憎むようになった。彼らのことを考えるときにはいつも、英国の兵士たちがかぶっている鉄兜とは違って、頭だけでなく首まで保護するようになっているドイツ軍の鉄兜を思い浮かべた。また、戦争前の時代を考えるときにはいつも、例のテニスパーティーを開いた後じきにこの世を去った彼女のことを思い出した。学校からの帰り道、わたしはときどきチャラコム屋敷の庭に忍び込み、テニスコートにはびこった丈の高い草を眺めながら、あの日の午後ここに集まったひとたちのことを思い出したり、父がテニスパーティーなんかばかばかしいと言いながら、りんご酒とビールをこっそり用意しておいて、最後にみんなにふるまった一部始終を反芻したりした。あのテニスパーティーは、わが家の歴史の一齣（ひとこま）だった。あのパーティーこそ、戦争前の最後の場面だった。あのパーティーこそ、農場で一家揃って暮らしたわたしたちの家族の終焉だった。思えば、わたしたちの家族が経験した終焉には先例がある。ひとつ前の戦争が終わった後、ミセス・アッシュバートンの夫君がこの農場を運営していくことができなくなったために分譲され、この農場がチャラコム屋敷の自家農場でなくなったとき生じたに違いない終焉がそれだ。

　チャラコム屋敷の草ぼうぼうの庭をさまよいながら、戦争にやられる前のミスター・アッシュバートンはどんなひとだったのだろうと考えてみたが、どうしてもその姿を思い描けなかった。目に浮かぶのは、ミセス・アッシュバートンに聞かされた人となりだけだった。それは戦争から戻ってきたひとりの男。身の回りのあらゆるものが破滅しようとしていたのに、そのことにすこしも気づかない、黙りこくったひとりの男の姿であった。その姿が目の前で薄れていくと、その次には農場にいたころの父があらわれてきた。強いて思い出そうとするまでもなく目に浮かんだのは、浅黒い腕と浅黒くて広い額と目尻にできた皺のかたち。キッチンの食卓で食事をしているときの父の手。新聞を持っている父の手。それから、霜が下りているのを見つけたときの父の声。「冬将軍（ジャック・フロスト）がやってきたぞ」というのが口癖だった。

　わたしは十二歳になるとたくさん祈るようになった。天国の父が幸せでありますように、わたしたちのことを心配しませんように、戦地のディックが無事でありますように、戦争がはやく終わりますように。聖書のクラスではスロートアウェイ牧師が、神様は蝶々や花の中だけでなく雑草やムカデの中にもおられるのです、と語り、よい行ないのみならず最悪の行為にも神様は加担しておられるのですから、わたしたちがよこしまな道に走るときは、神様のひとり子の頭にまたひとつ茨を突き刺すことになるのです、と説明した。わたしにはこの話がよくのみこめなかった。雑草やムカデをじっと見つめ、その中に神様がいることを想像しようとがんばったが、うまくいかなかった。ベル・フライに何か見えるか尋ねたら、彼女はくすくす笑いながら、神様はヨゼフっていう名前の大工さんで、イエス・キリストのお父さんなんだよ、と答えた。ベル・フライはおばかさんだ。いっぽう、スロートアウェイ牧師の説明はたいそう漠然としているうえに込みいってもいたので、神様の本質についての議論はなんだかばかばかしいおしゃべりみたいに思われた。結局神様は大工でもなければ、雑草やムカデの中に宿っているわけでもない。神様とは、髭を生やしてローブをまとい、周囲に細長い雲をたなびかせているひとなのであった。そして、聖書に言うところの天国とは、熱帯の植物が生い茂った庭で、その中をノアとかモーセとかイエス・キリストとか年老いたミセス・アッシュバートンのようなひとたちが歩いているところなのだ。わたしは、スロートアウェイ牧師ももうじきそこへ行くんだ、と思わずにいられなかった。彼は年老いてよぼよぼで、黒い服にチョークの白がついていて、ときには、髭を剃る気力さえもうないのかしらと思わせるような無精髭で人前に出てくることもあったからだ。スロートアウェイ牧師がクラスで語ったとおりの天国にわたしなりの神様がいるようすを想像し、炎の中でヒトラーとゲーリングとゲッベルスが焼かれているのを想像すると、心がほっとした。そんなふうに考えて祈れば祈るほど、父に近づけるように感じたのだ。父のことを思い描いてもわたしはもう泣かなくなったし、母の顔も悲しみにくもってばかりはいなかった。今では父の死は単なる事実になったのである。とはいえわたしは、父から自分が遠ざかってもいいと思ったことは一度もなかった。父の近くにいるという実感は神様の近くにいるのと同じように感じられたので、ずっとそこにいたいと強く願った。神様の近くにいさえすれば、ディックの無事を願う祈りを聞き届けてもらいやすいと思ったのだ。わたしは、ミセス・アッシュバートンが統計的な法則を使って、戦争から生還するひとびともいなければならないのを証明したことを思い出した。そして、熱帯の植物が生い茂った天国の主である例のローブを着た人物に向かって、わが家にこれ以上悲劇が降りかかったら不公平ですよね、と語りかけた。夜ベッドの中で、また、学校へ行く道すがら突然立ち止まって、わたしはきつく目を閉じて、戦争が終わったらディックが生きて帰ってきますようにとくりかえし祈った。しまいにはもうこのことだけしか祈らなかった。父はスロートアウェイ牧師が語った永遠の命を得て幸せに暮らしているように感じたからだ。戦争が早く終わりますように、と祈るのをやめた理由はほかでもない、あまり多くのことを祈りすぎたらいけないのじゃないかと考えたからである。わたしは自分の祈りについて決して他人にしゃべらなかったし、登校中に目を閉じてたたずんでお祈りしているところを誰かに見つかったこともついになかった。わたしがお祈りしていると、父がいつも微笑みかけてきた。さらに、ディックの喫煙について冷やかしたり、母がアーガのレンジを欲しがっていることをからかったり、ベティーのあれやこれやを茶化している父の声まで、かすかに聞こえてきた。父がそんなふうに微笑みかけてきたり、父の声が戻ってきたりするのは、いい兆候だと思った。そして、父はわたしに説明してくれているように感じたのだ——神様はうちの家族をちゃんと面倒見てくれるって言ってるよ、ただし、お祈りはきちんと、ひんぱんにやらなきゃいけないし、神様がいて全部お見通しだってことをいっぺんでも疑ったらだめだぞ、と。ミセス・アッシュバートンはまさにこの最後の点について疑いをもっていて、そのことを何度かわたしに話したことがあった。それを聞いてわたしはぞっとしたものだったが、いまではミセス・アッシュバートンは真実の胸に抱かれ、赦されているることだろう。

わたしの思いと祈りはそれじたいがひとつの世界であるように思われた。神様が満ちあふれたその世界には、永遠の命をもらった父とミセス・アッシュバートンが暮らしていて、スロートアウェイ牧師が永遠の命をもらうときには、彼にも訪れるであろう幸せが満ちあふれていた。その世界はわたしにとって、しだいしだいに周囲の現実と同じくらい重要になっていった。その世界はあらゆるものに影響を及ぼした。その世界はわたしを変えた。ベル・フライは依然として友達だったけれど、もはや昔と同じように好きだとは言えなかった。

　ある雨の日の午後、彼女とわたしは、誰かが破ったガラス窓からチャラコム屋敷に忍び込んだ。建物の中へ入ったのは、あのテニスパーティーの晩以来のことだった。あの夜、わたしたちはここで泣いていたミセス・アッシュバートンを見つけ、チョコレートをごちそうになった。その後、夜の闇に向かって駆けだしたわたしたちは、パーティーが終わってしまったから泣いていたんだね、と胸を高ぶらせてささやきあった。あの時分もし、ベル・フライをおばかさんだと思ったことがあるかと誰かに聞かれたら、わたしはいいえと答えたに違いない。

「このお屋敷に将来住むひとなんているのかな？」窓を乗り越えて忍び込んだ後、じめじめした広間でベル・フライが言った。「このお屋敷、倒れそうだと思わない？」

「このお屋敷は抵当に入っているのよ。所有権はロイド銀行が持っているの」

「それってどういうことなの？」

「戦争が終わったらロイド銀行がこのお屋敷を誰かに売ってしまうっていうこと」

　客間の家具はみな片づけられ、いつの日か誰かがふたたび日の目を見させるまで、地下室にしまってあった。赤い縞模様の壁紙はびりびりに破られていた。たぶん、グラマースクールの男子生徒のしわざだろう。しっくい壁には名前やイニシャルや日付が殴り書きされていた。矢がささったハートの落書きもいくつか目についた。

「誰かがここに住みつきやしないかしら？」とベル・フライが言った。

「誰がするもんですか」

わたしたちは部屋から部屋へと歩きまわった。ダイニングルームには食器棚がそのままあった。壁紙は青で、破られてはいなかったものの、湿気による大きな黒い染みがいくつかできていた。床の上には、新聞紙の束と湿気でぶよぶよになった段ボール箱がところせましところがっていた。二階に上がってみると、階段の踊り場に水がたまり、寝室の一部屋の天井が半分ほど抜け落ち、いたるところにかび臭い匂いが充満していた。

「お化け屋敷だわ」とベル・フライが言った。

「そんなことないわよ」

「だって、あのひとがここで死んだんでしょ?」

「だからって、お化け屋敷じゃないわ」

「あたし、あのひとの幽霊がいるのがわかるもん」

ベル・フライにわかるわけがない。そんなことを言うなんておばかさんだ。幽霊は一騒ぎおこすためだけにいるとしか考えられないなんてあさはかだ。ベル・フライは同じことをもういっぺん言ったが、わたしは返事をしなかった。

わたしたちは、ガラスが割れた窓からはい出した。それから雨の中、敷地内にいくつもある納屋や厩の中を覗いてまわった。以前見かけた古い自動車は撤去されたようだったが、ディックがテニスコートを整地するのに使った鉄製のローラーは、コートのすぐ脇の納屋にまだ置いてあった。

「ねえ、入ってみようよ」サマーハウスの扉を開けながらベル・フライが言った。

わたしはこの庭へひとりで何度も来ていたが、サマーハウスの中には入ったことがなかった。じっさい、窓からチャラコム屋敷に侵入したのも、納屋の中をいちいち覗いてまわったのもはじめてだったのだ。わたしはほんとうは怖かった。幽霊のことを口にしたベル・フライをおばかさんだと思いはしたものの、がらんとした建物の中に人影が見えたり、厩の中から物音が聞こえたりしてもおかしくなかったからだ。浮浪者とか、五マイル離れたところにある戦争捕虜収容所から逃げ出したイタリア兵とかが、ひそんでいるかもしれなかったのである。イタリアの兵隊はたいていは黒髪の男たちで、牧草地へ作業に行くために街道筋を行進させられているところへ、よく出くわした。彼らはこちらへ手を振ってきて、いつも笑ったり歌ったりしていた。だが、彼らのひとりとこんな場所で出くわすのは願い下げにしたかった。

　サマーハウスの中央にはテーブルがあった。テニスパーティーのときには白い布が掛けられて、その上にサンドイッチやケーキや湯沸かしが所狭しと並べられたテーブルだ。片隅には線引き道具(マーカー)が置かれていた。あの日、ディックがコートに線を引いた後ここへ置いたきり、誰もさわっていないんだ、とわたしは思った。その脇にネットもあった。その下にほとんど隠れるようにして二枚のラグがあった。スコットランドのタータン柄みたいな茶色と白のが一枚と、もう一枚は灰色。どちらもわが家にあったものだった。テニスパーティーの日からずっと置きっぱなしになっていたのだろうか？　二枚のラグを最後に見たのがいつだったかどうしても思い出せなかった。

　テーブルを囲んで二脚の椅子が向かい合っていたが、それもパーティーの日に見た覚えがあった。座の部分を赤いフラシ天で張った椅子で、ゆっくり腰掛けて試合を見ることができるように、ダイニングルームからあわせて十二脚ほどもってきたうちの二脚である。もとの場所へ戻したときに、この二脚だけとり残されたのだろう。そんな物思いにふけっていたら、ある記憶がふとよみがえった。あの日、最後に後かたづけをしていたとき、父があわててこの二脚の椅子をサマーハウスへ持ち込んできたのだった。「一雨来そうだぞ」と言いながら。

「ねえ、ほら」とベル・フライが言った。彼女が指さしているテーブルの上の灰皿に目をやると、吸い殻とマッチの燃えかすが入っていた。「ここに誰か来たんだ」とくすくす笑いながら彼女が言った。そして、「イタリア兵が逃げて来たのかもよ」と笑いながらつけたした。

「かもね」わたしはすばやく答えた。話題を変えたかったからだ。わたしにはわかってしまったのである。サマーハウスを使ったのは逃亡した捕虜なんかじゃない。わが家のラグはテニスパーティーの日から置き去りにされていたのではなくて、タバコの吸い殻とマッチの燃えかすとひと組にして考えるべきものなのだ。そこで、ふいに思い当たった。コリン・グレッグが軍隊から休暇で帰宅したときに、彼とベティーがこのサマーハウスへ来ているのだ。テニスパーティーの後、シャクナゲの茂みの奥でしていたのと同じように、ここでふたりはキスし、抱き合っているに違いない。そうだ。居心地よくくるまっていられるように、ベティーがラグをここへ持ち込んだに決まっている。

「そう、イタ公に決まってる」とベル・フライは言った。「ここに住みついてるイタ公がいるんだわ」

「そうかもね」

「もう帰る」

わたしたちは走りだした。あいかわらず雨の午後だった。草ぼうぼうの庭を抜けて、フライ家の農場へ通じる小道を走った。庭を出たところでわたしは反対方向へ行かなければならなかったのだけれど、ベル・フライと一緒に走った。おばかさんな彼女のおかげですべてが台無しにされるのを防がなければ、と思ったからだ。ベティーとコリン・グレッグがサマーハウスで逢い引きしているなんてロマンティックだと思った。ベティーが『初恋』という映画をほめちぎっていたのを思い出した。ディアナ・ダービンが出ていた映画だ。

「報告しなくちゃ」フライ家の農場の手前まで来たところで、ベル・フライが立ち止まって息を整えながら言った。彼女の目は興奮のあまり落ち着かないようすだった。黒いなめらかな髪には細かい雨粒がついていた。

「ベル、これは秘密にしておこうよ」

「だめよ。イタ公ってとんでもない奴なんだから。人殺しするかもしれないのよ」

「ううん。あそこはうちの姉さんとコリン・グレッグが使ってるのよ」わたしはこう打ち明けてしまうほかなかった。この件が戦争捕虜になったイタリア兵のしわざだと信じているかぎり、ベル・フライは言いふらさずにいられないな、と判断したからだ。そうなれば、たとえ脱走した捕虜がひとりもいないとしても、ひとびとはサマーハウスへ行って自分の目で確かめようとするだろう。だからわたしは、ベティーとコリン・グレッグがあそこへ行ったことは間違いないのよ、と断言した。

そして、あんたがもしこのことを誰かに言ったら、割れた窓からチャラコム屋敷へ入ったことを言いつけるわよ、と釘を刺した。ベル・フライは窓をよじ登りながら、こんなことしてるって父さんに知られたらあたし殺されるわ、とつぶやいていた。彼女の父親は、床板が腐っているし天井も落ちているからあの屋敷には決して近づいてはいけない、と娘に堅く言い聞かせていたのである。

「どうしてそんな意地悪言うの」と彼女はわたしにくってかかった。「いったいどういうつもり？」

「サマーハウスの秘密なの。ベティーの私生活に関わることなんだから」

彼女はくすくす笑いはじめ、覗いちゃおうか、とささやいた。窓の外からふたりがなにしてるのか覗けちゃうね、と彼女は笑いながら続けた。わたしはそれを聞きながら、いやだな、と思った。去年あたりからベル・フライはこんなふうになってしまった。着替えているところを盗み見たとかいう、学校で聞きかじった男の子たちの話を受け売りするようになってしまったのだ。へんな歌やなぞなぞやジョークの受け売りも披露してくれたが、どれもちっともおもしろくなかった。彼女は、サマーハウスの窓から覗きをしたら癖になっていただろう。

「だめよ」とわたしは言った。「だめ」

「でもチャンスなんだよ。彼が休暇で帰ってくるのを待ってればいいのよね。音なんか立てないよ」彼女の声は甲高くなった。もうくすくす笑ってはいなかった。わたしにたいしてまたもや怒りをあらわにしたのだ。彼女の目はわたしをきつくにらみつけていた。彼女は、あんたなんかおばかさんよ、と言い捨ててそのまま走り去った。ベルは決してひとりでサマーハウスへ覗きに行ったりしない。わたしにはそのことがわかっていた。ひとりだとおもしろくないからだ。それから、ベルがほかの誰かを誘ったりしないのもわかっていた。いいつけるからね、と釘を刺したわたしのことばを、彼女は信じたからだ。彼女の父親はとても厳格なひとで、ありがたいことに彼女はとても怖がっていたのである。

わたしはその晩、「シャロット姫」の詩行の暗唱と「わたしが見た最悪の夢」という題の作文を書かなければならなかったのだけれど、そんな宿題はそっちのけにして、サマーハウスのことをずっと考えて過ごした。ベティーとコリン・グレッグが手をつないで草ぼうぼうの庭を散策し、夕闇がせまる頃、サマーハウスへ入っていくようすを思い浮かべた。それは夏の夕暮れで、ピンクがかった空の下、灌木の茂みに咲いたさまざまな花の香りが庭中にあふれていた。ふたりはダイニングルーム用の椅子に腰掛けて、テーブルに向かっている。コリンはタバコをふかしながら戦争の話をして聞かせている。ベティーは、コリンが十二時間後には行かなければならないので泣いている。それをコリンがなぐさめている。そして、ふたりはラグにくるまっておたがいの身体に腕を回し、おたがいを確かめ合いながら横になる。

自分が見た悪夢の細かいところを書きとめようとして、キッチンの食卓で四苦八苦していたわたしは、結局もっとずっと愉快な姉のロマンスについて想像をめぐらせることしかできなかった。じつはそのとき、姉もキッチンにいた。農場で作業するときの服から着替えて、いまはネイビーブルーのスカートと、そのスカートによく似合ったセーターを着ていた。わたしは、姉はいつもよりきれいだと思った。姉と母はレンジをはさんで腰掛けて、ふたりとも編み物をしていた。母は編み物をしながら、A・J・クローニンの本を読んでおり、姉はときおりもの思いにふけっているように見えた。わたしには彼女が何を考えているのかわかった。コリン・グレッグがまだ無事かどうか心配していたのだ。

月日が過ぎていったが、コリン・グレッグもディックも帰ってこなかった。ときどき手紙は届いたが、ぷっつり届かなくなる時期もあって、わたしたちは心配を募らせた。戦争は誰もが予想したより長引いていて、ひとびとはときに憂鬱そうな顔を見せた。ひとびとのそんな表情に気がつくと、わたしは、埋葬されずに横たわっているたくさんの死体や、ゴーグルをつけて飛行機に乗っている男たち、あるいはまた、飛行機が燃え上がってゴーグルをつけた男たちが焼け死んでいくようすを、心に思い描いたものだった。フランスは大昔戦争に負けたことがありました、と聖書の時間にスロートアウェイ牧師がふと語り出したのを覚えている。しかし、敗北は二度とないのです。フランスは二度とふたたび敗北することはありません。ウィンストン・チャーチルは言いました――われらが英国も決して敗北することはない、と。しかしわたしは、ドイツ兵が細道や街道や牧草地の中を行進しているのを想像した。陽気なイタリア兵とはまるでようすが異なっていた。鉄兜をかぶった彼らは冷酷そうで、灰色の鋼鉄そのものだった。彼らは決して微笑まなかった。自分たちが憎まれていることをちゃんとわかっているのだ。

わたしがこんなことをおくびにも出そうものなら、ベル・フライはわたしが気が狂ったと思ったかもしれない。わたしがお祈りしていることや、父のことをいつも心の中にいきいきと思い浮かべていることを打ち明けても、わたしの正気を疑ったことだろう。彼女はわたしの最初の友人だが、今や友情が消えかけているのは自然のなりゆきだった。教室ではまだ隣り同士だけれど、毎日一緒に帰るわけではなかった。一緒に帰ろうとすれば必ずどちらかが遠回りすることになるので、今ではそれを理由にして、べつべつに帰るほうが多くなった。ディックとベティーと三人で下校しなくなってから長いこと、わたしはベル・フライと一緒に学校から帰るのが好きだったが、今では急いでいるふりをしたり、彼女がよそ見をしているすきにこっそり帰ったりするようになってしまった。彼女はわたしのそうしたふるまいを気にしていなかったようで、週末や休暇中には一日中一緒に過ごすこともあった。おたがいの母親から正式に招かれておたがいの家のキッチンでお茶をごちそうになることもあったけれど、親たちはわたしたちがもうそれほど親しくないのに気がついていなかった。わたしたちにとってはそのほうが好都合だった。

母はときどきミセス・レイサムというひとに会いに、夜分外出することがあった。ミセス・レイサムは、三マイル離れたところにあるバロウ農場にひとりで暮らしていた。母がそんなふうに留守のとき、わたしは、ベティーがコリン・グレッグの話をしてくれないかしら、サマーハウスのことを話題にしてくれるだけでもいいのになあ、と思った。ところが、彼女は決してそんなことを話してはくれず、腰掛けて編み物をしているか、さもなければコリンあてに手紙を書いていた。姉はただ、算数の定理とか詩とかスペリングとかを暗記する宿題を、わたしが暗唱してみせるのを、聞いてくれただけだった。姉は母と同じようにわたしを寝かしつけると、ラジオのスイッチを入れて『月曜の晩八時だよ』とか『いい湯だな』とか『ごぞんじあいつの出番です』といった番組を聞きはじめた。姉はひどく無口になり、子どもの頃にくらべるとわたしにたいして気短になり、大人っぽくなった。母が外出して、姉がひとりぽつんとキッチンでラジオを聞いているそんな晩には、わたしは姉のことをあれこれ思いめぐらしたものだった。そして、なんだかかわいそうだなと思った。

そんなある日、いまでは慣れっこになった唐突さで、コリン・グレッグが休暇で帰宅した。

それがすべてのはじまりだった。彼が帰宅した次の晩は土曜、五月の晩であった。わたしは午後ずっとベルの家へ遊びに行っていた。お茶がすんだら一時間かそこらみんなでトランプをして、一段落したところでミセス・フライが、さあそろそろお開きにしましょうか、と言った。するとベル・フライが、わたしを送っていくと言い出した。でも、一緒に歩いたっておしゃべりする話題がないのはわかっていたから、彼女の父親が、いかん、と言ってくれたので助かった。もう遅い時間だったし、ベルの父親はいずれにしろウサギの罠をしかけるために出なければならなかったので、彼がわたしを家まで送ってくれることになった。わたしは忘れずに、ミセス・フライにごちそうさまを言い、おわかれのあいさつをした。そして、片腕で自転車を引いていくミスター・フライと並んで夜道を歩いた。彼はひと言も話さなかった。わたしの父とはまるで異なり、ジョークも冷やかしも決して口にしなかった。厳格を絵に描いたようなひとで、なんだか怖かった。

わたしが中庭を横切って家のキッチンへ駆け込むと牧羊犬が吠えたてた。母は、今晩はミセス・レイサムに会いに行くつもりだから、と昼から言っていた。でも、四時半の映画を見に行ったベティーとコリン・グレッグが八時までには帰ってくるから、家にひとりぼっちになることはないはずだった。ところが、もう八時二十分になるというのに誰もいなかった。

わたしはミスター・フライに相談しようと思って中庭へ走って出たが、自転車に乗って帰ってしまったようで、もう姿が見えなかった。もぬけの殻の家のなかで、ひとりぼっちでベッドに入るなんて考えられなかった。

わたしはしばらく犬たちと遊んでから、鶏舎のようすをみてまわった。そして、こっちから道を歩いていけば途中でベティーとコリン・グレッグに会えるだろう、と思いついて家を出た。夜道では自転車で行くひとびとの話し声がよくとおるものだから、わたしは歩きながら耳をそばだてた。母だって、誰もいない家でわたしがひとりぼっちでベッドに入るのはよくないって言うにきまってる、と自分自身に言い聞かせながら歩いた。とても静かな夜で、夜空にはすこし赤みがさしていた。チャラコム屋敷の庭を突っ切って近道をしたら、サマーハウスの裏手の茂みのなかに自転車が二台寄せかけてあるのを見つけてしまった。だが探して見つけたのでは決してない。そのとき、わたしはベティーとコリン・グレッグのことなんて考えてなかった。だいいち、最初に目をやったときには、自転車はシャクナゲの茂みにほとんど隠れるように埋もれていたので、気がつかなかったくらいだ。二台の自転車は、テニスのネットの下になかば隠すように置いてあったラグを連想させた。

コリン・グレッグは月曜日に帰隊することになっていた。じきにどこか危険なところへ送られるらしく、それがどこかは本人も知らされていなかったが、ベティーが母にむかって、あたしにはその場所が危険だっていうことが直感でわかるの、と言っているのをわたしは聞いていた。だから、今晩はミセス・レイサムのお宅へ行ってくるわね、と母が言ったとき、そうか母はコリン・グレッグとベティーが今晩ふたりきりでキッチンで過ごせるよう気を利かせたんだ、とすぐにわかった。ところが、ふたりは映画の帰り道、自分たちにとって特別な場所であるこのサマーハウスのほうを選んで、立ち寄ったというわけだ。

わたしは今になっても、あのときなぜ自分がベル・フライみたいな行動をしてしまったのかがわからない。なにかに抵抗できなかったのだ。それはおばかさんな好奇心だったが、あのときはそれ以上のもののように思われた。戦争のことを想像したり、ディックの無事を祈ったり、ひとびとの永遠の命を思ったりするだけでは心が満たされなかった。あれこれ思いをめぐらすことのできる、なにかすてきなことがあったらいいのに、とわたしはぼんやり考えていた。ベティーとコリン・グレッグが一緒にいるところを見たかった。ふたりの幸せを感じたかった。その幸せをこの目で確かめかったのだ。

ところが、ちょうどそんなことを考えていた最中に、なにかへんだな、と気がついた。ふたりが庭を突っ切って近道をしたはずだと決めつけたわたしは間違っていたのだ。というのも、町のほうから自転車で来るばあい、庭を突っ切って近道をするためには、牧草地のなかを無理矢理通らなければならないが、自転車でそれをするのは不可能である。自転車だったら細道を来るしかない。そして、サマーハウスへ行こうとすれば、いったん逆戻りしてわざわざ寄り道をする以外にない。八時までに帰宅する予定になっていたふたりが、そんな寄り道をすると考えたわたしの推測は、間違っていたようだ。

こう気がついたところで、きびすを返してその場を立ち去るべきだった。宵闇の中ではっきり見えなかったとはいえ、二台の自転車のうちのどちらも、ベティーのではないと見分けがついた。わたしは自転車を横目に見て、サマーハウスのふたつの小さな窓のほうへずんずん近づいていった。なにも見えなかった。サマーハウスの内からは声だけが聞こえてきた。なにかを語りあっているのではなく、人間の声音がただひそひそとささやき交わしているようだった。それから、男の声がもっと大きく聞こえてきたが、何を言っているのかはまだ聞き取れなかった。ふいにマッチを擦る音が聞こえ、その瞬間男の手とゴールド・フレークのタバコ包みがテーブルの上にあるのがくっきり浮かび上がった。そして、わたしは母の顔を見た。その赤みを帯びた髪は乱れていて、顔には微笑みがあった。テーブルの上にあった彼女の手がタバコを一本とって唇にもっていき、もう片方の手がマッチの火を近づけた。わたしはそれまで、母がタバコを吸っているのを一度も見たことがなかった。

マッチの火が消え、もう一本擦る音が聞こえると、こんどは男の顔が浮かび上がった。ブロウ生地店に勤めている男だった。母と男はテーブルをはさんで向かい合い、座の部分に赤いフラシ天を張った例の椅子に腰掛けていた。

家に帰ってキッチンに入ると、ベティーがレンジで卵を焼いているところだった。コリン・グレッグの自転車の後輪がパンクしたのだそうだ。ふたりはまだ、わたしが二階にいるかどうかさえ確かめていなかった。わたしは、ベルの家でトランプしてるうちに時間を忘れちゃって、と言った。ベッドの中でわたしはずっと、母の目がふだんとはまるで違う、ダークブルーのふたつの火花を放っていたのを思い出していた。そして、ぶつぶつつぶやき続けた――母さんの自転車の泥よけは近ごろの丸形のとは違うV字形をしてるのに、どうしてそれに気づかなかったんだろう。

コリンとベティーが中庭でなにかささやきあっている声を聞いた。その後、コリンが帰っていく自転車の音が聞こえた。するとほとんど入れ違いに母の自転車が戻ってきて、ベティーがなにか静かに話す声と母が静かに答える声がした。それからふたりは寝室に入り、まずベティーが、その二十分後に母がベッドに入る気配を感じた。わたしは一睡もできなかった。しらじらと明けていく空の色を、生まれてはじめてこの目で見た。やがて、母が起き出して、牛乳を搾りに出て行く足音を聞いた。

なにごともなかったかのように朝食の時間になった。母はサマーハウスの赤いフラシ天の椅子に腰掛けたこともなければ、タバコを吸いながら店員の男ににっこり微笑みかけたこともないかのようだった。母はポリッジとブラウンブレッドを食べながらセシル・ロバーツの『ヴィクトリア四三〇』を読んでいた。そして、鶏に餌をやっておくようわたしに念を押し、ベティーには、コリン・グレッグが何時に来るのか尋ねた。ベティーは、もう来てもいい時間なの、と答えて、そそくさと後かたづけをはじめた。やがてコリン・グレッグがやってきて、牛舎の扉を修繕してくれた。

その日はさんざんな一日だった。ベティーはつとめて陽気にふるまおうとしたが、コリン・グレッグがどこか危険なところへ送られるとわかっていたので、心は千々に乱れていた。姉が一所懸命がんばっているのは痛いほどわかったけれど、母とコリンが話しているときなど、姉自身が誰にも見られていないと思っている瞬間には、表情がふっとくもるのだった。わたしは父のことを思わずにはいられなかった。コリン・グレッグは戦場へ戻っていった。

一ヵ月が過ぎた。母は週に一度くらいの割合で、ベティーとわたしをキッチンに残し、ミセス・レイサムのお宅へ行ってくると言って出かけていった。

「マティルダはだいじょうぶなの?」とベティーが母に言うのを聞いたことがあった。しばらくしてから、母がわたしにお腹はいたくないかと尋ねてきた。わたしはテーブルに向かって、連立方程式の問題とにらめっこしながら、サマーハウスにいた母の姿や、茂みになかば隠された二台の自転車や、タバコと灰皿のことを考えた。

地理の問題もやった。「インドの首都は?」とわたしが問いを読み上げる。「うーん、わかってるんだから、言わないでね」

するとベティーが、「Dではじまる都市よ」とヒントをくれた。

ある晩例の男が、わが家のキッチンへやってきた。男は、キャベツと焼いたじゃがいもとフィッシュパイを食べた。キャベツをずいぶん念入りに噛んで飲み込むその食べ方が、とても気になった。そいつはやせこけていて鼻も貧相だった。歯は細いのがぎっしり並んでいて、顔全体は、刃先に向けて引き延ばした鑿(のみ)そっくりだった。髪は真ん中で分けて油をつけていた。力仕事をしたことのない手で、指はほっそりしていた。わたしは男の名前を聞かされたのだが、知りたくなかったので、耳を貸さなかった。

「魚はどこで買ってるんかね」と男は母に尋ねた。うちとけたものの言い方だった。男は頭をほんのすこしだけ片方に傾げていた。そいつが細い歯並びで微笑んでみせると、母は、父が生きていた頃よくみせた、どぎまぎしたような表情になった。母の顔はぽっと赤らみかけたようにさえ見えたが、なぜかはわからなかった。

「ベティー、このタラはどこで買ってきたの?」と母が言った。

「クローカーの店よ」と姉は答えて、男に微笑みかけた。

母は、クローカーの店に魚が入荷してないかいつも目を光らせといたほうがいいのよ、もちろんいつ魚が入ってくるかはわかんないんだけど、とまくしたてた。そのときの母の口ぶりは、まるでおばかさんみたいだった。

「俺は魚は好きでね」と男が言った。

「そうね。覚えとかなくちゃ」

「健康にもいいって言いますから」とベティーが言った。

「俺は前っからずっと魚好きでね。子どものときから魚にゃ目がない」と男が言った。

「きちんと食べてしまいなさい」と母がわたしに命令した。

「マティルダは魚が嫌いかね?」と男が尋ねた。

ベティーが笑った。「マティルダは好き嫌いがたくさんあるんですよ。魚、にんじん、卵。それにセモリーナ・プディングにライス・プディング。カスタードも。焼きりんごに、グレービーに、かった。

キャベツ」

男は笑い、母も笑った。わたしは、目の前の食べかけの皿の上でうつむいた。顔が火照るのがわかった。

「悲しいことだが今は戦争中だで」と男は言った。「きびしい時代だからなあ、マティルダ」

無礼なやつ、とわたしは思った。魚はどこで買ってるんかね、なんていう尋ね方は無礼だ。こいつもおばかさんだ。おまえが魚が好きかどうかなんて、誰が聞きたいか。こいつは、ミス・プリチャードの学校にいたおばかのミラーと同じくらいのおおばか野郎だ。みっともない格好で醜くて、とんがった顔で細い歯がぎっしり並んでいるやつ。自分が戦ってもいないくせして、戦争中だで、なんて言って、何様のつもりなんだろう。

三人はラジオから流れるニュースに耳を傾けていた。ニュースの後、ドイツにたいして団結して戦っている国々の国歌が次々に流れた。男が母とベティーにタバコをすすめると、ふたりとも一本ずつとった。ベティーがタバコを吸っているところは今まで見たことがなかった。男はなにかのお酒を一本持参してきていた。三人はレンジのそばに腰掛けてそのお酒を飲みながら、次々に聞こえてくる国歌に耳を傾けていた。

そろそろ寝なさい、と母がわたしに言うと、男は立ち上がって、「おやすみ、マティルダ」と言った。男がわたしの頬にキスしたとき、湿った歯の感触がした。その後しばらく、わたしは男の間近に突っ立ったまま動かずにいた。フィッシュパイを吐きそうになったからだ。もし、こみあげてきたらこいつの服にぶっかけてやろうと思った。どうなったってかまやしない。恥ずかしいことなんかない、と。

わたしは、ベティーがベッドに入る気配を確かめた後、何時間も横になったまま、あいつの自転車が去っていく音を待った。ベティーが階下にいたときには話し声が聞こえていたのに、今は静まりかえっていた。大声でよくしゃべり、何度も大笑いしていたベティーが寝室へ上がってしまったからだろうか。きっと今頃階下のふたりは、男が持ってきたボトルを空けながらトランプでもしているんだろう。わたしがいたとき、ベティーはラミーをやりたがっていたが、男は、このボトルをすっかり空けちまわんといかんで、と言っていた。そして、こいつは身体にうんといいんで、と言いながら、ベティーと母のグラスになみなみとお酒を注いでいた。

わたしは廊下を横切って、キッチンへ直接下っていく階段のてっぺんに立った。階段を下りていく足裏で床板がきしむ音がしたけれど、階下から声がかからなかったから、母とあいつはレンジのそばに腰掛けたまま寝入ったにちがいないと思った。わたしは狭い階段が折れ曲がっているところでいったん足を止め、暗がりをすかしてキッチンのほうを窺った。

キッチンにふたつあるランプの片方を、いつものようにベティーが二階へ持って上がっていたので、もうひとつのランプが暗闇の中にぽつんと灯っていた。食卓の上のランプのそばには、お酒のボトルとグラスがひとつ見えた。二匹の犬はレンジの手前に長々と寝そべっていた。母は男の膝の上に身体をもたせかけていた。男のほっそりした指も見えた。片手を母の黒い服に置き、もう片方の手で母の髪を撫でていた。わたしが覗いているのも知らないで、男は母にキスをした。湿った口を母の唇へもっていき、重ね合わせた。母は目を閉じていたが、男は目を開けていた。キスし終わると、男は母の顔をまっすぐじっと見つめた。

わたしは裸足の足裏をひきずるようにして音を立てながら階段を下まで下りた。犬は耳をたててうなり声を上げた。母は乱れた髪を両手で直しながらキッチンの真ん中あたりまでやってきて、わたしにささやいた。

「あら、眠れなかったの。夢でも見たのかい?」

わたしは首を振った。わたしは母を振り切って食卓までずんずん行きたかった。あいつが持ってきたボトルをつかんで床の敷石に叩きつけてやりたかった。そして、おまえなんかグラマースクールに進学できなかったおばかのミラーとおんなじくらい醜くてまぬけだ、と怒鳴りつけてやりたかった。おまえが魚が好きかどうかなんて誰も興味もってないんだ、とも言ってやりたかった。

母はわたしの身体に両腕をまわした。レンジの脇にいたので母の身体は温かかった。でも、そのぬくもりはあいつの体温でもあるので、いやな感じがした。わたしは母を押しのけて流し台へ行った。そして、喉なんか渇いていなかったのに水を飲んだ。それから二階へ戻った。

「あの子眠いのよ」母の声が聞こえた。「眠いときはきまって起き出してきて水を飲むの。あなた、そろそろ帰ったほうがいいわ」

男がなにかひとこと言った。今は我慢が大事、と母が答えるのが聞こえた。

「いつかかならず。この戦争が終わったら」

「終わりゃしないね。このとんでもねえ非常事態は永久に続くのさ」男の声はもうささやきではなく、大声になっていた。

「だめよ、だめ、だめ」

「ここでおまえと一緒にいたい。俺が望んでるのはそれだけだよ」

「わたしもよ。でも問題が山ほどあるわ」

「問題なんかほっとけ、ほっとけ」

「そうはいかないわ。ふたりでなんとかしなくちゃ」

「愛してるよ」と男が言った。

「あなたしかいない」と母の声が答えた。


　翌日、母のようすはふだんと変わらなかった。たぶん母は、わたしが寝ぼけていたので、自分が男の膝の上に抱かれて唇にキスされているのに気づかれなかったと思っていたのだろう。その日の午後、わたしはサマーハウスへ行き、中へ入った。座の部分がフラシ天張りの、例の二脚の椅子を眺めながら、母と男が座っているようすを思い浮かべた。そして、椅子をひとつずつ運び出して納屋へ持って行き、はしごづたいに屋根裏まで運び上げた。それから、種箱が積み上がっている下へテニスのネットを押し込んだ。二枚のラグは丸石敷きの中庭に口を開けている井戸まで持って行って、中へ投げ落としてやった。そうしてわたしはもう一度サマーハウスへ戻った。なにかまだやるべきことがあったように思ったが、すぐには思いつかなかった。灰皿の吸い殻から古くなったタバコの匂いがした。床には、ドッグレースの競走犬（グレイハウンド）の頭を型どったタイピンがころがっていた。平気でひとを裏切る醜い獣の姿は、あいつにお似合いだと思った。そのタイピンはシャクナゲの茂みへ投げてやった。

「あのひともお気の毒ね、考えただけで怖くなっちゃう」とその晩ベティーが話しているのを聞いた。ずいぶんきゃしゃなひとだなあって、いつも思ってはいたんだけど、と姉はつけくわえた。

「お給料が少ないから、食べていくだけでかつかつなのよ」と母がいった。

いちおう同情してはいるものの、ベティーがこの話題にそれほど興味を持っていないことはすぐにわかった。姉は編み物をしながら、ラジオから流れてくる「バンドワゴン」を聴こうとしていた。姉にとってあいつは、母が気の毒がっているひとりの半病人に過ぎなくて、バロウ農場のミセス・レイサムにたいするのと同等の同情を示しておけば足りる人物なのだ。ところが、母のほうはなにげないふうを装いながらも、あいつのことをもっとたくさん話したがっていた。結核を病んでいるひとに店員という仕事はふさわしくないのよ、と母は言った。

わたしは、あいつがブロウ生地店でピンとか縫い針を売ったり、サテンをヤード単位で切り売りしたりしている姿を想像した。そして、あの競走犬のタイピンと同じくらい、その仕事はあいつにお似合いだと思った。

「結核ってなんなの?」とわたしはベル・フライに尋ねた。すると彼女は、肺の病気のこと、と教えてくれた。

「ふうん、それって仮病につかうこともできそうだね」

「え、でもなんのために?」

「戦争へ行くのを逃れるためよ。ミセス・レイズがロジャー・レイズの足を撃ったみたいにさ」

「誰が仮病をつかってるっていうの?」

「ほら、ブロウ生地店に男のひとがいるじゃない、あいつよ」

わたしは自分をおさえることができなかった。あいつが肺の病気を装っているということが世間に知れ渡ったらいいと思った。ベル・フライがそれをみんなに言いふらしたり、ブロウ生地店へ行って本人を指さしてくすくす笑ったりしてくれたらどんなにいいだろうと思った。ところが、彼女はあまり興味を持ってくれなかった。ふんふんとうなずいた後、ぎくしゃくした特有のしぐさで肩をすくめてみせた。話題変えようよ、というしぐさである。彼女は、ブロウ生地店の男がわたしの母とつきあいはじめたことを知らない。彼女はあの二台の自転車を見ていないし、タバコを吸っているふたりの姿をサマーハウスの窓ごしに目撃してもいない。もししていたなら、話題変えようなんてしぐさをするわけがない。このときまでわたしは、ベル・フライが母とあいつの関係をかぎつけたらどうなるかなんて考えたこともなかった。でも今は、そのうち彼女やそのほかのひとびとにも、このことが知れ渡ることになるかもしれないと思っていた。グラマースクールでは男の子たちがジョークをとばし、みんながくすくす笑いを漏らし、ベル・フライの父親は渋面を浮かべ、父のことを好いてくれていたひとびとがあっと驚くようすを、わたしは想像した。

これらすべてのことが決して起こらないよう、わたしは祈った。あいつがどこかへ行ってしまうか、死んでしまうよう祈った。父が戦死したときの動転した気持ちを、母が思い出してくれるよう祈った。父がわたしたちみんなと一緒に農場で暮らしていたときのことを、母が思い出してくれるよう祈った。そして、どんなことがあっても、母がブロウ生地店の男をわが家へ招き入れて、父の服を着せるようなまねだけはしませんように、と祈った。そんなことをしたら父の評判がだいなしになってしまうから。

わたしは毎日サマーハウスへ出かけていって、テーブルの脇に立ち、その端に手をふれながら祈りをささげた。ここへ来ると、永遠の命を得た父が熱帯の庭にいるようすがいままでよりもずっとはっきり見えた。年老いたミセス・アッシュバートンが夫君と再会して、熱帯の植物の間を幸せそうに歩いていくのも見えた。それから、わたしが祈りをささげている万能の神様の姿も見えた。髭を生やしていた。微笑んではいなかったけれど、やさしそうな顔をしていた。

「おお、神様」ふいてもふいてもあふれてくる涙を押さえて、母が口にすることができたのはこのひと言だけだった。「おお、神様」

ベティーも泣いていたが、いくら泣いてもどうにもならなかった。わたしはキッチンでふたりの真ん中にたたずんで、自分は決してもう泣くまいと思った。電報は食卓の上に載ったままだった。それが入ってきた封筒も、開封されたままの状態でそこにあった。ディックかコリン・グレッグが休暇で帰ってくる知らせであったとしてもおかしくなかったのに、そうではなかった。ディックの死を告げた紙切れは食卓の上で、なにか邪悪なもののように見えた。

わたしは母に、お母さんだけが悪いんじゃなくてわたしも悪いの、と告白することもできた。ディックの安全だけを祈らなけりゃいけないとわかっていたのに、どうしても、お母さんがいままでと変わりませんように、お母さんがブロウ生地店の男と結婚しませんように、って祈らないではいられなかったの、と。

だが、わたしは何も言わずに黙っていた。そして、あの男にからむお祈りをしたことを告白するかわりに、また木曜日だわ、とだけ言った。

「木曜日って?」と母が小声で聞き返したので理由を説明してあげたのだが、よく理解できないようだった。父が二回帰宅したのはどちらも木曜日だったし、テニスパーティーが開かれたのも木曜日、もう一通の電報が舞い込んだのもたしかに木曜日。それなのに、母はこのくりかえしを認めまいとするかのように、首を横に振った。これを見てわたしは、母の心を傷つけてやりたくなった。

というのも、このくりかえしを認めないことこそが、サマーハウスとブロウ生地店の男との一件に深く関わっていると思ったからだ。わたしはさっきよりもいっそう意図的に、ディックの無事だけを祈るのはもうやめていたんだ、と告白したい気持ちを押し殺した。そして、そのかわりに、ドイツと戦争をしているときにはみんないい子にしていなくちゃいけないんでしょ、旦那さんが殺されたお母さんはほかの男のひとにキスされちゃいけないんだよね、と言った。

母は「おお、神様」とふたたび言った。

ベティーは目にいっぱい涙を浮かべて母を見つめていた。姉は母と男のことをすこしも疑っていなかったので、わたしが言ったことにとまどったようだった。

「そんなこと関係ないでしょ」と母が小声で言った。「ぜんぜん関係ないわ」

ベティーは母の顔めがけてげんこつでなぐりかかるか、ほっぺたをひっかくかするんじゃないかと思うほどの形相になった。でも、手は出さないでまた泣き出しただけだった。罠に掛かった動物の悲鳴みたいな泣き声だった。あのひとには奥さんがいて、婦人部隊で戦地へ行っているんだから、と姉はきいきい声で叫んだ。母さんは自分で考えてるよりよっぽどひどいことやってるのよ！　マティルダ、あんたの言うことが正しいわ、と姉はわたしを指さして言った。ディックが戦死したのは神様が与えた罰よ。ものごとはそういうふうになっているの。

母は何も言わずに、ただ真っ白な顔をしてそこに突っ立ったままでいた。そして言った。あのひとが結婚してるからよけいに悪いってことにはならないわよ。

母はわたしではなくベティーを見つめながら、ベティーに向かってしゃべっていた。母は低い声で言った。あのひとは、戦争が終わったら奥さんと別れるつもりなんだから。ディックのことは神罰なんかじゃありません。

「まさかあのひとと結婚するつもりじゃないでしょうね」とベティーが静かに言った。

母は答えなかった。ずっと食卓の脇に突っ立ったままで、あたりには沈黙だけがあった。やがて、母はふたたび口を開き、ディックが死んだこととあのひとのことは関係ないの、と言った。こんなときにこんな話をこんなふうにしなくちゃならないなんて最悪だわ。ディックが死んだのよ。それ以外にだいじなことなんてないのに。

「母さんとあのひとはいつもサマーハウスへ行ってたのよね」とわたしが言った。「家のラグを二枚あそこへ持っていってくるまっていたんだわ」

母はそっぽを向いてしまった。わたしは、自分が今思い出していることを、ベティーにも思い出してほしいと願った。姉ならきっと思い出すに違いない。父が元気だったころの日々。学校からの帰り道にディックがタバコを吸ったこと。幸せなんてものを気にもとめていなかったけれど、みんなが揃って家の農場で暮らしていたころのあれこれ。わたしには、姉があのころのことを考えているのがわかった。ふと気がつくと、あのころの空気がキッチンに戻ってきていた。母もおなじ追憶にひたっているかのようだった。みんなの追憶が、過去の空気を呼び戻したように思えた。

「あのひとをこの家へ連れてきてはだめ」とベティーが母に言った。「マティルダのことも考えてちょうだい。絶対だめよ」

みんなに関係のあることなのに、姉がなぜとりたててわたしのことを言ったのかがわからなかった。今頃わたしへの影響をとやかく言ったって遅すぎる。すでにあまりにたくさんのことが起きてしまった後なんだから。わたしは自分自身が戦地にいて、粉みじんに吹き飛ばされてしまったような気がしていた。ミスター・アッシュバートンが戦争でやられてしまったのと同じように、すでにぼろぼろになっていた。あの男は結局この家へやってきて居着いてしまうことになる。あいつは父の服を着るようになる。レンジの脇に座って新聞を読むようになり、家の食卓で食事をするようになり、あの細長い歯並びをみせてわたしに笑ってみせるようになるのだ。

母はふいっとキッチンを出て行った。二階へ上がっていったかと思うと、じきに寝室ですすり泣く母の声が聞こえた。大泣きしてもすすり泣きしてもどうにもならないのに、とわたしは思った。

わたしはひとりで、野原をさまよった。ディックの死は父の死と同じではなかった。同じ空っぽな気持ちを味わったのにくわえて、飲み物も食べ物も二度と喉を通らないだろうという感じもそっくりだったけれど、ひとつ違っていることがあった。ディックの死は二番目の経験だったということ。わたしたちは、ディックが死んだことに慣れてしまったのである。今はじめてそれがわかった。わたしは泣かなかったし、祈りもしなかった。野原を歩きながら、祈るなんてばかばかしいと思った。祈るなんて、神様は大工さんだと考えているベル・フライや、神様は雑草の中にいると考えているスロートアウェイ牧師と同じくらいおばかさんなことだ。神様はぜんぜんそんなものじゃない。わたしたちのお祈りに耳を澄ませたりなんかしない。神様はもっとほかのものだ。もっと厳しくて、もっとものすごくて、もっとおそろしいものなのだ。

わたしはうかつだった。ブロウ生地店の男には奥さんがいて、本人が病気だなんて言ってうだうだしているいっぽうで、その奥さんが婦人部隊に入って戦地へ行っているということに、もっと早く気づくべきだった。ベティーが母を殴らんばかりになったことも、ミセス・レイズが息子の足を撃ち抜いて戦争へ行かなくてもすむようにさせたことも、神様の正体がおそろしいものであることも、みんなこれとつながっていたのだ。さまざまな事実や映像が、わたしの心の中でがらがら音をたてて混乱し、しまいには意味もなく、音も整わない、がらくたの山になってしまった。死んだのに軍服を着たまま埋葬もしてもらえないディックも、そのがらくたの中にいた。だが、その姿さえ今や、じき慣れっこになってしまう、ありふれたがらくたのひとつにすぎないのだった。

わたしは桜草が咲き乱れる土手に腰を下ろして太陽の光を浴びた。家へ帰って母に抱きしめられるのも悪くなかったかもしれない。しかし、わたしはじっとそこに座っていた。まだ泣かずにいた。そして、ミセス・アッシュバートンが言った、戦争になったら冷酷になるのが自然なのよということばを思い出していた。あのときはまだ、ミセス・アッシュバートンが言いたかった本当の意味はわからなかった。でも今は、彼女が言った冷酷ということの意味がわかる気がする。それをわたし自身の内側に感じることができる。母がわたしよりも不幸になったらいい、と願っているわたし自身の中に。ディックの死は今ではもう我慢できる。ベティーも神様の罰だと言っていたように、兄が死ななければならなかったのは、母が悪いことをしたせいだとわかったからだ。

# 三、客間　3. The Drawing-room

わたしは屋敷の客間で、より正確に言えばミセス・アッシュバートンのライティングデスクで、これを書いている。わたしは、この書き物が物語だとは思っていない。彼女がこれを読むことがありえない以上、もちろん手紙でもない。彼女の屋敷で戦後起こったことのひとつの記録として、これを書いているのだ。わたしが九歳のとき彼女からあれほどたくさんの話を聞かなかったら、こんな記録を書こうとは思わなかっただろうし、いまだに彼女の存在を感じることもなかっただろう。次々に起こったできごとの意味はまだよくつかめないところもあるが、彼女がわたしに話を聞かせた年齢に自分自身がだんだん近づくにつれて、すこしずつわかってきたこともある。彼女のことばは、三十九年間ずっとわたしにつきまとい続けている。おかげで普通のひとよりも早く老けてしまったように思うけれど、そのことを喜んでもいる。わたしはもう六十歳の老婆になったように感じるが、まだ四十八歳である。

一九五一年、グレガリーという名前の家族がこの屋敷を買い取った。わたしの継父によれば、「金が腐るほどある」ひとたちである。

その頃、わたしの継父はブロウ生地店の支配人になったばかりで、戦前型のブルーの小型フォードで出勤していた。毎朝家から送り出してしまうと、わたしはせいせいした。わたしはジョーとアーサーを手伝って、かつての父と同じように、家の農場で働いていた。兄のディックも、砂漠の攻撃作戦で戦死しさえしなければ、一緒に働いていたはずであった。

　グレガリー家のひとびとが裕福なのを知っているなんていかにも継父らしい、とわたしは思った。それはいかにも彼がブロウ生地店の帳場で客と話しているうちに仕入れそうな情報で、そういったゴシップを聞きつけると、鑿(のみ)みたいに尖った継父の顔がにわかに活気づくのだった。継父によれば、ミスター・グレガリーは自動車部品の製造をしている実業家だそうだ。戦争で大もうけしたらしく、継父は、戦後長者(ポストウォー・タイクーン)と呼んでいた。

　わたしの二十一歳の誕生日に、どうしてもパーティーのまねごとをしたいと母が言い張ったので、わが家のキッチンで誕生パーティーをした。わたしたちはターキーとハムの料理をつくった。母は、にんじんにはパセリソース、パースニップはじゃがいもと一緒にローストしないとだめなのよ、などとやかましいことを言いながら、わたしが子どもの頃大好きだったセロリ、パースニップ、にんじん、ローストポテトなどを調理した。トライフルもつくった。子どもの頃のお気に入りだったからである。それから、ブランデー・スナップもつくった。ごちそうをつくりながら、戦争前のある年のある木曜日に開かれた、ミセス・アッシュバートンのテニスパーティーを思い出さずにはいられなかったけれど、それを口には出さなかった。母は、わたしのことを現在に生きたくない人間だと考えていた。しばしば母の視線を感じたのでふと振り向くと、表情をつくる前の一瞬、母の心にあることがありありと顔に浮かんでいるのがわかった。母はわたしが、現代とはかけはなれた大昔の時代に住んでいると考えていたのである。

わたしの誕生パーティーには、母と継父とわたしのほかに十五人のひとびとが集まった。コリン・グレッグと結婚してふたりの子持ちになった姉のベティーが、子どもたちを連れてやってきた。ベル・フライは、ベネッツ・クロスの工場を継いだマーティン・ドレーパーと結婚した。ふたりは、その結婚の原因となった赤ん坊を連れてきた。ベル・フライの両親も来た。わたしたちみんなが子どもの頃、村の学校で教わったミス・プリチャード。ジョーとアーサー、ジョーの奥さんのモーディー。それからミセス・レイズとその息子のロジャーもやってきた。このロジャーとわたしがお似合いではないかという空気がなんとなくあることに、わたしは気がついていた。しかし、それが現実になるのはうれしくなかった。ロジャーはけがのために不自由になった足をひきずっていたし、母親同様人見知りなのでしゃべっているのをほとんど聞いたことがなかったからである。わたしはロジャーが嫌いではなかったが、彼との結婚はどうしてもありえないと思っていた。

こんなパーティーなんかしなけりゃよかったのに、とわたしはずっと考え続けていた。そして、子どもの頃の誕生パーティーについてあれこれ思い出した。追憶にふけってはいけない理由なんて何もない。そうしていると、過去のこと、とりわけ戦前の昔のことが、よけいに輝いているように思えた。ただ、そういう話題を語り合える相手はミス・プリチャードしかいなかった。「いつでも家へ遊びに来て。お話聞かせてちょうだい、マティルダ」と先生が言ってくれたのは、一九四四年のある日のことであった。それ以来、先生のお宅の小さな茶の間を何度も訪れた。引退後の先生が時間をもてあましているのを、わたしは知っていた。先生と話していると、ミセス・アッシュバートンとのおしゃべりを思い出した。ただひとつ違っていたのは、ミセス・アッシュバートンとのおしゃべりでは、話し手はもっぱら彼女のほうで、いつも聞いていただけのわたしは、話の半分ほどしか理解できなかったということだ。ミス・プリチャードをパーティーに誘ったのはわたし自身だった。母が継父に、お婆さん先生なんか招いたりするあの子の気が知れないわ、と話しているのを耳にしていた。母の考えでは、わたしがグラマースクールで一緒だった男の子たちを招待しようとせず、蓄音機（グラモフォン）をかけたがったり、ホイスト用のゲームテーブルを欲しがったりもしなかったのは、異常だったのである。継父は、ホイストをやるひとは近ごろじゃあまりおらんで、と返した。彼は、わたしが聞いていることに気づいていない場合でも、こんなふうにわたしの肩を持ってくれた。しかし、それでもわたしは継父を好きになれないでいた。

　こうしてその日の六時半に一同十七人がキッチンの食卓についた。継父はわたしたちのグラスにりんご酒を注いでまわり、ベティーの子どもたちにはオレンジエードを注いだ。ベル・フライの赤ん坊は二階で眠っていた。彼女がベル・ドレーパーになったなんて、わたしにはぴんとこなかった。その違和感は今でも残っている。マーティン・ドレーパーは学校時代おばかさんな男の子だったが、大人になってもあいかわらずなようだった。

　継父はターキーを、母はハムを切り分けた。食卓では、チャラコム屋敷がグレガリーと名乗るひとたちに売却されたという話題でもちきりだった。

「その家の息子が屋敷をきりもりすることになっとるらしい」と継父が言った。「あえて言うなら税金ごまかしだな」

　ミス・プリチャードは継父の話の中身を理解できないようすだった。そればかりか先生は、なにを話しているのか継父自身もわかっていないのじゃないか、と疑っているようにさえみえた。ゴシップとなると勢いづく継父は、いつも税金ごまかしのことや、だれかさんがどうやって一儲けしたかとか、町のどこそこの店舗がいくらで売れたとかいうことを話題にした。しかし、グレガリー家に関して継父が語った所得税逃れの話は、はなからまったくの事実無根であった。とはいえ、税金ごまかしの話とミスター・グレガリーが自動車部品製造業をやっているという情報があわさって伝えられたので、この一家がある種の色合いをおびたひとたちであるという先入観が、動かぬものとなった。ターキーに包丁をふるいながら継父は、俺のみるところじゃ、チャラコム屋敷は昔の豪華さをとりもどすように修復されるね、と言った。

「でも、その連中には土地がないだろ」とミスター・フライが指摘した。なにしろ、かつてチャラコムの地所だった八十エーカーの土地を、今は彼自身が所有して耕しているのである。

「昔と同じようにいくわけはないな」とジョーが言った。

ターキーとハムの載った皿が手から手へとまわされ、全員にゆきわたった。さあみなさん野菜もとってくださいね、そして冷めないうちにどうぞ召し上がれ、と母が言った。りんご酒がすすむにつれて、チャラコムに引っ越してくるひとたちを評定するおしゃべりがいっそう活発になった。グレガリー家には娘がふたりいるが両方とも結婚してどこか離れた地方に住んでおり、三番目の子どもは今大学生である。その息子は、両親が目に入れてもいたくないほど可愛がっている秘蔵っ子だという。父親はグレーのダイムラー車に乗っているらしい。

わたしが子どもの頃からわが家のキッチンに鎮座していた古いレンジは、ついこのまえの週に処分され、新しくクリーム色のアーガがやってきた。アーガを手に入れることは、わたしが物心ついた頃からの母の夢だった。思うに、毎朝焚きつけと紙を投げ込んで点火し、戦時中には石炭がなかったので薪を燃やそうとして四苦八苦したりするうちに、この古ぼけたレンジが嫌いになってしまったのだろう。わたしは、古いレンジが廃棄されてしまって悲しかった。わたし自身はものを決して粗末にしないよう心がけていたが、そのときはどうしようもなかった。

「誕生日を迎えた娘に、今日のよき日がまたいくたびも巡ってきますように。俺のいちばんだいじな宝に乾杯！」りんご酒のグラスをあげて継父が言った。

　わたしは継父のこういうところがどうしても好きになれなかった。継父のいちばんだいじな宝はわたしではなくて母なのに、そういう言葉がするっと言えてしまう人間なのだ。本人は軽いお世辞のつもりなのだが、いつもやりすぎるので、この男のすべてが信用できなくなってしまうのだった。

「マティルダに」とほかのひとびともグラスをあげて声をあわせた。「マティルダ、おめでとう！」

「マティルダ、わたしのかわいい娘！」と母が声を上げ、食卓の向こう側からぐるりとまわってきて、わたしにキスをした。母の頬をつたう涙のあたたかくて濡れた感触が、わたしの涙と混じり合うのを感じた。そして、彼女の唇がふれたとき、子ども時代がふとよみがえった。母がこのまえキスしてくれたのはずいぶん前のことだった。

　それから一同はおおいに盛り上がった。マーティン・ドレーパーもジョーもアーサーも楽しんでいた。コリン・グレッグの日焼けした顔としなやかな淡い髪と、それから、今日のよき日がまたいくたびも巡ってきますように、とお祝いのことばをくれたときに目に浮かんだいたずらっぽい笑みを、いまでもありありと思い出す。ほんの一瞬だが、コリンの表情に昔の父の顔がだぶって見えた。

　わたしがみんなからいっせいに注目されてまごついているのを見かねて、ベティーが、ターキーとてもおいしいわ、と言った。ベル・フライは、二十一になったんだから次は結婚よね、と言った。自分が二十一歳の誕生日から二週間もしないうちに結婚したことを言っているのだ。彼女がくすくす笑ってみせるとマーティン・ドレーパーは真っ赤になった。ふたりが結婚を急がなければならなかった理由をみんな知っているからである。事情を打ち明けようとしたとき、彼女は父親がどんな反応をするか戦々恐々だったが、意外なことにミスター・フライはすべてを静かに受け止めて、マーティン・ドレーパーは最近ベネッツ・クロスの工場を継いだばかりなんだろう、悪くないじゃないか、と言った。うろたえたのはミセス・フライのほうで、娘婿になる男が工場を継いだくらいでは納得できなかった。ベルにはもっといいお婿さんが来てもよかったのに、とぼやいた。

「うちの裁縫用品売り場の担当をしてる男がひとりいるんだが」継父は食卓をぐるりと見回して、あたかもライバル心を煽るかのようにロジャー・レイズにウインクして言った。「そいつがマスタードみたいにぴりっと辛みの効いた、じつによくできる奴でね」

やっぱり思った通りだ。ベル・フライが、二十一になったんだから次は結婚よね、と言った瞬間から、継父がこの裁縫用品売り場の男のことを言うに違いないとわかっていた。そいつはニキビ面の若造で、とんでもなくおしゃべりな男である。売り場係の男がわたしに興味を持っているのに感づいたとは、いかにも継父らしい。継父は以前にも何回かこの男の話をしたことがあった。今日、みんなが聞いているところでこの話題を出したのも継父らしい。このひとは、わたしを好きな男がいるということがみんなに知れ渡れば、わたしがよろこぶだろうと勘違いしているのだ。若い娘なら誰だって、魅力のない店員なんかとお似合いだなんて言われたくない。たとえ遠回しにでもそんなことを言われるのは我慢ならない。継父はウインクをしてみせたものの、そこにひやかしの意図はなく、むしろ親切心をあらわしたつもりだった。こんな場合、父ならただひやかしてお終いだっただろう。父はわたしの顔を真っ赤にさせ、わたしは父にくってかかり、後から母にくだくだ文句を言うのがいつものことだった。父にからかわれていちいちむきになっていたのは、今にしてみるとじつにばかばかしかった。

「この詰め物、おいしいわ」とベティーが言った。「ハムをきれいに食べなさい」と自分の子どもに注意する彼女の声には、母親らしく叱る調子があった。

「極上のハムだからね」と継父が言った。

「マティルダが生まれた日のことは一生忘れんだろうな」とジョーが言った。「あやうく牝牛を一頭迷子にしてしまうところだったんでね」

「美しい秋でした」とミス・プリチャードが静かに口を開いた。「一九三〇年の秋」

あなたは六週間ばかり早産だったのよ、と母が以前話してくれたことがある。その日、母は二輪軽装馬車でベネッツ・クロスまで出かけたのだが、馬車を牽かせていたポニーが道路上で舞っていた新聞紙の切れ端におびえたので、母は手綱をぐいっと引いた。それがきっかけになって産気づいたというのである。

「アッシュバートンの大旦那様の葬式がその前の日だったね」とアーサーが言った。

「あら、初耳だわ」わたしは彼のほうへ向き直って言った。正直なところ、六週間早産だったとか、その秋が美しかったとかいう話はどうでもよかった。それにしても、ミセス・アッシュバートンがあれほどしばしば語って聞かせた人物の葬式がわたしの誕生日の前日に行なわれたという話題が、彼女との会話の中で一度もはっきり語られなかったのは奇妙である。

「盛大な葬式だったなあ」とアーサーが言った。

ミス・プリチャードがうなずいた。彼女の顔に、記憶がありありと浮かんでみえるようだった。

彼女はアッシュバートン家とはつきあいも係累もなかったので、葬式にはもちろん出なかったはずだ。昔、いっぺん尋ねてみたとき、そのことは話してくれた。アッシュバートン家のようなひとたちにとってわたしはただの学校教師にすぎないので、テニスパーティーに招かれた理由だって、ほかのみなさんも招待されたから、ということだけなのよ、という話だった。しかし、そんな彼女も、学校の窓のブラインドを下ろして、その内側の薄闇の中で葬列が過ぎてゆくのを待ったに違いない。

わたしは、彼女がターキーとハムを味わっているのをじっと見つめた。周囲の会話に加わらずに、もの思いにふけり、回想に身をゆだねている彼女の姿を、わたしは眺めていた。彼女はほっそりした、虚弱そうに見えるひとで、茶色のスーツの下に着込んだ茶色のセーターの胸元に、ビーズのネックレスが下がっていた。その一年半ほど前に教職を引退した彼女は、生徒たちにただの一度も不公平だと思わせたことのない先生だった。

「とてもきれいよ」とミセス・レイズが食卓の反対側から身を乗り出して、ほかの誰にも聞こえないようにわたしにささやいた。彼女はめったに口を開かないひとであった。戦時中このひとが息子のロジャーの足先を銃で撃ち、召集をまぬがれさせたというのがもっぱらの噂だったが、今では戦争も終わり、あの頃の特殊事情を想像するのも難しくなった。わたしはその噂は嘘なのではないかと思いはじめていた。本人たちの話によれば、それはあくまでロジャーがウサギ狩りに出かけようとしたとき起こった事故なのであった。

「ありがとうございます、レイズさん」

ラベンダー色のドレスを着て、ストレートの赤毛にそばかすだらけのわたしは、きれいではなくいわば平凡であった。わたしにくらべたらベティーやベル・フライのほうが昔も今もはるかに美しかったし、ベティーの娘たちだって子どもの頃のわたしより可愛いかった。わたしの顔にはおもしろみがなかった。不細工というのではないけれど、ただのまん丸で、特徴がなかったのだ。それから、自分の髪も大嫌いだった。

「プリチャード先生、ぼくたち全員を居残り勉強させた日のこと、覚えてますか?」コリン・グレッグが笑いながら尋ねた。「一番上のクラス全員が居残りさせられましたよね」

「オオムギ、ライムギ、ながいながい畑、僧院長は鞍の上、ゆらりゆらりとゆられてく」マーティン・ドレーパーが笑いながら暗唱してみせた。

ミス・プリチャードも笑っていた。彼女はジョーとアーサーも教えたし、ロジャー・レイズは先生のお気に入りであった。しかし、ベル・フライのことは決してお気に召さなかったようだ。マーティン・ドレーパーはものわかりが悪かったので、先生にしかられてばかりいた。

「ハムのおかわりはいかが?」継父が肉切り包丁を掲げて立ち上がり、叫んだ。「ハムとターキー、どちらにしましょう? オーダー、お受けしますよ。マーティン君、すまんがお皿をこっちへまわしてくれ」

「建築屋のひとたちが今日入りました」ミス・プリチャードの質問に答えて、ロジャー・レイズがおとなしい声で言うのが聞こえた。チャラコム屋敷のことである。わたしは、あの屋敷のこわれた窓ガラスや天井の雨漏りや、歩くとみしみし落ちくぼんでしまう床板などを、その道の専門家たちがつぶさに検分して、途方にくれるようすを想像した。「あの日のこと覚えてる?」食卓の向こうからわたしに向かってベル・フライが叫んだ。わたしは微笑みを返して、イエスと答えた。ふたりして窓をよじのぼって建物に侵入した日のことを言っているのだ。

「お客様がたにりんご酒を注いでくれるかね」と継父がわたしに耳打ちした。ちょうど、母とベティーは野菜のほうで手一杯だった。

「あら、気がつかなくてごめんなさい」とわたしは継父にささやきかえした。たしかに、お客さんたちのグラスが空になっていることにもっとはやく気づくべきだった。

「いや、いいんだよ」と継父は言った。

その頃自分はなにが欲しかったのか、今となってはわからない。もしもらえたとして、その一九五一年十月二日に、はたしてどんなプレゼントが自分にふさわしいと考えていたのだろうか？　今ではわからない。グラマースクール卒業後は自分の家の農場で働くのが当然のなりゆきだったし、わたし自身も、周囲が勧めてくれたほかの仕事よりこっちのほうがやりたかった。継父はブロウ生地店の就職を世話してくれると言った。母は、わたしは数字が苦手なのに、勝手に強いと思いこんでいたので、電力局の会計部を狙ってみたらいいと言った。ホガース・アームズ・ホテルのフロント係なんかいいじゃない、と言っていた時期もある。ミス・プリチャードは、わたしは先生に向いていると言った。

わたしはわが家の農場が好きだった。季節ごとにいいところがあった。氷が張るような朝に搾乳場でブリキ缶や大型牛乳缶ががらんがらんぶつかる音もよかったし、あたたかい日の午後に牧羊犬たちに指示を出しながら家畜を追い込む作業も魅力があった。中庭に家畜のふんが山のようになっていても気にならなかったし、サイロに貯蔵した草の匂いも嫌いでなかった。雌鶏だってわたしは好きだった。

配水管の清掃、生け垣の刈り込み、堆肥散布など、きつい仕事はみなジョーがやってくれていた。

母も、とくに干し草つくりは手伝った。じっさい、干し草をつくるときにはみんなが力を貸してくれた。継父さえ例外ではなかった。コリン・グレッグとベティーに、フライやレイズの家のひとびとまでやってきて手伝ってくれた。この作業はほかのなににもまして、昔を思い出させた。子どもの頃、ベル・フライとわたしはみんなの役に立とうとして干し草の山のまわりを駆けずりまわり、邪魔にしかならなかったのを思い出す。それから、食事の時間。肉入りパイや肉入りサンドイッチにりんご酒やお茶を、牧草地でみんな揃って食べた。父はいつも空模様に気を配っていたが、作業のはじまりから終わりまで、天気はいつだって崩れずに保った。そして、干し草を無事ぜんぶ取り込んだ後に雨がさあっと降り出すと、父はきまって「さあみんな、わっはっはと笑ってやろうぜ」と言ったものだ。

二十一歳の誕生日の日にわたしがずっと考えていたのは、この農場の家で母と継父がそろって年を重ねていったらどうなるだろう、ということだった。継父はやがてブロウ生地店を定年退職し、そうしたら毎日昼間もこの家の周辺で過ごすことになる。そう考えるとこみあげてくる憤りは、子どもの頃、まだ母とあの男が結婚する前に感じた怒りと同じものだったが、もちろんあの頃感じたほど強烈でもなかったし、もてあますほどの凶暴さをともなってもいなかった。とはいえ、このふたりと自分がこの家でずっと暮らすことを想像しただけで虫酸が走った。わたしまであの男と結婚してしまったように感じたからだ。

トライフルを食べ終わった後で、もらったプレゼントを開けた。そして、みんながそれぞれに気前よくしてくれたのを知った。ミス・プリチャードはカメオのブローチをくれた。彼女自身がよくつけていたもので、見るたびに素敵だなとおもっていた品だ。ベティーの子どもたちまでプレゼントをくれた。母と継父はミシンを買ってくれた。ベティーはベッドの脇に置くようにと目覚まし時計をくれて、ベル・フライはトレヴァー・ハワードの額入り写真をくれた。いかにもベルらしいジョークが利いた品物である。ジョーとモーディーはミツバチの巣をいくつか持ってきてくれて、ミセス・レイズとロジャーは化粧品と香水のセットをくれた。ほかにもうひとつ、赤い薄葉紙でくるんでリボンをつけた包みが届いていた。開けてみるとゆで卵立てがひとつとお揃いの受け皿が入っていて、継父によれば、ブロウ生地店の若者からことづかった品だということだった。だが、そんなのは嘘っぱちだとわかっていた。男の子からプレゼントをもらったらわたしが喜ぶだろうと考えた継父が、自分で用意したに決まっている。ばつが悪いような気恥ずかしいような気持ちになったわたしは、どうやって受け答えしたものか困りはてた。

しばらくしてから、わたしたちはベティーの子どもたちと、トランプやら双六やらをして遊んだ。ロジャー・レイズはわたしの隣りに座っていたが、内気すぎてひと言もしゃべらなかった。例の足はまだ痛むのかしら、とわたしはちらちら考えていた。九時十五分過ぎ、子どもたちを寝かしつける時間を過ぎてしまったのでと、ベティーとコリン・グレッグが帰っていった。ジョーとモーディーも帰った。

「わたしもそろそろおいとましなくちゃ」とミス・プリチャードが言った。

コリンとベティーが車に乗せていくというのを彼女が断ったので、わたしが、今夜は月明かりがまぶしいくらいだから歩いてお送りしましょう、と申し出た。それを聞いた母が、車に乗せていってあげると言うのをわざわざ断ったお婆さん先生の気も知れないけど、その先生を一マイル半も歩いて送っていくなんて言い出す娘もほんとに何を考えているんだか、と思っているのが手に取るようにわかった。母は、二十一歳の誕生パーティーだというのになんでもっと素敵な過ごし方ができないのかしら、と考えていたのだ。だが、わたしにとって、月明かりの細道を歩くのは今夜でいちばんのハイライトなのであった。

「で、どうするつもりなの？　マティルダ」とミス・プリチャードが尋ねた。

彼女が何を訊きたいのかよくわかっていたので、わたしは、さあどうしましょう、たぶん農場にとどまることになるんじゃないかしら、と答えた。

「あなたはきっと子育て上手になるわ」

「まさか」

「あら、そうなの。農業をしてるひとのお嫁さんになるのが、あなたにはきっとふさわしいのね。それもまんざら悪くないとおもうわ」

「わたしは誰とも結婚したくないんです」ロジャー・レイズの四角い顔がふと頭に浮かんだ。それから、ブロウ生地店の若者の顔もふっと見えた気がした。「結婚なんてほんとにとんでもない」

「そうね、誰かさんが現れるまでそんなふうに思ってるひとも、世の中にはよくいるわ。運命の（ミスター）・ひと（ライト）っていう誰かさんがね」ミス・プリチャードは声を上げて笑った。それからわたしたちは、チャラコム屋敷にやってきた新しいひとたちの噂や、あの古くて大きなお屋敷にふたたび人間が住むようになったらどんなだろうという話をした。

ミスター・グレガリーは恰幅のいい人物で、その奥さんは異常にやせこけたひとだった。息子はわたしが思っていたよりずっと年上で、なんともう三十七にもなるという。両親からはラルフィーと呼ばれていた。茶色い髪はすでに禿げ上がってきており、それを埋め合わせようとするかのように、口ひげをはやしていた。その口ひげは広々しているわりには整然と刈り込まれていて、ピンク色の顔に生えた茶色い生け垣のように見えた。肩幅が広く、背も高いが、身のこなしにどこかぎごちないところがあった。

この三人家族がある朝、うちの農場を訪ねてきた。工事の進み具合を見るためロンドンから車でやってきたついでに、ちょっとあいさつに寄ったとのことだった。母もわたしも、このひとたちがどうにも好きになれなかった。

「ヤッホー」場違いな服と靴を身につけたミセス・グレガリーが、うちの中庭に踏み込んでくるなり、甲高い声で叫んだ。彼女の夫と息子はまるで自分の所有物を確認するかのように、うちの納屋や別棟の建物をひとつひとつ指さして、なにやら話し合っていた。三人とも、今日のこの日のために特別に着てきましたといわんばかりのツイードのスーツ姿だった。ミスター・グレガリーは、上部を開けばイスになる狩猟ステッキまで携えていた。

ミセス・グレガリーは牛小屋から出てきたわたしに向かって、「とつぜんお邪魔してごめんあそばせ!」と大声で叫んだ。その声は鳥の鳴き声みたいに甲高く、にんまりとした微笑みは骨張った彼女の顔をまっぷたつにぶち割ったように見えた。髪型は流行のスタイルでぴっちり決め、口紅の色はえび茶のスーツに合わせていた。

「グレガリーです、チャラコム屋敷の」と彼女の夫が言った。

「ここはもともと屋敷付属の農場だったところですよね」と息子が尋ねた。両親よりも丁寧で、あらたまったものの言い方だった。

そのとおりです、とわたしは答え、どうやって応対したらいいのかわからぬまま三人をキッチンへ案内した。わたしは子鹿色（フォーン）のコール天のズボンに同じ色のセーターを着ていたが、セーターは汚れているうえにほつれ目をつくろった代物だった。母はちょうど食卓の上でケーキをつくっている最中で、粉まみれだった。わたしが三人を連れてキッチンへ入っていったとき、母はそれまで見たことないくらい狼狽した。

グレガリー家の三人は、チャラコム屋敷のもとの住人とはまるで異なっていた。まったく別人種と言ってもよかった。母がケーキ作りの道具を片づけている間、わたしは、このひとたちの身なりと話しぶりにあきれ果てて顔をしかめるミセス・アッシュバートンを想像した。母は、聞いているだけでいらいらするくらい卑屈な物腰で、今朝にかぎって居間の暖炉に火を入れてなかったものですから居間が暖まっておりませんで、と三人に向かって弁解した。ほんとうはわが家のかび臭い居間の暖炉に火を入れたことなど、今まで一度もなかったのである。あの部屋に誰かが座っているのを見かけたことといえば、税務署からやってきた職員に父がウィスキーを出しながら、なにやら書類を確認しているのを見た覚えがあるだけだ。

「あらあら、どうぞおかまいなく。グレガリー家の人間はいたってざっくばらんなほうですから」とミセス・グレガリーが甲高い声で言った。

「なんせ、午前中いっぱいかけて朝飯をたらふく食らってきたもんでね」と夫がつけくわえて、自分で言ったことをおもしろがって夫婦で大笑いした。息子はやや控えめに笑った。

「まあ、せめてお茶でも」と母が言った。わたしがこの三人をキッチンへ連れてきたために、母は真っ赤な顔で粉まみれになって奮闘していたところを見られてしまった。そのことで母は機嫌をそこねてしまったようだったが、ではどうすればよかったというのか？　部屋履きをつっかけた母の髪の毛が乱れていた。「マティルダ、さあ、カップを出して」とわたしに命令した母の声には、消しがたい怒気がにじんでいた。母は、その怒気がグレガリー家の三人に向けられたものだと思われやしないかと、はらはらしていた。

「あら、マティルダさんとおっしゃるのね」と骨張った微笑みをみせて、ミセス・グレガリーが言った。「なんて美しいお名前だこと！」

女は食卓に腰掛けた。ふたりの男たちは室内のあちこちを指さしながら、この家が建てられた当初、キッチンはどんなしつらえであったか議論していた。彼らは、暖炉や壁面に埋め込まれたかまどについて話しているようだった。そして、キッチンの片隅から急傾斜で二階へ上がってゆく裏階段にちらりと目をやり、戸棚の扉を順々に開けたりまでした。

息子がアーガのほうを指さして、「ここには本来据え付け式のふいごを操作するための輪車がとりつけてあったはずだよ」と言った。

父親は息子のいうことには耳を貸さずに、「構造的にも申し分ない状態だ。壁もいい仕事してるな」とつぶやいた。

「お屋敷のほうの壁もこのくらいいい状態だったらよかったのに！」と女がいきなり甲高い声でまくしたてたので、母はびっくりして飛び上がった。「まったくあの傷みようったらないわ！」

「でも、あちらのお屋敷はながいこと空き家でしたから」と母が言った。

「乾燥腐敗に、濡れ腐れっていうんですか、とにかくひどいのよ！」と女は叫んだ。女は指輪を、左手に四つ、右手に二つはめていた。この女がチャラコム屋敷に住みつこうとしているなんて、まるで夢の中に出てくる理屈にあわないできごとのようだ。こんなこと、なにかの間違いとしか考えられなかった。

「地所の購入を考えているんですがね」とミスター・グレガリーがとうとう打ち明けた。彼の頭部は、禿げ上がったところに残った髪がきれいになでつけてあって、とてもこぎれいな印象を与えた。顔は、かすかにピンクをおびた大理石が磨きこまれたようにつやつやしていた。あごの肉もたるんでおらず、しっかり締まって血色がよかった。左右の目に、一瞬喜びの輝きがあらわれた。

「じっさいにはラルフィーがやろうとしてる事業ですの」とミセス・グレガリーが言った。「わたしたち夫婦はときどきようすを見に来てみようかしら、って思っているだけなので」

「だめだよ、来なくていい」と息子が反論した。

「長逗留するわよ、いいわね」

「三人そろってチャラコム屋敷にぞっこん惚れ込んじまって」とミスター・グレガリーが言った。

わたしもチャラコム屋敷を愛しているのです、と言ってみたくなった。そうはっきり言うことで、わたしの愛はあなたたちの愛とは中味が違うのだと、それとなく表現したかった。これまで生きてきた年月、わたしはずっとチャラコム屋敷を愛してきた。わが家の農場も、チャラコムの庭園とその周囲の細道も、学校帰りにいつも通って、あのころは退屈なところだなと思っていた牧場も、ぜんぶ愛しているのだということをはっきりさせたかった。わたしは過去の記憶を愛しています、と言いたかった。ミセス・アッシュバートンが話してくれた、二つの戦争のうちの最初のほうが始まる前のチャラコムの記憶を愛しています、と言いたかった。それから、二つ目の戦争が始まる前のわたし自身の家族の記憶のことも愛しているのです、と言いたかった。目の前の三人にこれらすべてをぶちまけることで、ツイードのスーツなんか着てのこのこやってきて、チャラコム屋敷にぞっこん惚れ込んじまって、なんていうセリフを吐くのがどれほど愚かなことか教えてやりたかった。ニセモノの化けの皮はなんとしても剝いでやりたかった。

わたしは無言のまま礼儀正しく、牛乳と砂糖を三人にさしだした。母はわたしにビスケットもお出ししなさいと言い、ミセス・グレガリーはどうぞおかまいなくと言ったが、わたしはビスケットをとってきた。皿に載せ、みんなに配っている間、母はこの家と農場のことをあれこれ話していた。わたしがグレガリーの息子に皿を差し出すと、息子はにっこり微笑んだ。その瞬間わたしは、できごとにはひと連なりのパターンがあるということに突然思い当たった。チャラコム屋敷が長い間空き家だったのは必然であることに気づき、ミセス・アッシュバートンの声が心の中で反響した。それはわたしが九歳のときに聞いたなにかだったのだが、よく聞き取れなかった。わたしは意識が混乱していくのを感じた。その朝わが家のキッチンで起きたひとつのできごと。それが起きるのをあらかじめ言い当てられなかったとは、われながらじつに奇妙であった。さまざまなものごとが指し示していた運命を読みとれなかったのも、どうかしていたのだ。

「こんな格好してたから、きっと貧乏百姓だと思われただろうね」母は、三人が帰った後で不機嫌につぶやいた。

「あのひとたちがどう思おうと関係ないわ」とわたしは言った。

時は流れ、一年以上が過ぎ去り、チャラコム屋敷は修復された。庭園の植物を枯らしていた茨の茂みが取り除かれ、テニスコートはあたかもわたしの記憶をなぞるかのようにふたたび整備され、サマーハウスの石組みの目地も新たに塗り直された。わたしは庭園にじっとたたずんで、それらの作業の進捗をつぶさに見守った。ときには、作業中の工事内容の確認を求めるかのように、わたしの隣りにラルフィー・グレガリーが並んで立つこともあった。わたしは彼と一緒に牧草地を歩き、かつて学校帰りに毎日通った近道を教えた。牧草地と庭園をずっと突っ切っていく小道のことだ。それから、二つ目の戦争が起きる前のある木曜日の午後にミセス・アッシュバートンが開いたテニスパーティーのことも、彼に話した。

ある日曜日の朝、わたしたちはピクニックをした。庭園内のモクレンの木のそばにごちそうを広げた。白ワインにチキンにトマトにチャイブ、それからフランスのチーズと葡萄もあった。ラルフィーは自分が通った寄宿学校の話をした。その学校を卒業してから父親の自動車部品の仕事を手伝い、その後戦争に行ったのだという。戦地にいる間にだんだんわかってきたのは、自分は戦争が終わったら静かな生活がしたいということだった。父親の仕事の手伝いに復帰しようと努力したが、その仕事には少しも身が入らなかった。「僕がしたかったのは今やっているこの仕事なんだよ」と彼は言った。わたしはワインを飲んですこし酔ってしまったので、暖かい正午の太陽を浴びて寝ころびたくなった。わたしは彼に、ディックとベティーと一緒にテントウムシを捕ってミセス・アッシュバートンにあげたこと――テントウムシはバラにつくアブラムシを食べてくれるから――を話した。それから、サマーハウスの中のテーブルを彼に見せた。テニスパーティーのときにごちそうをたくさん並べたあのテーブルである。わたしは彼に微笑みかけ、彼もわたしの過去への愛を理解して微笑みを返した。

その同じ日、ミス・プリチャードのお宅を訪ねた。先生はちっぽけな居間でわたしに、「でも、過去を呼び戻すことはできないのよ」と釘を刺した。

「だってわたしは現在ってものが嫌いなんです」

ミス・プリチャードがつくったお手製のマカロンを食べながら、花模様の磁器のカップでお茶を飲んだ。彼女の場合はたしかにもう安心だ。年をとりすぎているから、現在というものに属することができない。だから、もはや悩む必要もなかった。

「現在を嫌ってはいけないわ」彼女の氷のような淡い色の目が、わたしの目をまっすぐ見つめていた。一瞬、学校時代に質問に答えられなかったときのように、先生がこわくなった。だがもちろん、わたしをおどかすつもりなどないことはよくわかっていた。「結婚するつもりなら、相手の男性を愛さなければならないのよ、マティルダ」

彼女はわかっていなかった。それは無理からぬ話だった。だが、ミセス・アッシュバートンなら、このときわたしの心の中にあったことをはっきり理解してくれたに違いない。

「彼はわたしのことを愛していると言っています」とわたしは言った。

「それだけじゃだめ」

「ミセス・アッシュバートンだったら……」

「もういい加減に、あのひとのことはお忘れなさい！」

わたしは首を振った。「きっとだいじょうぶです。先生」彼は彼の両親とは違うのだ、とわたしは説明しようとした。彼は、彼の父親や母親とは大違いで、思慮も深いし、騒々しくもないし、万事わたしには良くしてくれているし、全然美しくないわたしのことを美しいと思っているし、彼はいいひとなのです、と。

「あなたがやろうとしてることは間違っていますよ」とミス・プリチャードは言った。

わたしはもう一度首を振って、彼女に微笑みかけた。わたしはすでにラルフィーを説得して、チャラコム屋敷の客間をミセス・アッシュバートンの時代と同じ、赤い縞模様が入った壁紙に真鍮のランプをとりつけるかたちで修復するよう手配していた。もっとも、彼が屋敷に電気を引いたので、壁のランプには電灯がつくことにはなったのだけれど。客間にあったたくさんの家具はミセス・アッシュバートンの死後、盗まれないように地下室に鍵を掛けて保管されていたので無事だった。ひとびとがゆっくりものを考える余裕ができるまでそうやってしまっておくのが戦時中の知恵だったのだが、今となっては誰が家具を保管したのか定かではない。出てきた家具の中には湿気にやられて廃棄するしかないものもあったけれど、繊細な象眼を施した背もたれが垂直についたアームチェアが四脚見つかり、生地の部分を張り直しさえすればちゃんと使えそうだった。わたしは記憶の中のそれらの椅子と照らし合わせて、壁紙とお揃いの深紅とピンクの縞模様の生地で張り直させた。わたしがとても気に入っていたマホガニーの小さな丸テーブルも一対見つかったし、金箔貼りの重々しい額縁に入ったこの近所の風景を描いた絵も数点出てきた。ほかにも、真鍮製の暖炉用道具一式、ミセス・アッシュバートンが愛用していたライティングデスク、それに、彼女の夫君ご愛用のライティングデスクも残っていた。ペルシャ製なのよ、とミセス・アッシュバートンが言っていた青と白の模様を施した絨毯も出てきた。四隅のひとつが鼠にかじられていたけれど、家具の下に敷いてしまえば問題ないとラルフィーが言った。

彼は、わが家の中庭でわたしをはじめて見た瞬間恋に落ちてしまったのだと言った。卒倒するんじゃないかと思って、思わず目を閉じたんだ、と。彼ははにかみながら、君ほど深く愛されている女はイングランド広しと言えどもほかにいないと言ったが、わたしは腹の中では、その同じセリフをロジャー・レイズかブロウ生地店の売り場係に言われたとしてもべつに変わりゃしないんじゃないかしらと思っていた。しかし口では、あなたにビスケットを差し出したとき同じ気持ちになったわ、と言った。思いやりをしめそうとして小さな嘘をついたとしてもべつに悪くはないはずだから。彼の両親はわたしたちの関係を好ましく思っていなかった。それはわたしの母と継父も同じだった。だが、ラルフィーもわたしも立派な大人になっていたから、他人の思惑など気にする必要はなかった。彼はかれこれもう四十歳で、自分自身の伴侶を選ぶ権利があった。わたしは彼にたいしてやさしくするよう心がけ、ちゃんと料理もし、心配事も聞いてあげるようにした。

結婚披露宴はホガース・アームズでおこなったが、グレガリー家の両親は、十二マイル遠方にあるが広さに余裕のあるバウアーハウス・ホテルを提案していた。また、向こうの両親は費用を全額持ちたいと言ったけれど、わたしの母が断った。この結婚にはたしかにしっくりいってない感じがあった。向こうの両親にしてみれば、わたしの継父は商店勤務だし、手塩に掛けた息子がこともあろうに農場の娘をもらってチャラコム屋敷の奥方に据えるなんてばかばかしいにもほどがある、というわけである。

ミス・プリチャードは、結婚式とホガース・アームズでの披露宴の両方に出てくれた。ベティーとベル・フライが花嫁の既婚付き添い人の役をひきうけてくれ、新郎のほうの付き添い役はわたしの知らない男がやった。わたしはあらゆるひとたちを招待した。フライ家のひとびとはもちろんのこと、ミセス・レイズとロジャー、学校で一緒だった大勢のひとたち、それからバロウ農場のミセス・レイサムにも声をかけた。町のいろんなお店のひとたちや、ベネッツ・クロスの兎と猟犬亭（ザ・ヘア・アンド・ハウンズ）のひとたち、家畜人工授精所の担当者、それにジョーとモーディー、アーサーにも招待状を出した。グレガリー家のほうも大勢招待していた。やってきたのは、みな彼らと同じようなひとびとだった。

　わたしはホガース・アームズのラウンジにたたずんで、ずっと目を閉じたままでいたいと思っていた。自分が飲んだシャンパンの泡に乗ってふわふわ飛び去ってしまいたかった。万事うまくいっていて、どんなに辛く見積もってもすべてが完璧なのに、ミス・プリチャードにはそのことがどうして理解できないのか、わたしにはまるで合点がいかなかった。そこにはやさしくないはずがないラルフィーと結婚して、ウェディングドレスをまとったわたしがいた。チャラコム屋敷は全盛期の輝きをとりもどし、ミセス・アッシュバートンが花嫁としてお輿入れしたときの姿でそこにあった。その屋敷に住み、その屋敷を見守ることによって、父の死、ディックの死、ミスター・フライが撃ち飛ばした片腕、ロジャー・レイズの足先という、それまでに起こったすべての悪いできごとが埋め合わせされるように思われた。フライ家は、当主が片腕を失った後農業を続けていくのが困難になっていたため、土地をすべてラルフィーに売却していた。家族は同じ農場の家に住み続けており、死ぬまでその権利は保証されていたが、今ではもう間借り人で、二、三エーカーの土地をラルフィーから借りて使っているに過ぎなかった。フライ家には跡を継がせる男の子がいないので、両親が安楽に老後を過ごすにはこのとりきめが好都合だったのである。やがて時が経ち、わが家の農場も母ひとりの手には余るようになったら、昔に逆戻りして、チャラコム屋敷付属の自作農場となるだろう。ラルフィーはそれがわたしの望むところであることを心得ていて、暗黙のうちにそうしむけてくれるに違いない。

「幸せに」と継父が言った。

結婚式の日にはそうするのが当然のことだから、わたしは彼に微笑みを返した。だが、わたしにキスした後ちらっと見えた継父のやせた顔に、ミス・プリチャードが言ったのと同じことが書いてあるのが見えた。継父も、ラルフィーがいくら親切ないいひとであってもわたしが愛していないのなら結婚すべきではない、と信じていたのである。同じことが母の顔にも書いてあるのが、キスされたときにわかった。姉の顔にもベル・フライの顔にも。しかし、グレガリー家の両親の顔にはそんな感情は窺えなかった。わたしのことを知らなかったからである。

わたしはにこにこしながら、「とっても幸せよ」と言い続けた。

わたしたちは遠くのホテルに滞在した後、チャラコムへ帰ってきた。召使いたちが玄関で待ちかまえているようすをほとんど本気で想像していたのだが、もちろんそんなことはなかった。わたしたちを出迎えたのはストリッチという名前の夫婦者だった。この夫婦のことは昔から知っていた。この夫婦のちっぽけな家の前を通りかかったとき、ベル・フライとふたりで声を張り上げて怒りっぽい女の歌を歌ったのを覚えている。ミセス・ストリッチがじっさい気むずかしい女だったからである。ハネムーンから帰ってきてこのふたりに出迎えられるのはいい気分がしなかった。

ラルフィーとわたしの間にはささいな、そしてくだらない誤解がいろいろ生じたけれど、ラルフィーのやさしさのおかげでいつも乗り切ることができた。今思い出そうとしても、それらの誤解がいったいどんなものだったのか思い出せないくらいである。覚えているのは、ラルフィーがわたしの言うことにいつも耳を傾けてくれたことである。わたしがまだほんの小娘だったので、自分のほうからやさしくしなければならない、と考えていたのだと思う。彼がなぜもっと早くほかの女性と結婚しなかったのか理解できなかったので、尋ねてみたが、彼は微笑んで首を振ってみせただけだった。わたしが感じていたのは、彼の心の中にはこの屋敷と土地とわたしがあるということ。わたしはそういう全体の一部分であるということ。そして、彼はその全体と恋に落ちたのだということだった。もちろんその全体がわたしたちふたりをつなぐ絆であるはずだった。わたしたちはチャラコム屋敷をふたりが幸せになれる島というか共通の地盤となっていたからだ。この屋敷と土地こそ、ふたりの真ん中に据えて結婚したつもりでいたから、ラルフィーがさっそく子作りのことを話題にしたとき、わたしはただひたすら驚いた。子作りの必要性などわたしにはまるで理解できなかった。完全に間違っているとしか思えなかった。子どもなど生まれようものなら、わたしが正確無比に感じ取っているできごとのパターンが狂ってしまう。子どもの存在と例のパターンは、どうあっても相容れるものではなかったからだ。

ラルフィーは辛抱強かった。結婚の日の晩、彼はホテルの部屋でわたしの目の前に立って、「そうか、わかった」と言った。その部屋の壁紙はピンクがかった色だった。ラルフィーはフランネルのスーツを着ていた。そのホテルのエリザベス朝の間という名前のレストランで、わたしたちはディナーをとり、ワインを飲んだ。わたしはデザートにクープ・ジャックを、ラルフィーはアプリコット・スフレみたいなものを頼んだ。ピンク色の寝室に戻ってから、彼はもう一度「わかった」と言った。わたしはツインベッドの片方に腰掛けて、隣りに座ってくれるよう彼に頼んだ。そして、彼の手をとって撫でながら、わたしの考えをこんこんと語って聞かせた。「そうか、わかった」わたしは本当にわかったのだと思った。チャラコムでは子作りは問題外であるということを彼が本当に理解したと、わたしは思ったのだ。彼は、君を愛している、と言い続けた。決して君を嫌いになることはない、と。

ハネムーンから帰ってきた晩、わたしはストリッチ夫妻を即刻追い出してほしい、ともちかけた。夕食の食卓で、わたしはラルフィーにすべてを説明したが、彼は、ストリッチ夫妻にチャラコムへ来てもらうことはずっと以前に話したはずだと言ってとりあわなかった。日曜を除く毎日、ミセス・ストリッチがこの屋敷に来て、夫のほうは庭まわりのしごとをするのだという。ラルフィーは、このとりきめについてはすでにわたしに説明してあるし、しばしばストリッチ夫妻のことを話題にしたし、わたしの意見も求めたではないか、ときわめて真剣にくりかえした。彼が勘違いをしているのだとわかってはいたけれど、その場でそれを言いたくはなかった。フライ家の土地を購入したばかりで、ミセス・レイズの土地は価格の交渉中、母の土地についてはどうやって交渉をはじめるか思案中だったラルフィーの頭の中は、いろんなことで忙しかったに違いないからである。また、彼は農業に関する知識が乏しかったので、熱心に学ぼうとしていたが、これもたいそう時間のかかる大仕事だった。そういう事情があったから、ささいなことをわたしに言ったかどうかなどという理由でとがめだてされても、立つ瀬がなかろうと思ったのだ。

「ちょっときまりが悪いのよ、ラルフィー」わたしはある晩、もう一度夕食の食卓で、微笑みながら話をもちかけた。「ベル・フライとふたりでミセス・ストリッチにひどいことをしたことがあるから」

「そんなこと相手はとうに忘れてちまってるさ。ダーリン、そりゃあ途方もない昔のことだろう」

わたしは彼のダーリンということばの使い方が、どういうわけか好きになれなかった。とくに、文頭にダーリンをくっつけるのがどうしても我慢ならなかった。でも、なぜそれほど反感を覚えるのかはわからなかった。思うに、その言い回しには、この屋敷には場違いな、気安い調子があったからかもしれない。気になることはほかにもあった。彼の新聞のめくり方。一ページ、その次とめくっていって、結局は訃報とちっぽけな広告がずらりと並んでいる面だけを熟読するのだ。見ていると無性に腹が立った。ときおり彼がものを考えているときに、テーブルを片手でコツコツ叩くのも虫が好かなかった。もうひとつ、革のゲートルを愛用しているのも嫌だった。

「あのひとが家にいるだけでどうもばつが悪くって」わたしはまだ微笑んでみせながら、そう言った。

彼はビートとサーディンのサラダを食べているところだった。サーディンが好きなんだ、と聞いてわたしがつくった一品だ。その朝、彼を車で待たせておいて、わたしがお店へちょっと寄って買ってきた缶詰のサーディンでこしらえた。何を買ってきたのか、その場では秘密にしておいた。喜んでもらおうとしたのである。

「ミセス・ストリッチはとてもよくやってくれてるよ。それに、旦那のほうも庭を見違えるようにしてくれてる」

「わたしとベルはあのひとにひどい悪口を言ったことがあるの。あのひとが洗濯物かなにか干してるところへ通りかかることがよくあったんで、わざと声を張り上げてからかってたのよ。『ドーセットいちばんの怒りんぼ』ってまずベル・フライが言ってから、ふたりでくすくす笑うの。それからわたしが『おかげで旦那は飲んだくれ』って言うわけ。で、ふたりで『ミセス・ストリッチってば、とってもすてきなおかみさん』って、わざとらしい声で歌ったのよ」

「子どもはみんなそういういたずらをするもんさ」

「いいえ、姉はわたしがそんなことするのを決して許さなかったわ。ベティーとディックと三人で毎日下校してたころは全然違ってたのよ。でもだんだん兄も姉も大きくなって。ベルとわたしがミス・プリチャードの学校を卒業するころにはディックもベティーもグラマースクールを卒業して、それで、ちょうどその同じ頃に……」

「ダーリン、ストリッチ夫妻にはここで働いてもらわなくちゃならないんだ。この家には手伝いが必要じゃないか」

「それ、やめてくれないかしら」

「やめてくれって、なにを?」

「そうやって、最初にダーリンをつけるのをやめてほしいのよ」

　彼はわたしの微笑みにしかめっ面を返した。ものわかりのいいひととはいえ、さすがにわたしが腹の中でなにを考えているのかはかりかねたものと見える。この屋敷のことはわたしひとりでできるからミセス・ストリッチの手伝いはいりません、と説明したのだが、彼には理解してもらえなかった。あの女はブロウ生地店から手袋を万引きしたことがあるのよ、ともつけくわえた。「しばらく様子をみてみようじゃないか」と彼は言った。わたしは気むずかしいと思われたくなかったので、それきりにした。彼がやってみようということにやみくもに反対したりしない女だと見られたかったからだ。

「そうね」と微笑みながらわたしは言った。

黒い影のように、あのひとは客間にいた。自分の椅子に身をまかせて、片方の手を目の前の丸テーブルに伸ばしていた。その人影はただの記憶にすぎなかった。ミセス・アッシュバートンの亡霊などというものではない。断じてそんなものではなかった。だが、ラルフィーが留守のときにいつもミセス・ストリッチの気配を感じながら過ごすくらいなら、亡霊と一緒にいたほうがはるかにましだった。毎朝、ラルフィーがゲートルを巻いて出かけていくのと入れかわりに、ミセス・ストリッチがやってきた。彼女はほこりをはたき、拭き掃除をし、石けん水を入れたバケツを下げて屋敷中を回って歩いた。お昼には彼女の夫がやってきてキッチンで一緒に昼食をとっていた。ラルフィーとわたしはいつもダイニングルームで昼食をとった。午後もずっと彼女の気配を感じながら過ごさなければならなかった。家のことをあれこれしている物音はかすかだったが気になった。そして、いよいよ彼女が帰る時間になると、こんどはラルフィーが帰ってくるのだった。

「レイズ家の地所を買うことにしたよ」彼はある晩、客間の奥に置いたデカンタから、グラスにウィスキーを注ぎながら言った。彼が喜んでいるのがよくわかった。「君のお母さんも地所を売りたがってるんじゃないかな」と彼は言った。

わたしもそのことはわかっていた。ジョーとアーサーも年をとってきたので、継父は、そろそろ潮時だろう、と言うようになっていた。継父は農場にはまったく無関心だし、母としては責任から解放されるのであれば大歓迎だったのだ。

「でもレイズ家のひとたちは農場の家に住み続けてもいいんでしょう?」とわたしは尋ねた。引っ越しするのはたいへんだと思ったからである。

ラルフィーは首を振った。ラルフィーによれば、レイズ家のひとびとはフライ家と同様もっと町に近いところに住み換えたいので、農場を出て行くと言っている、というのだ。

「えっ、フライ家が？　フライ家は引っ越しするつもりはなかったはずじゃないの。二、三エーカーの土地を借りて農業は続けるつもりだって、あなた言ってたじゃない……」

「連中の気が変わったんだよ」

わたしは微笑みを返さなかった。彼の言いぐさが気にくわなかったから。彼がもともと言っていたのは、フライ家は農場に住み続けるし、レイズ家もその気さえあれば住み続けることができるという話だった。これは、彼がわたしにもはっきり説明して納得させてくれたことがらであった。それなのに、ラルフィーは今になってこんなことを言いだした。

「君はこの屋敷がらみの地所が昔通りひとつになるのを望んでいたじゃないか、マティルダ」

「みんなが追い出されることなんて望んでなかったわ、ラルフィー。フライ家にレイズ家まで。うちの母はどうなるっていうの？　母も立ち退きをくらうのかしら？」

「それは君のお母さんがどうしたいかにかかっているさ、マティルダ。フライ家やレイズ家がそうだったようにね」

「あなたは農場を買いあさってみんなを追い出したのよ。わたしにちゃんと約束したのに……」

「うちで働いてくれている者たちの宿舎が必要なんだよ」

わたしはだまされたと感じた。ラルフィーがこの屋敷の地所を管理するために雇い入れた男とラルフィー自身が話し合っているようすを想像した。エプストーンという名前の冷たい顔をしたやつである。エプストーンはこう言ったに違いない。旦那がものごとをなしとげたいんでしたら万事きちんとやらにゃあいけません。もらうもんさえちゃんともらえば、連中はちゃんとやりますよ。それから、ラルフィーと父親の話し合いも想像した。ラルフィーは父親に、この屋敷をきちんと運営していくためにもうすこし資金を援助してもらえないか、と頼み、父親はそれを聞き入れたに違いない。

「そうね。そりゃそうでしょう」決して不機嫌を見せないようにしながら、わたしは言った。

「じっさい、昔のチャラコムでは、これほど思いやり深いやり方でものごとがすすんだとは思われないよ」とラルフィーは言った。

これ以上彼の言い分を聞きたくなかったので、それはどういう意味なのか問い返すのはやめておいた。彼は理解のある人間ではあったけれど、わたしはしだいに、自分が彼の所有物にすぎないと感じるようになった。それは奇妙な感覚だったが、その感覚はわたしが感じていたもうひとつのことに由来していた。つまり、彼がわたしと結婚したのは、わたしが、彼が惚れ込んだ計画そのものの一部分だったということである。わたしは客間のマントルピースの上に並んだ磁器の花瓶を眺めて、自分もこれと同類だと感じた。また、自分がさまざまな絨毯や新しい壁紙みたいなものだと感じたこともある。わたしは彼のお金がつくりあげたものの一部分なのだ。そう考えれば、新聞紙をめくるときにたてる音やデカンタがグラスに当たったときにたてる音がわたしの物思いを妨害していることに、彼がちっとも気づいていないのも納得できた。こうした音にくわえて、広間や部屋を歩く彼の足音は、ミセス・ストリッチがたてるバケツの音や掃除機（エレクトロラックス）の音と同じくらい気に障った。けれど、もちろん彼には何も言わなかった。

ラルフィーと一つ屋根の下に暮らしたその頃のことは、すこし忘れてしまった部分もある。彼は屋敷の周辺でおこなわれていることをぜんぶわたしに話してくれたわけではない。どうやら彼は、ミセス・ストリッチのほうが気安く話せたようだった。彼が話している声がひんぱんに聞こえた。ラルフィーは独り言をつぶやいていることもあった。ミスター・ストリッチの手で復元された芝生の上を行ったり来たりしながら、しきりに首を振ったりうなずいたりしているラルフィーの姿を、わたしは窓の内側からじっと眺めていた。やがて、彼は自分がやりたかったことをついに達成した。彼が言ったとおり、屋敷をめぐる地所が全部昔通りひとつにまとまったのだ。わたしの実家と農場も、有無を言わせないほど高い買値を提示してそっくり買い取った。ジョーとアーサーは今ではラルフィーの配下で働いていた。

年月が流れていった。ときおりわたしは、昔通学した牧草地の中の道を通ってミス・プリチャードに会いに行った。お茶をいただきながらどんなことを話したのかは覚えていない。会話の断片がきれぎれによみがえってくるだけである。わたしはいつも機嫌よく先生に微笑みかけていたのだが、返ってくるのは苦虫をかみつぶしたような表情だった。時々実家へ歩いて行っては、母と会っておしゃべりした。しかし、継父が帰宅する前にいつも退散した。ベティーやベルに会いに行くこともあったけれど、しだいに疎遠になっていった。みんなが揃ってわたしのことを嫉妬しているように思えてきたからだ。彼女たちの家を訪問するたびに、なんとなくそんな空気を肌で感じるようになった。「マティルダ、あなたは冷酷です」とミス・プリチャードに言われたことがあった。不機嫌な気持ちを抑えきれずに思わず出てしまったことばのようであった。言った後に、彼女はふっと顔を背けた。「冷酷です」と彼女はもう一度くりかえした。そのことばがあまりにばかげていたので、わたしは声を上げて笑った。ミス・プリチャードともあろうひとが嫉妬するなんてどうしたことだろう、とそのとき思ったのを覚えている。

ラルフィーは、言ってみれば彼自身の人生を歩き始めたようだった。ドレスアップして、夜ひんぱんに外出するようになった。上機嫌で帰ってくるとわたしの部屋へやってきて、もうやめてと言うまでお休みのキスをした。朝食のとき、ゆうべはご機嫌だったけどどこへいらしてたの、と尋ねると、答えはいつも決まって、近所の家にディナーに招かれた、と言うのだった。彼は、わたしがこの質問をするといつも驚いたようすをみせた。どこへ行くのかはいつだって前もってくわしく話してあるし、だいいち、話したときに君が同伴するのを断ったんじゃないか、と。しかし、彼の言っていることがぜんぶ真実だとはどうしても思えなかった。

なにはともあれ、ラルフィーが夜留守にしてくれるのはありがたかった。客間のカーテンを引いて火のそばに腰掛けると、もうそれだけで幸せだった。父がコリン・グレッグのことでベティーをからかったこと、父がウッドバインの空箱を見つけたぞ、と言っただけでディックの顔が夕焼けみたいに真っ赤になったことなど、みんなが揃っていたころのことをあれこれ思い浮かべた。日曜日の朝もくつろぎの時間だった。ラルフィーは教会に出かけ、ミセス・ストリッチはやってこないからである。ラルフィーは教会から帰ってくるとダイニングルームの食卓にわたしと差し向かいで座り、わたしが料理したビーフを切り分けながら、そのピンク色の顔でわたしのほうをちらちら見つめるのだった。彼の真っ白いチョークのような歯が、刈り込まれた茶色い生け垣のような口ひげの下から覗いていた。わたしは、ミセス・ストリッチもあなたもいないときにこの屋敷にいるのがいちばん幸せなの、と言いたかった。それから、ミセス・アッシュバートンはわたしがこの屋敷に住むことを望んだのよ、だからこそわたしが子どものとき彼女はいろんなお話をしてくれたの、それにすべてのことはふたつの戦争とかかわっているのよ、わかってね、と言いたかった。ラルフィーは戦場で戦った経験があるくせに、戦争についてミセス・アッシュバートンほど理解していなかった。わたしはそのことも彼に説明してやりたかったが、やめておいた。理解できないものごとに相対したとたん、彼の目玉がぎょろぎょろしはじめるに決まっていたから。彼のために料理をして、いつもにこにこしているだけですめば、そのほうがずっと楽だった。

ラルフィーがちゃんと言ったのにわたしが忘れていると指摘されたことが、もうひとつあった。ラルフィー主催のパーティーの一件である。後になって尋ねたとき、それについてはあらかじめ話し合ったじゃないかと、彼は何度もくりかえした。しかし正直なところ、記憶違いをしていたのはラルフィーのほうだと確信している。とはいえ、どちらが正しかったのかは、このさいまったく重要ではなかった。問題は、この屋敷が突如たくさんの人間であふれかえったことにあった。わたしは客間で刺繍をしていた。孔雀の目のところを慎重にかがっていたところへ突然、ラルフィーの両親がなれなれしく抱きついてきた。その次の日の晩に予定されているパーティーに出られるよう、週末泊まりがけでやってきたというのだ。彼らは、グレーのダイムラーに乗せて、アブザムと名乗るひとたちもひき連れてきた。ミセス・アブザムはミセス・グレガリーに似てやせていたが、もっと若かった。ミスター・アブザムもミスター・グレガリーのようにがっしりした体つきだったが、顔は磨かれた大理石のようではなく、年はやはり若かった。

ミセス・ストリッチの娘のネリーが土曜日の朝から手伝いに来て、そのまま居残った。母娘がパーティーのゲストたちから目立って見えるように、ラルフィーがお金を渡して、おそろいの紺色のスモックを買ってこさせた。ミセス・ストリッチは、ブロウ生地店で買ったんですよと言ったが、継父が接客し、試着の手伝いまでしたかもしれないと思うと、とてもおかしかった。ミスター・ストリッチも夜のパーティーのために居残って、自動車の駐車位置の世話などをしていた。

パーティーは客間で行なわれた。ゲストたちは飲み物を手に回遊していた。ラルフィーはゲストたちをいちいち紹介したが、わたしはどんなあいさつをしていいのやら困った。じじつ、このパーティーを企てたのは、あたかもこの客間を所有しているかのように我が物顔で歩きまわっている、ラルフィーの母親だったのである。これでようやくこのひとがなぜ週末泊まりがけでやってきたのかがわかった。

「チャラコム屋敷の住み心地はいかがですかな、ミセス・グレガリー？」と髪をきわめて短く刈り上げた男に尋ねられた。

わたしは丁重に、はい気に入っております、と答えておいた。

「ラルフィー、素晴らしいじゃないか！」その男は大げさな身振りをまじえて言った。そして、自分は田舎暮らしが好きだと語り、わたしに自分の飼い犬の名前を一匹ずつ教えた。昔から釣りもお好みだとのことだった。

客間にいるゲストを数えたら五十二人もいた。部屋中にタバコの煙とアルコールの匂いが充満しはじめた。ミセス・グレガリーがミセス・ストリッチに命じて暖炉をものすごい勢いで焚かせたので部屋の中は暑く、パーティーが盛り上がるにつれてひとびとの話し声が大きくなったのでますますやかましくなった。コーヒー色のドレスを着た女がひとり、明らかに酔っぱらっていた。真っ黒ですべすべの髪をしたその女は、ミセス・アッシュバートンのペルシャ絨毯の上に紙巻きタバコをなんべんも取り落とした。落としたタバコを拾い上げようとして、一度などはひっくりかえりそうになっていた。

「ハロー」とひとりの男が声をかけてきた。「あなたがミセス・ラルフィーですね」

髪を刈り上げたさっきの男よりも若い男だった。そいつはわたしを部屋の隅に包囲するかのように、わたしの間近に立った。そして名前を名乗ったが、このやかましい部屋でものを聞き取ろうとするのは一苦労なので聞き流した。

「もうごらんになりましたか?」と男はわたしに大声で言った。「この季節はシダの茂みが見事です」

男はぎざぎざの歯並びをみせてわたしに微笑んだ。「シダですよ!」と叫んだ後で、自分だか誰かだかが鳥の剝製を集めていると言った。男の片方の膝がわたしの片脚に押しつけられているのを感じた。男はわたしになにか尋ね、わたしは首を横に振った。そして、男は去っていった。

ミセス・ストリッチとその娘は、ダイニングルームの食卓の上を食べ物で埋め尽くしていた。あらゆる種類のハムやソーセージ、さまざまなサラダ、いろんなタルト、ホイップクリームが入ったいくつもの巨大なボウル、たくさんのチーズ。ミセス・グレガリーの指図でこれらすべてが準備されたのである。テーブルをひと目みれば、彼女の差し金であることは明白だった。ミセス・ストリッチは、こういうことについて少しも知識はなかったのだから。食器棚にはワインの瓶とグラスがところせましと並んでいた。電灯は使われていなかった。そのかわり、いたるところに赤くて細いキャンドルが灯されていた。これも彼女の差し金だろう。もしかすると、ミセス・アブザムかもしれない。わたしは喧噪からしばし逃れるために、ホールを横切ってダイニングルームへ来て、すこしの間静かに腰を下ろすつもりだった。ところが、食べ物とキャンドルの不意打ちをくらって仰天したのである。

　予想したとおり、ダイニングルームにはほかに誰もいなかった。だが、その空間はもはや心静かに過ごせる場所ではなかった。真っ赤にぎらつくワインの瓶に真っ赤なキャンドル、ありとあらゆる食べ物とチーズが満載された大皿の大群。すべてがどぎつく輝いて見えた。そして、ミセス・グレガリーとミセス・アブザムがミセス・ストリッチに指図するためにこのチャラコム屋敷へ乗り込んできたことを思い、ミセス・グレガリーが我が物顔に客間をのし歩いてゲストたちにあれこれ自慢していることを思ったら、無性に腹が立ってきた。

　わたしは食べ物をごたまぜにしてやった。ハムとソーセージをクリームのボウルにぶちこみ、タルトの上にサラダをまぶし、その上から二本分のワインをぶちまけて、赤い染みがテーブルクロスとチーズにひろがるのをじっと見つめた。あの連中はこの屋敷でのさばる権利なんかない。あのダイムラーをこの屋敷のガレージに停める権利なんかないのだ。ミセス・ストリッチをこの屋敷から追放してくれるよう頼んでからもう何年になるだろう。だから言ったのに。

　客間へ戻ると、誰かがわたしに話しかけた。

「わたしは愛犬どもをひきつれて、キジのあとを追いかけるのが好きでしてね」

　髪を短く刈り上げた例の男だった。さっきはこの男が外国人だとは気づかなかったが、こんどは話しかけられる前からドイツ人だとぴんときた。

「ミセス・グレガリー、あなたは犬は飼っておられますかな?」

　わたしは男に微笑みを返し、首を振った。この屋敷の客間にドイツ人を迎えることになるとは驚きであった。ミセス・アッシュバートンから第一次世界大戦の話を聞かされたときには、ドイツ人というものは陰気で、鋼鉄のように無情で、はてしなく黒パンを食べ続けるひとたちだと想像していた。ところが、目の前の男は全然そんなふうではなかった。

「ハーゼンフースと申します」とその男は名乗った。

ほんの一瞬、部屋のようすが違って見えた。別のパーティーが開かれていて、ひとびとがダンスしていた。ひとりの男が扉の近くにたたずんで、すこし不安な面持ちで誰かが到着するのを待っていた。それは本当に瞬く間のできことだった。まるで、一瞬眠りにおちて夢の世界をふとかいま見たような感じだった。

「わたしどもは敵同士だったこともありますが、今では友人同士ですな。イギリスのビール製造にアドバイスするのがわたしの仕事でして、イギリスの田舎暮らしを楽しんでおります。なにしろイギリスのビールにアドバイスするのが職業ですから、もうドイツ暮らしは楽しめませんですわ、ミセス・グレガリー」

「ドイツ人のかたにお会いするのはあなたがはじめてです」

「おや、そうですか。わたしが最後になりませぬよう」

ふたたび、客間のようすが違って見えた。音楽が鳴り、ひとびとがダンスし、扉のそばにまたあの男が見えた。男が待ちこがれていた娘が到着した。ミセス・アッシュバートンだった。わたしが九歳のときに彼女が見せてくれた昔の写真そのままだった。そうか、男のほうはやがて結婚する相手だったのだ。

「かくして、わたしは」と髪を短く刈り上げたドイツ人が言った。「ヒトラー氏に身の程を思い知らせたひとびとのお屋敷にたたずんでいるというわけで」そう言いながら大声を上げて笑った。大笑いしている口の中に、いままで見たことがないほどたくさんの金歯が見えた。「あなたの旦那様の父上は先の大戦において、きわめて重要な働きをなさいましたからねえ」

わたしにはこの男がなにを言っているのか理解できなかった。わたしはダイニングルームのことを考えていた。ゲストたちがあの部屋を見たらどうなるだろう。これは、もしじゅうぶんな勇気さえあれば、ベル・フライとわたしが組んでしでかしたかもしれないようないたずらであった。ただし、ミセス・ストリッチの家の外で歌を歌うより、悪質さの度合いは相当高かった。

「ようするに、銃器の製造ですわ」とドイツ人が言った。

わたしはそのことを今まで知らなかった。グレガリー家には人殺しの前科があってね、と継父が言っていたのを覚えているが、深く考えたことはなかった。ラルフィーは、父親の自動車部品製造工場が戦時中に銃器を製造したとは教えてくれなかったし、そのおかげで大金持ちになったのだなんてひと言も言わなかった。ラルフィーがすべての土地を買い集め、チャラコムの大荘園を復元することができたのは戦争のおかげだったのである。戦争がこの客間を修復したのだ。

「世界というのは奇妙なものですな」とドイツ人は言った。

わたしは二階へ行き、ラルフィーのゲートルをとって下りてきた。客間の扉のところまで戻ってきて、ゲストたちがグラス片手に談笑しているのを見たとき、わたしはまたもや一瞬だけ、遠い過去のダンスの情景を見た。ダンスしているひとびとの中にはミセス・アッシュバートンとその夫君もいて、たがいに微笑みあっていた。

わたしは客間を横切って暖炉のところまで来ると、炎の中にゲートルを投げ入れた。誰かがそれに気がついた。たしかミセス・アブザムだったと思う。彼女はおびえきったような目でわたしを見ていた。

例のドイツ人はまたひとりぼっちだった。お酒は楽しいですな、とわたしに言いながら、パンチらしきものを水差しに入れて注いでまわっているミセス・ストリッチに、自分のグラスを差し出した。わたしはこのドイツ人に、ミセス・アッシュバートンの夫君について話して聞かせた。ふたつの大戦のうちの最初の戦争から、この夫君が戦争神経症を背負い込んで帰ってきたために、この屋敷と荘園が荒廃し、すべてが抵当に入ってしまったことを話した。そうやって、ミセス・アッシュバートンの物語を語っているうちに、自分の声が彼女の声に似てきたことに気づき、それればかりか自分自身が彼女になってしまったような気がした。わたしはドイツ人に、すべてのことがらがくりかえし起こったのです、そのくりかえしにはうんざりさせられました、と語った。それから、ミセス・アッシュバートンの統計的な法則について、必ず戦争から生還する男たちがいる理由について、生還するよう祈るべき男はなぜいちばん身近な男でなければならないのかについて、なぜミセス・アッシュバートンの夫君は戦死したほうがよかったと思うのかについて、縷々説明した。

革が燃えるいやな臭いが部屋に充満してきて、ひとびとがそれに気づいた。ラルフィーが、なぜこれがこんなところにあるのかといぶかりながら、くすぶっている自分のゲートルを火掻き棒でつついていた。ドイツ人と話し込みながら、わたしはラルフィーの母親の視線を感じていた。「ミセス・アッシュバートンはできるだけのことはしたのです」とわたしは言った。「過去に生きることはちっとも悪いことではありません」

それからわたしはゲストひとりひとりに、どうぞお帰りください、と頼んでまわった。パーティーはこれでお開きです、と説明した。ところが、ミセス・グレガリーは反論しようとした。彼女は

「いえ、いえ、違います！　パーティーはまだはじまってもいないくらいですよ」と甲高い声で叫びながら、ゲストたちをダイニングルームに案内した。そして、もちろん、わたしの言ったことが正しかったのを全員が悟ったのである。

「あなたがたにも出て行っていただきたいのです」わたしはミスター・グレガリーに告げた。ゲストたちはホールで自分のコートを探してうろうろしていた。「アブザム夫妻といっしょにお引き取り願いたいのです。わたしはあなたがたもアブザム夫妻もお招きしておりませんので」このセリフを、微笑みを絶やさぬままミスター・グレガリーに言い終えた。けんか腰で言っていると思われたくなかったからだ。「おいおい、マティルダ、いったい何を言い出すんだね！」と彼は抗議した。

それからキッチンへ行って、ミセス・ストリッチに、この屋敷でのつとめは今日限りにしてもらえるとありがたい、と告げた。そして、屋敷のことはわたしひとりでじゅうぶんできるから、と率直に説明してから、「あなたにこの屋敷にいられるとばつが悪いのよ」と言った。

グレガリーとアブザムの両夫妻は翌日の日曜日になって、ようやく退去した。わたしに別れを告げずに立ち去ったので、ラルフィーから聞くまで帰ったことを知らなかった。「なぜこんなことをするんだ？」客間の暖炉の脇で孔雀の刺繡をしていたら、彼がやってきて、暖炉の反対側の椅子に腰を下ろしながら言った。「いったいなぜなんだ？　マティルダ」と彼はくりかえした。

「僕は君のことがわからない」

「いいえ、わかってるわよ」

ラルフィーがそんなふうに話したのははじめてだった。彼の思いやりはすべて消し飛んでしまっていた。その目は怒りで燃えていたが底のところは冷たかった。大きな手は、なにか乱暴なふるまいをしたくてうずうずしているようにみえた。わたしが首を振ると、彼はこう言った。

「君は錯乱したようにみせかけてる」

わたしは声を上げて笑った。彼がそんな目とそんな手をしてわたしの目の前に腰掛けていることにむかむかした。彼のほうこそぜんぶみせかけのくせに。彼の欲望はぜんぶ自分勝手なのだ。わたしの客間で自分の母親にパーティーをさせ、ミセス・ストリッチに命じて階段に掃除機を永遠にかけ続けさせ、土地や農場や屋敷を所有するのと同じようにわたしのことを所有したのだ。戦争でお金をもうけるなんて、なんと恐ろしいことだろう。

「君は満足に料理もできないじゃないか。半生のじゃがいもに半生のあばら骨つき肉に……」と彼が言い出したのには驚かされた。

「まあ、ラルフィー、ばかなこと言わないでよ。いつもしてるじゃない」

「この屋敷で食べられる食物と言ったら、ミセス・ストリッチが料理したものだけだ。君だってその気になりさえすりゃあ料理ぐらいできるんだろうが、その気がないだけか」

「わたしは最善をつくしています。あらゆる面でできるかぎりのことをしてるわ。わたしたちの結婚生活を……」

「こんなのは結婚じゃない。いままでずっと結婚生活なんてなかった」

「教会で結婚したじゃないの」

「そんなふうに言うのはやめろ！」彼は突然立ち上がり、わたしを見下ろして叫んだ。顔は怒りで紅潮していた。なにかをつかんでわたしを殴るのではないかと思った。

「ごめんなさい」とわたしは言った。

「君は僕と同じくらい正気だ。マティルダ、頼むよ」

「もちろんわたしは正気よ」わたしは静かに言った。「もしそうじゃなかったら、ここに座ってることなんかできやしない。ふつうの生活が送れないでしょうね」

「君の生活はふつうじゃない」ラルフィーは獣みたいに部屋の中をどしどし音をたてて歩きまわりながら、また大きな声で叫んだ。「君は来る日も来る日も一秒たりとも気を抜かないで、いい印象をあたえようとして必死になってる」

「なによ、ラルフィー、なんでわたしがいい印象をあたえなくちゃいけないの？」

「自分の冷酷さを隠すためだろ」

　わたしはふたたび笑ったが、彼をこれ以上怒らせてはいけないと思って、ほどほどにした。そして、ミス・プリチャードから冷酷だと言われたのを思い出した。もちろん、ミセス・アッシュバートンの話の中にも冷酷という言葉が出てきた。戦争になったら冷酷になるのが自然なのよ、という例のあれだ。わたしは、父が戦死したとき、そしてディックが戦死したときに、自分の中に冷酷さがあるのを感じた。それから、父が死んでからすこし後、母がのちにわたしの継父となる男と抱き合っているのを見てしまったときにも、自分の中に冷酷さを感じた。わたしは結局、もし神様がいるとしたら、とてもおそろしいものなのだ、と考えた。

「戦争はもうお終い」とわたしは言った。すると、ラルフィーは驚いたようにわたしを見つめた。

「君には関係ないことだろ。君の戦争じゃないんだ。戦争にしろ例のなんとかいうばあさんのことにしろ、ぜんぶ君の話で聞いたに過ぎないんだから……」

「ミセス・アッシュバートンにとっての戦争は終わってなかったのよ。彼女がもし命長らえて、すべてがまたはじまろうとしてる今のようすを見たら、どんなかしらね?」

「ああ、頼むからそのばあさんのことを話すのはやめてくれ。そいつさえいなければ、そのばあさんが九歳の子どもの無知につけこんでくだらない話を吹き込みさえしなかったら、君は今ごろふつうの人間になってたはずなんだ」彼はふたたび、腰掛けているわたしの上に覆いかぶさるように立ち、真っ赤な顔でわたしを見下ろしながらゆっくり言った。「君をねじまげてしまったのはあいつだ。あのばあさんが君を憎しみでいっぱいにしたんだ。君を今みたいにしたのは死んだあいつなんだ。戦争で苦しんだひとは何百万人もいるんだ」と彼は突然声を荒げた。「君はどうしていつまでも戦争にこだわり続けるんだ?」

「世の中には後始末をするのに時間がかかるひとだっているのよ。そういうふうにできているんだからしかたがないの」

「あいつに邪魔されなかったら、君はとうの昔にその後始末とやらを終えていたはずだ。自分ができなかったもんだから、君にもやらせたくなかったんだよ」と彼は言い、憤然として「とんでもない怪物だよ、あいつは」とつけくわえた。

わたしはなにも答えなかった。すると彼は、いままでに聞いたことがなかった敵意のこもった声で言った。「あいつは僕のためにチャラコムをぶちこわしてくれたわけだ」

「でも、あなたにとってチャラコムが現実だったことなんてなかったでしょ、ラルフィー。わたしはわが家の農場で過ごした幸せな思い出をいつまでも決して忘れない。でも、あなたにはチャラコムの思い出なんてあるのかしら?」

わたしにこう言われても、ラルフィーは、わたしの農場での幸せな思い出や、自分に思い出が欠けていることなどにはまるで関心がないようだった。わたしをこっぴどくやりこめることしか頭になかったのだ。

「君とここで暮らしていくために、僕にどうしろって言うんだ?」彼は自分のグラスにウィスキーを注ぎながら、耳ざわりな烈しい声で怒鳴った。「君はかつて、僕を愛していると言った。それなのに、やることなすことすべてが、君の憎悪を僕に見せつけるよう計算されているじゃないか。僕が何をしたというんだ? マティルダ」

わたしは低い声で、あなたは間違えたのよ、と言い返した。そして、あなたを憎んでいるわけではないわ、と反論したが、そのことばが自分の口から出たとき、早くも自分は真実を語っていないと自覚した。わたしは彼の人となりを、彼があの朝わが家の中庭へ両親と一緒にやってきたことを、そして、彼が過去というものに一家言あると思いこんでいるところを、憎んでいた。自分の心の内を彼に打ち明けるという手もあったかもしれないが、そうする気になれなかった。何年も前のことだけど、ある日ミス・プリチャードがわが家にやってきて、母に語ったことを思い出したのよ、と打ち明けてもよかった。マティルダにはすこし心配なところがあります、と先生が話しているのを、わたしはキッチンの隅から二階へ通じる裏階段のかげで盗み聞きした。ディックが戦死する前で、今では継父になった男と母の関係を知った後の頃だ。先生は、「マティルダはお父さんの死の記憶から逃れられないようです」と語り、年老いたミセス・アッシュバートンとおしゃべりした記憶にも相当こだわっていますね、と続けた。わたしは聞き耳を立てながら、自分の中にわだかまっていた感覚を反芻した。それは、ミスター・アッシュバートンによって一九一七年の戦地の塹壕からチャラコムへ持ち帰られた戦争神経症が、ミセス・アッシュバートンにも別なかたちで伝わり、その結果妻のほうも夫と同じくらい深刻な暴力の犠牲者になってしまった、という実感だった。その感覚を思い出したのは、ミス・プリチャードが母に、それに似たようなことを話していたからである。「戦争の犠牲者は戦地から何千マイルも離れたところにもいるんですよ」先生はわたしのことを話していた。マティルダはミセス・アッシュバートンの気分に感染したんです、と先生が言うと、母は、はしかがうつるのとは違うんですから気分に感染するなんてありえないでしょう、と反論した。ありうるのです、と先生はぴしゃりと言った。「フランス語で『二人精神病（フォリ・ア・ドゥ）』と言うんですよ」と先生は言い張った。なるほど言い得て妙だな、と思い、今でもこのことばを覚えている。ミスター・アッシュバートンがぼろぼろになった心を携えて帰還してからこのかた、「二人精神病（フォリ・ア・ドゥ）」はこの屋敷と庭園を覆いつくしている。ミスター・アッシュバートンは抱え込んだ恐怖を妻と共有し、彼女は引き継いだその恐怖をわたしと共有したのだった。彼女はわたしのことも戦争犠牲者のひとりだと思っていたのではないかと思う。わたしの命のあるかぎり、アッシュバートン夫妻の屋敷にわだかまる狂気（フォリ）を慎んで受けとめていきたいと思う。ミセス・アッシュバートンと彼女の夫君、わたしの父とディック、そして彼らみんなが生きた時代に敬意をはらっていきたいと思う。冷酷さはあるべくしてそこにあったのだ。

「もちろんあなたを憎んでなんかいない」とわたしはふたたび言った。「そんなこと決してないわ、ラルフィー」

彼は返事をしなかった。グラスを片手に客間の真ん中に突っ立った彼は、まるで罠に掛かった獣のようにみえた。肩を落とし、両目の炎が消え失せた彼は、ほんとうに立ち往生した獣そっくりだった。

「僕はどうしたらいいのかわからない」と彼は言った。

「ここにいればいいわ。わたしと」とわたしは答え、その申し出が情け深く聞こえるようにもう一度微笑んだ。彼にたいしていかなる同情も感じられなかった。

「そんなことができるっていうのか?」彼は叫んだ。「ちくしょう、できるわけがないじゃないか。この屋敷にもう何年暮らしてきたのか忘れちまったけど、来る日も来る日も君のことを見て暮らしてきた。君の目を、君の髪を、君の顔を、そして、君の手と爪と弓なりになった首元を見つめない日は一日だってなかった。君を愛している。僕は君を一インチもあますところなく愛しているんだ。マティルダ、いったいどうやったら、ここに住んで、君をそんなふうに愛していくことができるっていうんだ? 僕は君と夢を分けあった。マティルダ、君のほかには誰もわかってくれはしなかったただろう夢だ。君と僕の子どもと一緒の、静かな暮らしを望んだだけだったんだ。僕は情熱と献身があったから君と結婚した。それなのに君はなにも返してくれなかった」

「あなたがわたしと結婚したのは、わたしがなにかの一部分だったからよ。屋敷とか地所に付属した一部分だったんだわ……」

「それは違う。くだらない妄想だよ。まったく真実じゃない」

「でもそうに決まってるんだからしかたがないわ」わたしはもう微笑んでいなかった。ここまできたらどうしようもないと思ったので、感情を目にあらわすことにした。どうやったってこの男には理解できやしないのだ。「そうよ、わたしはあなたを軽蔑しています。あなたに愛情を感じたことは一度だってなかったわ」

静かにそう言った後で、わたしは椅子の背もたれに頭をあずけた。彼はさらにウィスキーを注いで、暖炉の反対側の椅子に腰を下ろした。わたしはしゃべりながらずっと刺繍の手を動かしていた。深紅(マゼンタ)の糸で孔雀の尾の部分にとりかかっていた。

「わたしの体に二度と触れないで。部屋の中ですれちがうときにも近寄らないで。今と同じようにこの屋敷に住み続けましょう。話しかけるときには『ダーリン』をつけない。料理と掃除はわたしがやります。でもパーティーはだめ。あなたの両親は歓迎しません。わたしの知らない間にパーティーをしたり、わたしの眼がねにかなわないひとたちを雇ったりするのは、わたしにたいして無礼なのよ」

「なんだって前もって話している。君はぜんぶ承知してるはずじゃないか……」

「あなたはこれからもっと太って、屋敷の中をよたよた歩きまわるようになるわ。そのことに文句は言いません。もっとたくさんウィスキーを飲むようになって、ご自分の夢とやらにおそらく挫折することになる。世間のひとたちは言うでしょう、あのお屋敷の奥様はいつも籠もりっきりね。あのご夫妻には子どもがないのよ。あそこのご主人はご自分より身分の低い女と結婚したけど、あのひとの評判が下がったのはその結婚のせいではないわね、って」

「マティルダ、頼む。ちょっとでいいから僕の言うことを聞いてくれ」

「なんで聞かなけりゃならないの？　あなたが自分の夢に挫折するのはその夢がそもそもばかげていたからでしょ。もしあなたが今のチャラコムにかつての栄華が戻ったと考えているなら、身の程知らずにもそれが自分の手柄だと思っているなら、あなたは気が狂っているわ」

わたしは孔雀の尾から目をそらさなかった。二階の部屋の天井に雨漏りの染みがひろがっていく光景が頭に浮かんだ。ラルフィーが屋根裏部屋の鉛で裏打ちした重たいハッチを開けて屋根の上へ出て、脱落した瓦を見つけようとしている。わたしも彼と一緒に屋根の上に立って、雨樋にひっかかった瓦を指さしている。その瓦はわたしがあらかじめはずして、屋根の斜面ぞいに滑り落としておいたものだ。彼は組み合わせ煙突の端につかまってバランスをとりながら落ちた瓦に手を伸ばす。なんとか届きそうだ。わたしは丸石を敷き詰めた地面に彼の身体が叩きつけられるどすんという音を聞く。彼がますますウィスキーをあおりながらしばらく黙っていた間に、わたしは刺繍の手を動かしつつ、どすんというその音を客間でたしかに聞いた。

「こんちくしょう！」彼はまたもや立ち上がり、わたしを見下ろして怒鳴った。「地獄に堕ちろ、マティルダ！」

わたしは深紅の糸を操る手を休めずに言った。「あなたはどうぞご勝手に。わたしはこの屋敷から決して出て行かないわ」

彼はこの屋敷と庭園だけを残して、買ったものをすべて売却した。フライ家とレイズ家、そしてわたしの実家だった家と土地もぜんぶ売ってしまった。手続きがすべて終わるまで、わたしにはひとことも相談しなかった。例の口論をしてから六、七ヵ月たったある日のこと、彼は「一週間ほど留守にする」と告げた。わたしはあえて引き留めはしなかった。

その日からずいぶんの年月が流れた。ほかのことははっきり覚えているのだが、ラルフィーが去っていったときのことはよく思い出せない。今ではどの農場にも新しい家族が暮らしており、子どもたちはみなすっかり大人になってしまった。テニスコートはふたたび草ぼうぼうだ。もちろんミス・プリチャードはもう死んだし、母と継父も死んだ。ラルフィーが去ってからは、そういう親しいひとびととも会わずじまいだった。あれ以後、ラルフィーの姿をちらりとも見かけたことはないし、一通の手紙も届かなかった。けれどもし、彼が今ここへ戻ってきたら、わたしは彼の手をとってごめんなさいとあやまるだろう。わたしには〈冷酷〉という魔物がしつこくとりついて離れなかったの。あのひとがいつも語っていた〈冷酷〉は戦争中には自然にあらわれるものだったのよ、と。そいつにずっととりつかれていたのは悲しいこと。たぶん今ならラルフィーだってわたしのことを理解してくれるし、信じてくれると思う。でも、わたしにはわかっている。ラルフィーは戻ってきやしない。

わたしは今、あのひととの客間に座っている。もうあのひとと同じくらい年老いたような気がする。ときどき牧草地を歩いて学校があったところまで行ってみる——いや、じつはもう牧草地なんてない。代わりに、色とりどりのトレーラーハウスと自動車と仮設小屋が並んでいる。庭園に出ると、遠くからひとびとの声が聞こえてくる。ラジオの音も聞こえてくる。昔をしのばせるものなど何ひとつありはしない。

あの子たちはあたしのことをどうするつもりだろう。どんな提案が出てくるんだろう。農家の食堂兼居間(キッチン)にぽつんとひとり、やきもきしている女がいた。あの子たちの考えしだいなんだから、尋ねちゃいけない。こっちから聞くなんてだめ。はしたない。

小柄でやせてはいるが筋骨たくましい身体に、喪服がよく似合っていた。とはいえ、六十八にもなるとあちこちガタがきている。軽いとはいえ手指の関節とくるぶしに関節炎があり、本人はまだ気づいていないが白内障もはじまっていた。子どもは五人産んだが、毎回安産で、今では九人も孫がいる立派なおばあちゃんである。彼女が生まれたのは、丘また丘が続くこの土地から遠く離れた場所だった。この家へ嫁に来てもう四十七年になる。夫の母親と鼻をつき合わせてこの食堂兼居間(キッチン)で暮らし、いっしょに鵞鳥と雌鶏の世話をしたものだったが、やがてすべてが彼女のものになった。彼女は、自分がとりのこされるなんて一度も考えなかったし、望みもしなかった。もちろん今だって、ひとりぼっちは願い下げだ。

男は街道筋でバスを下りて、丘また丘の奥をめざして歩いていった。下車したのはカスリン商会のガソリンスタンドと売店の前で、道の向かいにはマスター・マッグラスという屋号のパブがあったが、この店もカスリン一族の経営である。ちょうど正午、天気は上々だった。バスを乗り換えて四時間も揺られてきた後に、新鮮な空気を吸いながら歩くのは気持ちがよかった。着替えを持つとなるとスーツケースを他人から借りなくてはならないので、はじめから葬式用の服を着てきた。洗面具や下着は青い安手の買い物袋にほうりこんで提げてきた。この袋は、ふだん毎日乗っているトラックにも持って行く。麻の大袋入りの小麦粉はパン屋へ、段ボール箱に入れた小さな袋詰めの小麦粉は小売店へと、トラックで配達してまわるのがこの男の仕事だ。

歩いていく男の目に入るものすべてが、昔なじみである。でこぼこだが記憶に残るかぎり一度も補修の手が入ったことのない狭い道路は、はじめのうちゆるやかに斜面を登ってゆく。遠くに見えていた丘また丘は、やがて山の様相をおびてくる。牧草地と針葉樹の林は、湿地と低い茂みへと変わる。何の茂みなのか今歩いている場所からはわからないが、彼はそれがシダの群落であることを知っている。もっと行くと、ところどころに草地を交えてヒースとワタスゲが一面に広がる風景が見えてくる。空と丘が交わる線のすこし下には、山腹の丸い窪みにできた湖がいくつかあるが、わざわざ見に行ったことはない。

男は黒髪で細身の二十九歳で、まだ若い。顔の造作がぽっちゃりしていて頬に赤みがあるところは、愛想のいいのんきな雰囲気をただよわせている。歩きながら頭をよぎるのは深刻な悩みとはほど遠い。マスター・マッグラスで小袋のポテトチップをつまみながら一杯だけ飲(や)ってから歩き出してもよかったなあ、なんて考えている。モーリーン・カスリンはどうしてるだろう。おれがあの子を好きだったのは、おたがい十五の頃だったっけ。

十字路を左に折れ、舗装されていない小道へ入っていく。ほとんど踏み分け道である。ここまでくるとほんとに静かだ。この静寂もよく覚えている。丘また丘のこの土地から中部地方の町へ出たのは十一年前だが、町で経験する静けさとはまるで別物である。しかしその静寂は、一マイルほど歩いたところで、空気のかすかな振動のようなものによって破られた。遠い彼方の擾乱の気配。そいつは飛行機のエンジンの振動だったかもしれない。さらに五分ほど歩いていくと、サビだらけの泥まみれで、正面ウイングの片方が取り替えられたまま塗装されていない赤いおんぼろのトヨタが、舗装した路面の穴ぼことトラクターが走ったあとのわだちの間を、走ってきて追いついた。ハーティガンである。歩行者と運転手が手を振りかわし、ポンコツ車は停車する。

「ポーリー、元気かね?」ハーティガンが言った。

「まあなんとか。ハーティガンさん、そちらはいかがです?」

ハーティガンは、まえよりはまあましだな、と答えると、手を伸ばして助手席のドアを開けた。そして、このたびはご愁傷様、とひとこと言い、ポーリーは無言でこたえた。もしかして運がよければ正午過ぎにいつもドレンベッグから帰ってくるハーティガンの車に拾ってもらえるかもしれないぞ、と考えていたのだが、その予想があたった。ハーティガンは小柄で血色のよい男である。丘また丘の上のほうで、彼よりも一フィートばかり背が高い妹と暮らしている。やせこけていて上背ばかりが目立つその妹は、ひとびとから、ミス・ハーティガンとだけ呼ばれていれば満足だった。家が一軒もない小道をトヨタは走っていく。

「みんな帰ってくるわけだ?」がりがりいうエンジン音にかき消されないよう大きな声で、ハーティガンが尋ねた。みんなというのは、ポーリーのふたりの兄とふたりの姉のことだ。

「そうです、みんな帰ってきますよ」

「火曜日にな、おまえさんの親父さんは例の広い牧草地に出てたんだよな」

ポーリーがうなずいた。ハーティガンは車のスピードをゆるめた。だが、今はまだ長話をしている場合ではないのを、ふたりとも心得ていた。

「じゃ、どうも、ハーティガンさん」別れ際にポーリーがそう言って手を振ると、トヨタは走り去った。牧羊犬に吠えたてられたが、彼は二頭の頭をなでてやった。老犬のほうには見覚えがあった。中庭はよく片付いていた。ハーティガンは、丘から下りてきておれが手伝ったんだよとは言わなかったが、ポーリーが見れば、手を借りたあとが歴然とわかった。裏口が開いていた。母が待っているのだ。

「おまえが帰ってきてくれてよかった」と母が言った。

息子はかすかにうなずいたが、すぐに母が自分のしぐさに気づいてないのが分かった。どっちみち帰ってこないわけにはいかなかったのだ。「元気かい?」

「だいじょうぶ、だいじょうぶ」

母と息子は食堂兼居間(キッチン)に腰を下ろした。父は二階に寝かせてあった。ほかのみんなが到着したら棺を閉じて、父の遺体を教会へ運ぶ手はずになっていた。これは母が望んだやりかたである。遺体を家から運び出すときはこうするのがしきたりだ、と彼女は考えていた。

「父さんとおまえは仲良しじゃなかったからね」と母が言った。

「でも、こうやって帰ってきたよ」

食堂兼居間(キッチン)のようすは何も変わっていなかった。緑のペンキが塗ってあるのはあいかわらずで、食器棚の両側の隅がはげて木の色がむきだしになり、中庭と二階への階段に通じる扉についた掛金のまわりも木の色が見えていた。食器棚にはデルフトもどきの食器類が飾られており、欠けたところとひびのようすまで昔のままだった。いつもごしごし磨かれている大きなテーブル、小物がごたごた置かれた煙っぽい暖炉の上の炉棚、座り心地の悪い椅子、板石を敷き詰めた床。窓辺に置いた釘に突き刺した領収書の束もそのままだった。

「父さんのそばにしばらく座っておやりよ、ポーリー」

父からはいつもポールと呼ばれていた。また、中部の町場の仕事先でもポールだった。パッツィー・ファヌカンも彼をいつもポールと呼んでいた。

「ポーリー、父さんに会っておいで。神さま、あのひとの魂に平安をお与えくださいまし」と母が言った。その声音には、過去の不快なできごとは水に流して、今はとにかく死がやってきたんだから、あのひとの魂が安らかに旅立ってくれるよう祈るのが何より大事、というどこか弁解めいた調子があった。

「ほかのみんなはいっしょにくるの?」まだ二階へ上がらずに腰掛けたまま、息子が尋ねた。「そう言ってた?」

「三時までにはみんな来るよ。ケヴィンの車と、それからエイダンがレンタカーを一台借りて来るって」

息子が立ち上がろうとした拍子に、座っていた椅子が板石敷きの床をこする音を立てた。どうでもいいことを尋ねたのは、父が横たわっているベッドの脇へ行くのをなるべく遅らせたかったからである。だが母は、死んだ父との対面は母自身の望みであるとともに父の望みでもあるのだと、暗黙のうちに伝えたがっていた。父の寝室で、父と息子がおたがいを許し合うことになる。息子は父を許すことばを低くつぶやき、父の許しは無言のまま受け止められるであろう。

息子は、死者にたいして無礼になるのを恐れて、母が持っていたロザリオを借りた。

奥行きがなく傾斜が急な階段をこつんこつん上がっていく音が聞こえ、寝室の扉が開き、そして閉じ、頭上の部屋の内側にまた足音が聞こえて、後は静寂。帰郷した息子がいま目の前に見ているものが、母の脳裏にあらわれる。血の気の失せた青白い顔にぷつぷつと無精髭が生じ、まぶたと唇は固く閉じられている。白髪頭には櫛を入れておいた。彼はフランセスがお気に入りだった。お次はメナ。ケヴィンは万事そつがなかったので一目置かれていた。エイダンはなんといっても長男だ。ポーリーのことはめったに話題にならなかった。

農場の前を通る例の小道の彼方から、自動車がやってくる音が聞こえた。その車が到着するまでにはしばらくかかった。その間に、母はとくにあわてるでもなく、カップと受け皿をテーブル上に並べた。やかんのお湯は冷めかけていたので、コンロの鉄板の上にやかんをずらして、ふたたび沸騰させた。子どもたちが全員揃ってこの家に集まるのは、ずいぶんしばらくぶりだった。一同が二晩泊まるには部屋が足りなかったけれど、部屋割りは兄弟姉妹で相談したようだ。彼女は歓迎の意を込めて裏口の扉を開け放った。

ポーリーはベッドの脇から遺体を見下ろしながら、どうことばをかけたらよいものか考えあぐねていた。ちょうどそこへ車が到着した音が聞こえたので、窓辺へ寄って下を見た。中庭ではフランセスが車から下りるところだった。もう一台が、邪魔にならないようバックしながら停車位置をなおしていた。見たことのない白いフォードだった。窓の上部が開いていたので、話し声が聞こえた。ぜんぜん悪くないドライブだったね、とケヴィンが言い、エイダンが、うんまったくだ、と答えている。フォードはレンタカーだ。リメリックのカーヒル・レンタカーのステッカーが貼ってある。シャノン空港で借りたのだろう。

ポーリーの姉たちの旦那は来なかった。寝る場所が足りないからだろう。ダブリンの家で子どもたちの面倒を見ているのだ。ケヴィンの奥さんのシャロンも、子どもたちとカーロウの家に残っているのだろう。エイダンはひとりでボストンからやって来た。ポーリーはエイダンの奥さんに会ったことがない。シャロンにはいっぺんだけ会ったことがある。姉や兄の子どもたちには一度も会っていない。兄と姉たちが車からスーツケースを下ろしているのを見て、あのくらいなら一台でも乗れたのに、とポーリーは目算した。でも、そうするためにはケヴィンがシャノン空港に寄らなくてはならないから、やっぱりむずかしかったのかもしれない。

兄たちは黒ネクタイをつけ、姉たちも弔事にふさわしい服装だったが、式までにはまだ時間があるので、上から下まで黒ずくめというわけではなかった。メナはまた妊娠しているように見えた。ケヴィンは額がだいぶ後退している。エイダンは運転するためにかけていたメガネをはずした。スーツケースはどれも軽そうだった。必要以上の長逗留をするつもりがないのは明らかだった。ポーリーは、この中庭を見下ろしただけで、すでに話の方向は決まっていることが理解できた。

家へ帰ってきて母とふたりで食堂兼居間（キッチン）に腰掛けたときから、それを察知していた。わが家で独り身なのはおれだけだし、今の仕事もたいしたものじゃない。おふくろがいまさらひとり住まいできるはずもない。

　こうなるだろうということは、マーの店の奥のカウンターでパッツィー・ファヌカンに、葬式に出なくちゃならないんで帰省してくると話したとき、すでにわかっていたのだ。彼は父の死によってパッツィー・ファヌカンを失った。訃報を聞いたとき頭に浮かんだのは父ではなくて、パッツィーだった。マーの店へあの娘を誘い、ギネスを飲んだ勢いでついせっかちになって、「結婚してくれ」なんて口走ってしまった。早すぎたが後の祭りだ。「えー、農場なんてあたし無理よ！」というのが答えだった。

　丘また丘の土地を練り歩いたひとびとが町へ入るところまでたどりついて葬列らしい行列となり、棺が一晩安置される場所に無事運び込まれ、翌日とどこおりなく埋葬が終了し、家族一同が農場へ戻り、翌朝それぞれが自分の家へ帰っていった後も――ポーリーはこの家に残った。

　こんなつもりじゃなかった。二台のどちらかの車に乗せてもらって、バスに乗り継ぎ、途中からべつのバスに乗り換えて、ここへやってきた逆の経路をたどって帰るつもりだったのだ。

「あの子たちはどこで二手に分かれるのかねえ?」二台の車が出発した後の静寂の中で、母が聞いた。

　そんなこと、ポーリーは知らなかった。どこか都合のいいところで分かれるのだろう。分岐点の町に着いたら車を停め、みんなで精進落としの一杯を飲（や）りながら、葬式気分の中では話せなかったたぐいの情報交換をするのだ。エイダンは弟や妹たちに酒をふるまいながら、ボストンの話をするに違いない。

「ポーリー、こっちへ来て火に当たりな」

「牝牛の世話をしてからにするよ」

「父さんの長靴がそこにあるから」

「わかってる」

兄たちもそのゴム長靴を借りて作業をしていった。なにしろここでは、どこへ行くにもゴム長を履いて出なければならないのだ。ケヴィンはフェンスを修理し、エイダンは羊の水飲み場に通じている水道管を直して、ふたたび水が流れるようにした。その作業の合間に、燃料にする泥炭（ターフ）がとれる湿原（ボッグ）の向こうまでふたりで出かけていって、有刺鉄線のたるみを直してきた。

「防水コートも着ていくんだよ、ポーリー」

雨は降りそうになかったが、防水コートは風除けになる。子どもの頃からの農場暮らしの記憶をたどってみると、ここではいつも風が吹いていた。中庭では肥料袋がばたばたはためいていた。羊がいる丘まで登っていく吹きさらしの踏み分け道でも風が荒れ狂っていた。父が石や岩を取り除けて開墾して以来わが家の頼みの綱となった例の広い牧草地でも、じゃがいも畑でも、いつも風が吹いていた。雨だってたくさん降る土地柄なのだが、この土地をこの土地らしくしていたのは、雨よりも霜よりも、とにかく風だった。父はいつも、雨なんかいくら降ったってへっちゃらだよな、とうそぶいていた。

はじめからわかっていたことだが、牝牛の世話をする必要などなかった。牛は強風を除けて、倒壊した納屋の一面だけ残った壁に寄り添うように、たたずんでいた。牛の身体から、風で乾いた泥がかさぶたみたいに垂れ下がっていた。かつてこの納屋の壁が崩れたとき、ちょうどどこかに波形鉄板が必要だったらしく、屋根をとりはずすよう父が指示した。それ以来、残ったこの壁は牝牛の群れの風除け場になっている。

ポーリーも壁のそばに立って風を除けた。足元の水たまりはまだ乾いていなかった。牛の足も泥だらけである。屋根を覆っていた赤い波形鉄板を一枚ずつ引き剝がしたときのことは、今でも覚えている。ケヴィンが下で受け取る役をしていた。レンチでボルトをゆるめてはずすのはエイダンの役だった。ポーリーはトラクターをバックさせて、トレーラーに波形鉄板を積み込みやすくする役をした。「父さんはこれ何に使うんだろう?」ポーリーがこう尋ねると、波形鉄板は生け垣の破れ目を埋めるのにちょうどいいんだよ、とケヴィンが答えた。

ポーリーは来た道を戻って、家までゆっくり歩いていく。ずいぶん前のこと、エイダンとふたりきりで中庭にいたとき、「おまえは帰ってきてこの農場を継ぐ気はあるのか?」と聞かれたことがあった。ポーリーはいつかこう尋ねられるだろうと先刻承知していたし、尋ねてくるのはきっと長男のエイダンだろうと想像がついていた。エイダンは、「いやね、どう考えてるのか聞いてみただけさ、いずれ将来の話だよ」とつけくわえた。

母は、手回し式のふいごを泥炭(ターフ)の火に向けながら、赤みがふわっと広がり、パチッとはじけた火花が散っていくのを眺めていた。これからのあれこれについて取り決めなんかしてる場合じゃなかったし、そんなことを話題にするのさえ控えたのは間違ってなかった。そう、そんな話は葬儀の場にいちばんふさわしくないんだから。子どもたちもわかってくれてよかったよ、と彼女は思った。お葬式の後で、ケヴィンがハーティガンの意見を求めていたようだった。当分の間どうしましょうか、っていう話をしてたんだ。聞こえなかったけど、しぐさでちゃんとわかった。

　みんな手紙を書いてよこすって言ってたし。フランセスとエイダンと、ケヴィンは筆無精だからいつものようにシャロンが書いてよこすだろう。それからメナも。どこか分かれ道の町あたりでさよならのあいさつを交わしたときに、これからについても話し合ったんだろう。だから、しばらくしたら何か書いてよこすはずだね、きっと。

「お座り、ポーリー、お座りよ」外の寒気をまとって帰宅した息子に向かって母が言った。

　そして、キナリー神父様の司式はありがたかったねえ、とまたくりかえした。彼女は同じことを、きのうの葬式帰りの車中で娘たちに言い、今朝またケヴィンとエイダンを送り出すときに言った。ポーリーはもう聞き飽きたかもしれないけど、何度でも言いたいんだよ。くりかえせばくりかえすほど、御利益がます気がしてね。

「ああ、いい司式だったね。もちろんだよ」とポーリーは言った。

　この子はあのひとの後を立派に継いでくれた。牝牛の様子を見に行ってくれたし、昨日の夕方と今朝、黙ってても忘れずに乳搾りをしてくれたし、ほんとに立派に跡を継いでくれてるよ、と母は思った。そして、息子がゴム長靴を脱いで、扉の脇に置くしぐさを見つめた。息子は、防水コートを扉のフックに掛け、靴下裸足になり、ルームシューズを片手にさげて火のそばへやってきた。母は、息子の後から夫も食堂兼居間（キッチン）へ入ってくるのではないかと、ふと思ったのを悟られないよう、目をそらした。

「牝牛はみんなだいじょうぶだったかい?」母は尋ねた。

「ああ、だいじょうぶ、だいじょうぶ」

「父さんは、今年は牝牛の生育が順調だって言ってね、ごきげんだったよ」

「そうだね、わるくない」

「でも、今売ろうとしてもいい値じゃ売れないんだって?」

息子はうなずいた。たしかに今は売りの時機ではない。羊も牛も一年前の相場より下がっている。信じられないくらい家畜市場が冷え込んでいるのだ。

「それじゃ、今夜はもう外へは出なくていいね」

「そうだね」

母は、メナが今朝集めて置いていった鶏卵を水洗いして、ブラシで汚れを落とし、きれいに拭いてから鉢に入れた。卵がこれだけあるし、ベーコンも残っているし、冷蔵庫には平鍋半分のシチューも入っているから、しばらくは食いつなげる。冷凍庫を覗いたケヴィンが「これだけあれば一部隊養えるよ!」と大声を出したとき、彼女は、ここじゃあ荒天が続くときのために食料を備蓄しとかなきゃならないんだよ、と答えた。

「これがあるから安心なんだよ」母がポーリーに向かって言った。これというのは冷凍庫である。カスリンの店で買った豚の半身を入れてあったが、まだ脇腹肉の一部しか使っていなかった。「それにマトンだってあるんだから、世界の終わりがきたってだいじょうぶ」と母は言った。

「カスリンのひとたちは、近ごろどうしてる? 葬式のとき、モーリーンの姿が見えなかったようだけど」

「モーリーンはトラリーの男と結婚したよ。あっちに住んでる」

「どんな男？」

「靴屋で働いてるよ」

農閑期にやってくれれば結婚式に出られたのだが、猫の手も借りたい時期だったから無理だった。ハーティガン家は出席することになっていたので、いっしょに乗っていきませんか、と言われたけれど、彼女は断ったのである。

「ハーティガンったら酔っぱらって帰ってきたんだよ。あのだらしない姿をおまえにも見せたかったねえ。妹のほうはすっかりうんざりしたようすだったよ」

「あしたの朝、ハーティガンが車で下まで行くっていうんで、乗せて行ってもらうことになってるんだ」

フライパンの上で、ベーコンと豚血脂身腸詰（ブラック・プディング）めと揚げパンがジュージュー音を立てていた。その脂の中へ、母は卵をふたつ割り落とし、両面焼きが好みの息子のために、ころあいを見計らってひっくりかえした。にぎやかに盛りつけられた皿を目の前にして、息子はまずお茶を一口飲んだ。そして、こう言った。

「母さんひとりじゃ、やっていけやしないよ。無理だ」

「お葬式の最中に話し合うわけにもいかなかっただろ。しかたがないよ。ポーリー」

「おれが戻ってくるよ」

食べはじめると、卵の黄身が皿の上に黄色く広がった。豚血脂身腸詰（ブラック・プディング）めとベーコンのかりかりの脂身を最後に食べるのが、彼のくせだった。

「ハーティガンが下りてきて手を貸してくれるからね。乳搾りだってできるよ。だいじょうぶ。あたしだって、たいていのことはできるんだから。カスリンの家からも手伝いに来てくれるだろうし」

「でも、そうやってずっと暮らしていくなんてできっこないよ」

「いいかい、ポーリー。あのひとたちはご近所さまなんだよ。ハーティガンが手を貸してくれるって言ってるんだ。お墓で、ケヴィンとハーティガンが相談してるのを見たんだ。ハーティガンだってただ働きするんじゃない。とりきめがまとまったらケヴィンが教えてくれるよ」

「でも、それじゃあ他人に頼りっきりだよ」

「おまえにはおまえの人生があるんだから、ね。ポーリー」

「ほうっておくわけにはいかない」

息子はしばらく無言で目の前のものを口に運び、注がれたお茶を最後に飲み干した。

「会社をやめるときにはあらかじめ予告しなくちゃいけない。これから退職願を書いて出すよ。一ヵ月かかる」

「ものごとはよく考えてからやらなくちゃいけないよ、ポーリー」

世間には恨みをすぐ内向させる人間もいるが、ポーリーはそういう人物ではなかったから、農場へ戻るからといって世界の終わりだと悲観したわけではない。彼にとっての世界の終わりは、マーの店の奥のカウンターでパッツィー・ファヌカンから、農場なんてあたし無理よ、と聞かされたときだった。

あの日、結婚を口にしたつぎの瞬間に、しまったと悟った。パッツィー・ファヌカンは、グレイハウンドの子犬みたいにおびえていた。彼のことばがほとんど耳に入っていないようだったので、ポーリーは、「いや、いいんだ」と言うよりほかなかった。そもそも結婚などと言い出したのは、緊張とギネスの混じり合った相乗効果が原因だった。ことばが口から出たが最後、彼女を二度ととりもどせなかった。彼女が目をそらす前に、グレーのやさしげな瞳の中に別れがすでにありありと見えた。そして、「いや、田舎へ戻るのはやめにするよ、君と一緒じゃなくちゃ意味がない」とつけたしたセリフは、事態をいっそう悪化させただけだった。

葬式から帰ってきたポーリーは、マーの店の奥のカウンターでもう一度彼女に会った。なんとか仕切り直して、よりを戻そうとしたが、無駄な抵抗に終わった。彼が退職願を出してから三週間目に、パッツィー・ファヌカンは郵便局員とデートするようになった。

中庭で雌鶏たちに穀粒を投げ与えながら、彼女はこの作業を最初にやったときのことを思い出していた。あの時はじめて、自分がどういうところへ嫁いだのかがわかった。彼女の理解は見当違いではなかった。家の中へ入ってみると、思っていた以上に隷属的でへりくだったふるまいを要求されたし、言われたことばやちょっとしたできごとが刺し傷のように痛んだので、ときどきひとりで涙を流した。しかし、時はすべてを押し流していくものらしく、不変だと思われたものが姿を変えていった。姑が年をとり、弱っていった一方で、自分は母になり、厚かましいほどの自信をたくわえるようになった。一軒の農家の屋根の下で、力関係が逆転したのである。

彼女は決して、ポーリーがやがてこの家の食堂兼居間（キッチン）に連れてくる女を苦しませてやりたいなどと思わなかった。あたしが最初から一歩引いた位置に立つようにすりゃ万事丸くおさまるんだから、と本気で考えていた。唯一残念だったのはモーリーン・カスリンが靴屋の男と結婚してしまったことだ。あの娘はうちの息子にぴったりだと思っていたからである。でもまだ、あの娘には妹たちがいる。

　ポーリーが町へ戻ってから二、三週間のうちに、メナとフランセスから、嫁のシャロンの代筆でケヴィンから、それからエイダンからも、待っていた手紙が次々に届いた。四通の手紙が四通りの手書きの文章でほのめかしていた期待の中味は、ただひとつだった。エイダンは、ポーリーと自分はすでにそれを話し合ったことがあると書いてきた。「いろいろ考えてくれてありがとう」母は返信を四通書いた。

　ハーティガンは丘の上から定期的にやってきて、中庭まわりの力仕事をやってくれた。何回かは妹も一緒にやってきて、兄が作業をしている間、食堂兼居間（キッチン）に座りこんでおしゃべりをした。「メナが帰ってきて継ぐってことはないの？」と彼女は尋ねた。あら、このひと、ポーリーの退職願が受理されたらあの子が帰ってくるってことを忘れてるんだねと母は思った。ハーティガンの妹が来るときにはいつも干しぶどう入りのパンを持ってきてくれたので、ふたりはバターをつけて食べながら話した。「あたしがメナの名前を出したのはね、おばさん、ポーリーは帰ってきたくないんじゃないかって思ったからなの。どうなの、ポーリーは？」

「なんでそう思うんだい、ミス・ハーティガン？」

「だって、このあたりの丘に住んでるのはもう独り者ばっかりでしょ。うちの兄もそうだけど」彼女は細長い頭を中庭のほうへ振ってみせながらつけくわえた。ハーティガンはちょうど脚立に乗って屋根の雨樋の支えを修理しているところだった。

「ポーリーも結婚しないだろうってことかい?」

「そういうこと。あたしが思ったのは、あのひとも農場とひきかえにあきらめるつもりかしらってことなんです」

ミス・ハーティガンの表情にぱっと熱が差したように見えた。自分のことばが引き起した相手の狼狽を消すために、もっとことばを補って説明しないといけないと悟ったからである。彼女はひと呼吸おいて、干しぶどう入りのパンに行儀よく手を伸ばした。そして、このあたりの丘に住んでる独り者の男はみんな小規模農家の後継者たちでしょ、でも、そういう家に来てくれるお嫁さんを見つけるのは近ごろじゃあなかなかたいへんらしくて、と説明した。

「ごめんなさい、よけいなこと言っちゃって」とミス・ハーティガンは帰り際にあやまった。


たしかにそのことは事実で、みんなが気づいていることでもあり、しばしば話題になっていることでもあった。二十年ほど前にさかのぼれば、たぶんハーティガン自身が、このあたりの丘の農場主のうちでもっともはやく結婚をあきらめた組のひとりであった。今では同じような独り者の男たちを、指を折って数え上げることができる。母親や姉や妹と同居している者も含め、丘を耕す独身者たちは、コムピーブラ、シュリーヴナコシュ、ノックレイ、ルーク、クリダーの丘また丘の斜面にたくさん暮らしている。

ポーリーがこの家を継ぐと言ったとき、このあたりの農場主が未婚の男ばかりだということが自分の頭にあったかどうか、彼女は思い出せなかった。たぶん忘れていたはずはない。でも、これっと言っちゃって」と言ったときの声の調子から判断すれば、うちの息子の将来というよりも、あの娘自身と兄さんのことが頭にあったのだと解釈して、自分自身をなぐさめようとつとめた。だって、今まで起こったことがこれからも起こると決まってるわけじゃなし。だいいち、ハーティガンの家の土地は、丘の下のほうの土地と較べたらやっぱり見劣りがするし、シュリーヴナコシュやクリダーやコムピーブラの丘の斜面と同じくらい土がやせてるんだからしかたがない。みんなできるだけのことをして、夏にはちゃんと日が照ってくれるのを待っているんだ。うちのポーリーはああ見えてなかなか男前だし、捨てたもんじゃない。あたしと主人はこの土地で家族をつくって子どもを育てあげたんだもの。同じことが息子にできないはずがないさ。

「カスリンのところにスーツケースを二つあずけてきたんで」ポーリーは帰ってくるなり言った。土曜日の午後のことだった。「車のエンジンがうまくかかりしだいとってくる」

再会した母と息子は抱き合ったりしなかった。この家ではそういう習慣はない。息子は腰を下ろし、母はお茶を入れ、フライパンを火にかけた。ポーリーは、最初に乗ったバスの中にいた女の乗客が突然歌い出したとか、二台目に乗り換えたバスではうとうとしたとか、道中のことを話して聞かせた。彼はものごとを語るときにはきまじめで、あまり笑い顔を見せず、真剣な表情で話をするのがくせだった。昔からそうだった。

「さっきハーティガンが来て、車がちゃんと使えるかどうかエンジンをかけてみていたよ」

「で、どうだった？　使えそうだった？」

「だいじょうぶ、だいじょうぶ」

「それじゃ、後で見てみよう」

戻ってきたばかりの息子がこの家ですこしの違和感もなくふるまっているのを見て、母は、いままでずっとこの子のことをよくわかっていなかったんだと思った。彼女にとってポーリーは、家族の中で隅に置かれた存在だった。そもそも父親が彼にたいして無関心だったので、ポーリーの影はよけいに薄かったのである。母はその無関心にたいして一度も抗議したことはなく、息子の耳元で一言二言なぐさめのことばをささやきかけるよう心がけたにすぎなかった。この息子が父親の後を継ぐことになったのは運命のいたずらだとはいえ、ある意味ではふさわしいのかも知れなかった。

彼は、まるで一度もこの土地を離れたことがなかったかのように、毎日の仕事を間違いなくてきぱきこなした。冬季の雌牛の餌やりや中庭まわりの仕事について、また、丘の上のほうの柵はどのあたりが破れやすいか、丘へ上がった羊の群れはどのくらいの頻度で様子を見に行けばよいか、さらに、トラクターの正しい手入れ方法についても、彼はあらゆることをすべて記憶していた。母には思いもよらぬことだったが、どうやらポーリーは、家族の中で自分の存在が忘れられがちであったぶん、兄たちよりも注意深く父の仕事を見ていたらしい。ある日彼女は、「父さんが今のおまえを見たらきっと鼻を高くすると思うよ」と言ったが、息子の耳には入らないようであった。母はそのことばをくりかえそうとはしなかった。父の誇りだった例の広い牧草地が、今やポーリーのものになった。彼は、あの広い牧草地の南側にまだ土地があるんだけど、石や岩をどけて改良すればばちゃんとした牧草地になりそうだ、と言って、新しい石垣を積もうと考えている場所を見せるために母を連れ出した。ふたりは六月の暖かい朝の日射しを浴びて牧草地の予定地に立ち、現場を指さしながら息子が計画を語った。その間、二頭の牧羊犬は彼の脇で行儀よくしていた。父がそうであったように、息子も犬のしつけが上手だった。

　ポーリーは父にならって三週間に一度、自動車免許を持たない母を車に乗せてドランベッグまででかけた。母が買い物をしている間、父はコンロンズ・スーパーマーケットの駐車場に車を停めて待ったものだったが、ポーリーはいつも母に付き添った。もっぱらショッピングカートを押す係で、母から渡されたリストの品物を棚からとってきて、かごに入れる手伝いもときどきやった。「母さん、一緒に観てみるかい？」以前はそっけなく〈映画館〉という看板がかかっていたが、化粧直しをして〈リアルト・シネマ1&シネマ2〉となった建物の前を通りかかったとき、息子が言った。だが母は、あたしはやめとくよ、と答えた。彼女は〈映画館〉の時代にも、〈リアルト・シネマ1&シネマ2〉になってからも、その映画館には入ったことがなかった。テレビがあれば十分であった。「カスリンの家の娘をどっちか誘って行けばいいよ」と母は言った。

　ポーリーは、年齢が近いアイリーンを誘った。その後ひんぱんに、夜になると車でマスター・マッグラスまで下りていって、彼女と会うようになった。だがこの関係はある晩、アイリーンから、じつはトラリーに住んでる姉から近所の新聞雑誌と菓子を売ってるお店でひとを募集してるっていう話を聞いたんで、トラリーまで出かけて面接受けたら通ってしまったの、と告げられたときお終いになった。

「それで、あの娘はおまえと一緒になる気はあったのかい？」別れ話を聞かせたら母からこう尋ねられたので、ポーリーは、おれのほうはまあその気だったんだけどね、と答えた。本人はけろっとしていたが、母のほうは、モーリーンが片づいてしまった今となっては、妹のアイリーン・カスリンの、あのおっとりして鈍いところが農場の嫁にはちょうどいい、と勝手に決め込んでいたのであった。ポーリーは終わった恋にはくよくよせず、アイリーンが町へ去ったすぐ後に、コンロンズでレジ係をしている娘のひとりに惹かれるようになった。

「そのうち日曜日にでもメーヴを家へ連れてきたらいいじゃないか」と母は言った。ふたりの仲が親密になり、アイリーン・カスリンと交際していた時と同様、リアルト・シネマに何度か出かけ、夜もよく一緒に酒を飲むようになった頃のことである。メーヴは器量よしで、アイリーンよりも快活な娘だった。じっさい悪くない選択だと思われた。

彼女はとうとうポーリーの農場を訪れなかった。コンロンズで買い物をした後、メーヴのレジの列が短いときでも、彼はほかのレジへカートを押していくようになった。母はその理由をとやかく尋ねたりはしなかった。あの子にはあの子のプライバシーがあるんだから、詮索しすぎちゃいけない。「ポーリーが帰ってきてくれてほんとうによかったですなあ」と日曜のミサの後でキナリー神父が言った。「よい息子さんで、お幸せですよ」

自分はほんとうに幸せ者だと思ったので、母はそのことに心から感謝した。ポーリーは父親をしのぐ勢いで長時間働き、日が長い季節には暗くなるまで作業を続けた。

彼がカスリン家の末娘と交際しはじめた頃、「あたし、あの娘とはいっぺんも話したことがないかもしれない」と母が言った。飾り気がなさそうに見えるね、あの娘は。

「そうね、どれでもいいわ」ポーリーが映画館でやっているタイトルを教えて、どれが見たいか尋ねても、カスリン家の末娘はいつもきまってこう答えた。館内の照明が消えると、しばらく待ってから彼は彼女の肩に手を回した。彼女の二人の姉やメーヴにもいつも同じことをした。パッツィー・ファヌカンのときは、館内が暗くなるのを待ちきれずに手を回したものだった。

母が指摘したアニー・カスリンの飾り気のなさは、感情を交えない物腰にあらわれていた。芯が強くて落ち着き払った性質の中で、感情の出る幕はほとんどなかった。彼女はカスリン三姉妹のうちで一番背が高く、大柄な娘だった。黒い髪をカールさせ、鼻はやや大きく、口も大きく、まばたきしないでじっと見つめるくせがあったので、目立つ顔のひとつひとつの造作がおたがいに競い合っているように見えた。かれこれ六回ほどデートした頃、彼女はポーリーに、自分は町へ出たいのだと告白した。街道筋のマスター・マッグラスで手伝いをしたり給油所でも働いた話をした後で、彼女は言った。「まわりじゅう湿原(ボッグ)に囲まれたところでどうやって暮らしていったらいいのか、ぜんぜんわからないわ」こう先回りされてしまうと、農場へ遊びに来ないかなどと切り出すことさえできなかった。彼女は、ドランベッグの町でもいいのよと言っていたが、六ヵ月後には肥料工場に就職してしまった。

ポーリーは他の娘たちにもデートを申し込んだが、彼の目的が結婚にあるということはすでにみんなに知れわたっていたので、娘たちはあれこれ理由をつけてデートに応じなくなっていた。その噂はもちろんハーティガンの耳にも入っていた。ある朝、彼がポーリーの家の垣根の出入り口にトヨタを停車させたとき、ポーリーはちょうど、出入り口の両脇に杭を打ち込んでいるところだった。ハーティガンは車を停めたまま何も言わずに黙っていたが、こういうふるまいは彼にはよくあることだった。

「ハーティガンさん、今日は一雨来そうですか?」ポーリーが尋ねてみた。

「おれがおまえのおふくろさんにはじめて会ったとき」天気の話題をさけて、ハーティガンが口を開いた。「おふくろさんは灌木の上にシーツを広げて干しているところだった。おれは六歳で、野ウサギを追いかけてる途中だったよ」

「昔話ですね、なるほど」

「おれはおまえさんにしゃべってるんだよ」

何を言われているのかわからないポーリーは、あいまいにうなずいた。そして、杭の頭にもう一発ハンマーをくれてやった。ハーティガンがまた口を開いた。

「例の広い牧草地だがね、あれを引き取ってやるよ」

「ああ、いえ、それはだいじょうぶです」

彼が車を停めたのはこれが目的だったのだ。もしかすると、門脇に杭を打つハンマーの音を聞いたハーティガンが、ふたりきりで話すちょうどいいチャンスだと察して、わざわざ車を出して丘を下りてきたのかもしれなかった。

「ハーティガンさん、あの土地を売るつもりはありません」

「そうかい。だが、ほんとにそれでいいのかね？　若い人間には人生ってものがあるだろう」

ポーリーはなにも答えなかった。そして、杭を押したり引いたりして、まだぐらついているのをたしかめてから、あと三発、杭の頭にハンマーをくれてやった。

「おまえさんにも話し相手が必要なんじゃないのかね」と言い残して、ハーティガンは車をいったん門の中へ入れてバックさせた。そして、来た道を戻って丘へ上がっていった。

このあたりの丘の農家はみんな独り者の男所帯ばかりだという話をミス・ハーティガンから聞い

て以来、母はいつもそのことを頭の隅に置き続けてきたが、ついにそれが抜き差しならない現実としてあらわれてきた。ポーリーがパッツィー・ファヌカンとのことを話したとき、母は、息子がそういう話を隠さず打ち明けてくれたのがとてもうれしかった。彼女はそのほかの恋愛話はぜんぶ知っていた。ハーティガンが、自分自身が結婚をあきらめたのと同じ状況になったポーリーの立場につけこんで、土地を安く買い取ろうとしているのも、みんなひと繋がりの話なのだ。ハーティガンを責めるなんて誰にもできやしないよ。彼女はそう独り言をつぶやいた。ところが、そんなことを口にしながらも、あんなに人当たりがよくて思いやりのあるポーリーが、やがてあの子の父親みたいに頑固になったり、ハーティガンみたいに欲張りになってしまうんだろうか、と思い悩むのだった。

「あたしはメナのところへ行くよ。あの家なら余分な部屋があるから」と母が言った。

「そんな部屋ないよ」

「なんとか住まわせてくれるよ」

「部屋ならこの家にあるじゃないか」

「おまえだって結婚したいだろ、ポーリー。男ならだれだって当然だよ」

「父さんはトラクターを使って大きい岩を取り除けるのに丸一日かけた。半ヤード四方の使える土地を確保するため、湿地にわざわざ土盛りをした。父さんはものごとをやりとげるまでにかかる時間をいとわなかった」

「ポーリー、あたしたちは今のことを話してるんだよ」

「ハーティガンがこの家を手に入れたら、一年以内に羊が迷い込んでくるような廃屋になってしまう。きっと扉なんかみんなはずして、他のところに使いまわすね。そうなりゃ風に吹かれて屋根のスレート瓦が全部落ちてしまう。家畜に草を食わせるにしても、あの広い牧草地の外まではみだすようになって、しまいにはどこにも草一本残らなくなる。牧草地は沼地に逆戻りだよ。もう手の施しようがなくなってしまう」

「おまえはここへ戻ってきたらどうなるのか、よくわかってなかったんだよ」

「いや、わかってた。わかってた」

息子は優しくもここでひとつ嘘をついた。こういう面を見れば、ポーリーはのんきな性格だと思われてもしかたがないかもしれない。母にパッツィー・ファヌカンのことを話して聞かせたとき、彼は、まあ世の中なんてそんなもんだから、と言い、へっちゃらだよ、と笑って見せた。こういうぐあいだから、本当のポーリーはのんきとはほど遠い人物であるのを忘れてしまいがちなのである。じっさい、母はしばしばそれを忘れていた。

「ポーリー、ここに住み続ける必要なんかありゃしないんだよ」

「ある」

彼は静かに言った。そして、彼が口を閉じてからもその短いひとことは空中にただよっているかのようだった。母は、この子がここへ戻ってきた原因はあのひとに先立たれたからだけど、今この子がここに居続けると言い張っているのは、あたしがひとり暮らしになったからじゃない、と腑に落ちた。あたしがいくら言ったって、この子はここを離れやしないだろう。

「おまえはえらいよ」と母は言った。言うべきことはもうほかになかった。

息子は黒髪をぱたぱた揺らして首を振った。「そんなこと、ない」

「えらい、えらいよ。ポーリー」

やがて母の死が訪れるときには、ポーリーの兄や姉たちがふたたび集まってくるだろう。そして、急な階段づたいに棺が担ぎ下ろされ、中庭に駐車したワゴン車に積み込まれ、ドランベッグの町の通りを葬列が通り、翌日にはミサが行なわれる。それが終われば、ポーリーを農場にひとり残して、ほかの全員は帰っていくだろう。

「見て欲しいものがあるんだ」彼はそう言って、新たに一ヤード四方ほど湿地を排水しかけている場所へ母を連れて行った。そして、どういう作業をしているのかを見せた。現場には一時的な土手が築かれ、ずっと昔に納屋の屋根から引き剝がした赤い波形鉄板が使われていた。

「これは大仕事だね、ほんとに大手柄だよ、ポーリー」と母が言った。

丘のほうからやわらかな霧がゆっくりと下りてきて、上空の雲も濃さを増した。シュリーヴナコシュの尖ったてっぺんが雲に隠れ、湿原（ボッグ）を見下ろす空のどこかで、ダイシャクシギがカーリューと鳴いた。

しばらくそこにたたずんだ後、息子は「雨が降ってきたからそろそろ帰ったほうがいい」と言った。

「おまえも早く戻りなよ、ポーリー」

罪悪感を語ってももはや場違いだし、思いやりが入り込む余地もなかった。父の死と、その死が母に与えた喪失感は、この土地に原初から刻み込まれていた運命の一局面に過ぎず、きらりと輝いて消えるだけの意義しかもっていなかった。永劫不変の姿をさらす丘また丘は、その風景の一部におさまるもうひとりの男がやってくるのを、辛抱強く待ち続けていたのである。

# 聖母の贈り物

The Virgin's Gift

おだやかな秋は暇乞い（いとまごい）をせぬまま去った。おしまいまで晴天続きで、十二月になってもまだ、最後の蝶々が岩の割れ目にまどろんでいた。岩場に長いこと咲き続けた花は、すでに何ヵ月も前に茎から落ちてしおれていた。ヒースが花開き、黄色いハリエニシダはもう盛りを過ぎた。蝶々がわが住まいまでやってきてくれたとは何たる奇跡、それとも夏の驚異と言うべきであったか、とミホールはしばしば考えた。

「アイルランド全土をくまなく歩き尽くす」というのは大昔によく使われた決まり文句だが、ミホールはその大昔の住人である。彼はついに全土をくまなく歩き尽くして、アイルランド随一の突兀（とっこつ）たる断崖のうえにたどりついた。それでも、まだ旅していない土地が北にも西にも東にも広がっている。すべての藪を抜け、すべての崖を伝い、すべての渓谷を縫って、アイルランド全土の川岸を、小道を、山巓を、平原を、くまなく歩き尽くすなどということは、誰にもできやしないのだ。ミホールにはそれがよくわかっていた。とはいえ、この決まり文句は、そのたいそう大袈裟な表現そのものに意味があった。ミホールがここにたどりついたのはまさに、アイルランド全土をくまなく歩き尽くさんばかりの旅路の果てだったからである。彼は自分で建てた庵にこもり、真実と虚偽のもつれた関係について、善と悪について、神と悪魔について、長い長い思索をめぐらした。いつのまにか季節が移り、人生の日々が一日ずつ消えていった。

季節はみずからの名を名乗りつつ移っていったが、毎日が何の日か知るために、彼は暦を記録していた。かつて修道院にいたとき身につけた習慣であった。この男の存在は、祭日と断食日、苦行と安息の日々がきちんきちんとやってくることによって、形作られていたのだ。岩だらけの孤島にぽつねんと独居する男にとって、時間は敵でもなければ友達でもなかった。この場所の時の流れは、海原と海岸、男が丹精した菜園と手ずからこしらえた住まい、カモメたち、彼の孤独、これらすべてと調和した、ひとつの基本元素にすぎなかった。曜日の観念を強く持つミホールは、毎朝目覚めるとすぐ何曜日かを悟り、各々の曜日が喚起する異なった気分にたいして敏感だった。

十二月の第四日がやってきた。クリソロゴスの聖ペトロの祝日である。光よりも闇が支配する季節であり、この岩だらけの孤島を雨と風が横取りしがちな季節でもあった。ここへ来てじき迎えた冬には、なじんだものの姿をすべて歪めてしまう霧に巻かれて道に迷ったものだったが、今ではよほど分別がつき、あえて遠出はしなくなった。十二月にからっとした一日、きりきりと寒い朝、それに満天の星月夜が巡ってくるならば、それらは夏に出会う花や蝶々と同様歓迎すべき僥倖であった。

ミホールに神のお召しが訪れたのは十八歳のときだった。畑を耕し家畜の世話をする暮らしを捨てて修道院へ行け、と夢の中で告げられたのである。修道院ということばは、誰かの話の中で一度か二度耳にした覚えがあった。だが、それが何なのかほとんど知らなかったし、何を目的とするどのような場所なのかも、さながら霧に隠されているかのようであった。その夢をフォーラに打ち明けたら、こう返された。「そんなところへ行きたいなんて言っちゃだめ」フォーラとは、はじめて抱き合って以来、なんでも打ち明けあってきた仲である。「年をとってから行けばいいの」あてずっぽうにそんな返答をした女の黒い瞳には、はやくも悲しみがありありと浮かんだ。そして、落胆したときいつもそうするように、髪を手指でくるくる巻きはじめた。神のお告げをたずさえてあらわれた聖母マリアがどんなふうだったか、ミホールがくりかえし語り終えたところへ、「夢なんてただの夢」と女がささやき返したが、もう止めることはできなかった。

クリソロゴスの聖ペトロの祝日の朝、庵の屋根に載せる芝土を切り出しながら、ミホールはフォーラの涙を思い出していた。ふたりは幼いときから一緒に遊んだ。小屋の火の上で食べ物が煮え上がるあいだ、土の床で遊んだ。大地から切り出された泥炭棒が背につけた荷かごに積まれるのを、ロバたちが辛抱強く待っているあいだ、泥炭地で遊んだ。ふたりの父たちが力を合わせ、母たちが手伝い、大きくなった兄たちも力を借して麦の刈り束をうずたかく積むあいだ、切り株の並んだ畑で遊んだ。すすり泣くフォーラに「行かなくちゃならない」と声をかけると、すぐ近くで一羽の鳥が、娘の悲しみをあざ笑うかのようにひとしきり鳴いた。娘の手がミホールの手から滑り落ち、ふたりの友愛は終わりを告げた。わたしのいのちもこれでお終い、と娘は言った。

その晩父がこう言った。「神さまはおまえを見込んで話しかけてくださったで」フォーラとは違う意見だった。「おまえに名誉をくだすったってことだ。ミホールよ、ゆめゆめ疑うなかれ」

彼は疑いなど抱いてはいなかった。ただ、心に懸かったのは、自分が神の名誉を受け入れることで、やがて家の畑や牧草地の荒廃を招くのではないか、という思いである。ミホールはひとり息子だった。

「神さまは必要なものをぜんぶ与えてくださるで」たくましく血気盛ん、自信にあふれた父が請け合ったことばが耳に残った。「神さまにまかしておけば間違いない」

ミホールは島の反対側で切り出した乏しい芝土をこちら側まで運んだ。昼までかかって何度も往復して、芝土が庵の脇に小高く積み上がった。こんどはそれを担ぎ上げて、庵の屋根の左右の斜面にそれぞれ六つずつ十二列に並べて載せた。それから、あらかじめ見つけておいた細長い板石で、芝土を叩いて落ち着かせた。庵の三方の壁は、ずっと昔に教わった石垣積みのやりかたで、石片を斜めに積んでこしらえてあった。四つ目の壁は、垂直に切り立った崖のくぼみになったところをそのまま利用している。芝土を載せた屋根の骨組みは灌木の枝をたばねてつくり、扉と扉枠も同じ材料でこしらえたものである。

フォーラが腕を虫に刺されたとき、ミホールはギシギシの葉を摘んできて治療してやった。鵞鳥におびえたときには追い払ってやった。そうするうちにフォーラのおびえ癖もなおった。今頃はきっと結婚して子どももいて、孫だっているかもしれない。大昔、自分と遊んだことなどもう覚えてはいないだろう。当然のことだ、と彼は思った。母はかれこれ八十になるはず。父はさらに齢を重ねているはずだ。いや、もうみなあの土地にはいないかも知れぬ。きっとそうに違いない。

ミホールは海水から塩を採ってたくわえ、夏場に捕った魚を塩漬けにして保存した。修道院から持ってきた種を発芽させて以来丹精して育てた穀物は、来る年も来る年も稔りをもたらした。ブルーベリーの茂みがあり、世話を焼いてふやしたイラクサも育ち、海中で太陽を浴びて食べ頃に熟する海藻もあった。春は決して裏切らず、修道院から持ってきた苗を育て上げた薬草も、ミホールを裏切らなかった。聖母が二度目にあらわれて、「孤独を求めなさい」と指図したのは、彼が修道院に暮らし慣れた十七年目のことだった。このお告げは、フォーラを泣かせたあの朝と同じように、罰を与えられているように感じられた。

　庵の屋根の修理を終えて夕闇が近づいた頃、ミホールは島で一番高い岩のてっぺんに登り、本土の崖を見やった。彼は身の回りのものだけを頭上にかざし、本土からこの島めざして、はるばる浅瀬を選んで歩いて渡ってきたのだった。あれももうずいぶん昔のことだ。空を見ればあしたの天気はわかる。あしたも晴れが続くだろう。太陽が沈んだ後に取り残された琥珀色の大空にわずかな雲がたなびいていたが、雨を降らせるほどではない。海のおもては湖のように静かだった。

　これほど凪いだ夕暮れには、お告げの祈りの時刻を知らせる修道院の鐘の音が、ここまで聞こえてくるように思われた。じっさいにはありえないとわかっていながら、ミホールはその音を心の耳でとらえた。修道院で暮らしていた頃の彼は、規律と秩序を重んじ、快楽を捨てた簡素な生活と仲間づきあいにすっかりなじんでいた。柱廊に囲まれた中庭へやってきた夜明けが、やがて牧草地の真ん中にそそり立つ石浮彫大十字架（ハイクロス）を染め上げていくところ、夕暮れになってランプの明かりが灯るさま、詩篇を唱和し、ミサを唱えたこと。今でもすべてがなつかしかった。ルハン修道士は、聖人伝をたくさん話して聞かせてくれた。聖メリトゥス様が王の息子たちに御聖体を与えるのを拒んだてんまつ、聖マルキアヌス様に狼や熊がなついた話、それから、聖シメオン様が柱のてっぺんでみずからのお体をむち打たれた物語など。クローナーン修道士とミャルタハ修道士は、独居房にこもってインクを調合し、鷺鳥の羽軸からペンを削りだして、装飾写本を製作した。オーイン修道士の目はいつもけだるそうで、ビャルナード修道士は樽のようによく肥えていた。フィンタン修道士は、いつも頬を赤く輝かせて幸せそうだった。ディアミッド修道士はひときわ背が高く、コナー修道士は並ぶ者のない話し上手、トマス修道士は忘れん坊大将で、しっかり者と言えばカハル修道士が一番であった。そのカハル修道士が、旅立とうとするミホールに、「火おこしのガラス玉をなくさぬよう気をつけなされ。どんなときでも火さえおこせりゃなんとかなるでな」と助言をくれた。

ミホールは修道士たちのことをこのように思い描いたが、彼らはミホールの今の姿を想像できただろうか？　剃髪の面影もなく髪は伸び放題、髭はなるべく刈りそろえていたものの、足には履き物もなかった。ミホールが寝床にしている岩棚の枕元に、素朴な十字架の形が彫り込まれているのを、修道士たちは心の目で見ることができただろうか？　担いできた山のような海藻を狭くて石だらけの菜園にぶちまけたとき、ミホールが聞いた波音とカモメの甲高い声を、修道士たちは心の耳で聞くことができただろうか？　今でもミホールは心の中で、修道院の雑木林のむこうにあった小さな池をよく訪れ、クローナーン修道士の鵞ペンが写本の装飾に描きとめた葉やつるの本物が繁茂しているのを観察し、魚や、鳥や、アルファベット文字の太縦線そっくりにのたくる蛇の姿を、飽かず眺めた。修道士たちの想像は、はたしてミホールのこんな習慣にまでおよんだだろうか？

ミホールの目の前にはじめて聖母があらわれたとき、その姿は彼の母に生き写しだったが、二度目にあらわれたときの聖母の姿はミャルタハ修道士が描いた聖画そっくりだった。二度目の訪れを受けたとき、彼は、なぜまたもや自分の人生が混乱をこうむらねばならないのかと思って困惑した。しかし、今ではその理由に得心がいくようになった。彼は修道院で神への信心を学び、忍耐を実践し、仲間たちのすぐれた才能にふれて謙虚になることを覚え、友情によって力を与えられた。その後ミホールはこの島に独居して、神にいっそう近づいたのである。

ひときわ高い岩のてっぺんにじっとたたずんで、彼は毎夕新しくやってくる闇の訪れを確かめた。ここへ来てからというもの、ほかの人間には会っていない。話した相手と言えば、神と、彼自身と、動物たちと鳥たち。それに、どういうわけかこの島まで渡りついた蝶々たちと、ときには地を這う虫たち。それがすべてだった。彼の想像力の世界に集まってくるものたちが場違いな気分をつくりだすことはなく、懐旧の情はのさばろうとするたびに打ち砕かれた。この日も日が暮れると食事をつくり、それを食べた。雨が来る前に芝土を切り出し、屋根に載せ終えることができたから、今日一日は上出来だった。それこそが満足というべきもの。ミホールはその満足を抱えて寝床に横になった。

どこからともなく色彩が訪れた。やってきて、明るくなり、目もあやな色がまき散らされた。翼がはためく音がした。飛んできた後に翼を閉じるときのはためき。楽園に住む深紅の鳥たち。胸が黄色。そして緑。自然のアーチになった岩門が風景の奥へかすんでいく。かすかな茶色とピンクがしだいにうすれ、複雑な網目模様の大理石を敷き詰めた床が浮かび上がってくる。射し込んでくる太陽の光は空に放たれた矢のようだ。

聖母のドレスは濃淡の青が二色。レースのような円い頭光はほとんど見えない。今目の前にあらわれた聖母の顔には、ミホールの母の若かりし日の面影はなく、装飾写本に描かれたマリアに似たところもなかった。そこに見えたのは、人間の顔にも自然の事物にもかつて目にしたことのない美しさであった。岩間に咲く花にも、ヒースにも、浜に打ち上げられる貝殻にも見たことのない美。

青白くやせた聖母の両手が、親愛の情をしめすかのように高く上げられた。「ミホール」聖母が名を呼んだ。そして沈黙。ぼさぼさの髪にぼろをまとって突っ立ったミホールがついに口を開いた。

「わたしはここで満足しています」

「孤独な暮らしを愛するようになったからですね、ミホール」

「そのとおりです」

「今、この年のこの月が終わらぬうちに、あなたはここを立ち去らなければなりません」

「わたしは父の畑や家畜の世話を手伝って満足しておりました。修道院でも不足はなかった。今はここがわたしの住まいです」

感情や欲望を抑え、乏しさに耐えて生きることで、わたしは心の平和を得た。目指す場所にはもうすでにたどりついているのだ。口にこそ出さなかったが、ミホールはそう思っていた。

「あなたのところを訪れるのはこれが最後です」と聖母が言った。

聖母は微笑んでいなかったが、険しい顔をしていたわけでもない。聖母の周囲には晴朗な静けさが漂っていた。聖母の細い指がふれあい、離れ、高く上げられて祝福のかたちをつくった。

「わたしにはわかりません」とミホールは言い、さらにもっとほかのことばを探したが見つからなかったので、そのまま黙りこんだ。あたりは暗くなり、ふと目が覚めたときには翌朝だった。

翌日は木曜日だった。ミホールはぴりぴりしたいらだちのうちに木曜の到来を感じた。木曜は本来とるにたらない曜日なのだが、今朝はいつもと異なっていた。「女のうちにて祝せられたお方、恵みあふれる聖母様、どうかわたしに耳を貸してください」と彼は祈った。

そして、憂鬱から救われるよう嘆願し、昨夜襲ってきた混乱が啓示とともに解消されるよう乞い求めた。救い主の生誕を祝う日が刻々と近づいてくるこの時期は、ミホールの魂が一年中でいちばん喜びにあふれるときであった。この栄えある季節が、どうしてめちゃくちゃにされなければならないのか？

「女のうちにて祝せられたお方」ミホールはまたそうつぶやいて、祈りの姿勢から膝を伸ばしたが、誰も助けにはこなかった。

薄墨色の早朝の大気がいつにもまして島を陰気にし、一夜あけてもまだ目に残る、絢爛たる聖母出現の夢の名残が、その陰気さに鉛の重みをいっそうくわえた。「夢なんてただの夢」とつぶやいたフォーラの若々しい声が遠い過去から響いてきた。ミホールはそれを聞いてわれ知らず首を横に振った。最初と二度目に聖母の訪れを受けた後、自分が罰せられたような気はしたものの、今感じているようないらだちに見舞われることはなかった。そもそも生まれてこのかた、いらだちの経験はあまりなかったミホールである。修道院にいた頃、アンデレ修道士がサンダルをぺたぺた鳴らして、足を引きずるように歩く音を聞きながら、思わず目を閉じて、もっとさっさと歩いたらどうだ、と思ったことはあった。また、ユストゥス修道士が大食堂の食卓から立ち上がるたびに修道服の膝上にこぼれたパン屑をまきちらしたおかげで、床をくりかえし掃き清めなければならなかった。年老いたネッサン修道士の咳も気にならなかったといえば嘘になる。

だがしかし、ミホールがこの朝襲われたいらだちの発作は、そのようなささいな鬱陶しさから生ずる機嫌のざわめきとは異なり、もっと救いがたいものだった。現在の独居生活を捨てなければならぬとは、考えただけでも恐ろしかった。今やこの場所こそがミホールの住まいであって、ここを住めるようにしたのはほかでもない彼自身であったからだ。彼はもう五十九歳になっていた。これからあてのない旅に乗り出すことを考えようとしても、弱気になるばかりだった。少年の頃や壮年の時期に持ちあわせていた我慢強さで旅を乗り切っていけるとは、とうてい思えなかった。死ぬ時が近づいているのだとしたら、この場所で死んでなぜいけないのだろう？　よく知っている石たちに囲まれ、ともに生きてきたヒースとハリエニシダに見守られて、葉物と根菜を植えたちっぽけな菜園の近くで死ぬことがどうして許されないのか？

しばらく時をやりすごした後、彼はのろのろと島を横断しはじめた。屋根付きの小屋を建てる前に住んだ洞穴へやってきて、その入り口にたたずんだ。あれからもう二十一年にもなるが、あの時は、生き延びられないだろうと思ったものだ。わなをしかけて魚を捕らえようとしたが、うまくいかなかった。この島で命ながらえるためには食べるしかないリンボクの果実も、おいしいとは感じられなかった。蜜蜂をおびき寄せるのにも失敗した。トゲのある灌木にブラックベリーが実るのではないかと期待したが、別の種類の木であった。泉を見つけるまでは、泥炭地の茶色い水たまりから水を飲むほかなかった。

洞穴の入り口から、島の岬に生えたオークの木が何本か見えた。地面めがけて逆さまにねじくれたような、いじけた木々だった。はじめて見たときは不吉な姿に見えた。そして、木々をそんな姿にした海風はなんと悪いやつだろうと思った。ところが今朝は、オークの木々は彼を招いているように見え、海風もそよそよと吹き、海原は鏡のようで、波がやさしく砂利浜を洗っていた。長年のうちにミホールを恐れなくなったカモメたちは、近くまで降りてきて岩の上をよちよち歩いた。

「わたしはこの場所で満足しています」ミホールは大声で叫び、さらにもう一度くりかえした。このことばが真実だったからである。恥ずかしさにうなだれ、もはや暖をとるにも保護の役にも立たなくなったぼろぼろの修道服の中で肩を丸め、ぎっちりと目を閉じて、ミホールは自分自身の怒りと闘っていた。従順さが足りなかったか？ それとも、虚栄心のせいか？ 高慢であったか？ カモメの巣から卵をひとつ盗んだのがいけなかったのか？

答えはどこからもやってこなかった。口を開くものはおらず、彼に触れてくるものもなかった。生意気な質問をいくつもしたことにゆるしを乞おうとした彼は、いらだっていた。

潮が引くのをみはからって、ミホールは本土側の崖を目指して、海の中を歩きはじめた。氷のように冷たい水に胸のあたりまでつかって歩いた。崖下につくと修道服を脱いだ。歯の根があわなかった。脱いだ服を絞り、岩の上に広げて、太陽に当てた。彼は両手で自分の身体を叩き、血のめぐりが回復するように、左右のこぶしをぎゅっと握りしめた。

一時間ほど待ってからふたたび服を身につけた。服はまだ濡れていた。彼はカモメたちに見られているように感じた。そして、いままで一緒に暮らしてきた島を彼が離れたために、カモメたちはなにか違いを感じているだろうか、と考えた。彼は崖をよじ登った。手がかりは容易に見つかったので、尖った岩の先端を次々につかんで自分の身体を引きずり上げた。崖のてっぺんまでたどりつくと、霜にやられたような草地があった。その向こうにはハリエニシダが広がっていたが、とても密な藪だったので、突っ切るのは無理かと思った。それでも進んでいくと、トゲが脛や足に突き刺さり、血がにじんだ。やがて、植物が枯れた空き地にぽっかりと出た。その空き地は踏み分け道のようにだんだん狭くなり、くねくねと蛇行しながら、彼の目の前に続いていた。

野生りんごを取って食べ、小川の水を飲んだほかは、暗くなるまで休まずに歩いた。そして、シダの群落の上に横たわり、根こそぎ抜いたシダを身体に巻きつけて暖を取った。眠れないだろうと思ったのもつかのま、彼はじきに深い眠りに落ちた。

翌朝、うち捨てられた塔のそばを通ったが、かつて人が住んでいたときの名残はなにも残されていなかった。やがて一軒の貧相な家の前を通りかかった。雌ロバがつながれていた。男と女が畑で冬作物の雑草取りをしていた。ふたりはミホールに、ここがどこだか教えてくれたが、告げられた地名は聞いたことがなく、歩いて二時間ほどのところにあるという町の名も初耳だった。彼が水をもらえないかと頼むと、牛乳をくれた。修道院を出てからはじめて飲む牛乳だった。パンと、マジョラム入りだという豚血脂身腸詰め（ブラックプディング）も食べさせてもらった。語り部（シャナヒー）のお方ですか、と聞かれたので、いや違いますと答えた。わたしが語ることができるのは自分自身の物語だけです、とつけくわえようかとも思ったが、夢の中に聖母が三回もあらわれたと打ち明けたら、どんな顔をされるだろうと考えて、やめておいた。

「アイルランド全土をくまなく歩き尽くしておられるのですか?」なつかしい言い回しを用いて、若い男のほうが尋ねた。男と女は長柄の鍬を置き、草地のへりに腰を下ろして、ミホールが飲み、食べるのを見ていた。

「かつてそのように、くまなく歩き尽くしたこともありました」とミホールは答えた。

「このあたりでは、通りかかる旅のお方も少ないもので」

こう言って男は、このまえ近くの道を旅のお方が通りかかったのはいつだったかをめぐって、女と話し合いはじめた。ミホールが尋ねると、ふたりは、この畑と雌ロバは借りているのではなく自前の財産です、と答えた。もうじき赤ん坊も生まれるとのことであった。

「ご当家のご繁栄なによりです」

「わたしどもも神さまに感謝しております」

ミホールのいでたちはどう見ても旅の物乞いだった。着ているぼろ布がかつて修道服だったとはとうてい見えなかったし、修道士であることをしめす頭頂部の剃髪も、とうの昔に伸びきってしまっていた。彼がもし、聖母に怒りを覚えたと漏らし、教えに従順に生きた結果が骨折り損であったとこぼし、旅するうちに恨みがいっそう募ってきたと言おうものなら、目の前の男女は彼に、冒瀆の烙印を押したであろう。「あなたはわたしをもてあそんでおられるのですか？」とぼとぼ足を進めながら、つい吐き捨てるようにそう口に出したミホールは、自分自身のことばを耳にしてふたたびおのれを恥じた。

彼は森へ入っていった。奥へ行くと、夜かと思われるくらい暗かった。何時間も歩いていくうちに木々の形がおぼろになり、微光をともなった夕暮れが今日もまたやってきて、闇をまだらにした。彼は森のはずれの下草を身体にまとい、その夜を眠った。

「やはりわたしは島へ帰ろう」夜が明けてこうつぶやいてみた。しかし、こんなふうにすねてみたところで口先で文句を言っているだけだ、とすぐに思い返した。島へ帰ろうにも、ここまで来た道を引き返せるはずがないし、夜には猪や狼が襲ってこないともかぎらない。ハリエニシダのトゲに刺されて血を流しても、従順さを失わぬかぎり自分は守られている。ミホールはそのことを承知していた。森の暗闇の中で折れた木の枝に頭や顔を突かれたり、木の根につまずいたことは、一度たりともなかったからである。

それだから、ぷりぷりしながらも彼は歩くのを止めなかった。毎朝、草や木に真っ白な霜が下りたが、太陽が出ると一時間もしないうちにあとかたもなく消えた。聖サバスの祝日が来た。聖フィニアンの祝日が来て、聖ルチアの祝日が来て、聖アンモンの祝日が来た。例年、これらの祝日はさまざまな天気だったが、今年、ミホールが旅をはじめてからはまだ一度も雨が降らなかった。彼は木の実を拾い割って食べ、水辺に下りてカラシナやセリを探した。聖トマスの祝日には、昔ルハン修道士が聖トマスの話をしてくれたのを思い出した。懐疑家のトマスは復活したイエスの傷口に手を入れるまで主の復活を信じないと言い、疑いが解消されると苦悶の叫びを上げ、イエスにたしなめられた。ミホールはふたたび、「わたしにはわかりません、ただそれだけのことなのです」と訴え、ゆるしによる心の平安がもたらされるよう懇願した。

彼はしばしば日没後も休まずに歩き続け、ろくにものを食べない日もあった。歩く力は残っていたが、頭を重くしていたわだかまりはどこかへ消えていた。彼はただ、この地上で与えられた時間を自分は無駄にしたのかどうか考えながら、足を動かしていた。彼は大きな屋敷の扉口で物乞いをし、招じ入れられ、食物をもらい、暖を取った。屋敷の奥方が台所へやってきて彼の杯に葡萄酒を注ぎ、道々アナグマやキツネを見なかったかと尋ねた。見ました、と彼は答えた。奥方の黒髪とオリーブ色の顔色が、フォーラを思い起こさせた。その晩、彼は生まれてはじめてふかふかの寝台に横たわって、幼なじみだった娘のことを考えた。フォーラの肌はもうがさがさになって、皺が刻まれているだろう。両手は長年の土仕事で茶色く染まっているだろう。ミホールの内側で、ひときわ大きな怒りに火が点いた。彼はもう罪を悔いる人ではなかった。フォーラはなぜ、わたしでない男のために子を産まなければならなかったのか？　なぜ、そんな男のものになったのか？　そもそも、わたしはなぜフォーラから引き離されねばならなかったのか？　つぎつぎに膨らんでいく憂鬱な想像がミホール自身を驚かせた。ほとんど狂気の沙汰だった。事実、彼の聖母の夢は、最初に見たときから、彼自身を支配してしまう狂気をはらんでいた。その一方で、彼の信じやすさは愚かさをはらんでいた。その舞踏についてはカハル修道士がいつか語った錯乱の舞踏に誘い込まれていたのではなかったか？　ミホールはカハル修道士ばかりでなく、ディアミッド修道士やオーイン修道士も語り、さまざまな議論や懸念が表明され、ビョッカ修道士の賢明な一言もつけくわえられていたはずであった。ところが、世界の片隅にひとりぼっちで迷子になり、いつ終わるともない苦しみにさいなまれ、神秘にもてあそばれているうちに、ミホールは五十九歳にして、不機嫌な子どものようになってしまったのである。

翌朝、屋敷でミサがとなえられた。そして、あたえられた朝食をミホールが食べていると、奥方がやってきてこう言った。

「よほどのことがないのでしたら、どうかお急ぎなさいますな。救い主の誕生日を待ち望むこの季節に、あなたが屋根のないところで過ごされるかと思うと心配でなりませぬ」

奥方は、悲しみがひと味くわわった微笑みを見せて、聖ステパノの祝日まで御逗留なさい、と提案した。台所で聞いたところによると、奥方は夫君に先立たれた未亡人であるとのことだった。

明言こそされなかったが、屋敷から彼に新しい衣服が贈られるだろう。そして、もはや原形をとどめていない古い修道服は焼きすてられるだろう。彼は自分のことを何ひとつ語らなかった。屋敷のひとびとは何ひとつ問わなかった。

「当家にごゆっくり逗留なさいませ。お天気も崩れていきそうな雲行きですから」今一度、招待のことばがくりかえされた。

寝台もあるし、台所には火もあるから、逗留すればさぞかし快適であるに違いなかった。昨晩彼は、牛肉に下味をつけているところを見た。食料貯蔵室には絞めた鳥がぶらさがっていたし、広口瓶のなかにさまざまな果実が保存されているのも目に留めた。

「わたしは逗留することをゆるされておりませんので」とミホールは答えて首を振った。とはいえむろん、先を急ぐ旅ではなかった。

屋敷をあとにしてから一時間もたたないうちに、ふさぎこんでいた気持ちが変化した。屋敷でもらった長靴を履いて歩いているうちに、なぜかはわからなかったが、かつて若かったときにも、老いた今も、自分の人生は無駄ではなかったのだという認識に突然見舞われた。そして、この旅は死に向かう旅路ではないと、不意に悟ったのである。予言に違わず、聖母は二度とあらわれなかった。しかし、ミホールは別のしかたで聖母に会った。マリアが聖母になる以前の姿を思い浮かべたのだ。彼は心の目で、マリアが不意に天使の来訪を受け、神の子を受胎したのを知らされてあわてふためき、彼自身が経験したのとそっくりな混乱に陥るところを見た。聖母も旅路を経験した。疲れ切り、心労を抱え、むごい謎にさいなまれたのだ。だとしたら、彼女にかぎって決して怒らなかったと、誰が断言できるであろうか?

あたかも血液がふたたび循環しはじめたかのように、信じる心が息を吹き返した。例の孤島に渡った後、岩だらけのこの島でどうやら生き延びられそうだ、とはじめて感じたときの気持ちを、ミホールはふたたび味わった。うまずたゆまず歩き続けることが罪のあがないに通じていた。その労苦がさらに三日続き、四日目の朝が明けたとき、彼は自分がどこにいるのかがわかった。

修道院はその場所から見て東の方角にあるはずで、目の前に広がっている牧草地はかつて歩いた覚えがあった。もっと近くに見える丘にはしばしば登ったことがある。丘の上から、父が飼っていた羊の群れを見張ったのだ。それから川があった。川沿いには今でもハンノキが生えていたが、冬なので枝は丸裸だった。丘の斜面で草をはむ家畜の群れは見えず、果樹園のあたりの鶩鳥も見あたらなかった。ブナの木の根元を鼻先で掘る豚の姿もなかった。しかし、小さな石造りの農家のたたずまいはほとんど変わっていなかった。

近くまで行っても物音は聞こえなかった。ミホールは中庭にたたずんで、井戸脇の小屋と、空の牛小屋の脇にある小屋の扉が閉まっているのを眺めた。足元を見ると、荒く割った石を敷き詰めた石畳の隙間から雑草が伸びていた。サワギクとイラクサが片隅で枯れていた。屋根の一部はつぶれ落ちていた。

住人たちは彼を招じ入れたが、この訪問者が誰なのかは気づかなかった。パンと水が出た。老いぼれたこのふたりの住人にほかの場所で出会ったとしても、ミホールには誰なのかわからなかっただろう。台所の窓は、暖気が逃げないようにするため、藁で密閉されていた。かまどの煙がきつすぎて咳が出た。老人たちはぼろをまとっていた。

「ミホール」老婆のほうが突然口を開いた。

父はもう盲目になっていたので、空中に手を差しのべた。そして、「ミホールか」と言った。

ふたりの顔には喜びが沸きあがった。人間の顔がこれほど輝くのを見たのは、ミホールは生まれてはじめてだった。年月が老人たちから消え失せた。彼らの目にはふたたびいきいきと火が灯った。

その日を祝うために、一本の蠟燭に火が点けられ、蠟をたらして暖炉の床に固定された。

この家の土地がふたたび耕されることはないであろう。ミホールはそのために戻ってきたのではなかった。果樹園で鶫鳥がふたたび鳴くこともないだろうし、ブナの木の根元を豚が掘り返すこともないだろう。そもそも彼は、独居生活に満足していたのを、引き剝がされるようにして旅に出た。彼はしばしば、岩だらけの孤島に飛来した蝶々を夏の天使だと考えたが、もし、冬の天使もいるとするなら、形もなく目にも見えないその天使たちが、今確かにここへ飛んできている。聖歌隊は歌わず、突然の輝きも出現しない。確かにここにあるものと言えば、長年酷使されてきた人間の手足と、伏せ屋にこもった煙をかきまわすようにして息子の手を探す、盲目の老人の一本の手だけである。だが、天使たちはクモの巣のようにはかない恵みを確かに届けた――ひとり息子という贈り物がふたたびあたえられたのだ。

ペンシオーネ・チェザリーナのダイニングルームでは、一人旅の客は壁際で食事をとることになる。壁沿いには二人用のテーブルを並べるスペースがないので、ダイニングルームの四隅のうち三つの隅にあわせて、一人用テーブルが置かれている。水差しに分け入れた飲料水が冷やしてある食料品室(パントリー)へ通じる扉のすぐ脇にひとつと、開け閉めするたびにガタガタ鳴る縦長の開き窓の両側の、家族客用のテーブルにはさまれた位置にそれぞれひとつずつ。ダイニングルームはかなり広くて天井も高いが、一面クリーム色に塗られた壁面に装飾はない。部屋の真ん中の空間には、たがいに角がふれ合わんばかりに、二人用のテーブルがひしめいているから、ペンシオーネの客たちが集まってくる時間帯にはかなりにぎやかになる。一人用のテーブルはどれも、このにぎやかな集団からウェイトレスたちが通る通路ひとつへだてられているので、着席するとダイニングルーム全体がよく見渡せるし、料理が自分のところへ運ばれてくる前にどんなものか見ることもできる。今夜はブロードかパスタか、ビーフかチキンかすぐにわかるし、ドルチェに何が出るかも一目瞭然というわけだ。

部屋番号を尋ねられて、「ディエーチ」——十号室——と答えたものの、ハリエットはどの席に座ったらいいのかとまどっている。この宿へチェックインしてから十一日間、毎晩食事をとった彼女のテーブルが、今晩はほかのテーブルに寄せられて、五人グループの食卓になっているからだ。しかたなく、入り口のところにたたずんでみる。彼女のそばを、料理を載せた皿が忙しく通り過ぎていく。サビ色の髪のウェイトレスと、奔放なかんじのウェイトレスと、小太りでかわいい感じのウェイトレスが入れ替わり立ち替わり、上部を大理石で飾ったサイドボードからワインボトルを取り出して、テーブルへ運んでいく。サビ色の髪のウェイトレスがハリエットをようやく扉の脇の一人用テーブルに案内してくれる。扉の向こうには、水差しに分け入れた飲料水が冷やしてある食料品室（パントリー）がある。「ダ・ベーレ?」と聞かれて、ハリエットは毎晩頼んでいるのと同じサンタ・クリスティーナのワインを一本注文する。入り口に立っていたとき、誰かにじろじろ見られたわけではなかったけれど、なんだか恥ずかしいような気持ちをまだ引きずっている。

ハリエットは、ベルトに光沢のある青いバックルがついているほかはこれといって飾りのない青いドレスを着ている。イヤリングはほとんど目立たないし、不透明な白ビーズのネックレスも値打ちのある品ではない。やせて骨張った面長な顔立ちにショートヘアの彼女は、モディリアーニが描く輪郭のはっきりした顔に驚くほど似ていた。先月、三十歳の誕生日を迎えたばかり。ペンシオーネ・チェザリーナにひとりでやってきたのは、恋が終わってしまったからだ。

ふたりで出かける予定だったバカンスをキャンセルしたので、二週間がまるまる空いてしまった。時間はたっぷりあるのだから、イングランドを出てどこかよそへ行ってみよう、と彼女は考えた。

そして、受話器に向かって「イオ・ソーラ」と言いながら、この選択が間違っていませんようにと願った。ペンシオーネ・チェザリーナを選んだのは、子どもの頃よく来ていたからで、ひとりで過ごすには知っている土地のほうがいいと思ったのだ。

「ヴァ・ベーネ?」サビ色の髪のウェイトレスがサンタ・クリスティーナのボトルを差し出している。

「スィ、スィ」

ダイニングルームを満席にしている客のほとんどはドイツ人のカップルで、ドイツ語特有の喉にひっかかるような音が間近なテーブルからも聞こえてくる。中年カップルの女性たちは、夫よりもおしゃれに着飾っている。一泊二食付きで十一万リラという閑散期の安い料金を利用して、暑い八月を楽しみにやってきているのだ。暑さはうんざりだというひともいるけれど、夕食時にはしのぎやすくなる上にダイニングルームの窓を全部開け放つし、チェザリーナはもともと丘陵地帯にあるから、耐えられないほど暑くはない。「このあたりでそよ風が吹くときには、いつもチェザリーナに向かって吹くんだよ」と昔ハリエットの母がよく言ったものだ。

両親に連れられてハリエットがはじめてここへ泊まりに来たのは二十年前、彼女が十歳で兄が十二歳だったが、それより以前からこのペンシオーネについて聞かされていた。毎朝お客さんが起き出してくる前にテラコッタの床に引くオイルのおかげで一日中さわやかな香りが絶えないとか、ロールパンに紅茶かコーヒーの朝食をテラスでとるのだとか、夜になると丘の向こうの農場で飼っている犬の吠え声がここまで響いてくるとかいう話である。写真も見たことがあった。からからに乾いたような庭園。黄土色に塗られた堂々たる建物。とても大きなふたつの井戸がある窪地へ下っていく急斜面にある、ペンシオーネ専用の葡萄畑。やがて彼女はそれらを自分の目で見た。それからは来る夏も来る夏も、宿代が安くなるこの季節、両親に連れられてこのペンシオーネへやってくるようになった。広間から続く石造りの階段を下りきったところにある大きなダイニングルームや、三部屋に分かれたサロンもおなじみになった。サロンでは大人たちが、小さなカップに入った濃いブラックコーヒーと一緒に食後酒のストックやグラッパを楽しんでいた。書棚のあるサロンには読書用のテーブルがあって、ジョットーの複製画がたくさん入った大判の本が開いて置かれていた。書棚には、ジョージ・グッドチャイルドの推理小説にまじって『わが兄ジョナサン』や『レベッカ』が並んでいた。ハリエットがサロンをはじめて覗いてみた時、客たちがみな低い声で英語を話していたのを覚えている。あの頃、ここへやってくる客たちはほとんどがイギリス人だったのだ。ペンシオーネ・チェザリーナでは、今でもクレジットカードでの支払いを受けつけていないかわりに、ユーロチェックなら保証限定額以上でもいやがらずに受け取る。

「エッコ、シニョーラ」一度か二度しか見かけたことがない、メガネを掛けたウェイトレスがタリアテッレを運んできて、ハリエットのテーブルに置く。

「グラツィエ」

「プレーゴ、シニョーラ。ブオナペティート」

長続きしてこそ本当の恋――ハリエットはそう信じている。もしあの恋が終わっていなかったら、彼女は今頃エーゲ海のスキロス島にいるはずであった。あの恋が終わっていなかったら、まだ子どもがいない頃の両親みたいに、いつの日かふたりでチェザリーナへやってくることになっただろう。ゆくゆくはダイニングルームの家族客用テーブルを使うようになったかもしれない。ところで、今晩ここに来ているひとびとを数えてみると、アメリカ人とイタリア人の家族がそれぞれ一組、ドイツ人のカップルが大勢、その他のカップルがひとにぎりいた。到着したばかりのカップルが一組いたが、彼らが上の階でしゃべっていたのはオランダ語のようだった。そのほかにハリエットが知っているのは、一人旅をしているスイス人と、もうひとりの、たぶんオランダ人の旅行者。神経質そうなイギリス人の二人連れも目についたが、遠く離れすぎていて、何を話しているのかはここまで聞こえてこなかった。

「ヴァ・ベーネ?」食べ終わった皿を下げながら、サビ色の髪のウェイトレスがもういちど尋ねた。

「モルト・ベーネ。グラッツィエ」

一人用テーブルで食事しているひとはまだほかにもいた。上の階でハリエットに何度か話しかけてきたことがある太った白髪の婦人。アメリカ人だ。派手なシャツを着ているので毎晩目立つ男。それから、ぎくしゃくした身のこなしで、いつも周囲を見回している神経過敏そうな男。あとひとりは、黒をおしゃれに着こなした女性。フランス人かもしれない。挙動不審のきょろきょろ男は、この女性をちらちら見ている。ときどきハリエットのほうへも視線を投げてよこす。身だしなみがよく、なかなか男前だが、線が細くて小柄な男だ。さらにもうひとり、一人用テーブルで食事をしている老人がいる。古き良き格式を守るかのように白いリネンのスーツを着こなして、毎晩違うシルクのストライプタイをつけてあらわれる。

ここに着いた最初の夜、ハリエットはハンドバッグのなかにトロロープの『アリントンの小さな家』をしのばせていた。食事のとき、ついたて代わりに目の前に立て掛けてやろうというもくろみだったが、いざそのときになって自分が大間違いをしでかしたことに気がついた。彼女ははやくも、ひとりでここへやってきたのを悔やみ、そもそもなんでこんな一人旅を思いついたのか、くよくよ考えはじめた。せっかく旅に出てきたのに、生々しい傷の痛みは激しくこそなれ、少しも和らぎはしなかった。その同じ日に出発する予定だった旅は、ぜんぜん違う旅になるはずで、ひとりぼっちの旅をするつもりなんかなかった。一人旅になるということをすっかり忘れていたのである。

主菜のチキンの炒め煮には、ローストポテトとズッキーニとサラダがついてきた。その後ハリエットは好みのチーズを選んだ。ペコリーノとゴルゴンゾーラをすこし。サンタ・クリスティーナはまだ半分残っているが、ラベルにルームナンバーを書いて、あしたまでとっておいてもらうことにした。彼女のナプキンの封筒には、もっと優雅な斜め書体でルームナンバーが書いてある。「カメラ・ディエーチ」。ナプキンをたたんでその封筒にしまおうとしているとき、このダイニングルームがもうひとつの混み合った空間と二重写しになって見える。酔客でごったがえしたキング・オブ・ポーランドの人混みをかきわけるようにして、ひとりの男がこっちへやってくる――この男を忘れようとして彼女ははるばるここへやってきたのだ。唇が彼女の名前の形になる。「ハリエット、愛してる」そうささやく声がパブの喧噪をすりぬけて耳に届く。男に抱きしめられて彼女は目を閉じる。「ハリエット、好きだよ」

書棚のある二階のサロンでハリエットは考える――これからずっとこんなふうにひとりぼっちが続くのだろうか？　子どもの頃の思い出の場所へのこのこやってきたのは、過ぎ去った幸せにやすらぎを求めてるから？　あのとき自分に言い聞かせたよりもこっちのほうがほんとの理由なのか？　恋が終わったときにはいつも頭の中がめちゃくちゃになって、真実が霧に隠れてしまう気がする。真実なんて存在しないと思うことさえ、しばしばある。恋愛関係が崩れるたびに彼女は思う――また愛に見捨てられた。愛っていうのはいつもこんなやりかたをする、と。ひとりぼっちの人間にとっては、つらつら考えることが友達みたいなものだ。ハリエットは、なんでこうなってしまったのかあれこれ考える。バカンスをキャンセルしたのは生まれてはじめてだったので、なれない一人旅に出てきたのだ。

「ミ・ディスピアーチェ！」白い上着を着たボーイが、ドイツ人女性の腕にリキュールをこぼしてしまったのであやまっている。彼女は笑って、いいのよ、大丈夫、と英語で答える。ボーイがぽかんとしているので、夫が「ノニンポルタ」とつけくわえる。女性はまた笑い出す。

「メー・ウィ、わたしは法律を勉強しているの」と脚の長い娘がしゃべっている。「で、エロイーズはスタイリストやってます」

ふたりの娘はベルギー人で、イギリス人のふたりの男がした質問に答えているところ。男たちはふたりとも若く、体つきはたくましく服装はカジュアルで、片方は口ひげをたくわえている。

「スタイリストって言った？　そういう関係の仕事なわけ？」

「そうなのよ」これを聞いてふたりの男はうなずく。そして片方が、テラスで一緒になにか飲まないかと誘うと、娘たちはチェリーブランデーが飲みたいと言う。白い上着のボーイが、広間の裏側にあるエスプレッソマシーンの隣りの食器棚へ行って、グラスに注文の酒を注ぐ。

四人は部屋を横切って、フレンチウィンドウからテラスへ出ていく。エロイーズが、「それであなたたちはどんなお仕事？」と尋ねる。

「ネヴはビジネスマン、おれは沈没船の捜索が仕事なんだ」ここまで聞こえてくる男の声にはなまりがあり、どこかぞんざいで、自信たっぷりに響く。イギリス人にせよ、ドイツ人にせよ、オランダ人にせよ、ペンシオーネ・チェザリーナを時代とともに歩ませてきたのは、こういうタイプの客なのだ。ハリエットの子ども時代にここをにぎわせた客は、いまはもういない。

あごひげをたくわえたひとりの男が、ソファに腰掛けたカップルをこっそりスケッチしている。カップルのほうはふたりとも読書に夢中で気がついていない。広間ではアメリカ人の一家族が目立っている。赤ん坊を抱いた母親がゆっくりと部屋を一巡し、父親のほうは男の子と女の子に、お行儀よくしなさい、と言い聞かせているところだ。

「こんばんは」ハリエットの人間観察をさまたげたのは、例のリネンのスーツの老人で、お隣りの椅子は空いていますか、と尋ねてきた。今夜は茶色と緑のネクタイをしている。よく見ると、いかつい顔全体に老人特有の大きなしみがあり、髪はあまりに薄いので灰色なのか白なのかわからない。洗いざらしたような色合いの、ブルーの両眼だけが鋭敏に動いている。

ええ、空いていますよ、とハリエットが答えると、老人は、この場はご一緒しましょうと言わんばかりに、「あなたも一人旅ですな？」と返す。

「そうなんです」

「わたしは、だれがイギリス人かはすぐわかるんですわ」

こう言って老人は、たくさん旅行してわたしくらい年を取るとわかるようになるようです、と自説を披露する。そして、「そのうちあなたもね……」とつけくわえる。

ソファのカップルをスケッチしているあごひげの男には女の連れがいる。彼女は男の手元を覗き込んで、ふふっと笑う。広間では、アメリカ人の父親がようやく子どもたちを説きつけてベッドへ行かせるのに成功した。母親のほうはまだ部屋中を歩きまわって赤ん坊をあやしつけている。ダイニングルームでひっきりなしにあたりを見回していた小男が、コーヒーを二杯持って、足早に広間を横切っていく。

「とにかく近頃のチェザリーナは食べ物が豊富ですな」老人がハリエットに言う。

「そうですね」

「かつては食料不足だったんですわ」

「ええ、覚えていますわ」

「覚えておられると。かなり昔のことですが」

「わたし、はじめてここへ来たのは、十歳の夏ですから」

老人はハリエットの顔にちらりと目をやって年齢を計算し、どうやらここではあなたのほうが先輩ですなあ、と言う。わたしがはじめてここへ来たのは一九八七年の春でして、それ以来ずっと来ておるんですが、あなたも長いご常連ですかと尋ねる。

「両親が離婚したものですから」

「おや、これは失礼しました」

「離婚するまでは、両親はいつもここへ来ていました。ふたりともここが大好きでした」

「熱烈なファンがおりますな、チェザリーナには。でも、まったく興味をしめさないお方もいる」

「うちの兄なんかは退屈だって言ってました」

「子どもは飽きっぽいですからな」

「わたしはぜんぜん飽きませんでしたけど」

「なるほど。娘っ子たちを追い回しておる坊ちゃんがふたりおるでしょう。あの坊ちゃんたちなどは、チェザリーナの毎日を楽しめるんでしょうかねえ。ここじゃあバスツアーもありませんが」

老人は話し続ける。ハリエットは聞いていない。今回の恋もはじめのうちは、両親の離婚のせいで憂鬱な色に染まった人生を洗い清めてくれそうな気がしていた。両親が別れたときには喧嘩も苦痛も劇的な展開もなかった。両親は落ち着いて子どもたちに事情を説明し、おたがいを責めあうこともしなかった。ずいぶん長い年月にわたって、父と母はそれぞれ浮気をしていたのだ。家族のためにむりやり一緒に居続けるより、いっそ別れてしまったほうがすっきりするんだから、とふたりは口を揃えて言った。ハリエットはこのセリフをいまでもはっきり覚えている。そのとき感じた絶望を兄はすっぱり忘れ去ったようだったが、ハリエットにはいつもその絶望がついてまわった。最初の恋愛を経験した後、絶望はしだいに薄れたものの、恋が終わるたびごとに、洗っても洗っても落ちない、いまわしい記憶がよみがえってくるのを感じるのだった。

「わたしは明日帰ります」と老人が言う。

彼女はうなずく。広間では、アメリカ人の母親に抱かれた赤ん坊がようやく眠った。母親は、ハリエットのところからは見えない誰かに微笑みかけた後、石造りの幅広い階段のほうへ歩いていく。ソファに腰掛けていたカップルは、最後まで自分たちがスケッチされていたとは気づかないまま立ち上がり、去っていく。例の不安げな小男がふたたび広間をせかせかと横切っていく。

「なごり惜しいですわ」と老人がつぶやく。しゃべり続けていた話題が一段落したところであったが、こんどは旅行の話がはじまる。老人は飛行機が嫌いなので旅はいつも汽車だという。ミラノでランチ、ディナーはチューリッヒで、しかもぜんぶ駅構内ですませてですな、そのチューリッヒで深夜十一時発の夜行に乗り換えたわけです、と。

「両親とここへよく来ていたころには、わたしたちはいつもドライブしてました」

「ドライブですか。わたしはしたことがありません。これからもちょっとやりそうにないですなあ」

「楽しかったですよ」

あの頃、両親のそぶりは少しも嘘っぽく見えなかったし、不自然にも思えなかった。微笑みを交わし、食事だけはおいしいけれどそのほかは貧乏くさいフランスのホテルに泊まって大いに楽しみ、車の運転席と助手席に並んで座ってずっとおしゃべりし、冗談を言ってからかいあったり、言い争ったりしていた両親の姿は、すべてごく自然に思われた。ところが、今になってふりかえれば、真実は別のところにあったと考えないわけにはいかない。両親はそれぞれの浮気相手とランチを食べ、午後こっそりどこかの部屋へ入り込んで、お互いを欺きあっていた。どちらが先に感づいたのかは今となってはどうでもいいことだが、とにかく夫婦のどちらかが気がつくまでは、クモの巣のように嘘が張り巡らされていた。なごやかな家族の皮を一枚剥がせば、そういう真実があったに違いないのだ。

「それで、今回は一人旅をなさっていると?」

たぶんこの質問は二回目だが、彼女はよく覚えていない。老人の表情からして、どうやらそうらしい。

「そうなんです」

老人はこんどは孤独について語りはじめる。孤独は一種定義しがたいものを与えてくれますな。自分自身を知るなんぞという、使い古しの決まり文句以上のものを与えてくれますわ。わたし自身長いことひとりで暮らしてきましたが、一人暮らしにはよきなぐさめがあるもんです。一種の皮肉ではあるなあと思うのですがね。

「わたしはほかの場所へ行く予定だったんです」なぜこんなことを言い出したんだろうと、ハリエットは自問する。たぶん、思いやりだ。きのうまでだってこのおじいさんは毎晩、たまたま隣りに座ったひとに話しかけていた。わたしは見ていたから知っている。でも、このひとも思いやりのあるひとだ。ものの尋ね方が、ただせんさく好きなだけじゃなくて、こちらに興味を持ってくれている感じがするから。

「旅の行き先を変えたと?」

「友情が壊れてしまったので」

「ははあ」

「太陽が燦々と降りそそぐ島へ行くはずだったのですけれど」

「どちらの島です? もしさしつかえなければ」

「スキロスっていう島。癒しの島として有名なところです」

「癒しですか、ほう」

「近頃、流行りなんですよ」

「病気を治すっていうことですかな? こう言ってもよろしければ、あなたはいたって健康に見えますが」

「いいえ、わたしは病気ではないんです」愛している男性をつなぎとめておくことができないだけ。それはもちろん病気ではない。

「でしょうな、とても健康そうですから」老人はそう言って微笑む。彼の歯はまだ自前である。

「もしそう言ってよろしければね」

「自分でも太陽燦々の島が本当に好きかどうか、じつはよくわからないんですけど、行ってみたかったんです」

「その、癒しを受けるために？」

「いいえ。癒しはたぶん受けなかったんじゃないかしら。サンド・セラピー、ウォーター・セラピー、セックス・セラピー、イメージ・セラピー、それから全体観的(ホリスティック)治療カウンセリングもあるんですが、わたしはそういうのは苦手なほうなので」

「ひとりで過ごしてみるというのも、それはそれでひとつの癒しでしょう。おしゃべりもよいでしょうがね」

彼女は聞いていないが、老人は話し続ける。スキロス島では、観光客たちがドラムを叩いて夕暮れを迎え、明け方になると歌を歌って朝日を迎える。あるいは、まだ見つけていない自分に出会うためにただ泳いだり遊んだりして過ごすひとたちもいる。ペンシオーネ・チェザリーナでは、ドイツ人やオランダ人の客が増えたとはいっても、もちろんその種のプログラムを提供してはいないし、いまさら両親を癒せるわけでもない。だいいち、別れた両親はいまごろばらばらに、派手な旅行でもしているに違いない。

「本棚にはまだ『スペインの農場』が並んでいますが」と言いながら、老人はふと立ち上がった。

「わたしが一九八七年に読んで以来、この本を手に取ったひとがはたして今日までいたかどうか」

「たぶんいなかったんじゃないかしら」

老人は、おやすみなさいと言ってから、いやさようならと申し上げるべきでした、と言い直す。明日の朝は早く発つのだという。ほんの一瞬、老人はひきとめてもらいたがっているのではないか、とハリエットは感じる。老人の横顔が、コーヒーかお酒でも一杯いかが、と言ってほしがっているように見える。だが、老人はそれ以上何も言わずに去ってゆく。彼女ははっと気がつく。年をとると人間は孤独になるのだ。あのひとがわたしに話をしていたとき、なぜ気がつかなかったんだろう。孤独のいいところばかり力説したのは、あのひとがひとりぼっちだからだ。

「さようなら」ハリエットは老人の背中に向かって呼びかける。だが、もう老人の耳には届かない。離婚した年の夏、彼女の両親はここへ来るはずだった。けれど、結局キャンセルしてしまったので、あのときもぽっかり二週間、穴が空いたのだった。

「ブオナノッテ」彼女が広間を通りすぎようとしたところへ、白い上着のボーイが食器戸棚のところからためらいがちに微笑みかけた。今夜はじめて見かける新顔だ。以前は別のボーイだったっけ。そのことにもハリエットはいまようやく気がついた。

午前中だというのにもう暑い。墓地を過ぎ、もう使われていないガソリンポンプを脇に見て、ハリエットは町へ向かう狭い道を歩いていく。ペンシオーネのほうから走ってきた車が何台か、彼女を追い抜いていく。この道はペンシオーネの先で行きどまりになっていた。スキロス島はもっと暑いに違いない。

歩いていく彼女の背後に広がる空に、雲がかたまって浮かんでいる。雲が日陰をつくってくれたらすこしは涼しくなるのに、太陽と雲があっちとこっちじゃしかたがない、と彼女は独り言を言う。

町へ近づいていくにつれて、道幅が広くなり、傾斜がだんだんゆるやかになってくる。コンクリートのベンチが置かれた公園があり、最初の教会が見えてくる。この町の守護聖人アニェーゼに捧げられた教会だ。

公園の隅に何本か生えている栗の木の木陰のベンチに腰掛けてみる。ほかには誰もいない。陽炎にけぶる町がはるか下に見える。町の本通りは尖塔松や笠松の間を縫ってうねうねとくねりながら、ここからは見えない高速道路に合流している。「でも、わたしたちふたり幸せだったじゃない？」彼女の耳は自分の声がそう叫ぶのを聞く。感情をおさえきれなくてすこし甲高い声だ。そう、幸せだったよ、と彼が即座に答えた。彼としては話をはっきりさせたかったのだ。でも本当に言いたいのは、それほど幸せじゃなかったということで、顔にそう書いてあった。何かがうまくいかなかったのだ。ほんとはどうなの、と尋ね返したら、じつはわかんないんだよ、とうろたえていた。

木陰で少し涼んだ後また歩き出す。日よけを下ろした狭い街路を行ったら町の中心のピアッツァに出たので、広場のオープンカフェで一休みしてカプチーノを飲む。

地元のひとや観光客がでこぼこの敷石を敷き詰めた広場をゆっくり歩いている。買い物袋をさげて犬を連れた女たち。床屋から出てくる男。夏服の観光客たち。レンガと石積みの正面に灰色の石段を配したサンタ・ファビオラ教会が、広場を見下ろしている。ハリエットがいるカフェの真向かいにもうひとつカフェがあって、その脇に市場の屋台店が一列に並んでいる。この町のいくつかの銀行は広場に店舗を構えているが、商店は見えない。似たような外装の大衆レストラン（トラットリア）とアイスクリーム屋（ジェラテリア）が並んで店を開いている。「そう、二軒で一軒なんだよ」と父が言った。

この広場で、父はわたしを頭の上に高く持ち上げてくれた。下を見ると父の顔がさかさまに笑っていたので、わたしも大笑いした。ここまでくる旅の道中で小さなホテルに何軒も泊まったけれど、母が昔学校で習ったフランス語がたよりだった。がんばってしゃべっているのに誰にも通じなくて、真っ赤になっていた。「最高に楽しいわ！」と母がつぶやいたのは、今座ってるここから見えるあっちのテーブルだった。

神父がひとり、教会の石段を下りてきて、まわりをぐるりと見渡している。会うべきひとは見あたらないようだ。やせた犬が一匹のろのろと歩いていく。サンタ・ファビオラ教会の鐘が十二時を知らせる。鐘が鳴りやむと、どこか遠くの教会の鐘が鳴りはじめる。雲が太陽を覆い隠したが、暑さはいっこうにおさまらない。依然として風も吹かない。

彼が別れ話をきりだしたのは、レンブラント・シネマのロビーでだった。「でも、わたしたちふたり幸せだったじゃない？」とハリエットが声を上げたのはそのときだった。ふたりは言い争わなかった。後になって彼女が、よりによって映画館のロビーでどうしてあんなことを言い出したのか尋ねたときでさえ、口喧嘩にはならなかった。わかんないんだよ、と彼は答えた。あのときのふたりの雰囲気が話を切り出すのにちょうどいいような気がしたからだよ、と。もし旅行の予定が間近でなかったら、ふたりの関係はもうすこし長らえたかもしれなかった。だが彼はきっぱり、ずるずる長引かせないほうがいいと思うんだ、と言った。

〝二月十四日のロンドンは、アリントンと同じく真っ暗で寒い冬の真っ最中で、たぶん、アリントンよりも寒さのなかにいっそうの憂鬱をたたえていた。〟彼女は以前にもこうやって読みかけたが、そのときは落ち着いてとりかかれなかったのでやめにした。今回も、やっぱり気が乗らない。サングラスをはずして空を眺める。さっき見た雲はラファエロかペルジーノが描く真っ白な綿雲そっくりだったが、いまはもうあとかたもなかった。むくむく出てきたのは鉛色の雲で、ほとんど失われかけた青空を背景にして、陰鬱な鎧甲（よろいかぶと）がひと揃い出現したかのように見える。ハリエットはサンタ・ファビオラ教会の内部を見物してみようと思い立ち、扉を開こうとする。ところが鍵が掛かっていた。そのとき、最初の雨粒が降ってきた。二時半まで閉堂、とぶっきらぼうに書いた張り紙が目についた。

〝結婚式はロンドンでするというとりきめがようやく整った。〟広場のトラットリアに入って、彼女は続きを読みはじめる。〝クーシー城で式を挙げたほうが便利な理由は、もちろんたくさんあった。ド・クーシー家の一族はみな、先祖伝来のこの田園屋敷に宿泊していたから、ここで式を挙げたほうが万事都合がよいし、経費も少なくてすむはずだったのだ。〟彼女はまだお腹がすいていなかったので、リゾットを注文した。量が多すぎなければいいな、と思いながら。それから発泡性でないミネラルウォーターもたのんだ。

「ソノりょうりッテぱんトカこむぎこハイッテマスデスカ？（チェ・デル・パーネ・オ・デッラ・ファリーナ・ネル・ピアット）　ワタシこむぎこッテたベラレマセンデスカラ（ノン・デーヴォ・マンジャーレ・デッラ・ファリーナ）」ひとりの女性がこう言っているのを、やつれた顔をしたウェイターが真剣に聞いている。はじめのうちはちんぷんかんぷんなようすだったが、ふと興奮したようにうなずきながら「ノン・チェ・ファリーナ」と答えて、メニューのいくつかを指さした。その女性客はペンシオーネに泊まっているひとである。たぶん息子だと思われるひょろっとした若い男と二人連れ。このふたりは、ハリエットには何語かわからないことばで語り合っている。

「ダイジョブですか？」ハリエットがリゾットを食べはじめたのを見て、同じウェイターが一言声をかけて通り過ぎる。彼女はうなずき、微笑みかえし、本に目を戻す。外の雨はだいぶ本降りになってきていた。

サンタ・ファビオラ教会の『受胎告知』が誰の作かはわかっていない。おそらくフィリッポ・リッピ派の誰かが描いたものだと言われているが、それ以外は不明である。マリアの受胎を告知するために舞い降りた天使がひざまずいている。灰色の左右の翼が大きく突き出し、手に持った白百合は柱に半分隠れている。床は白と緑と黄土色の大理石。マリアは突然のことに驚いたようすで、天使が近づいてくるのを押しとどめようとするかのように右手をあげている。この会見場面の背景には優雅なアーチがいくつか描かれ、手すりの向こうには空と丘が見える。この絵には音がない。ただ神秘的な沈黙がある。ここに捕らえられた瞬間には、ことばは語られていない。交わされるべきことばはすでに発せられた後なのだ。

ハリエットの目が細部を記録する。天使の衣の緑のひだ。その下に見える赤。空に浮かんだ痕跡のように見えるのは聖霊の鳩。マリアが読んでいた書物。立派な列柱に空(から)の花瓶。マリアの部屋履き。そして、天使の裸足。遠くの風景は、まるで一度も熱波に見舞われたことがないかのように穏やかに見える。マリアの瞳の中にあるのは恐怖ではなく驚嘆。一瞬のちには静穏へと変わるはずの驚嘆である。教会の中には他にも見学者が何人かいて、ときおり何かささやき交わしている。黒いオーバーオールを着た男が、中央の通路の両端にロープを掛けて通行を止め、床にモップを掛けている。ひとりのおばあさんがマリア像の前で祈っている。ロザリオを繰る指先とつぶやく口元。香の残り香が、空気に濃厚な甘さを加えている。

ハリエットは、炎のゆらぐ蠟燭の群れの向こうに地元の領主の墓所を見、古い祭壇を見、脇のチャペルに描かれたサンタ・ファビオラ一代記の壁画が剝落しかけているのを見る。この教会の中へ入ったのはこれがはじめてだった。両親は教会見物には無関心だったから、子どもの頃に来たことはなかったし、今回の滞在でも、わざわざ来てみようとは思いもしなかった。両親は、ペンシオーネの庭で太陽を浴びたり、町まで下りてきてカフェでコーヒーを飲んだり、丘めぐりや小さな町めぐりのドライブに出かけたり、ポンテ・ニコロのプールへ行ったりするほうが好きだった。

今まで祈っていたおばあさんは、足を引きずるようにしてもう一本蠟燭を点けてまたひとしきり祈り、やがて祈り終わると、よろよろと歩き去っていく。ハリエットは受胎告知の絵の前に戻り、いちばん近くの信徒席に腰を下ろす。天使の翼に目を凝らすと、灰色に青が混じっている。最初は気づかなかった青の細かい斑点が見えてきた。マリアの部屋履きは茶色がかっていて、空(から)の花瓶は球根から細い茎を生やしたような形をしている。マリアが手にしている書物には金で何か描かれていたようだが、いまでは痕跡だけしか残っていない。

ハリエットが教会を出る頃には雨がやんで、空気もすがすがしく感じられる。何度も失恋したからといって、愛への信頼を回復するためにその経験を利用しようとするのは、あんまり虫がよすぎてずるい。こんな考えがふと頭に浮かんだ。だいいち、わたしはいままでの恋愛でいろんなごまかしをしてきたのだから。こんな考えもどこからともなくやってきた。

ハリエットは教会の石段にぽつんと立ち尽して、こんな啓示がふいにやってきたことにとまどったが、そこには真理があると、直観的に気づいてもいた。ピアッツァの敷石上の砂埃は雨水に洗い流されて、石の間の溝へ消えた。さっきカプチーノを飲んだオープンカフェでは、ウェイターが雨に濡れたプラスチックの椅子を拭いて乾かしている。

水気をたくさん含んだ空の上で、太陽はまだぐずぐずと顔を出し渋っている。ペンシオーネ・チェザリーナへ歩いて帰る道々、息苦しくなるくらい猛烈だった熱波が小休止したつかの間に、さっきまでとはまるで異なる生命が、あたり一面の緑や石から這い出してきているように感じられる。ハリエットが歩いている道そのものから涼しさが発散しているようだ。野生のゼラニウムが咲いている真ん中で、小鳥が一羽さえずっている。

明日もまた、真夏の太陽がしかるべきつとめをはたすだろう。真昼時の太陽がほんの数分照りつければ、この柔らかな空気の名残などひとたまりもなく消え失せることだろう。砂埃がまた降り積もり、大理石は人肌のぬくもりを帯びるだろう。今この世界を軽やかにおおっているのと同じかぐわしい大気を、次回の雨がもたらすのはいつのことだろうか。何週間も、ことによったら何ヵ月も待たなければならないかもしれない。

太陽はいざ戻ってくるとなると、いつでも情け容赦なく照りつける。ペンシオーネの乾ききった庭園を歩くとき、ハリエットは両親のいいつけで嫌々帽子をかぶせられたものだったが、自分たちはちゃっかりサングラスをかけ、日焼けクリームを塗っていたことを思い出す。スキロス島も太陽が魅力である。「欲しいのは太陽だ」なんて彼は言っていたけれど、あのひとほんとに島へ行ったのだろうか？　今日、ロンドンじゃなくて島にいるのだろうか？　もしかして一緒に行くひとをみつけただろうか？　ハリエットは、スキロス島のアツィーツァ湾でウインドサーフィンをしている彼の姿を思い描く。以前からやってみたいと話していたスポーツだ。彼の連れの女性の姿まで想像する。そのひとはアツィーツァ湾の滞在を屈託なく楽しんでいて、純然たる好奇心からセラピーなんかも試している。

ペンシオーネ・チェザリーナへたどりついた。外に出してあるデッキチェアはびしょ濡れだ。バラの花びらは水を浴びてきらきら輝いている。テラスのテーブルの上に置き忘れられたグラスには、雨水が一インチほどたまっている。玄関口に常備されていた雨傘はみな出払っている。いったん閉じられていた窓はふたたび開け放たれ、葡萄畑のある斜面のスプリンクラーはまた水を吐き出している。

もっと戸外を楽しみたかったので、ハリエットは庭を歩きまわり、葡萄畑まで足を伸ばす。靴は水浸しだ。町のほうから鐘が奏でる時報が聞こえてくる。サンタ・ファビオラ教会の六時の鐘だ。それが鳴りやむとすぐにまた別の教会の鐘が鳴りはじめる。彼女は、水滴をしたたらせる葡萄の木々の真ん中にたたずんで、この景色には心当たりがある、と思う。だが、その心当たりの正体がさっぱりつかめない。ぼんやりとした混沌に呑みこまれた後、彼女はやがて、ふいに気づく。あの受胎告知の絵は雨上がりに描かれたのだ。あの絵の、アーチの向こうに見える遠景は、今わたしが見ている景色と同じではないか。天使が舞い降りたのは雨上がりだった。神さまは、雨上がりの、生まれたての涼しい瞬間を選んで、天使をよこしたのだ。

ダイニングルームでは、派手なシャツを着た男がきのうまで毎晩座っていたテーブルは家族用のテーブルと寄せ合わされて、七人のグループが食事をとっている。おしゃれなフランス人女性が座っていた席には違う女性が座っており、老人が座っていた席には今晩は誰もいない。トラットリアで小麦粉の入った料理は食べられないと説明していた女性は、ラビオリのかわりにコンソメを出してもらっている。あちこちにはじめて見かける顔がある。

　サビ色の髪のウェイトレスがハリエットに「ブオナセーラ」とあいさつし、メガネを掛けたウェイトレスがサラダを運んでくる。

「グラツィエ」ハリエットは小さな声で言う。

「プレーゴ、シニョーラ」

　ハリエットはボトルからグラスにワインを注ぎ、パンをちぎる。ダイニングルームは今、皿のふれ合う音や話し声でにぎやかだ。このざわめきが、彼女をレンブラント劇場のロビーへ連れ戻す。彼から別れ話を切り出されたとき、ロビーはむしろ静かだったのだが、あまりのショックでどよめきが聞こえたような気がした。まるで、嘆きの万華鏡の内部で真っ赤な血が爆発したかのように、彼女の意識の内側をまぶしくて激しいさまざまな色が駆けめぐった。その瞬間、映画館のロビーで彼女は思わず目を閉じた。もう今日限りで家族はお終い、と両親から宣告されたときと同じだった。

　今は別々に暮らす両親に、絵はがきぐらい送ってもよかったのだが、結局書かなかった。ドイツ人とオランダ人と、それからスイス人のお客さんが増えたから、ペンシオーネの朝食は今ではコーヒーとロールパンだけじゃありません。チーズにハムにサラミに、フルーツにシリアルに、焼きたてのスポンジケーキとよりどりみどり。テラスでとる朝食はビュッフェ・スタイルになりました。こんなふうに報告してもよかったのだが、やめておいた。毎朝、朝食のテーブルで『アリントンの小さな家』を読みながら、両親はこの宿の朝食が昔と変わったことなんて知りたがるだろうかと考えた。今日はまた、町へ向かう道の脇には使われていないガソリンポンプが今でも立っていますとか、誰もいない公園の栗の木の木陰でベンチに腰掛けてみましたとかいう話を書き送っても、両親が喜ぶかどうか疑わしい。さらに、別れた男あてにも絵はがきを書こうかと思ったが、結局やめにした。思い起こせば、『ワイルドフェル・ホールの住人』や『フロス河の水車場』など、長い小説を旅先に持って行くようすすめたのは、別れた男とつきあいはじめる前に別れた男であった。

今夜のメインはビーフのほうれん草添えである。ドルチェはふやけたような黄色いレーズンケーキ。昔来たときに食べたのを覚えている。このケーキももう二度と口にすることはないだろう。わざとではなかったけれど、わたしはこれまでの恋愛でいろんなことをごまかしてきた。そのことに不意に気づいたハリエットは、ひとりでも、誰かと一緒でも、ここへはもう二度と来ないだろうと悟る。後戻りの旅はもう終わった。偶然にひきずられてやってきた一人旅は終わったのだ。明日、帰ることにしよう。

本棚とジョットーの画集があるサロンで、宿泊客たちがグラッパやストックを飲んだり、コーヒーのお代わりを白い上着のボーイに注文したり、ぽつぽつとおしゃべりしたりしているのを、彼女は眺める。ベルギーからやってきたふたりの娘たちは、沈没船の捜索が仕事の若いイギリス人とその友人でビジネスマンをやっているネヴと、つきあいを深めている。四人はサロンを横切ってテラスへ出て行く。ゆうべより肌寒いので、娘たちはカーディガンを肩に掛けている。「あのひとったら、わたしたちを絵に描いてたのよ!」と叫ぶ声が聞こえる。昨日、スケッチされていたカップルが覗き込んでいるペンシオーネのゲストブックには、お世辞にも似ているとは言えないスケッチが描いてある。

それまでの男たちと同じく、ついこのまえ別れた男が引いてしまったのも、ハリエットがあまりに多くの愛を求めすぎたからだ。現状維持では満足できず、もっとすてきな現在を求め、将来も変わらない愛を無理強いされては、男は尻尾を巻いて逃げ出してしまう。ハリエットは自分自身の被害者なのだ。今はそれがとてもはっきりとわかる。以前はなぜわからなかったのだろう。彼女はつらつら考える。しかし、ペンシオーネ・チェザリーナにひとりぼっちで滞在した今回の旅をいくら振り返ったところで、答えは何も出てこない。どんなに考えたって無駄だ。そう彼女は直観する。そして、孤独について語った老人がつけていた茶色と緑のストライプのネクタイと、その額に点々と浮き出ていた大きなしみを思い起こす。午前中の暑さの中、墓地を通り過ぎ、錆びたガソリンポンプを横目に見ながら歩いている自分自身を思い浮かべる。公園の栗の木の木陰でひと休みし、雨が降り出したのでピアッツァを横切ってトラットリアへ飛び込んだ自分を、目の前に見る。サンタ・ファビオラ教会の床にモップをかける、シュッシュッという音が聞こえる。見学に来ていたひとたちのささやき声も聞こえてくる。おばあさんが祈りながらロザリオを繰っていた指の動き。蠟燭の揺れる炎。サンタ・ファビオラ一代記の壁画が、かつて彼女とともに生きたひとびとの影に紛れ、地元の領主の墓所からは、匂いなき死の匂いが立ちのぼる。雨が降ったおかげで、そよとも風の吹かない空気が甘い香りを放ちはじめる。どこからともなく、天使が舞い降りてくる。

## 訳者あとがき

「流行なんてものは洋服掛けにまかせとけばいいんです。流行は文学にたいして、いや、ほかの芸術でも同じことですが、破壊的な効果をおよぼしますからな」とウィリアム・トレヴァーは言う。頑固オヤジめいたこのセリフは、文学においてサーカスまがいの芸当が要求される現状にむけた苦言なのだが、皮肉なことに、日本における彼自身の作品の翻訳・紹介にもよくあてはまる。長篇小説『フールズ・オブ・フォーチュン』が映画化(パット・オコナー監督)された一九九〇年代前半には、原作そのものも翻訳出版されたけれど、後が続かぬまま流行は下火になってしまった。四十年をこえるキャリアをもち、十数冊の長篇小説にくわえて十指にあまる短篇小説集をもつトレヴァーは、英語圏では押しも押されもしない存在なのに、とてももったいない気がする。

長篇小説と比較すれば、短篇小説のほうが幸運だった。トレヴァーの短篇は九〇年代以降、『集英社ギャラリー「世界の文学」5』(集英社)、岩元巌訳『ドッグ・ストーリーズ(下)』(新潮文庫)、柴田元幸編訳『むずかしい愛 現代英米愛の小説集』(朝日新聞社)、村上春樹編訳『バースデイ・ストーリーズ』(中央公論新社)、小野寺健編訳『20世紀イギリス短篇選(下)』(岩波文庫)、橋本槇矩編訳『アイルランド短篇選』（岩波文庫）といった読者に届きやすい強力なアンソロジーに収録されてきた。毎週土曜の夜に田舎のダンスホールへ通う三十六歳独身女性の物語や、誕生日に本人の代理で老いた両親の家へやってきた若者の話などをおぼえている読者も、少なくないのではないだろうか。

あるいはこんな短篇もあった——老いた盲目のピアノ調律師が四十年連れ添った妻に死なれた後、かつて振ったことのあるより若くて美しい女と再婚する。結婚してはじめてわかったことだが、二番目の妻は、先妻が長年男の目の代わりを務めることによって彼の心に刻印した、世界の見え方そのものに、妬けて妬けてしかたがない。そこで彼女は静かな反撃を開始する。先妻がことばによって盲目の男の内面に築き上げた世界の細部をやんわりと、しかしひとつひとつ確実に、修正していくのだ。この短篇はこうしめくくられる——「最後にはベル（引用者注・二番目の妻）が勝つだろう。いつだって生者が勝つのだから。だが、それもまた公平に思えた。最初に勝利を収めたのはバイオレットであり、彼女の方がよりよい年月を取ったのだから」（「ピアノ調律師の妻たち」畔柳和代訳）

トレヴァーの短篇の持ち味は、ごく限られた数の登場人物たちの内面をかわるがわる覗き込みながら、市井のひとびとの人生を淡々と描いていくところにある。だがその淡々と語られる物語は、人生そのものと同じように、内奥には異なる様相を隠している。一枚めくると、いのちの深いところで煮えたぎり、しんしんと凍りつき、暗闇で途方に暮れ、あるいはゆたかな花を咲かせているさまざまな心模様が、ちょっとこわくなるくらいあらわれてくるのだ。

じっさい、この作家の本領が短篇小説にあるとみる評価は根強い。グレアム・グリーンはかつて、トレヴァーの短篇集『リッツ・ホテルの天使達』を「ジョイスの『ダブリンの市民』以来の最高峰とはいわないまでも、最高のひとつであることは間違いない」と賞賛し、トレヴァーと初期のジョイスは「正確な観察を倫理的なヴィジョンに変容させることのできる、より深いリアリズムの非凡な才人たち」であると述べた。また、当代日本の目利きは、この作家の短篇作法を「つまらない作品をひとつとして書いたことのないトレヴァーの驚くべき職人芸」と評価し、「トレヴァーはあらゆる登場人物に対して、分け隔てなく、ほとんど等距離の位置を保って書くのだ。そして彼らをつかまえるグリップの強さが、人並みはずれて強いのだ」（若島正『乱視読者の英米短篇講義』研究社）と解説している。また、トレヴァーの翻訳者でもある当代最強の小説家はこうコメントする——「彼の小説の特徴は、無駄のない的確でみずみずしい描写と、設定された人物像の揺らぎない精密さ、ナイフのように鋭くはあるけれど同時に不思議な優しさを含んだ小説的視線にある」（村上春樹『バースデイ・ストーリーズ』）

みなさんが手にとっておられるこの本は、トレヴァー個人の短篇選集としては日本初の試みである。一冊の短篇集に必ず十二篇を収録するトレヴァーの習慣にならって、この本にも一ダースの作品を収めることにした。十二という数字は、昔懐かしいポップス・アルバムの収録曲数も連想させて好ましい。「流行」に押し流されないベスト盤をつくるにはどうすればいいか考えた結果、すでに評価の定まった短篇集 *Lovers of Their Time*（1978）を中心に据えることにした。アントニー・バージェスが「作家の忍耐と英知の結晶」と評し、「おそろしく良質なこの短篇集のすべてのページを楽しんで読んだ」と称えた一冊である。この短篇集から、バックにプレスリーやザ・ビートルズの曲が聞こえてくる表題作「イエスタデイの恋人たち」ほか計八篇（そのなかの「こわれた家庭」は小野寺健氏による既訳が先述の『20世紀イギリス短篇選（下）』におさめられている）を選び、その後にまとめられた『アイルランド便り』（*News From Ireland*, 1986）と『雨上がり』（*After Rain*, 1996）からそれぞれの表題作を拾い、さらに『丘を耕す独り身の男たち』（*The Hill Bachelors*, 2000）から二篇（「丘を耕す独り身の男たち」と「聖母の贈り物」）を収録し、十二篇の詰め合わせにしてお届けする次第である。

＊

ウィリアム・トレヴァー（本名ウィリアム・トレヴァー・コックス）は一九二八年、アイルランド共和国南部コーク州のミッチェルズタウンという小さな町で生まれた。父親はプロテスタントの家系で、銀行員をしていたため転勤が多く、トレヴァーの少年時代、一家はアイルランド南部の小さな町を転々とした。あるインタビューで彼は、子どもの頃引っ越しが多かったことと、プロテスタントの家に生まれたおかげで、「一歩退いて内側をのぞきこむような」、あるいは「スパイ」役を演じるようなくせが身についてしまったと語っている。彼は自分のことを「〝レースカーテン〟のプロテスタント」とよんでいるが、この表現の含意は、アイルランドのちっぽけな田舎町に住み、道路に面した窓にレースのカーテンを掛けて見栄を張っている、貧しいプロテスタント家庭の出身だという意味である。

「アングロアイリッシュ」とよばれたプロテスタント信徒のイングランド系アイルランド人は、十八世紀から十九世紀にかけて栄華を誇った。植民地アイルランドで政治的・社会的・経済的な優越をひとりじめにした結果、人数から言えばひとにぎりにすぎない彼らが、圧倒的多数であるカトリック信徒からなる小作人階級を支配したのである。首都ダブリンに残る赤煉瓦づくりのジョージ王朝式建築が建ち並んだ街区や、各地方で高級ホテルに転用されている田園屋敷の数々は、みなこの時代の産物である。だが、アイルランドはやがてイングランドの植民地支配を脱し、一九二二年にアイルランド自由国として独り立ちする。以後新しい共和国では、それまで抑圧されてきたカトリック信徒たちが実権を握り、カトリック教会と連携した理想主義的政策をかかげた国づくりを進めていく。

「〝レースカーテン〟のプロテスタント」たちは、トレヴァー自身のことばによれば、アングロアイリッシュの富と特権（すなわち「過去」）にも、新しい国家のカトリック中産階級（すなわち「現在」）にも属さない、零落した社会階層である。トレヴァーはその、生まれながらにして与えられた奇妙な少数派という立ち位置を正面から受け止めて、社会と人間を観察する小説家に成長した。そのことを知れば、「個人的には、わたしは人目につくのを好みません。書き手としてもひとりの人間としても、世間の影になったあたりにとどまっていたいのです。脚光を浴びるなんてのは性に合いませんな」とつぶやく彼の人柄にも納得がいく。

作家になるまでのトレヴァーの人生には、紆余曲折があった。ダブリンの最高学府トリニティ・カレッジ（専攻は歴史学）を卒業した後、「修道女に好適」という但し書きがついた求人広告に応募し、毎日ダブリンから二十五マイル離れた田舎の屋敷へ通って個人指導教師をつとめた。この仕事を約一年間続けた後、結婚を機に北アイルランドの私立学校へ教師として赴任したが、その学校は一年半後に経営破綻してしまう。しかたなくイングランドへ渡り、学校教師のかたわらほとんど独学の彫刻家として開業し、南西部の小さな村に居を構え、教会彫刻を主な請負仕事として七年間ほど活動した。彼はこの時期を回想して、「すこし〝日陰者ジュード〟みたいでした」と語っている。やがて子どもが生まれるとわかったので、もっと安定した生計をたてる必要が生じ、予備知識のないままコピーライターの職を得た。ところが、広告書きがへたくそだったため、会社をクビになる恐怖をつねに味わっていたという。以上は本人のインタビューから得た情報だが、必要に迫られて軌道修正をくりかえす生活人を演じているところが、このひとらしさなのだろうとおもう。

広告の仕事をしながら最初の小説を書いたのが三十歳のとき、第二作『同窓』（*The Old Boys*, 1964）がホーソンデン賞を受け、ペン一本で食べていけそうな見通しがついたときにはもう三十六歳になっていた。スタートは遅かったけれど今日にいたるまで、長篇小説とともに〈ニューヨーカー〉などの雑誌に短篇をコンスタントに発表し続けている。長年イングランドのデヴォン州に住んでいるが、一九九七年にはアイルランド芸術家協会（エースドナ）会員に推挙され、アイルランド人芸術家としても十分な認知を獲得するにいたった。

＊

今回の短篇選集には、イングランド、アイルランド、イタリアの小都市、エルサレムとさまざまな土地を舞台にくりひろげられる作品を収録し、時代もアイルランド中世、十九世紀アイルランド、二大戦間のイングランドから現代にいたるまで、ヴァラエティをもたせた作品選びをするようつとめた。いうまでもなく、どの短篇も予備知識なしで読んでも十分楽しんでいただけるはずだが、いくつかの作品についていは、若干の背景的知識——とくに田園屋敷と、カトリックとプロテスタントの心性の違いについて知っておくこと――がスパイスとなるようにおもわれる。そこで、よけいなお世話かもしれないけれど、注釈めいたおしゃべりを以下にすこし書きつけておくことにした。各作品をお読みになる前後にでも、ちらっと覗いていただければうれしくおもう。

まず、「マティルダのイングランド」三部作についてひとこと。ぼくはこの三篇をたてつづけに読んだあと、ぎっしり中味のつまった長篇小説を読み終えたような充実感をおぼえ、どうしても日本語に訳してみたくなって作品のセレクションをはじめた。トレヴァーの作品には田園屋敷を舞台にしたものが少なくないが、これもそのひとつである。三部作の舞台になっているのはイングランドの大邸宅だが、トレヴァーが育ったアイルランド南部にも肥沃な土地に陣取ったアングロアイリッシュの大地主の屋敷がたくさん残っている。この三部作の時代設定と重なるトレヴァーの幼少期は、屋敷の塀の内側ではぐくまれたアングロアイリッシュの特権的文化が崩壊していく、最後の時代だったのだ。

彼はあるインタビューのなかでこう語っている――「エリザベス・ボウエンが自分の家族について書いているものを読むと、わたしが生まれたミッチェルズタウン在住の少年たちを雇って、テニスコートのボール拾いをさせていたというんですね。わたし自身も年齢さえあえば、そうやって雇われたプロテスタントの少年のひとりだったかもしれないんです」。この発言は、マティルダの目を通して語られる田園屋敷のテニスコートとトレヴァー自身との距離関係を、端的に物語っている。というのも、まさにトレヴァー少年が生まれ育った田舎町の間近に塀を巡らした田園屋敷ボウエンズ・コートこそ、アングロアイリッシュの家系を背負って生まれた一族の一人娘エリザベス・ボウエンによって、相続された地所だからである。長じて小説家となったボウエンの書き物に面影を落としているこの屋敷は、やがて転売され、取り壊される運命にあった。「マティルダのイングランド」三部作で語られるチャラコム屋敷の物語は、二十世紀前半にあちこちの田園屋敷がたどった運命を集約した、ひとつの時代の物語でもあったと言うことができる。

「アイルランド便り」も田園屋敷が舞台である。一八四七年から翌年にかけてのアイルランドの話だから、その昔のボウエンズ・コートを思い浮かべてもいいかもしれない。この屋敷の執事フォガーティは零落したプロテスタントである。ロストボールを求めてテニスコート周辺の灌木林を探してまわる少年の先祖が、この執事だと空想しても悪くはないだろう。彼とその姉は地元生まれで、イングランドの不在地主がこの田園屋敷へやってきて家族で住みつくずっと前からこの屋敷につかえてきた。雇い主を軽蔑しながらもほかに行き場がなく、他人につかえる以外の生き方を想像することすらできない姉弟である。屋敷のすべてを知り尽くしたフォガーティの執拗な観察眼と、イングランドからやってきたばかりの住み込み家庭教師が綴る日記からなる二重視点の物語は、合わせ鏡のように現実を照らし出す。当時、アイルランドには世界が二つあった。ひとつは塀に守られたプロテスタント地主屋敷の内側でぬくぬくと営まれるお上品な世界、もうひとつは食うや食わずのカトリックの小作人たちが生き延びようともがく塀の外の世界である。

一八四七年と言えば、アイルランドをおそったじゃがいも大飢饉のまっただなかである。農民たちはじゃがいも以外の農産物を食べることを許されず、じゃがいもを除く収穫は強制的にみなイングランドへ輸出されたために、彼らは歴史上かつてない窮地に立たされた。大飢饉は一八四五年から四九年まで続き、すくなくとも百万人以上が飢餓や伝染病のために命を落とし、死をまぬがれた百万人以上がブリテンや北アメリカへ移民していった。フォガーティがつかえる屋敷の当主は、農民たちを手助けするための慈善事業として無駄な土木工事をおこなっている。当主本人は、広大な地所を一巡する道路を造成する作業に農民たちを駆り出すことによって、彼らに仕事と報酬を与えているのだと独り合点しているが、農民たちにその「善意」はつたわっていない。塀に隔てられたふたつの世界は完全に乖離していて、おたがいを見ることができないのだ。「奇跡」にたいするカトリックとプロテスタントの受け止め方の違いを切り口にし、フォガーティの視点からその乖離の内実を分析していくトレヴァーの手際はとても鮮やかである。

トレヴァーは、カトリック的心性にひそみ入りやすい欺瞞を見逃さないと同時に、神秘的なものを神秘のままに受け止める無垢な精神のありように深い共感を抱いている。その意味で、「聖母の贈り物」に描かれた不条理すれすれの世界は冷淡な皮肉ではあるまい。聖母に見込まれた運命を受け入れあぐねてもがく男の内面のドラマは、宗教性を越えて読み手の心にひびくのではないだろうか。物語がもつそのような強度に注目するならば、「丘を耕す独り身の男たち」にもその力はひそんでいる。現代アイルランド中南部における過疎化が進んだ農村の跡継ぎ問題という、きわめて地味なテーマをあつかったこの短篇は、ディテールの利いたリアリズムに終始した作品だが、最後の行まで読み終えた読者は一種の変容を目の当たりにすることになる。日々を生きるふつうの人間が神話的というか英雄的というか、とにかく象徴的な存在へ変容するというのはこういうことだったか、と気づかされるのだ。この短篇には、土地への執着を描いた世話物だと思いこんで読み進んできた物語が、ひとつの家族神話へと化ける瞬間が仕掛けられている。

もうひとつだけ、些細だけれど短篇作家トレヴァーの職人芸が冴えわたる部分を指摘しておきたい。「イエスタデイの恋人たち」のマリーの人物造形は、明示されてはいないもののおそらくアイルランド系カトリックとして設定されている。彼女の物堅いところや、ノーマンに手厳しい彼女の母親の人物造形に注意を向けてみると、そのことがわかってくる。マリーの母親の輪郭は、「エルサレムに死す」の兄弟の母親とどこか似ているのだ。細部まで目配りがゆきとどいた手練の技をお楽しみいただきたい。

*

「翻訳はカヴァーヴァージョンをつくることだ」というのは、ぼくが敬愛する若いアイルランド人翻訳家のことばだが、カヴァーヴァージョンでベストアルバムをつくるようなつもりでこの短篇選集をこしらえた。国書刊行会編集部の樽本周馬さんと十二曲でいきましょうと話し合った当初から、ノリはレコード制作だった。ナイアガラのファンで、腕利きの録音エンジニアのように頼もしい樽本さんと一緒に仕事ができたことは、趣味趣味音楽とブンガクを愛するひとりとして大きな喜びである。なお、「雨上がり」に出てくるイタリア語表記については京都外国語大学の橋本勝雄さんのご教示をいただいた。末筆ながら、深く感謝申しあげる次第である。

二〇〇七年　正月　東京

栩木伸明

## ●ウィリアム・トレヴァー著作リスト（＊＝短篇集）

A Standard of Behaviour（1958）
The Old Boys（1964）『同窓』（鈴木英也訳、オリオン社、一九八一年）
The Boarding House（1965）
The Love Department（1966）
The Day We Got Drunk on Cake and Other Stories（1967）＊
The Girl（1968）［戯曲］
Mrs Eckdorf in O'Neill's Hotel（1969）
Miss Gomez and the Brethren（1971）
The Ballroom of Romance and Other Stories（1972）＊
Going Home（1972）［戯曲］
A Night with Mrs da Tanka（1972）［戯曲］
Elizabeth Alone（1973）
The Last Lunch of the Season（1973）
Angels at the Ritz and Other Stories（1975）＊『リッツホテルの天使達』（後恵子訳、ほおずき書籍、一九八三年）
The Children of Dynmouth（1976）

Marriages（1976）［戯曲］
Old School Ties（1976）
Lovers of Their Time and Other Stories（1978）＊
The Distant Past and Other Stories（1979）
Other People's Worlds（1980）
Beyond the Pale and Other Stories（1981）＊
Scenes from an Album（1981）［戯曲］
Fools of Fortune（1983）『フールズ・オブ・フォーチュン』（岩見寿子訳、論創社、一九九二年）
The Stories of William Trevor（1983）＊［過去の短篇集五冊の合本版］
A Writer's Ireland : Landscape in Literature（1984）［評論］
The News from Ireland and Other Stories（1986）＊
Nights at the Alexandra（1987）［中篇］
The Silence in the Garden（1988）
Family Sins and Other Stories（1989）＊
Two Lives : Reading Turgenev and My House in Umbria（1991）＊
Juliet's Story（1992）［児童書］
The Collected Stories（1992）［短篇小説全集］
Ireland : Selected Stories（1995）＊［アイルランドを舞台にした短篇選集］
Outside Ireland : Selected Stories（1995）＊［アイルランド以外を舞台にした短篇選集］

Excursions in the Real World: Memoirs（1993）〔自伝的エッセイ〕
Felicia's Journey（1994）『フェリシアの旅』（皆川孝子訳、角川文庫、二〇〇〇年）
After Rain（1996）＊『アフター・レイン』（安藤啓子・神谷明美・佐治小枝子・鈴木邦子訳、彩流社、二〇〇九年）
Death in Summer（1998）
The Hill Bachelors（2000）＊
The Story of Lucy Gault（2002）
A Bit on the Side（2004）＊『密会』（中野恵津子訳、新潮社、二〇〇八年）
Cheating at Canasta（2007）＊
Bodily Secrets（2007）＊〔初期の短篇をあつめた選集〕
Love and Summer（2009）

●邦訳短篇

「欠損家庭」Broken Homes（小野寺健訳、『20世紀イギリス短篇選（下）』〔小野寺健編、岩波文庫、一九八七年〕）
「がまんの限界」Beyond the Pale（大熊栄訳、『集英社ギャラリー「世界の文学」』第五巻、集英社、一九九〇年）

「遠い火遊び」Old Flame（柳瀬尚紀訳、〈リテラリー・スイッチ〉第四号、一九九二年）

「中年の出会い」A Meeting in Middle Age（西谷拓哉訳、〈ミステリマガジン〉一九九二年十一月号）

「ペントハウス・アパートメント」The Penthouse Apartment（岩元巌訳、『ドッグ・ストーリーズ（下）』［ジーン・シントウ編、新潮文庫、一九九四年］）

「遠い過去」The Distant Past（柴田元幸訳、〈エスクァイア〉一九九六年八月号）

「ピアノ調律師の妻たち」The Piano Tuner's Wives（畔柳和代訳、『むずかしい愛　現代英米愛の小説集』［柴田元幸編、朝日新聞社、一九九九年］）

「ロマンスのダンスホール」The Ballroom of Romance（橋本槇矩訳、『アイルランド短篇選』［橋本槇矩編、岩波文庫、二〇〇〇年］）

「ティモシーの誕生日」Timothy's Birthday（村上春樹訳、『バースデイ・ストーリーズ』［村上春樹編、中央公論新社、二〇〇二年］）

「続二人の伊達男」Two More Gallants（若島正訳、〈すばる〉二〇〇四年七月号）

「電話ゲーム」The Telephone Game（宇丹貴代実訳、〈ミステリマガジン〉二〇〇六年二月号）

著者　ウィリアム・トレヴァー　William Trevor
1928年アイルランドのコーク州生まれ。トリニティ・カレッジ・ダブリンを卒業後、教師・彫刻家・コピーライターなどを経て、60年代より本格的な作家活動に入る。65年、ホーソンデン賞を受賞した『同窓』で注目を集め、以後現在までに30冊を超える長篇小説と短篇集を発表し、数多くの賞を受賞している（*The Children of Dynmouth*［76年］、『フールズ・オブ・フォーチュン』［83年］、『フェリシアの旅』［94年］でホイットブレッド賞を受賞）。短篇の評価はきわめて高く、初期からの短篇集7冊を合わせた短篇全集 *The Collected Stories*（92年）はベストセラー。ジョイス、オコナー、ツルゲーネフ、チェーホフに連なる現代最高の短篇作家と称される。2016年逝去。

訳者　栩木伸明（とちぎ　のぶあき）
1958年東京生まれ。上智大学大学院文学研究科英米文学専攻博士課程単位取得退学。現在、早稲田大学教授。専攻はアイルランド文学・文化。著書に『アイルランド紀行』（中公新書）、『アイルランドモノ語り』（みすず書房、読売文学賞〔随筆・紀行〕受賞）など。訳書にコルム・トビーン『ブルックリン』（白水社）、W.B.イェイツ『ジョン・シャーマンとサーカスの動物たち』（平凡社）などがある。

Selected Short Stories by William Trevor
Copyright © 1979, 1986, 1997, 2001 by William Trevor
Japanese translation rights arranged with William Trevor
c/o Intercontinental Literary Agency, London
in conjunction with Peters, Fraser & Dunlop, London
through Tuttle-Mori Agency, Inc., Tokyo

# 聖母の贈り物

2007年2月15日初版第1刷発行
2017年6月15日初版第3刷発行

著者　ウィリアム・トレヴァー
訳者　栩木伸明
発行者　佐藤今朝夫
発行所　株式会社国書刊行会
〒174-0056　東京都板橋区志村1-13-15
電話 03-5970-7421　ファックス 03-5970-7427
http://www.kokusho.co.jp
印刷所　明和印刷株式会社
製本所　株式会社ブックアート

ISBN978-4-336-04816-5
落丁・乱丁本はお取り替えいたします。

# 短篇小説の快楽

読書の真の快楽は短篇にあり。
20世紀文学を代表する名匠の初期短篇から
本邦初紹介作家の知られざる傑作まで
すべて新訳・日本オリジナル編集でおくる
作家別短篇集シリーズ。

## 聖母の贈り物　ウィリアム・トレヴァー　栩木伸明訳

“孤独を求めなさい”——聖母の言葉を信じてアイルランド全土を彷徨する男を描く表題作ほか、圧倒的な描写力と抑制された語り口で、運命にあらがえない人々の姿を鮮やかに映し出す珠玉の短篇全12篇。トレヴァー、本邦初のベスト・コレクション。

## すべての終わりの始まり　キャロル・エムシュウィラー　畔柳和代訳

私の誕生日に世界の終わりが訪れるとは……なんて素敵なの！　あらゆるジャンルを超越したエムシュウィラーの奇想世界を初めて集成。繊細かつコミカルな文章と奇天烈で不思議な発想が詰まった20のファンタスティック・ストーリーズ。

## パウリーナの思い出に　アドルフォ・ビオイ＝カサーレス　高岡麻衣訳

最愛の女性は恋敵の妄想によって生みだされた亡霊だった——代表作となる表題作、バッカスを祝う祭りの夜、愛をめぐって喜劇と悲劇が交錯する「愛の手がかり」他、ボルヘスが絶讃した『モレルの発明』の作者が愛と世界のからくりを解く10の短篇。

## あなたまかせのお話　レーモン・クノー　塩塚秀一郎訳

その犬は目には見えないけれど、みんなに可愛がられているんだ……哲学的寓話「ディノ」他、人を喰った異色短篇からユーモア溢れる実験作品まで、いまだ知られざるレーモン・クノーのヴァラエティ豊かな短篇を初めて集成。

## 最後に鳥がやってくる　イタロ・カルヴィーノ　関口英子訳

語り手の視線は自在に俯瞰と接近を操りながら、ひとりの女性の行動を追いかけていく——実験的作品「パウラティム夫人」他、その後の作家の生涯と作品を予告する初期短篇を精選。カルヴィーノのみずみずしい語り口が堪能できるファン待望の短篇集。